ISABELLA ESTEBAN
Mord in Barcelona

**Über die Autorin:**

Isabella Esteban ist das Pseudonym der Autorin Brigitte Pons (Jahrgang 1967). Sie lebt in der Nähe von Frankfurt/Main, schreibt Romane und Kurzgeschichten und ist dabei immer auf der Suche nach dem perfekten Text. Neben dem Schreiben liebt sie das Reisen und ganz besonders Barcelona. Unter Brigitte Pons veröffentlicht sie bei beTHRILLED ihre Krimireihe um den sympathischen Polizisten Frank Liebknecht.

brigittepons@web.de

ISABELLA ESTEBAN

# MORD IN BARCELONA

Comissari Soler ermittelt

lübbe

Dieser Titel ist auch als E-Book erschienen.

MIX
Papier aus verantwortungsvollen Quellen
FSC® C014496

Originalausgabe


Umschlaggestaltung: Kirstin Osenau
Unter Verwendung eines Motives von
© Günter Gräfenhain/HUBER IMAGES
Satz: hanseatenSatz-bremen, Bremen
Gesetzt aus der Adobe Garamond Pro
Druck und Verarbeitung: GGP Media GmbH, Pößneck
Printed in Germany
ISBN 978-3-404-17940-4

2 4 5 3 1

Sie finden uns im Internet unter
www.luebbe.de
Bitte beachten Sie auch: www.lesejury.de

Dedicat a Barcelona i Nicol – gràcies per tot

# Prolog

Mit der Handkante fegte sie Weißbrotkrümel von der Theke und seinen Einwand gleich mit.

»Was steht draußen am Haus über der Tür?«

Die Frage seiner Mutter machte Jaume nervös. Beim Eintreten war ihm an dem graubraunen Putz nichts Besonderes aufgefallen. Doch zum Glück erwartete sie keine Reaktion und antwortete an seiner Stelle.

»La Pausa«, sagte sie und wiederholte es mit Nachdruck. »La Pausa. Hier hält das Leben an.«

Jaume wusste, dass Ignacia nicht den offensichtlichen Stillstand meinte. Das Mobiliar, die Farbe an den Wänden, die Besucher. Der Zahn der Zeit nagte gierig an ihnen, grub unaufhaltsam Spuren in Gesichter und Oberflächen, Jahr für Jahr immer schneller, und führte so den Gedanken an Stillstand zugleich ad absurdum. Eine trügerische Vorstellung, dass alles bliebe, wie es ist, wenn man sich gegen Neues sperrte. Die Kontinuität vorgaukelte, wo man dem Schwinden und Vergehen zusehen konnte. Jaume schwieg wohlweislich.

Ignacia beschrieb mit ihrer Hand einen Kreis über ihrem Kopf, schloss in die Bewegung den ganzen Raum ein. »Du bist und bleibst mein Sohn, wenn du über diese Schwelle trittst. Mein Sohn und weiter nichts. Weil über dem Eingang schon der Schriftzug *La Pausa* aufgemalt war, als du noch in die Windeln gemacht hast. Auf diesem Boden bist du barfuß deine ersten Schritte gegangen, und ich stand an der gleichen

Stelle wie jetzt. Und was habe ich gemacht, als du hingefallen bist? Ich habe dich aufgehoben, deine Knie gepustet und dann deinen Hintern sauber gemacht. Ich habe mich gekümmert. Das war so, das bleibt so und wird sich nie ändern.«

Er hasste diese Art Gespräche, dankte nur im Stillen für den gnädigen Umstand, dass es dieses Mal kein Publikum gab. Wenn sie in Fahrt geriet, nahm Ignacia Martí Jiménez wenig Rücksicht auf die Befindlichkeiten anderer.

»Mama, ich bin einundvierzig Jahre alt und …«

»Du bist größer geworden«, stimmte seine Mutter zu. »Hast deine pummeligen Beinchen gegen einen Bauch eingetauscht.«

»Ich bin leitender Kommissar der Kriminalpolizei und …« Es war zwecklos, sie unterbrechen zu wollen. Ignacia war immer die entscheidende Silbe schneller.

»Und du rasierst dich, hast eine Frau und selbst Nachwuchs gezeugt, der schon aus den Windeln raus ist. Das weiß ich alles, und darauf kannst du stolz sein.«

Sie packte die beiden Hälften des *Entrepà* auf einen Teller und schob es Jaume zu. Der Duft des würzigen getrockneten Schinkens und der frischen Tomate, die sie auf dem Brot verrieben hatte, stieg ihm in die Nase, und das Wasser lief ihm im Mund zusammen.

»Du bist Kommissar der *Mossos d'Esquadra*. Aber das zählt nur dort draußen. Solange ich an meinem Platz stehe, bleibst du mein *Caganer*, mein Scheißerchen. Und das gilt, bis ich meine Augen zum letzten Mal schließe. Also komm mir nicht schon wieder mit Vorschriften. Sag mir einfach, was ich von dir wissen will!« Sie rieb die Hände an ihrer Schürze ab und deutete zum Tisch in der Ecke. »Setz dich. Ich bring den Kaffee.«

*Comissari* Jaume Soler Martí stellte den Teller auf den kleinen Tisch, setzte sich und biss in sein *Entrepà*. Die frische

Brotkruste knackte, drückte sich in seinen Gaumen, während der Schinken die Geschmacksknospen seiner Zunge streichelte. Gute Qualität. Nicht die allerbeste, bei der man die Eichelfütterung am nussigen Aroma erkannte, aber dennoch hochwertig. Und ganz sicher das Beste, was Ignacia anzubieten hatte. Er schmeckte Kräuter, Salz und Holz. Ein vergängliches Geschenk, das ihm Bilder vom Landleben auf die Netzhaut zauberte, von Schweinen, die unter Baumwurzeln mit ihren Rüsseln den Boden aufwühlten und ein wildes, freies Leben führten. Er brummte wohlig. Gutes Essen stimmte ihn nachsichtig. Erst als seine Mutter sich mit den Kaffeetassen neben ihn gesetzt hatte, öffnete er die Augen.

»Es heißt, ihr habt eine Leiche gefunden«, sagte sie und verpasste dem Zuckerstreuer einen harten Schlag auf den Boden, ehe sie ihn weiterreichte. »Eine Frauenleiche.«

Jaume verrührte Zuckerklümpchen in seinem *cafè amb llet*, gründlich und langsam, spülte den Bissen damit herunter. Die Bitterstoffe verstärkten die Intensität der Komponenten. Er spürte der Mischung zwischen warm und kalt, süß und herzhaft noch eine Sekunde nach, bis sich der Genuss verflüchtigte.

Seine Mutter rüttelte ihn am Arm. »Jaume, stimmt das?«

Er nickte, schlürfte wieder an seinem Milchkaffee, statt etwas zu sagen. Viel mehr preisgeben durfte er nicht, wann würde sie das nur endlich begreifen?

Durch das Fenster mit den Blumentöpfen nahm er draußen eine Bewegung wahr, einen Schatten und gleich darauf eine Person in der offenen Tür. Er seufzte. Auch das noch. Heute blieb ihm nichts erspart. Der Mord, den er aufzuklären hatte, schien ihm in diesem Augenblick fast das kleinste Übel zu sein.

## Mittwoch, 26. Juli, 23:05 Uhr
## – Doris Weinhold –

Die Lichter irritierten sie. Dort drüben auf der anderen Straßenseite war es ansonsten stockfinster. Doris Weinhold erkannte eine Mauer, dahinter Umrisse scheinbar fensterloser Gebäude. Und mittendrin diese Leuchtpunkte, nah beieinander. Drei oder vielleicht fünf? Zu klein für Taschenlampen, zu groß für Zigarettenglut und noch dazu bewegungslos.

Doris drückte den Hebel nach oben und dann das Schiebefenster zur Seite. Hinter ihr erstarb sofort das Summen der Klimaanlage. Warme Luft schlug ihr entgegen. Die Nacht brachte kaum Erfrischung. Es fiel ihr schwer, ihre Beobachtung einzuordnen. Bisher hatte sie sich nicht für die Aussicht interessiert, jedenfalls nicht für die direkte Umgebung des Hotels. Ihr Blick war an der feinen Linie zwischen Meer und Himmel hängen geblieben. Kaum auszumachen der Übergang von einem Blau zum anderen. Horizont. Das Wort hatte etwas Verheißungsvolles an sich, klang nach Aufbruch, Zukunft, und zugleich nach Ewigkeit. Horizont. Dorthin richtete sich ihre Sehnsucht. Häuser und Straßen gab es überall. Sie suchte das Wasser und die Weite, den endlosen Ozean, der weder Zeit noch Reue kannte, weder fragte noch antwortete. Der einfach da war und existierte, jeden Tag gleich und doch anders. Wie der Wind …

Schöne Worte, die sich ihr eingeprägt hatten und doch nur fürs Poesiealbum taugten.

Auf der Uferstraße ertönte ein Signalhorn. Melodisch

und ganz anders als zu Hause. Sie war nicht sicher, ob das Geräusch von einem Polizeiwagen kam oder von einer Ambulanz. Letztlich war die Antwort unwichtig. Was kümmerten sie irgendwelche Fahrzeuge, die durchs nächtliche Barcelona rasten? Jeder hatte seine eigenen Angelegenheiten zu regeln. Bösewichte fangen, Leben retten – oder ein umfangreiches Besichtigungsprogramm absolvieren. Besser, sie konzentrierte sich aufs Wesentliche. Schlafen wäre eine gute Idee. Eine zweite Sirene heulte auf, diesmal leicht quäkend. Doris konnte nur die ungefähre Richtung ausmachen. *Del mar*. Der Ton trug weit über die Dächer, zurückgeworfen von den Fassaden. Ja, das kam eindeutig wieder von der Meerseite, vom Strand. Früher hatte sie gedacht, so etwas gäbe es nur in Rio oder in den USA. Sandstrand vor einer Millionenstadt. Doch jetzt gab es das auch hier. Sie schüttelte den Kopf. Irrelevant. Irrelevant, wie die ins Dunkel getupften Lichter. Dennoch wandte sie diesen wieder ihre Aufmerksamkeit zu. Fühlte sich angezogen. Hatten sich die *Irrlichter* inzwischen doch bewegt? Aus dem zweiten Stock schaute sie von oben auf das gegenüberliegende Areal. Alles unverändert. Rechterhand schloss sich ein eiserner Zaun an, speerspitzenbewehrt, mit verzierten Steinpfeilern, der eine Art Parkanlage einfasste. Jenseits des geschwungenen Tores beleuchteten Laternen leere Wege, an deren Rand Platanen ihre knorrigen Arme emporreckten und Lebensbäume gen Himmel strebten. Lebensbäume.

Doris trat einen Schritt zurück. Auf ihren Handflächen hatte die Kante des Fensterrahmens eine tiefe Rille hinterlassen. Ihr Herz pochte ungleichmäßig. Sie richtete den Blick wieder in die Ferne. Dort draußen mussten Sterne sein, eine Spur von Blau, ein Schimmer. Doch egal wie sehr sie sich anstrengte, alles, was sie fand, war Finsternis.

## Mittwoch, 02. August, 17:45 Uhr
## – Ana Guerrero Lopez –

Ana Guerrero Lopez eilte die wenigen Meter von der Bushaltestelle zur Metrostation *Paral-lel.* Ihre kinnlangen Haare schwangen bei jedem Schritt hin und her, machten ihr bewusst, dass sie sich viel zu schnell bewegte. Für gewöhnlich achtete sie darauf, nicht außer Atem zu geraten oder allzu sehr ins Schwitzen zu kommen, und hielt sich immer im Schatten. Jetzt wollte es ihr kaum gelingen, sich zu zügeln. Schon auf der Treppe schlug ihr der warme Windstoß einer abfahrenden Bahn entgegen. Sie entwertete die Fahrkarte, schlüpfte zwischen den Plexiglastüren hindurch, kaum dass diese zur Seite glitten, und blieb erst stehen, als sie die Mitte des Bahnsteigs erreicht hatte. Vier Minuten bis zur Ankunft der Linie 3, die sie gerade verpasst hatte. Vier Minuten schier unerträglicher Hitze, die sie stoisch ertrug. Gewohnheit auch das. Die Sonnenbrille versetzte sie in einen Zustand der Dämmerung, den sie dankbar beibehielt. Als Letzte stieg sie in die Bahn, die sie mit Kälte empfing und einen Schauer über ihre erhitzte Haut schickte. Mit eng geschlossenen Knien setzte sie sich und strich die Bügelfalte ihrer Stoffhose glatt. Dreimal, bis das Beben in ihrer Brust nachließ. Aus der Handtasche nahm sie ein Smartphone, das eine schlichte schwarze Hülle schützte, und entfernte vorsichtig mit einem Blusenzipfel den Staub vom Display. Keine äußerlichen Schäden. Etwa ein Dutzend bunter Bildchen poppten auf, die sie minutenlang betrachtete, um deren Funktion zu ergründen.

An der *Plaça de Catalunya* stieg sie um, und dann noch ein weiteres Mal, nachdem sie entschieden hatte, was zu tun war. Ihr freier Nachmittag war gänzlich anders verlaufen als geplant. Wenn alles erledigt war, würde sie sich am Hafen eine *Zarzuela* gönnen und einen Wein. Den ersten seit einer Ewigkeit. Und gleich morgen den überfälligen Friseurtermin ausmachen, um die grauen Strähnen loszuwerden. Dafür sollte der Verkaufserlös reichen. Ana betrachtete ihre Spiegelung in der Scheibe gegenüber und schob alle Zweifel beiseite. Sie hatte es verdient.

Entschlossen wandte sie sich wieder dem Smartphone zu und klickte sich durch die Apps. Stück für Stück löschte sie alle sichtbaren persönlichen Daten. Zum Schluss öffnete sie das E-Mail-Postfach. Erneut erfasste sie ein Schauer. Doch dieses Mal kam er von innen.

## Sonntag, 06. August, 15:25 Uhr
## – Jamila –

Langsam schob Jamila den Putzwagen über den Hotelflur zum Aufzug. Das Rad vorne links blockierte nach jedem dritten Schritt, dann warf sie ihr ganzes Körpergewicht dagegen, um ihn vorwärts zu bewegen. Sie musste dabei gut aufpassen, damit der Aufbau mit den Rollen aus Toilettenpapier nicht aus dem Gleichgewicht geriet. Gerade eben war es beinahe schiefgegangen. *Do not disturb.* Das Schild am Türknauf von Zimmer 203 hatte sie ins Grübeln gebracht, und dadurch wäre beinahe das mit den Rollen passiert. Rotes Schild bedeutete draußen bleiben und später wiederkommen. Mit allen anderen Zimmern auf der Etage war sie fertig und mit denen ein Stockwerk höher ebenfalls. Stören wollte sie niemanden. Ganz bestimmt nicht. Dreimal war sie heute wiedergekommen. Genau wie gestern und vorgestern und am Tag davor. Das Schild zeigte immer rot, und sie hatte sich nicht getraut, trotzdem anzuklopfen. Aber irgendwann musste doch wieder saubergemacht werden. Die Touristen schleppten jede Menge Dreck ins Hotel. Besonders die jungen Leute, die zum Strand gingen und nächtelang Partys feierten. Dort knirschte Sand unter den Schuhen, es türmten sich Flaschen und Verpackungen, und neben den Betten fand sie manchmal benutzte Kondome. Angewidert hob sie die Schultern. Die Frau von Zimmer 203 war natürlich nicht mehr jung, aber Sand hatte auch sie angeschleppt. Auf dem Tisch lagen Muscheln und Glasscherben, die sie offensichtlich behalten wollte. Und eine blaue Plastikblume. Komisch waren diese Touristen schon.

Ein Signalton zeigte die Ankunft des Aufzugs an, und sie wuchtete den Wagen hinein. Ob sie Mussa von der Frau erzählen sollte? Vielleicht konnte er nachsehen, ob alles in Ordnung war. Er musste sich sowieso um *alles und nichts* kümmern, wie er selbst manchmal sagte. Aber dann konnte es passieren, dass er anschließend Señora Ruiz informierte. Die würde Fragen stellen und Jamila für faul halten, weil sie es vorgezogen hatte, drei Tage lang zu schweigen, einen Haken auf der Liste zu machen und dafür ein Zimmer weniger zu putzen.

Ruckend ging es mit dem Aufzug in den Keller. An der hinteren Wand waren Zettel mit der Speisekarte, Restaurantöffnungszeiten und der Wetterprognose angebracht. Die Wände selbst spiegelten. Egal wohin sie schaute, sah sie ihr Gesicht. Jamila richtete das Kopftuch und schob eine Haarsträhne darunter. Blass, so blass. Auch wenn ihre Mutter das für erstrebenswert hielt, sie fand sich langweilig. Sie bohrte die Zähne in die Lippen. Erst oben, dann unten. Das war besser als Lippenstift, denn die Wirkung dauerte nur kurz an und dann verschwand das zarte Rot ganz von selbst. Entschlossen zog sie die widerspenstige Locke wieder hervor. Ein dunkler Kringel auf der weißen Haut, der gut zum Blau des Tuches passte.

Ein kleiner Stoß erschütterte den Boden und unterbrach ihre Gedanken. Die Aufzugtür entließ sie in den Bauch des Hotels. Warm und düster war es hier unten, wo es keine Klimaanlagen gab, stattdessen brummten die Maschinen in der Wäscherei und ab und zu ein Motor aus der Tiefgarage, wenn jemand vergessen hatte, die Zwischentür zu schließen. Ein Lieferant karrte eine Ladung Lebensmittel von der LKW-Rampe ins Gebäude, und ein Mann aus dem Restaurant trieb ihn an. Der LKW-Fahrer hupte. Jamila lief schneller. Vor dem

Lager sah sie Mussa stehen und Sula, die wieder früher fertig gewesen war als sie. Die beiden lachten. Ebenso entschlossen wie zuvor stopfte Jamila die Locke zurück unter das Tuch. Sula beobachtete sie.

»War was Besonderes?«, fragte Mussa und ließ die weißen Zähne blitzen.

Seine kräftigen, dunklen Hände lagen neben ihren, berührten sie beinah, als er ihr half, den Wagen über die Schwelle in den Putzraum zu schieben. Eilig bewegte sie den Kopf hin und her, stumm und mit gesenktem Blick.

Sollte das Schild an Zimmer 203 morgen wieder draußen hängen, würde sie Mussa Bescheid geben. Wenn Sula nicht dabei war. Morgen war sie ganz sicher mutig genug, mit ihm zu sprechen.

## Sonntag, 13. August, 13:00 Uhr
## – Jaume Soler Martí –

Im Unterschied zum Blau der uniformierten Kollegen trug *Comissari* Jaume Soler Martí im Dienst stets weiße Oberhemden und bestand auch im Sommer auf langen Ärmeln. Eine Eigenart, die viele als Marotte belächelten. Auch seine Mitarbeiter Domenech und Calderon. Seit sie sich jedoch das Büro mit ihm teilten, hatten sie die langen Ärmel stillschweigend übernommen. Die Klimaanlage kannte nur den Zustand *on* oder *off*. Und an *aus* wagte im August in Barcelona niemand zu denken.

Vor kaum mehr als einer halben Stunde hatte Jaume noch im Wohnzimmer auf der Couch gelegen und Zeitung gelesen. Eine sanfte Brise war durch die geöffneten Flügeltüren vom Balkon hereingeweht. Gefiltert durch die Lamellen der altmodischen honigbraunen Holzjalousie, die ausgerollt bis weit über das Geländer hing. Paloma saß an seiner Seite auf dem Parkett, telefonierte mit ihrer Mutter in Madrid und lackierte sich die Zehennägel. Er sah ihr gern dabei zu. Im Nebenzimmer spielten die Kinder, die Hunde dösten. Er liebte diese Momente, das Ritual der Sonntagsruhe bis in den Nachmittag hinein, das heute vom Vibrationsalarm seines Handys jäh beendet worden war. Leichenfund auf dem *Cementiri de Montjuïc*. Auf den ersten Blick hatte der Einsatzgrund »Leiche auf dem Friedhof« eine gewisse Komik. Auf den zweiten jedoch nicht.

Paloma hatte ihn mit einem Kuss und demonstrativem Augenrollen verabschiedet. Doch sie hatte vor ihrer Ehe gewusst, worauf sie sich einließ, und beschwerte sich nicht. Der Bereitschaftsdienst erwischte turnusmäßig jeden und in der Ferienzeit etwas häufiger die, die keine schulpflichtigen Kinder hatten.

Von zu Hause hatte er über zwanzig Minuten bis zur Abzweigung an der *Litoral* gebraucht, die die Stadt mit dem Flughafen verband. Die Kollegen von der Dienststelle hatten es vermutlich in der Hälfte der Zeit geschafft.

An der Zufahrt neben der Verwaltung war er in den Streifenwagen eines Beamten der *Guardia Urbana* umgestiegen, der ihm auf dem weitläufigen Gelände des Hauptfriedhofs am Berg den Weg zeigte. Einige Kurven weiter stellte dieser den Wagen an einem Rondell ab, wo bereits drei weitere Fahrzeuge parkten. Das letzte Stück musste Jaume zu Fuß zurücklegen. Tatorte im Freien stellten besondere Ansprüche. Das galt nicht nur für die Spurensicherung. Seufzend betrachtete er die steile Treppe, deren abgetretene Stufen in voller Sonne hinauf zur nächsten Terrasse führten. Aus dem Dunkel eines niedrigen Gebüschs leuchteten ihm Katzenaugen entgegen. Ein Paar, zwei, drei. Ein weiteres Tier kreuzte vor ihm im Sprint von links nach rechts. Unter dem Busch fauchte und raschelte es, Blätter stoben.

Sein Team der *Divisió d'Investigació Criminal* war bereits vor Ort, kümmerte sich um die Teilnehmer der Friedhofstour, die unerwartet mit einer Leiche konfrontiert worden waren, und hatte bei seinem Eintreffen die Lage im Griff. Bislang gab es keinen Hinweis auf die Identität der Toten. Die Hände auf dem Rücken verschränkt wippte Jaume leicht auf den Zehen und nahm den ersten Bericht schweigend zur Kenntnis, dann schritt er das Areal um den Leichenfundort ab. Bis er sich einen eigenen Eindruck verschafft hatte, durfte ihn niemand ansprechen.

Auf dem Plateau befanden sich in einer Reihe fünf alte Familiengräber, etwa hüfthoch, die jeweils eine massive Platte abdeckte. Vier der sarkophagähnlichen Grabstellen waren belegt und in recht gutem Zustand, wenn auch die Inschriften langsam verwitterten. Ein Grab klaffte auf. Die Verschlussplatte war vor nicht allzu langer Zeit mit wenig Geschick bewegt worden und hatte Kratzspuren auf dem benachbarten Stein hinterlassen.

Jaume begrüßte die Kriminaltechniker mit einem Nicken und reckte den Hals, um an ihnen vorbei einen Blick durch den Spalt ins Innere zu werfen. Dort lag ein Mensch. Ohne Zweifel. In verdrehter Körperhaltung, Gesicht nach unten. Am Rande registrierte er einen hellen Fleck neben der Leiche, ein buntes Band, das Muster auf dem Kleid, die Schuhe, dann musste er sich abwenden. Der Geruch hinterließ eine nachhaltige Erinnerung. Er schnäuzte sich ausgiebig, was natürlich nichts nützte. Pure Einbildung, dass die Duftnote auf den Schleimhäuten haftete, und Wunschdenken, sie so loszuwerden. Doch dieses Wissen brachte ihn nicht weiter. Er schnäuzte sich erneut.

Auf einer in die Terrassenmauer eingelassenen Bank saß eine Katze und beobachtete ihn. Tiefschwarz schimmerte ihr Fell. Ihre rosa Zunge blitzte auf, als sie sich die Lefzen leckte, die Schwanzspitze klopfte. Sie zwinkerte.

»Comissari Soler?«

Erst bei der zweiten Ansprache drehte Jaume sich zu der weiblichen Stimme um. Unter einem Kopftuch mit Totenkopfmuster quollen dunkle Locken hervor. Ein Headset hing um den Nacken der Frau, durch ein Kabel mit dem Sender an ihrem Gürtel verbunden. Auf Brusthöhe gab ein Ansteckschild Auskunft über ihren Namen, Maria Colavida, und ihre Funktion als Friedhofsguide. Im normalen Leben studierte sie höchstwahrscheinlich und verdiente sich am Wochenende etwas dazu. Auf ihrer Oberlippe glitzerten Schweißtropfen. In Anbetracht der sich ausbreitenden Feuchtigkeit unter seinen Achseln empfand Jaume das als kleinen Trost. Auch Jugend und Schönheit schützten nicht vor diesen Temperaturen. *High Noon.* Sonnenhöchststand. Kein vernünftiger Mensch hielt sich freiwillig zu dieser Stunde im Freien auf. Erst recht nicht an einem Sonntag im Hochsommer. Nur Touristen kamen auf eine derart absurde Idee. Und Menschen, die vom Tourismusamt bezahlt wurden.

»Mir scheint, wir haben ein ganzes Rudel potenzieller Zeugen.« Jaume bedeutete Maria Colavida, ihm zu einem kleinen Pantheon zu folgen. Das Mausoleum mit aufwendig gestalteten Säulen und reichhaltigen Verzierungen spendete dank eines Dachvorsprungs einen schmalen Streifen Schatten.

»Rudel?« Maria Colavida wirkte irritiert.

»Was denken Sie, wie viele Katzen zwischen den Gräbern leben?« Jaume fand immer mehr von ihnen. Es kam ihm vor wie bei einem Wimmelbild. Sobald man eine entdeckt hatte, versagte die Tarnung bei allen. Braun getigerte im dürren Gras, dunkel gefleckte unter herabhängenden Ästen, eine weiße aalte sich zu Füßen einer Engelsstatue.

»Ach, die meinen Sie.« Maria Colavida lächelte. »Genau weiß das wohl niemand. Mindestens fünfzig, würde ich sagen.«

Die scheuen Tiere hielten normalerweise Abstand zu den Menschen. Sicher war ihnen nicht jeder Besucher wohlgesonnen. Aber andere sorgten für Futter. Eine dekorative Plage.

»Jedenfalls haben Sie Recht, Comissari Soler. Die Katzen haben uns aufmerksam gemacht. Sie sind regelrecht vor dem Grab patrouilliert. Das hat einer aus meiner Gruppe gesehen.« Sie deutete zur darüberliegenden Ebene. »Normalerweise wären wir oberhalb vorbeigegangen. Dieser Bereich liegt nicht auf der offiziellen Route mit historisch und architektonisch interessanten Grabmalen. Obwohl ich schon gelegentlich davon abweiche, muss ich gestehen. Es gibt so wahnsinnig viel zu erzählen. Mir fällt es immer schwer, mich an die Vorgabe zu halten. Zwei Stunden und siebenunddreißig Stationen, das ist eigentlich noch zu wenig.«

Jaume nickte und ließ sie weiterreden, während er darauf wartete, dass endlich das Schwitzen nachließ. Sein Privileg als leitender Ermittler war es, sich an den Rand des Geschehens und aus der prallen Sonne zurückziehen zu können.

Geduldig und gestenarm führte Domenech unterdessen die Befragungen durch, wobei seine Mimik mit den Statuen in puncto Undurchdringlichkeit konkurrierte. Calderon verlor eher mal die Nerven. Er hasste es, Englisch sprechen zu müssen, und pendelte sinnloserweise im Minutentakt hinüber zur Spurensicherung.

Unter den Zeugen zeigte sich die übliche Bandbreite an Reaktionen. Aufregung, Panik, Neugier und demonstrative Gelassenheit. Nur mit den Fächern des Friedhofsamtes, die als Souvenir zu Beginn der Veranstaltung verteilt worden waren, wedelten ausnahmslos alle herum. Wie ein Schwarm aufgeregter Falter mit grünen Flügeln. Eine Frau lag mit angewinkelten Beinen auf dem Boden. Offenbar kämpfte sie mit Kreislaufproblemen, während ihr eine jüngere Frau, die Jaume aufgrund der ähnlichen Gesichtszüge für ihre Tochter hielt, Wasser einflößte.

Die Wahrscheinlichkeit, dass einer der Anwesenden eine wirklich relevante Beobachtung gemacht hatte, erschien gering. Auch ohne gerichtsmedizinisches Gutachten sah Jaume sich in der Lage, die Tat einem sehr viel früheren Zeitpunkt zuzuordnen. Da konnte er sich getrost auf seine Nase verlassen. Die Katzen hätten ihm sicher zugestimmt, auch wenn sie seine Meinung zum Geruch nicht teilten.

»… im März 1883 eingeweiht und mehrfach erweitert …«

Maria Colavida verlor sich in geschichtlichen Details, und Jaume hörte daran vorbei. Ihn interessierte die Gegenwart.

Die meisten Besucher trugen Kopfbedeckungen, was teils unschön, aber in jedem Fall sinnvoll war, um einem Sonnenstich vorzubeugen. Er zählte mindestens sieben Hüte aus unterschiedlichem Material, außerdem drei Basecaps, zwei verbrannte Halbglatzen und ein an den Ecken verknotetes Stofftaschentuch auf dem Kopf eines Asiaten, der mit einem Selfiestick hantierte und in diesem Moment versuchte, sich neben einem auf der Grabplatte knienden Kriminaltechniker abzulichten.

Maria Colavida redete immer noch. »… wenn ich irgendwas tun kann. Die Namen der Teilnehmer habe ich natürlich auf dem Anmeldebogen und …«

Jaume seufzte, als Calderon den Mann mit dem Stick energisch an seinem Vorhaben hinderte.

»Hola, Señora Colavida! Könnten Sie diesen Leuten bitte erklären, dass sie das lassen sollen?«, keifte er. »Wir befinden uns an einem Tatort, nicht auf dem Rummelplatz!«

Maria Colavida zuckte zusammen und fand ausnahmsweise spontan keine Worte.

»Schon gut. Das ist nicht Ihr Fehler.« Beschwichtigend berührte Jaume ihren Arm und stieß dann einen scharfen Pfiff zwischen den Zähnen aus. Eine alte, aber nützliche Angewohnheit aus seiner Zeit bei der Hundestaffel, die selten ihre Wirkung verfehlte. Schlagartig genoss er ungeteilte Aufmerksamkeit. Ein Fingerzeig genügte, um den Selfie-Sünder umzuleiten, der hastig rückwärts ging.

»No photos, please. And no videos«, bat er ohne die Stimme zu heben und wiederholte es, obwohl er ahnte, dass er nichts mehr bewirken konnte. »And don't share anything on the internet.«

Unruhe breitete sich aus, die ersten der Angesprochenen

tippten und wischten unauffällig. Was er in ihren Gesichtern lesen konnte, missfiel ihm.

»Comissari Soler? Ich schwöre, ich hatte es ihnen gesagt! Nur bei all der Aufregung ist mir entgangen, dass einer wohl doch …« Maria Colavida zupfte ihn am Ärmel und reichte ihr Smartphone an ihn weiter. Eine wackelige Aufnahme aus dem Innern des Grabes flimmerte über das Display, auf dem Boden erkannte man die wimmelnde Bewegung von Ungeziefer, unterlegt mit aufgeregtem Keuchen und Flüstern. Hochgeladen vor gerade mal zehn Minuten. Unter dem Video schnellte die Anzeige der Likes und der Weiterverbreitung in Sekundenschnelle in die Höhe. Der Film schwenkte über das Friedhofsgelände und nahm einen Neuankömmling auf der Treppe ins Visier.

»Tut mir leid, wirklich, total leid. Ich musste doch telefonieren … die Polizei anrufen … und die Zentrale, aber dort war keiner und …«

Wie befürchtet wusste die vernetzte Welt längst Bescheid. Und sie schaute *Comissari* Jaume Soler Martí direkt ins Gesicht und ab sofort über die Schulter.

Jaume überließ Calderon und Domenech auch den Rest der Befragung. Er bemühte sich, Haltung zu bewahren, und dazu brauchte er Abstand, räumliche Distanz. Diese Unachtsamkeit hätte nicht passieren sollen. Nicht passieren dürfen! Dabei gab es niemanden, dem er einen konkreten Vorwurf machen konnte. Selbst wenn jeder einzelne Beamte jeden einzelnen Tourteilnehmer auf die zu wahrende Diskretion hingewiesen und jedes einzelne Handy überprüft hätte, wäre die Verbreitung des Videos nicht aufzuhalten gewesen. Nichts übertraf die Dummheit und Sensationslust der Menschen.

Er nutzte seine Aggression als Antrieb und stürmte den Hügel hinunter. Eine Stippvisite am Haupteingang konnte nicht schaden. Bei seiner Ankunft war er in den Streifenwagen gestiegen, ohne sich groß umzusehen, hatte nur am Rande eine Baustelle bemerkt und einen einsamen Wachmann, der auf dem Parkplatz patrouillierte. Jetzt erkannte er das Ausmaß der umfangreichen Sanierungsmaßnahmen. Ein Container diente als Informationszentrum. Womöglich gab es dort Erfrischungen. Gekühlte Getränke. Jaume widerstand der Versuchung, direkt dorthin zu gehen.

Aus der Deckung einer Zypresse löste sich der Wachmann und schlurfte auf ihn zu. Schwerfällig und arthritisch. Seinen siebzigsten Geburtstag hatte er sicher hinter sich.

»*Comissari, oi?*«, nuschelte er. »Chef, von denen da oben.« Sein knorriger Finger wies vage in die Richtung, aus der Jaume gekommen war. In seinem Mundwinkel klebte ein Zigarettenstummel, den er auch beim Reden nicht herausnahm.

»Verdammte Hitze«, entgegnete Jaume. »Wie lange müssen Sie noch?«

»Bis ich tot umfalle.« Der Alte lachte scheppernd. »Aber heute nur bis um sechs.« Er pulte eine neue Zigarette aus der Hemdtasche und zündete sie an der alten an. Den winzigen Stummel steckte er in eine Blechdose an seinem Gürtel. »Mir macht das Wetter nichts aus. Alle Tage sind gleich gut und gleich schlecht. In meinem Alter spürt man nicht mehr, ob es heiß ist oder kalt.«

Die säuerlichen Ausdünstungen seines Körpers erzählten eine andere Geschichte. Jaume ließ ihm seinen Stolz. Die Rente reichte nicht. Nicht zum Leben und schon gar nicht, um seinen Tabakkonsum zu finanzieren.

»Was genau ist Ihre Aufgabe?«

»Jedem Wagen einen bestimmten Platz zuzuweisen. Reihe für Reihe. Damit das seine Ordnung hat. Schön übersichtlich. Muss ja aufpassen, dass sich keiner daran zu schaffen macht, wenn die Besitzer bei den Gräbern sind.« Die Selbstgedrehte glühte. Glühte ein zweites Mal. »Wer sich nicht auskennt, dem helfe ich bei der Orientierung – Kappelle, Krematorium, Museum – links, rechts, oben, hinten. Ich kenne hier alle Wege. Auch eine?« Er klopfte auf seinen Kippenvorrat.

Jaume verneinte stumm. »Gab es in letzter Zeit besondere Vorkommnisse? Hat jemand Ärger gemacht, wurde es laut?«

»Na ja, hysterische Angehörige oder welche, die sich streiten. Das ist normal. Einmal ist am Hang ein Sarg aus einem Wagen gerutscht, und der Bestatter hat Prügel bezogen. Aber das ist schon Monate her.« Er hob die Schultern. »Heute war wenig los. Überhaupt im August. Da kommt fast keiner. Nur Touristen.«

»Danke.« Jaume schüttelte ihm die faltige Hand und machte eine Kopfbewegung zum Container. »Ich muss dann …«

»Pinkeln oder ins Büro?«, fragte der Parkplatzwächter nach und feixte. »Die Toiletten sind offen. Ansonsten sparen Sie sich den Weg. Von der Verwaltung ist keiner da. Geschlossen von August bis Ende September.«

Jaume fluchte leise. Darauf hätte er auch selbst kommen können. Am besten bevor er den Hügel heruntergetrabt war, in der Hoffnung auf Abkühlung.

»Natürlich.« Er tippte sich an die Stirn. *»Adéu.«*

Er zog den Hemdkragen näher zum Haaransatz. Sein Nacken würde am Abend Blasen werfen und Paloma ihm kalte Umschläge machen müssen. Ihr Mitgefühl war ihm ebenso sicher wie ihr Spott. Er kannte den Sommer in Barcelona, er kannte den Sommer in Madrid – und jedes Jahr verlor er in der Hitze den Verstand und achtete nicht darauf, sich rechtzeitig zu schützen. Natürlich konnte er seinen Einsatz genau jetzt beenden und sich in die Dienststelle zurückziehen. Andererseits … Irgendwo am Hauptweg hatte er einen Wasserspender gesehen.

Er kehrte um, wusch sich Hände und Gesicht, benetzte die brennende Haut im Genick und machte sich auf die Suche nach einer schattigen Stelle in einem der versteckten Winkel zwischen den Grabmalen. Dort wartete er, bis die Besuchergruppe mit Maria Colavida gegangen war, der Arzt die Leiche zum Abtransport freigegeben hatte und die Autos der Kollegen abgefahren waren. Sie hatten ihn nicht angerufen, was er sehr zu schätzen wusste.

Langsam stieg Jaume die Treppen nach oben. Dort fand er nur noch einige Kriminaltechniker vor, die akribisch ihre Arbeit verrichteten. Niemand sprach.

Er umrundete die Reihe der Steingräber, verharrte vor dem Liegeort der Leiche, den Kopf gesenkt, die Augen geschlossen, richtete dann den Blick geradeaus. Die Dächer der Industrieanlagen am Fuß des Berges, flach und bedeutungslos von oben betrachtet, leiteten das Auge weiter wie Trittsteine über einen Fluss bis hin zu den Kränen und Containern in den Hafenanlagen. Und weiter, noch weiter auf das Meer, über schaukelnde Masten winziger Boote und zu der Fähre aus Afrika und den Kreuzfahrtschiffen, von denen er drei zählte. Dem ausufernden Tagestourismus, der die Stadt für jeweils nur wenige Stunden mit Tausenden Menschen überschwemmte, stand er kritisch gegenüber. Dennoch liebte er Schiffe. Großsegler vor allen anderen, deren Tücher sich blähten und knatterten, wenn sie sich schwerfällig und leicht zugleich zur Seite neigten und sich die Natur zunutze machten. Ihrer Faszination konnte er sich nicht entziehen. Dem vagen Traum von Freiheit und Ungebundenheit, dem rauen Wind und den ungezählten Blautönen des Wassers. In dessen Farben sein Vater gesehen hatte, ob ein guter Fang bevorstand, und im Wind geschmeckt, wann der Moment gekommen war umzukehren. Jaume spürte die Gischt auf der Haut, die Leine, die durch seine Handflächen glitt, schlüpfrige Bootsplanken und den feuchten Pullover, der von Stunde zu Stunde schwerer am Körper klebte, hörte die Wellen an den Bug schlagen.

Er drehte sich um. Das klatschende Geräusch kam von einem Stück Plastikfolie, das sich im Absperrband der Spurensicherung verfangen hatte. Hoffnungsvoll schaute er zum Himmel. Kam da etwa Wind auf, ein Wetterumschwung? Wie ein feiner Wollfaden schwebte ein weißer Streifen über ihm. Die Plastikfolie zuckte noch einmal, dann verebbte der winzige Hauch, und der dünne Wolkenstreifen verging im gleißenden Blau. Unspektakulär, schnell und vollständig, als hätte es ihn nie gegeben, eine Sinnestäuschung wie die Erinnerung an die Bootsausflüge mit seinem Vater. Einzig das Gefühl von Feuchtigkeit blieb. Der Schweiß machte sein Hemd durchsichtig. Leise fluchend begab er sich wieder in den Schatten des Pantheons und wählte Calderons Nummer.

»Hola, Jefe. Was gibt es?«

»Mach den Lautsprecher an.« Er wartete eine Sekunde, bis er es knacken hörte. »Wer von euch geht die Vermisstenmeldungen durch?«

»So weit sind wir noch nicht. Wir …«

»Denkt daran, auch die von Mallorca abzufragen, Ibiza, Tanger und so weiter, alle umliegenden Inseln und jedes Land, von dem man Barcelona auf dem Seeweg erreichen kann. Die Frau könnte mit einer Fähre gekommen sein. Oder sie war auf einer gebucht, um zu verreisen. Die Passagierlisten könnten uns weiterhelfen.«

»Welche? Wir haben noch keinen Zeitrahmen.«

Domenechs Einwand war berechtigt. Lediglich die letzten Tage konnten sie in Anbetracht des Verwesungszustandes wohl ausschließen.

»Schiebt die Listen auf morgen, sobald die Obduktion durch ist, und greift das auf, falls wir bis dahin keinen anderen Anhaltspunkt haben.« Hinter sich glaubte er eine Bewegung wahrzunehmen und wandte sich um. »Keinen eindeutigen«, korrigierte er und spähte um die Ecke. Nichts.

»Sonst noch was?«

Das schabende Geräusch aus dem Hörer verriet ihm, dass Calderon mitschrieb. Bleistift auf Papier.

Eine kurze Pause entstand, in der Jaume sich weiter drehte.

»Die Hüte«, sagte er dann einer Eingebung folgend, ohne konkret zu wissen, wohin der Gedanke führte. »Einige der Tourteilnehmer hatten Strohhüte auf, mit einem Dekoband. Da stand irgendwas drauf, genau weiß ich es nicht mehr.«

Wo war das Katzenrudel geblieben?

»I love Barcelona. Mit Herzchen und in verschiedenen Farben. Hab ich auch gesehen«, bestätigte Domenech. »Das war eine Gruppe Engländer, die zusammengehörte.«

»Im Grab bei der Leiche lag ebenfalls ein Hut mit Schleife. Prüft nach, ob es das gleiche Modell ist. Vielleicht lässt sich das zurückverfolgen.« Ein gelbliches, minderwertiges Geflecht, wie er sich zu erinnern meinte. Undenkbar für Einheimische.

»Ähm, Jefe, das grenzt jetzt aber an …« Calderon räusperte sich. »Irrsinn will ich nicht sagen. Aber Strohhüte gibt es in der Stadt an jeder Ecke: im Supermarkt, bei den fliegenden Händlern, am Kiosk.«

Jaume kam nicht umhin, ein weiteres Mal zuzustimmen. Doch galt es auszuschließen, dass ihnen auch nur der kleinste Hinweis entging. Man musste kein Prophet sein oder abergläubisch, um Ärger anrollen zu sehen.

»Eins nach dem andern«, lenkte er ein. »Zuerst muss es eine Übereinstimmung geben, dann sehen wir, was zu tun ist.«

Aus dem Nichts kreuzte die schwarze Katze von links nach rechts, Auge in Auge mit ihm und keineswegs ängstlich. Sie stolzierte.

»Außerdem will ich die Namen und Anschriften sämtlicher Besucher von Friedhofsführungen der vergangenen drei Monate.«

Calderon brummte etwas Unverständliches, das Jaume lieber überhörte. »Und bestellt Señora Colavida für morgen in mein Büro.«

Trekkingsandalen zum Sommerkleid bei einem Friedhofsbesuch und ein schlecht verarbeiteter Hut. Die Kombination hatte er heute in mehrfacher Ausführung gesehen. Diesmal würde er genau zuhören, wenn Maria Colavida dazu etwas zu sagen hatte.

Jaume öffnete die Knöpfe an den Manschetten seines Hemdes und krempelte diese akribisch bis zur Ellenbeuge auf. Die Haare auf seinen Unterarmen sträubten sich leicht, als ihm endgültig klar wurde, womit sie es zu tun hatten: ein Fall, dessen Spuren bereits erkaltet waren. Und bei dem Opfer, das sich auf dem Weg in die Gerichtsmedizin befand, handelte es sich mit großer Wahrscheinlichkeit um eine Touristin. Letzteres bedeutete erhöhtes Medieninteresse. Auch ohne Internetvideo.

## Montag, 14. August, 10:00 Uhr
## – Jaume Soler Martí –

Im Büro der Kriminalpolizei an der *Travessera de les Corts* glühten die Telefone. Der Obduktionsbefund bestätigte, was der erste Augenschein am Grab bereits nahegelegt hatte: Die Frau war in Folge einer schweren Schädelfraktur verstorben. Zusätzlich hatte sie einige Knochenbrüche, vermutlich von einem Sturz aus mehreren Metern Höhe, jedoch keine Verletzungen, die auf einen Kampf hindeuteten, höchstens auf den Versuch, sich abzufangen. Der Tod hatte die Frau überrascht. Anhaftungen von Pflanzen, Sand und Steinchen auf ihrer Haut und der Kleidung sowie diverse Abstriche und Körperflüssigkeiten mussten noch analysiert werden. Dennoch sah alles danach aus, dass sie auf dem Friedhof ums Leben gekommen war. Den genauen Ort auf dem terrassierten Gelände am Berg zu lokalisieren würde ebenfalls noch einige Zeit in Anspruch nehmen. Die vielen Treppen und Ebenen luden geradezu zum Stolpern ein. Vielfach gab es keine ausreichend hohe Mauer zur Begrenzung, im Gegenteil, knöchelhohe Steinschwellen an den Kanten mancher Plateaus, die man leicht übersehen und daran hängen bleiben konnte. Eigentlich ein Wunder, dass sich auf dem *Cementiri de Montjuïc* nicht häufiger tödliche Unfälle ereigneten. Wobei Jaume im vorliegenden Fall einen Unfall weitgehend ausschloss.

Er verzog das Gesicht. Wie bezeichnend für ihre Arbeit, dass er selbst in seinen Gedanken so vorsichtig formulierte. Zu Beginn einer Ermittlung bewegten sie sich zwischen Eventualitäten, die nach und nach mit Fakten untermauert werden mussten, und bei allen Äußerungen galt es immer auch, politische Belange und die Wirkung auf die Öffentlichkeit zu berücksichtigen. Es kotzte ihn an.

Nein, er glaubte nicht an einen Unfall. Punkt. Ein aus dem Ruder gelaufener Raubüberfall schien ihm wahrscheinlicher. Schlecht für den Tourismus und das Image der Stadt. Wasser auf die Mühlen all jener, für die Barcelona eine Hochburg der Taschendiebe, Trickbetrüger und Drogenhändler war. So sicher wie die wiederkehrende Abfolge der Jahreszeiten kochten in Kürze die polemischen Debatten über härtere Strafen, Kameraüberwachung und Verstärkung der Polizeipräsenz auf den Straßen hoch. Doch keine der von Politikern vorgeschlagenen Maßnahmen hatte sich je als umsetzbar erwiesen, geschweige denn als finanzierbar. Theaterdonner für die Presse und die potenziellen Wähler, deren Stimmen es einzufangen galt. Irgendwie war ja immer Wahlkampf. Und er würde ihnen unfreiwillig Munition liefern, egal wie schnell und egal mit welchem Ergebnis er den Fall löste.

Diese tote Frau, die der Rechtsmediziner auf Anfang bis Mitte fünfzig schätzte, trug nichts bei sich, wodurch man sie hätte identifizieren können. Keine Papiere, kein Telefon, kein Portemonnaie, keine Handtasche und auch keinen Schmuck. Das legte den Rückschluss auf ein materielles Motiv nahe. Für die endgültige Liegezeitbestimmung sortierten und kategorisierten die Kollegen nun das Ungeziefer, das die Leiche bevölkert hatte, zählten Eier und Maden. Vermutlich fütterten sie die Viecher sogar. Eine wissenschaftliche Disziplin, für die Jaume Hochachtung empfand, zu der er aber einen deutlichen Abstand wahrte, wann immer dies möglich war. Die besonderen klimatischen Verhältnisse am Fundort führten zu einer gewissen Unschärfe, was den Todeszeitpunkt anbelangte. Im Augenblick war dieser Punkt eher ein Fleck, der eine Spanne von zwei Tagen umfasste und anderthalb Wochen zurücklag. Geduld war gefragt. Wenn ihm während seiner Ausbildung jemand prophezeit hätte, dass Langmut zu den wichtigsten Eigenschaften gehörte, um im Dienst nicht durchzudrehen, er hätte ihn ausgelacht. Dieses Lachen war ihm längst vergangen, nicht jedoch sein Humor. Obwohl er den nur selten zeigte. *Comissari* Jaume Soler Martí neigte nicht zur Selbstdarstellung. Das überließ er gerne anderen. Mit einigen dieser anderen hatte er fast den halben Vormittag am Telefon verbracht. Rechtfertigungen und Phrasen jongliert, statt sinnvolle Arbeit zu leisten. Im Internet kursierte weiter jenes unglückselige Video, das zwar nach seiner Auffassung kein negatives Licht auf die *Divisió d'Investigació Criminal* warf, ihnen aber ungewöhnlich viel Aufmerksamkeit und Medieninteresse bescherte. Bei der cholerischen Forderung seines Vorgesetzten, gegen denjenigen vorzugehen, der das Video hochgeladen hatte, und es umgehend aus dem Netz zu entfernen, hätte er gern an einen Scherz geglaubt. Auf seiner Prioritätenliste standen andere Dinge ganz oben. Nur leider war es nicht als Scherz gemeint.

»Bei allem Respekt, Señor Selvanegra«, setzte er zu einer Entgegnung an, und Calderon prustete leise auf der gegenüberliegenden Seite des Büros. Jeder halbwegs intelligente Mensch wusste, dass diese Floskel häufig etwas völlig anderes meinte. Jaume benutzte sie trotzdem. In höflichem Ton und gelassener Langsamkeit. Domenech unterbrach seine Arbeit.

»Bei allem Respekt: Das Netz vergisst nicht. Schon gar nicht einfach oder schnell. Mit einem Druck auf die Löschtaste ist es nicht getan. Und ich bin sicher, unsere Spezialisten haben Besseres zu tun, als einem harmlosen Video nachzujagen und dessen Spuren zu tilgen.«

»Hören Sie auf, mich zu belehren, Soler. Zivilisten hampeln am Fundort herum, und die Polizei schaut zu. So sieht es für die da draußen aus! Und Sie, Soler, Sie persönlich sind zu spät zur Stelle. Eindeutig filmisch belegt.« Die letzten drei Worte begleitete jeweils ein harter Schlag, eine Faust auf dem Tisch.

Bei der Bezeichnung Zivilisten seufzte Jaume unterdrückt. Warum Selvanegra keine Karriere beim Militär gemacht hatte, war ihm schleierhaft. *Die da draußen* stempelte alle Nicht-Polizisten zu potenziellen Gegnern. Eine Sichtweise, der er sich weder anschließen konnte noch wollte.

»Bei allem Respekt«, wiederholte er und behielt seinen schleppenden Tonfall bei. »Eine Eins-zu-eins-Betreuung für Touristen, um Vorfälle wie diesen präventiv auszuschließen, kann bei der gegenwärtigen Personalstärke nicht geleistet werden. Sowohl was die *Mossos d'Esquadra* als auch was die *Guardia Civil* betrifft. Eine Aufstockung der Kräfte würde ich jedoch sehr begrüßen. Falls Sie da etwas planen, haben Sie meine volle Unterstützung.« Er entfernte den Hörer vorsorglich um eine Armlänge von seinem Ohr.

»Wollen Sie mich verarschen, Soler?«

Die Frage ließ Jaume unbeantwortet. »Mit Ihrer Erlaubnis verabschiede ich mich jetzt. Ich habe einen Fall aufzuklären, eine Identität und einen Tathergang. *Adéu.*«

Calderon hatte sich tomatenrot verfärbt und verbarg sich hinter einem Aktenordner, während Domenech unverhohlen grinste. Dank der Lautstärke war es ein Leichtes für beide gewesen, Selvanegras Ausbruch mitzuverfolgen. Jaume hängte den Hörer ein und wandte sich umgehend den Unterlagen auf seinem Schreibtisch zu. Er hatte vor den Kollegen nichts zu verbergen, aber auch nicht vor, das Telefonat zu kommentieren. »Kann mir jemand etwas zu den Vermisstenanzeigen sagen? Was haben wir bis dato?«

Einen Moment herrschte Stille, bis auf Domenechs Räuspern. Dann gab der offenbar die Hoffnung auf, dass Jaume sich doch noch zu einer Bemerkung hinreißen ließ und antwortete. »Unter den aktuellen Meldungen gab es landesweit keinen Treffer. Abgängige Frauen, ja, aber keine, bei der sowohl Körpermaße als auch die Altersgruppe übereinstimmen. International und inselbezogen fehlen uns noch ein paar Rückläufe zu meiner Anfrage. Bei den älteren Fällen könnten zwei infrage kommen, ist aber weniger wahrscheinlich.«

Jaume brummte zustimmend. Wer über Monate verschwunden blieb, tauchte selten als relativ frische Leiche wieder auf. Nur im Film, wenn ein Entführer noch ein Weilchen mit seinem Opfer spielte wie eine Katze mit der erbeuteten Maus. Unter den Umständen fanden sich am Körper möglicherweise ältere Verletzungen, die auf Misshandlungen hindeuteten.

»Die beiden Akten sind natürlich schon unterwegs in die Gerichtsmedizin zum Check.«

»Hm. Also haben wir nichts?« Dünn, verdammt dünn, wodurch die Passagierlisten der Fähren wieder interessant wurden. Er konnte sich Calderons Begeisterung in Bild und Ton ausmalen.

»Eine Sache ist da noch. Mit einem fetten Vorbehalt. Ich hab dir eine Mail weitergeleitet.« Domenech kam zu ihm und holte die Nachricht auf den Schirm. »Eine private telefonische Suchanfrage. Kam am Freitag vor einer Woche rein, am 04. August. Eine alleinreisende Urlauberin, die mehrere Tage nicht erreichbar war. Weder Mobil noch über ihr Hotel. Auf Nachfrage stellte sich allerdings heraus, dass sie mit der Familie auch keinen regelmäßigen Kontakt vereinbart hatte. Daraufhin hat ihr Sohn eingeräumt, dass die Funkstille von ihr beabsichtigt sein könnte, und aus dem Fall wurde keine offizielle Meldung.«

»Wieso wissen wir dann davon?« Jaume runzelte die Stirn und scrollte die Mail auf und ab.

»Die Kollegin von der Hotline hat sich eine handschriftliche Notiz gemacht. Weil sie ja zu Anfang nicht wissen konnte, dass die Nummer im Sande verläuft, und der Anruf aus dem Ausland kam. Sie wollte sichergehen, dass sie alles richtig versteht.«

»Lass mich raten«, mischte sich Calderon ein. »Das war Martina? Und auf ihrem Zettel steht die komplette Lebensgeschichte der Familie bis in die zweite Generation.«

Jaume schmunzelte. Die Kollegin, auf die Calderon anspielte, hatte ein Talent, jedem jede Information zu entlocken. Eigentlich eine Verschwendung, sie nicht als Verhörspezialistin einzusetzen.

Domenech hob den Daumen. »Doña Martina, ganz richtig. Sie hat sich sofort daran erinnert, als ich eine aktualisierte Liste angefordert habe.«

Zehn Tage waren eine lange Zeit, und die betreffende Urlauberin war mit etwas Glück längst zurück in ihrem normalen Leben.

»Der Anrufer hat sich kein zweites Mal gemeldet?«

»Nein.« Domenech zuckte die Schultern. »Zumindest nicht bei Martina, sonst wäre es dokumentiert.«

Grübelnd überflog Jaume das eingescannte Notizblatt. Fünfundfünfzig. Unter dem Hemdkragen zog sich die Haut seines Nackens zusammen. Das Alter passte.

»Klär das, Domenech. Ob sie wiederaufgetaucht ist, im Hotel ausgecheckt hat, oder …«

»Schon erledigt. Ich war so frei.«

»Streber!«, schnaubte Calderon. Die Geschwindigkeit des jüngeren Kollegen machte ihm gelegentlich zu schaffen, obwohl sie insgesamt gut harmonierten. Domenech war ihm oft einen Schritt voraus, sowohl gedanklich als auch körperlich. Das unschöne Gefühl, nicht mehr mithalten zu können, konkurrierte mit dem angenehmen, es nicht zu müssen, weil Domenech ihm nie arrogant gegenübertrat oder ihn absichtlich sein Alter spüren ließ. So beschränkte Calderon sich auf kleine Sticheleien, die an Domenechs breitem Kreuz abprallten.

»Und mit welchem Ergebnis erledigt?«, hakte Jaume nach.

»Ihre Buchung läuft noch bis übermorgen. Mehr konnte ich telefonisch nicht herausfinden. Datenschutz.«

Insofern war die Sache noch nicht völlig aus der Welt.

Domenech deutete auf die Adresse. »Soll ich hinfahren, *Jefe*?«

Drei Häuserblocks vom Hotel entfernt war Jaume Soler Martí aufgewachsen. Sein *barri*, sein Viertel am Meer. Von dem er sich seither wegbewegt hatte, innerlich und äußerlich, bis hinauf an die Hügel jenseits der *Avinguda Diagonal*, die die Stadt in gerader Linie durchschnitt. Dort oben hatte er fast die komplette Stadt unter sich, in ihrer ganzen Schönheit mit ihren bunten Dächern und verschnörkelten Fassaden, mit ihrem Schmutz und ihren Verbrechen. An manchen Tagen hüllte sie sich in Dunst oder flimmerte in der Hitze und erzählte ihre Geschichten, von der Enge in den Gassen des Gotischen Viertels, der großen Vergangenheit, dem *Modernisme* zu Beginn des vergangenen Jahrhunderts, von Weltoffenheit, Toleranz und Eigensinn. Und wenn ihre Stimme zu laut wurde, genügte ein Blick aufs Meer, um die Balance wiederherzustellen. Wie klein und unbedeutend die Menschen doch waren, mit ihren ebenso kleinen und unbedeutenden Problemen. Das Meer konnte sie alle wegspülen. Dennoch war er angetreten, sich um ihre Belange zu kümmern. Um die Stadt und die Schicksale ihrer Menschen. *Jefe* nannten ihn die Kollegen: Chef. Es fühlte sich gut an, machte ihn stolz. Er war beileibe nicht größenwahnsinnig. Ein Kommissar war kein Superman, nur ein weiterer Tropfen im Ozean.

»Das übernehme ich selbst«, sagte er mit Blick zur Uhr und ging gedanklich rasch die anstehenden Aufgaben durch. »Aber du kannst mich begleiten.«

Calderon blieb im Büro, mit dem strikten Auftrag, das Telefon durchklingeln zu lassen, wenn es eine andere Nummer als die einer unmittelbar beteiligten Fachabteilung zeigte. Darauf konnte Jaume sich zu hundert Prozent verlassen. Etwas nicht zu tun kam Calderon sehr entgegen.

Eine Viertelstunde später betraten sie die Lobby des Hotels *Antares*. Andere Fahrer brauchten für die Strecke mindestens fünf Minuten mehr, vielleicht auch zehn. Vor einem Spiegel im Eingangsbereich richtete Domenech sich mit gespreizten Fingern die schwarze Haartolle. Um die Nase wirkte er ein wenig blass. Jaume ließ den Autoschlüssel in die Hosentasche gleiten und ging voraus. Seine Mundwinkel zuckten.

Die klassische Ausstattung verlieh dem Raum eine kühle Eleganz, erst bei näherem Hinsehen offenbarten sich kleine Mängel. Abgeschabte Kanten und ein stellenweise durchgetretener Teppich. Links auf dem Empfangstresen lagen Infobroschüren und Stadtpläne zum Mitnehmen, rechts standen eine Schale mit Obst und ein bis zum Rand gefülltes Bonbonglas. Dazwischen gab es eine Schulterbreite Platz, um den Anmeldebogen auszufüllen oder mit dem Personal zu kommunizieren. Niemand war zu sehen, und Jaume hieb auf eine mechanische Schelle, dann langte er auf die andere Seite und griff sich eine offene Mappe, die ausgedruckte Reservierungen, einen Zimmerbelegungsplan und eine Menge Notizen enthielt. Ungeniert blätterte er darin, bis ein Angestellter aus dem angrenzenden Büro stürzte. Ehe der noch den Mund aufmachen konnte, um gegen diese Dreistigkeit zu protestieren, streckte Jaume ihm wortlos seinen Ausweis entgegen und überließ es Domenech, sie beide vorzustellen.

»Kriminalpolizei. *Comissaris* Soler Martí und Domenech. Wir haben vorhin miteinander telefoniert. Richtig?«

Ihr Gegenüber trug die Haare kurz geschoren und am

Kinn einen flaumigen Bart, vermutlich der erste, der je auf seiner Haut gesprossen war. Seine Nervosität angesichts der doppelten Polizeipräsenz war kaum zu übersehen. Er beschränkte sich auf ein hastiges Nicken.

»Datenschutz, hm?« Jaume klappte das Buch zu und reichte es zurück, nachdem er die Eintragungen der nächsten beiden Tage studiert hatte. »Können Sie uns sagen, ob die Dame von 203 gerade in ihrem Zimmer ist?«

»Sekunde.« Der junge Mann drehte sich zu der Ablage um, in die die Schlüsselkarten der Gäste beim Verlassen des Hotels einsortiert wurden. Mit dem Finger fuhr er an den Fächern entlang. Von links nach rechts und retour. »Sollte sie. Ihre Karte ist nicht da. Ich kann anrufen, wenn Sie das möchten?«

»Wir möchten.«

»Comissari Soler Martí!«

Dem Aufzug entstieg eine Frau im schmal geschnittenen grauen Kostüm. Dunkle Locken, reizvolle Kurven. Ihre Pumps machten kein Geräusch auf dem Marmorboden. Gummisohlen, schloss Jaume, und ein etwas breiterer Absatz, um den ganzen Tag gut auszusehen, ohne sich die Füße zu ruinieren. Hübsch und clever.

»Was führt dich denn zu uns?« Sie umarmte Jaume und sah ihn so überrascht an, wie er sich fühlte, dann musterte sie seinen Kollegen mit deutlichem Interesse und streckte ihm die Hand hin. »Alba Ruiz.«

»Domenech«, sagte der und vergaß, seinen Dienstgrad oder den Vornamen zu nennen.

»Routineüberprüfung«, erwiderte Jaume knapp und kramte fieberhaft in seinem Gedächtnis. Erinnerungen an Mädchen mit Zahnspange, dreizehnjährig und dünn wie Zaunlatten blitzten auf, unterlegt mit dem Lachen seiner jüngeren Schwester. Ihre Freundinnen hatte er damals kaum wahrgenommen.

Und wenn, dann um ihnen aus dem Weg zu gehen. Sollte sie eine von ihnen gewesen sein, dann hatten ihr die rund zwanzig Jahre seitdem gutgetan.

»Sie geht nicht ran, *Comissari* Soler.« Hinter dem Tresen legte der Angestellte den Telefonhörer auf und schaute hilfesuchend von ihm zu Alba Ruiz. »Dabei müsste sie eigentlich da sein. Frau Weinhold, Zimmer 203.«

»Oh.« Albas Augenlid zuckte.

»Oh?«, wiederholte Domenech, der nach der rasanten Fahrt zum Hotel immer noch mit Übelkeit kämpfte und sich ein Bonbon nach dem anderen einwarf. »Was meinen Sie mit *Oh*, Señora?«

»Warten Sie.« Alba Ruiz verschwand hinter dem Tresen und im Büro. Eine Schublade glitt auf und schlug zu. Langsamer kehrte sie zurück und setzte etwas zögerlich zu einer Erklärung an.

»Manchmal bin ich es leid, hinter unseren Gästen herzulaufen, die sich nicht an die einfachsten Regeln halten – das ist alles. Die Zimmerkarten sind bei Verlassen des Hotels abzugeben. Immer. Nicht nur, wenn sie wieder auschecken und abreisen. Die Rezeption ist rund um die Uhr besetzt, es macht keinerlei Umstände, sie hierzulassen. Aber nein, sie schleppen die Karten überall mit hin. Zum Shopping, in Nachtclubs, an den Strand – und sie verlieren sie auch überall. Und wissen Sie, wieso?« Verärgert deutete sie zum Ausgang. »Weil sie zu bequem sind, drei Schritte extra zu machen.«

Jaume durchquerte die Halle und drückte auf den Knopf am Aufzug. Die Tür glitt auseinander, und er setzte einen Fuß hinein. Zeitverschwendung, noch länger herumzustehen.

»Zimmer 203 ist im zweiten Stock, Alba?« Er beschloss, Alba Ruiz ebenfalls beim Vornamen zu nennen und zu duzen. Sie kannten einander. Es spielte keine Rolle, dass er sie an keinen konkreten Punkt seiner Vergangenheit einordnen konnte.

Und im Augenblick war es auch noch unwichtig, warum sie Domenech gerade belogen hatte. Hinter ihrem *Oh* steckte mehr. Darauf würde er später eingehen. Falls sich ihr Verdacht bezüglich der Toten erhärtete, wovon er ausging.

»Da du den Generalschlüssel schon geholt hast, wäre es nett, wenn du uns gleich nach oben begleitest, Alba.«

Er hob die Augenbrauen, und Domenech zog eilig die Hand aus dem Bonbonglas.

»Ich nehme die Treppe, *Jefe*«, murmelte er, legte die eine Hand auf seinen Magen und stopfte mit der anderen die leeren Papierchen in die Hosentasche. »Mir ist nicht gut.«

Jaume nickte. Es kam ihm entgegen, dass Domenech sich vor der gemeinsamen Fahrt mit dem Aufzug drückte. Als ob er mit dem auch zu schnell fahren könnte. Er würde kein Problem damit haben, den Kollegen mit der Metro zur Dienststelle zu schicken. Und nun würde er ein paar Minuten mit Alba Ruiz alleine sein.

»Sag mal, worum genau geht es eigentlich?« Sie stellte sich Jaume gegenüber und verschränkte die Arme. Ihr Parfum füllte den engen Raum.

»Wird sich zeigen«, sagte er vage und studierte das Angebot des Hotelrestaurants. Paloma hatte etwas von einer Diät gesagt, die ihm guttäte. Seither hatte er den ganzen Tag Hunger. Automatisch zog er den Bauch ein. Das Mittagsmenu beinhaltete zwei Gänge mit Auswahlmöglichkeit und Nachtisch, dazu ein Glas Wein und Wasser. Ganz typisch katalanisch. Nur der Preis fiel unangenehm aus dem Rahmen. Vielleicht war er hier völlig falsch.

## Montag, 14. August, 11:40 Uhr
## – Montse Soler Martí –

Nach jeder Drehung um den Zeigefinger klatschte der Schlüsselbund kurz in ihre Handfläche, rhythmisch und beruhigend, wie das Durchfließen einer Gebetskette zwischen den Fingern. Nur lauter. Sie winkte ihrem Kollegen zu, der sie an der Straßenecke abgesetzt hatte und nun hinter einem Laster warten musste. Er grüßte mit der Hupe zurück, ließ das Motorrad aufheulen, als er zum Überholen ansetzte, und jagte davon. Nein, leise, fromm und unsichtbar, das war nicht ihre Welt. Montse Soler Martí grinste. Insofern passte sie perfekt zu ihrer Arbeitskleidung. Ein Overall in Neongelb und Grün, abgesetzt mit silbrigen Reflektorstreifen. Daran kam kein Auge vorbei. Leider hielt das schmutzabweisende Gewebe auch ordentlich warm, weshalb sie es kaum erwarten konnte, nach vollendeter Frühschicht endlich unter die Dusche zu kommen. Nur noch einen *café solo* trinken und ein paar Neuigkeiten in der Bar austauschen, anschließend ein Schläfchen, bis die größte Hitze vorüber war.

Die Tische unter den Sonnenschirmen vor *La Pausa* waren unbesetzt, ein paar Flaschen standen herum, benutztes Geschirr mit zerknüllten Servietten. Aus einem Aschenbecher qualmte es. Wurde Ignacia etwa nachlässig? Mit schnellen Schritten überquerte Montse die Straße und löschte den im Ascher kokelnden Müll mit einem Schluck Cola. Trägheit lag über dem verkehrsberuhigten Bereich. Kaum jemand kam um diese Zeit zufällig hier vorbei. Den üblichen Satz schon auf den Lippen dreht sie sich um – und hielt inne. Das Auto vor dem Parkverbotsschild änderte ihre Pläne. Und Ignacia war es offensichtlich genauso gegangen, was das Durcheinander erklärte.

Breitbeinig und mit verschränkten Armen stellte sie sich in die Eingangstür und verdunkelte für einen Augenblick die Sonne. Vergnügt registrierte sie, wie ihr Bruder das Genick einzog. Ein letztes Mal schlug ihr Schlüssel einen klimpernden Salto, dann steckte sie ihn ein.

»*Un solo per Montse* – die wunderbare, einzigartige –, die jetzt Feierabend hat«, schmetterte sie ihrer Mutter entgegen und hängte ein eiliges *Sisplau* an. Bitte. So viel Zeit musste sein, wenn sie sich keinen Ärger einhandeln wollte.

»Na, wie fühlt man sich als Youtube-Star, *Comissari* Soler?« Montse drehte einen zusätzlichen Stuhl zum Tisch und setzte sich rittlings darauf.

»Willst du auch noch was, Jaume?« Ignacia stand auf und schaute ihre Tochter missbilligend an. »Setz dich anständig hin!«

Jaume schüttelte den Kopf. »Nein, danke. Ich muss dann auch wieder los.«

Montse stützte ihre Unterarme auf der Lehne ab. »Kommt gar nicht infrage. Du bleibst. Ich habe das Video gesehen und Gerüchte gehört. Also: Was ist los auf dem *Montjuïc,* und wie kommt es, dass du am anderen Ende der Stadt bei uns in *Poblenou* sitzt? Was hat das eine mit dem anderen zu tun?« Auffordernd trat sie Jaume ans Schienbein, der es vorzog, stumm seine Finger zu kneten. »Hat er dir schon von der Leiche erzählt, Mama?«

»Hat er nicht.« Der Kaffeeautomat dampfte. »Weil das gegen die Vorschriften ist. Nicht mal ein Ja gibt er mir, dass er darum hier ist. Aber mein Sohn, du siehst, uns kannst du nichts vormachen. Wann bist du je im Dienst bei mir vorbeigekommen, hast gegessen und Kaffee getrunken? Dreimal vielleicht bisher. Und immer gab es eine polizeiliche Ermittlung in der Nähe. Sonst hast du ja keine Zeit. Da braucht man nicht viel Fantasie, um Bescheid zu wissen.« Ignacia stellte drei kleine Tässchen auf ein Tablett. Der Ventilator zwischen Theke und Gummibaum drehte sich auf vollen Touren und brachte ihren Kittel zum Flattern. »Aber der Sturschädel sagt kein Wort. Kein einziges Wort!«

Schwerfällig watschelte Ignacia zum Tisch zurück. Jeder Orthopäde hätte ihr mindestens Einlagen verordnet oder sogar zu einer Operation geraten. Ein Grund mehr für sie, Arztbesuche zu meiden. Von den Kosten ganz abgesehen.

Montse blieb in ihrer uneleganten Haltung auf dem Stuhl sitzen. Solange Ignacia die Untersuchung verweigerte, verweigerte sie ihr die dauernde Schonung und half ihr nur nach ausdrücklicher Aufforderung. Stur konnten sie beide sein, ebenso gut wie Jaume. Der würde den abgelehnten Kaffee allerdings trotzdem trinken. Männer waren alle Weicheier, wenn es um die Beziehung zur eigenen Mutter ging. Montse hängte die Nase über die Tasse und sog seufzend den starken Duft ein. Sie suchte immer noch nach der männlichen Ausnahme von dieser Regel.

»Du bist vorhin vorm Hotel *Antares* gesehen worden«, sagte sie und nippte. »Zusammen mit dem schönen Domenech.«

Auf den hatte Ignacia eine Weile ganz unverblümt gehofft und Montse damit genervt. Eine angemessene Partie. Gutaussehend, anständige Familie, ordentlicher Job und als Jaumes jüngerer Mitarbeiter bequem unter Kontrolle zu halten. Sie waren sogar ein paar Mal miteinander ausgegangen. Sympathie hatte es gegeben, aber mehr eben nicht. Jedenfalls nichts, was Ignacia oder Jaume etwas anging. Vor den beiden hatten sie ihre Treffen geheim gehalten. Die Erinnerung fühlte sich reizvoller an als erwartet. Manche Geheimnisse hatten durchaus etwas für sich. Vor allem die, in die man eingeweiht war.

Jaumes betontes Kaffeerühren ging Montse rekordverdächtig gegen den Strich. Rätsel löste man nicht durch Schweigen. Hatte er das auf der Polizeischule nicht gelernt?

»Ihr habt das Hotel gemeinsam betreten und wieder verlassen«, legte sie nach. »Folglich war es kein intimes Date, von dem ein Kumpel den anderen abgeholt hat. Wäre auch echt ziemlich dämlich, zu diesem Zweck ausgerechnet in einem Viertel abzusteigen, wo dich jeder kennt. So blöd bist nicht mal du.« Und Domenech war es auch nicht. Sie ertränkte das aufkommende Lächeln im letzten Schluck Kaffee.

Ihre Mutter schnaubte. »Montse!«

»Was denn? Das war doch ein Kompliment.« Unschuld heuchelnd hob sie die Hände. Ab sofort sollte sie sich besser mit weiteren Lästereien zurückhalten. Sie sprang auf und ging hinter die Theke, wo sie aus zwei großen Schraubgläsern eingelegte Oliven in eine Schale löffelte. Denken machte hungrig und Wachbleiben ebenso.

»Wenn ich bei den *Mossos* und meine Kombinationsgabe gefragt wäre, würde ich aus der Aktion schließen, dass eine Spur des Mordfalls zum Hotel führt.« Sie nahm eine Flasche Bier aus dem Kühlschrank und klemmte ein halbes Weißbrot unter den Arm. Per Augenkontakt gab Ignacia Rückmeldung, dass sie nichts haben wollte. Jaume zu fragen erübrigte sich. Der machte den nächsten Versuch aufzustehen.

»Nicht weglaufen, Brüderchen!« Sie schob erst sich eine Olive in den Mund, dann ihm und wedelte mit dem Brot herum. »Da gibt es einen Zusammenhang, das kannst du nicht leugnen. Einen zweiten Fall, der dringender ist als die Tote vom *Montjuïc*, wird es kaum geben. Hat *betevé* schon was gebracht?«

Morgens lief bei Ignacia fast ausschließlich der regionale

Fernsehsender, der alle Themen mit Bezug zu Barcelona behandelte. Jetzt war der Bildschirm in der Ecke über der Tür überraschenderweise dunkel.

Ignacia deutete auf Jaume. »Er hat abgeschaltet. Vorher haben sie einmal kurz Bilder aus dem Grab gezeigt.«

»Und Jaume nicht? Schade, schade. Warte einen Moment.« Montse wischte die Hände am Overall ab und hatte Sekunden später das Video auf dem Smartphone parat. Während Ignacia die wackelige Aufnahme betrachtete, machte Montse sich wieder über Oliven und Weißbrot her.

»Du bist gekommen, um nachzuforschen und zu denken«, sagte sie an Jaume gewandt. »Find ich ja nicht schlecht, aber eine heiße Hotelaffäre würde dir sicher auch mal guttun.« Ihre hübsche Schwägerin Paloma taugte ihrer Meinung nach nur als Ausstellungsstück, um auf Partys zu glänzen oder mit ihrer Perfektion bei einem offiziellen Anlass anzugeben. Aber um Spaß zu haben? Montse bezweifelte das. Wahrscheinlich passte sie genau deshalb doch zu Jaume. Der hatte Langeweile als zweiten Vornamen im Ausweis stehen. Nicht mal diese erneute Provokation entlockte ihm eine angemessene Entgegnung. Stattdessen starrte er Ignacia an, die sich bekreuzigte und jetzt die Hand nach Montse ausstreckte. »Wo muss ich drücken, dass das noch mal kommt? Und kannst du das größer machen?«

Montse zeigte ihr das Startsymbol für die Videowiedergabe und zog das Bild auseinander. »Was ist?«

»Ich weiß nicht. Guck doch mal. Das Kleid. Ach, nun ist es schon wieder weg!«

Montse kniete sich auf den Stuhl und beugte sich zu ihr. »Sag stopp, wenn du es wieder siehst.« Sie ließ den Film von vorn laufen. »Mal ehrlich, Jaume, die Frau ist doch nicht freiwillig zum Sterben in das Grab gekrabbelt. Das muss ein Mord gewesen sein.«

»Da, halt an!« Ignancias Aufregung lenkte Montse davon

ab, dass Jaume schon wieder keine Antwort gab. Im Pausenmodus standen die Käfer auf dem Boden des Grabes still. In der Bildmitte sah man blauen Stoff mit Blümchenmuster. Ein vager Eindruck des Wiedererkennens streifte Montse, und sie bewegte unschlüssig den Kopf hin und her.

»Weißt du nicht mehr?« Ignacia klopfte mit den Fingerknöcheln auf die Tischplatte. »Die Deutsche, die draußen gesessen und so viel geredet hat. Hatte die nicht auch so ein Kleid an?«

»Ja, na klar.« Das Bild in Montses Erinnerung konkretisierte sich. »Du hast Recht. Das sah furchtbar an ihr aus, passte gar nicht.«

»Doch, das passte. Weil die ganze Frau furchtbar war.« Ignacia tippte auf Start, die Käfer krabbelten weiter, und sie schüttelte sich. »Aber das da hat sie nicht verdient.«

»So ein Ende wünscht man ja wohl niemandem.«

»Nein. Aber sie ging mir auf die Nerven.«

»Dir gehen fast alle Touristen auf die Nerven, Mama. Dabei könntest du *La Pausa* ohne ihr Geld bald zumachen.«

Ignacia presste die Lippen aufeinander. Das wollte sie nicht hören, wie Montse sehr genau wusste. Ein Thema, über das sie regelmäßig diskutierten. Dabei ging es Montse keineswegs um Dankbarkeit, sondern nur um ein wenig Entgegenkommen. Aber Ignacia sträubte sich, als ob Freundlichkeit mit Anbiederung oder gar mit Demut gleichzusetzen wäre. Dabei genügte oft schon ein kleines Lächeln, um Hürden oder Sprachbarrieren zu überwinden. Sie war nicht sicher, ob Ignacia es einfach genoss, ihr Gegenüber hilflos zappeln zu sehen, wenn sie vorgab, eine Bestellung nicht zu verstehen, oder ob sie tatsächlich nach so vielen Jahren immer noch kein Wort einer anderen Sprache verstand. Letzteres traf definitiv nicht auf Spanisch zu. Aber Touristen, die den Versuch machten, auf Spanisch mit ihr zu kommunizieren, strafte sie besonders gerne ab. Barcelona zu besuchen bedeutete, in Katalonien zu sein, dann hatte man gefälligst *Català* zu sprechen! Wer diesen grundsätzlichen Unterschied ignorierte oder nicht kannte, dem war nicht zu helfen. Jedenfalls nicht von ihr.

»Sie war überheblich«, verkündete Ignacia. »Eine Besserwisserin.«

»Was war das für eine Frau?«, fragte Jaume und zog den Oliventeller zu sich.

Einen Moment lang erwog Montse, ihn zu ignorieren, wie er ihre Fragen ignorierte, dann stippte sie ihr Brot in die Öllache und zuckte mit den Schultern. »Eine, die mächtig stolz auf ihren Spanischwortschatz war. *Castellà*, du verstehst? Kastilisch, nicht Katalanisch.«

Jaume nahm ihr das Brot aus der Hand und nickte. »Und was wusste sie besser als unsere Mama?« Ein Grinsen kräuselte seine Mundwinkel und stellte augenblicklich die Vertrautheit zwischen ihnen her, die sie in ihrer Kindheit verbunden hatte. Als Montse noch zu ihrem großen Bruder aufblickte – vor der Pubertät, in der sie an ihm vorbeigewachsen war.

»Sie hat behauptet, nachts auf unserem *Cementiri* – also auf dem Friedhof in *Poblenou*, nicht auf dem *Montjuïc* – Lichter gesehen zu haben, von ihrem Hotel aus. Dem *Antares*. Wo du vorhin ein Stelldichein mit Domenech hattest. Oder was auch immer ihr dort Inoffizielles getrieben habt. Denn dienstlich ist dein Besuch ja angeblich nicht gewesen.«

Unerschütterlich kaute Jaume weiter und machte mit der Hand Zeichen, sie solle fortfahren.

»Sie wollte wissen, was es mit den Lichtern auf sich hat. Erst hat sie an eine optische Täuschung gedacht, weil …«

»Nein, zuerst hat sie mich gefragt, ob da tatsächlich ein Friedhof ist, statt einfach hinzugehen und nachzusehen. Und sie hat sich aufgeregt, wie man ein Hotel direkt daneben bauen kann«, warf Ignacia ein.

»Sie hat sich nicht aufgeregt, sie war nur erstaunt.«

»Und dann hat sie uns belehrt, dass es in Spanien nicht üblich ist, das ganze Jahr über Grablichter aufzustellen, und dass es darum ja wohl keine gewesen sein können.«

»Okay, das stimmt. Ihr Tonfall war schon ein bisschen rechthaberisch. Aber vielleicht hörte sich das auch nur so an, weil sie eine furchtbar harte Aussprache hatte. Deutsch eben. Da klingt alles wie ein Kommando.« Wobei ihre Anmerkung inhaltlich richtig gewesen war. Gräber wurden nur zu manchen Feiertagen mit Kerzen geschmückt.

»Und das war alles?«

»Grundsätzlich ja. Wir haben ein bisschen rumdiskutiert, da sie darauf bestanden hat, etwas gesehen zu haben. Ich habe ihr dann geraten, den Friedhof tagsüber zu besuchen, weil abends abgeschlossen wird. Wahrscheinlich kam das Leuchten aus dem Park nebenan.«

Am Gesicht der Frau war deutlich abzulesen gewesen, dass sich an ihrer Meinung nichts geändert hatte. Ob sie nun an Geistererscheinungen oder eine nächtliche Verschwörung glaubte, war offengeblieben.

»Wie lange ist eure Begegnung her?«

»Sag mal, Bruder, irre ich mich, oder ist das eine Vernehmung?« Montse trat ihm mit dem Arbeitsstiefel auf den weichen Lederslipper. »Musst du uns darüber nicht vorher informieren?«

»Du irrst dich.« Jaume stand auf, richtete seinen Hemdkragen und den Gürtel. »Ihr seid sicher mit dem Blumenmuster?«

Ignacia blickte wieder auf das Smartphone und nickte seufzend. »Was für ein hässliches Ende.«

»Wann war sie bei dir, Mama?«

»Das muss etwa zwei Wochen her sein, vielleicht etwas länger. Oder, Montse?«

»Ja, so ungefähr.« Sie drehte sich auf dem Stuhl um. »Nun

sag schon: Ist deine Tote vom *Montjuïc* eine Deutsche, die im *Antares* gewohnt hat?«

»Dazu lässt sich noch keine sichere Aussage treffen. Also zieh bitte keine voreiligen Schlüsse.«

»Aber es könnte sein, dass wir mit dem Mordopfer gesprochen haben?«

»Ob es ein Mord war, ist auch noch unklar.«

»Ach, Jaume, du bist ein solcher Pedant! Kannst du nicht einfach ja oder nein sagen?«

»Es könnte sein. Ja.« Er beugte sich über den Tisch zu Ignacia und drückte ihr einen Kuss auf die Wange, den sie geistesabwesend erwiderte. Seiner Schwester legte er den Zeigefinger unters Kinn und schaute ihr eindringlich in die Augen. Kommissar und großer Bruder. Montse zuckte nicht mit der Wimper.

Erst als draußen der Motor seines Wagens ansprang, wandte sie sich ihrer Mutter zu, die erstaunlich still geworden war, und nahm ihr das Smartphone ab. Ihre Fingerabdrücke auf dem Display hätten jeden Kriminaltechniker in Entzücken versetzt. Montse öffnete den Reisverschluss ihres Overalls und rieb es an ihrem T-Shirt sauber. Das Display zeigte ihr glänzendes Spiegelbild und darunter den Blick ins steinerne Grab. Eine gruselige Überlagerung. Hastig schaltete sie das Gerät aus.

»Was denkst du, Mama?«

»Dass wir schrecklich dumm gewesen sind.«

»Wir?«

»Die Lichter, die die Frau gesehen haben wollte, waren vielleicht keine Einbildung, sondern eine Warnung von *el santet.*« Ignacia nickte mit Nachdruck. »Es wird immer wieder berichtet, dass Leute nachts auf dem Friedhof ein Leuchten gesehen haben, durch den Riss in seiner Grabplatte. Er konnte den Tod vorhersagen, heißt es.«

Die Geschichte kannte Montse von klein auf. Neu war allerdings, dass ihre Mutter sie plötzlich für wahr hielt. »Der kleine Heilige von *Poblenou* hat ihr aus seinem Grab eine Botschaft geschickt. Meinst du das im Ernst?«

»Vielleicht war die Botschaft auch für mich«, murmelte Ignacia. »Ein Auftrag.«

Montse horchte auf. »Ein Auftrag, dich um die Angelegenheit zu kümmern?«

»Vielleicht hätten wir uns schon um die Frau kümmern sollen, als sie noch lebte. Aber dafür ist es zu spät.«

Montse spürte ein leises Kribbeln in den Fingerspitzen. *Wir*. Sie war weit davon entfernt, an Nachrichten aus dem Jenseits zu glauben. Und im Gegensatz zu Ignacia klopfte sie weder auf Holz, noch schlug sie ein Kreuz oder betete. Ihr Leben spielte sich in der Realität ab. Der Zusammenhang, den Ignacia herstellte, war völlig absurd. Andererseits wäre ihre Begegnung mit der Toten dann ohne jede Bedeutung gewesen. Das erschien ihr fast ebenso unwahrscheinlich. Auch wenn sie ihrer Mutter die Begründung nicht abnahm, die daraus folgende *Mission* in Ignacias Augen war eindeutig. Und die gefiel Montse, denn sie widersprach der unausgesprochenen Bitte ihres Bruders, sich rauszuhalten.

»Alles klar. Dann kümmern wir beide uns also jetzt.« Sie stapelte das Geschirr und trug es zur Spüle. Zuerst brauchte sie einen zweiten *Solo*. Schlafen konnte sie auch später noch. »Wo fangen wir an?«

## Montag, 14. August, 14:00 Uhr
## – Jaume Soler Martí –

Noch immer durchkämmten Mitarbeiter der Spurensicherung den Bereich um den Leichenfundort, nun in einem weiteren Umkreis hügelabwärts, und suchten nach persönlichen Gegenständen, die der Toten gehört haben konnten. Die Erfolgsaussichten waren gering. Es sei denn, der Täter hatte im Gebüsch entsorgt, was er nicht benötigte. Eine ordentliche Stadt wie Barcelona ließ ihre Abfallbehälter regelmäßig leeren. Auch wenn das Durchwühlen der Tonnen somit sinnlos erschien, gehörte es dennoch zur üblichen Routine.

Jaume fuhr den Seiteneingang an, den sonst meist nur Baufahrzeuge nutzten. An dieser Strecke war es mit der Sauberkeit nicht weit her. Niemandsland. Zwischen den anspruchslosen Pflanzen am ausgedörrten Hang lagen Mülltüten. Aufgeplatzt beim eiligen illegalen Abwurf oder zerrissen von Tieren auf der Suche nach Nahrung. In der Nähe des Tores konnte er einen alten Schlafsack und eine Wolldecke ausmachen. Wer sich für die Nacht hierher zurückzog, war ganz unten angekommen. Automatisch kniff er die Augen hinter der getönten Brille fester zusammen. Nichts. Keine Spur von menschlichem Leben in der schattenlosen Mittagssonne.

Am Haupteingang hatten sie das Friedhofspersonal durch zwei Polizeistreifen verstärkt, um die Presse und gegebenenfalls Schaulustige abzuhalten. Begegnungen, die er liebend gerne vermeiden wollte. Er kurbelte das Fenster herunter und ließ den Wagen die letzten Meter auf das Tor zurollen, das extra seinetwegen geöffnet wurde.

»Bon dia!« Er hob die Hand zum Gruß und passierte.

Der Wächter, bei dem er sein Erscheinen angekündigt hatte, tippte sich an die Mütze. Eingehüllt in eine Staubwolke schloss er hinter ihm wieder ab, wurde im Rückspiegel kleiner und verschwand schließlich ganz, wie auch der Zugang zum *Fossar de la Pedrera,* als Jaume um eine Kurve bog. Oberhalb der Straße, die er gerade verlassen hatte, strebte er innerhalb der Mauern nun wieder der dem Meer zugewandten Bergseite entgegen. Schon oft hatte er sich vorgenommen, die Gedenkstätte für die Opfer des Spanischen Bürgerkrieges zu besuchen, und es doch immer wieder aufgeschoben. Er musste mit Paloma darüber reden. Noch waren ihre Kinder zu klein, um sie mit der Vergangenheit zu belasten. Aber irgendwann würden sie alt genug sein und Fragen stellen. Dann war es wichtig, Antworten zu haben. Viertausend Menschen, hingerichtet und verscharrt in einem Steinbruch. Hier. In ihrem Barcelona. Doch wie sollte er erklären, was er selbst nicht zu fassen vermochte? Er trat auf die Bremse, parkte den Wagen, obwohl er noch etwas weiter hätte fahren können, und tippte eine Notiz in sein Telefon. Beim Aussteigen atmete er tief durch. Ja, er würde mit Paloma reden, und sie würde dafür sorgen, dass er sein Vorhaben in die Tat umsetzte. Manchmal musste man Dinge sehen, um sie zu realisieren. Erst dann folgte das Begreifen. Zumindest bei ihm war das so. Einer der Gründe, weshalb ihm der heutige Ausflug ein Bedürfnis war. Nicht nur, um den Anfragen seines Vorgesetzten zu entgehen. Wobei er diesen Nebeneffekt unbestritten als angenehm empfand.

In gemäßigtem Tempo schritt Jaume voran, ausgerüstet mit einem Lageplan des *Cementiri de Montjuïc* und einer Umhängetasche über der Schulter. Er mochte die Stille hier draußen, das Knirschen unter seinen Schuhen, und entschied sich gegen eine Abkürzung und für die sanfter ansteigenden Serpentinen. Schneller als erwartet erreichte er sein Ziel und überstieg das Absperrband. Hatte er nicht gestern jeden für verrückt erklärt, der sich freiwillig der Mittagssonne aussetzte? Und nun stand er zur gleichen Uhrzeit an genau derselben Stelle.

Verwaist lag das Plateau vor ihm. Keine Katze weit und breit. Er las die Inschriften auf den Grabplatten. Familiennamen. Worte voll Trauer und Hoffnung. *Descanseu en pau.* Kopfschüttelnd wandte er sich ab.

Aus seiner Tasche holte er eine Dose, einen Löffel und einen Plastiknapf, in den er den Inhalt kippte und in kurzer Entfernung zu dem Platz auf den Boden stellte, von dem aus ihn gestern die Katze beobachtet hatte. Dann setzte er sich auf die Bank in der Mauer, bei deren Gestaltung sich der Erbauer an den Mosaiken Antoni Gaudís orientiert hatte. Ein schwacher Abklatsch der geschwungenen Balustrade im *Park Güell* mit ihren prachtvollen Farben und filigranen Mustern, bei dem, im Gegensatz zum Original, auf eine körpergerechte Ausformung verzichtet worden war. Scharfe Kanten drückten unangenehm in sein Gesäß. Jaume rutschte ein wenig hin und her, bis er eine akzeptable Sitzposition fand, lehnte sich zurück und wartete. Das Büro in der Dienststelle wusste er in guten Händen. Calderon organisierte die Befragung sämtlicher Friedhofsmitarbeiter, die er nach und nach einbestellte, soweit sie sich nicht gerade im Urlaub befanden, wie die halbe Stadt im August. Und Domenech hatte er beauftragt, mit dem Sohn der möglicherweise verschwundenen Touristin in Kontakt zu treten. Dieser Ansatz konnte innerhalb dreier Sätze erledigt sein. Oder weitere Maßnahmen erfordern. Domenech war im Bilde, was in welchem Falle zu unternehmen war, und abgesehen von seinem schwachen Magen bei zügigen Autofahrten absolut zuverlässig.

Blinzelnd erging Jaume sich im makellosen Blau des Himmels, streifte das dunkle Grün einer Zypresse, deren ätherischer Nadelduft sich mit der Hitze verband – eine Ahnung von Trockenheit und Feuergefahr verbreitend –, driftete ab aufs Meer. Aus der Entfernung wirkte es häufig glatt, doch heute war es das tatsächlich. Kein Surfer kreuzte, und nirgendwo reckte sich auch nur ein einziger Mast. Kein Wellenkräuseln. Windstille. Tiefe, schläfrige Ruhe. Jaumes Lider wurden schwer.

*Descanseu en pau.*

Er zuckte zusammen und riss die Augen auf. *Ruhe in Frieden.* Welch ein Hohn, dass ausgerechnet dieser Wunsch in die Verschlussplatte über der unbekannten Toten gehauen war. Ihr Körper war über Kies und Steine geschleift und in ein gemauertes Grab aus einem vergangenen Jahrhundert gewuchtet worden. Dort hinein hatte man sie nicht gelegt, sondern fallen lassen. Über den Grund konnte spekuliert werden, genau wie über den Spalt, der offen geblieben war. Möglicherweise war der Täter gestört worden. *Ruhe in Frieden.* Davon konnte jedenfalls keine Rede sein. Nur die lückenlose Aufklärung dessen, was ihr widerfahren war, konnte ihr dazu verhelfen. Sein Job.

Jeder Fall, den er bearbeitete, glich zu Beginn einem unberührten Blatt Papier, das er mit Antworten auf die immer gleichen Fragen füllen musste. Wer war der Mensch, bevor aus ihm ein Opfer wurde? Welches Leben hatte er geführt, bevor dieses gewaltsam endete? Wer profitierte von seinem Tod, und wer litt darunter? Für sich persönlich hatte er vor langer Zeit eine weitere Frage auf die Liste gesetzt: Welche Rolle spielte der Zufall im Ablauf der Ereignisse? Der Zufall – oder je nach Sichtweise das Schicksal als dessen Widerpart – beschäftigte ihn, so lange er denken konnte. Widersprachen oder ergänzten sie einander? Letztlich kam auch jedes zufällig erscheinende Ereignis durch eine Folge vieler vorausgegangener Entscheidungen zustande. Wenn also diese Frau und ihr Mörder einander unbekannterweise auf diesem Friedhof begegnet waren, weil beide aus unterschiedlichen Gründen entschieden hatten, genau im gleichen Moment dorthin zu gehen, konnte man dann von einem Zufallsopfer sprechen? Und was änderte sich, wenn sie einander vorher kannten? An welcher Stelle verwandelte sich Zufall in Schicksal?

Jaume Soler Martí wischte sich den Schweiß ab. Diese Gedankengänge teilte er mit niemandem, und vermutlich würde er sie bis an sein Lebensende wälzen, ohne zu einem Schluss zu kommen. Nur der Zweifel war gewiss.

»Warum bist du hierhergekommen?«, murmelte er. »Warum?« Er zögerte, ihren Namen auszusprechen. Es konnte noch Tage dauern, bis sie die Frau mit Sicherheit identifiziert hatten. Tage, in denen Doris Weinhold womöglich wiederauftauchte. Lebend und eventuell wenig erfreut, wenn die *Mossos d'Esquadra* in der Zwischenzeit in ihren persönlichen Sachen herumgeschnüffelt und DNA-Proben aus ihrem Hotelzimmer genommen hatte. Er setzte auf Domenechs Recherche. Wenn es seit der Meldung vor zehn Tagen keinen Kontakt mit der Familie gegeben hatte, reichte ihm das aus, um eine entsprechende Untersuchung einzuleiten. Das nahm er dann auf seine Kappe.

Ein Schmatzen weckte seine Aufmerksamkeit. Langsam drehte er den Kopf und lächelte. Das Geräusch verstummte. Die Schwarze schaute ihn mit den gleichen unergründlich leuchtenden Augen wie am Vortag an, klopfte mit der Schwanzspitze ihre Warnung in den Staub. Nur sie allein saß am Napf. Am Rand des Plateaus nahm er weitere Bewegungen war, verhuscht und geduckt. Doch keine außer ihr hatte den Schritt auf die freie Fläche und in seine Nähe gewagt. Bedächtig senkte sie ihre Schnauze, fraß den nächsten Bissen. Sie war die Königin der Kolonie. Daran gab es keinen Zweifel.

## Montag, 14. August, 14:00 Uhr
## – Montse Soler Martí –

Es fehlte nicht viel, und das Gebläse der Klimaanlage hätte sie vom Barhocker geweht. Montse genoss die Eiseskälte, die ihre Waden umspielte, während draußen die Luft flirrte. Das Hotel *Antares* lag in Sichtweite auf der anderen Seite des Kreisels. Nachdem Jaume gegangen war, hatte sie noch drei *cafè solo* getrunken, die ihr jetzt Herzrasen verursachten, ausgiebig geduscht und sich dann auf einen *Vermut* verabredet. Überzeugungsarbeit war keine nötig gewesen. Sie hatte nur den Video-Link verschickt. Alba Ruiz brannte darauf, ihre Pause mit Montse zu verbringen.

»Was weißt du?«, fragte sie ohne Umschweife, kaum dass sie einander begrüßt hatten.

»Das wollte ich eigentlich dich fragen.« Alba lachte und schlug die Beine übereinander. »Hast du schon bestellt?«

»Zwei Vermut mit Eis«, bestätigte sie. »Mittagessen passt nicht in meinen Schichtrhythmus. Brauchst du die Karte?«

»Nein. Keine Zeit.« Alba zog sich ein Schälchen mit salzigen Nüssen heran und winkte dem Kellner zu. Sie gehörte zu seinen Stammgästen. »Dein Bruder hat mich nicht erkannt, aber er hat so getan als ob.«

Das sah ihm ähnlich. Dabei hatte Alba ihn früher angebetet. Ihre Besuche bei ihnen zu Hause hatten immer Jaume gegolten, was Montse erst später begriffen hatte. Das gemeinsame Lernen für die Schule war nur ein Vorwand gewesen. Ihr Ärger darüber war längst verflogen.

»Er hat sich kaum verändert. Der Ansatz von Grau in den Schläfen steht ihm gut«, seufzte Alba und lachte schon wieder. »Aber ich steh heute nicht mehr so sehr darauf, übersehen zu werden.«

»Dahinter steckt keine böse Absicht. Er hat einfach keine Ahnung, wie man flirtet.« Und selbst wenn, war es so ziemlich das Letzte, was Montse sich vorstellen konnte. Entweder war er zu brav oder zu faul, da wollte sie sich nicht festlegen.

»Ich dachte, er ist verheiratet?«

»Ist er, und ich kapiere bis heute nicht, wie das passieren konnte. Seine Frau ist Madrilenin.« Montse schaute zur Decke. »Dazu noch eine Studierte. Kunstpädagogin. Der Himmel weiß, wie sie ihn rumgekriegt hat. Du kannst dir vorstellen, was Mama davon hält.«

Alba rümpfte die Nase. »Hat er Kinder?«

»Zwei. Mach einen Haken dran, Alba.« Beinahe hätte sie ihr empfohlen, sich lieber an Domenech zu halten, wenn sie jemanden zum Flirten suchte. Doch dann schluckte sie den Satz herunter. »Was genau wollte Jaume heute Morgen im Hotel?«

»Glaubst du im Ernst, dass er sich konkret geäußert hat?«

Der Barmann stellte zwei Gläser mit Eis vor ihnen ab und goss den hauseigenen Aperitif ein. Gleichzeitig aus zwei unterschiedlichen Flaschen und mit großer Geste, bis er über den Rand schwappte. Die Pfütze gehörte einfach mit dazu.

»Salut.« Montse hob ihr Glas. Es tropfte auf ihre Knie unter dem Rand der kurzen Cargohose. Sie und Alba kannten sich ewig, ohne enge Freunde zu sein. Zu unterschiedlich waren ihre Interessen, und nach der Schule hatten sie einander für Jahre aus den Augen verloren, bis sie sich vor kurzem in *Poblenou* wieder über den Weg gelaufen waren. Alba Ruiz als Rezeptionistin eines alteingesessenen Hotels und Montse Soler Martí in der Uniform der Stadtreinigung als eine der sogenannten *Mileuristas*. Teil des wachsenden Heeres aus vorwiegend jungen Erwachsenen, die oft trotz guter Ausbildung mit maximal Tausend Euro im Monat über die Runden kommen mussten. Und damit stand sie bei Weitem nicht am unteren Ende der Skala. Für sie alleine war das ein anständiges Einkommen, solange Ignacia sie bei sich wohnen ließ. Nur zu den ganz Jungen konnte sie sich mit Mitte dreißig kaum noch zählen. Eine Tatsache, die ihr missfiel.

»Salut.« Alba stieß mit ihr an und drehte sich geschickt zur Seite, damit ihr Rock keine Flecken abbekam. »Jaume hat nach einer Touristin gefragt. Sie war nicht da, wir haben geklopft und kurz in ihr Zimmer geschaut. Er wollte wissen, wann wir zuletzt mit ihr gesprochen haben.« Alba zuckte die Schultern. »Als ob wir darüber Buch führen.«

»Ein gutes Hotel wahrt Diskretion«, vermutete Montse.

»Na sicher. Unsere Gäste machen Urlaub, die wollen ihre Ruhe, Privatsphäre … Aber erzähl das mal einem Polizisten. Die glauben, jeder hätte was zu verbergen. Und wir sollten am besten jeden bespitzeln.« Sie verzog das Gesicht. »Sorry, aber so ist es doch.«

Montse wischte mit der flachen Hand den nächsten Tropfen vom Bein und lutschte dann den Handballen ab. »Egal ob Bulle oder kein Bulle, Männer sind alle Kontrollfreaks. Ist wahrscheinlich was Genetisches.«

»Ja, genau!« Alba beugte sich vor und senkte die Stimme. »Die Frau, wegen der dein Bruder da war, hat immer das Nicht-Stören-Schild an der Tür hängen. Das sagt doch alles, oder? Lasst mich in Frieden. Nur weil jemand nicht ans Telefon geht, muss er ja nicht gleich tot sein.«

Musste nicht, konnte aber. Montse signalisierte trotzdem Zustimmung und nippte erneut an ihrem Getränk. Sie bewunderte die Eleganz, mit der Alba sich bewegte, ihre gerade Haltung, die sie auch auf dem Barhocker beibehielt und die sie nicht hinderte, weiter Erdnüsse zu futtern.

»Telefon?«, warf Montse ihr zu, um den Redefluss in Gang zu halten.

»Telefon, genau. Es kamen mehrere Anrufe für Frau Weinhold, die wir aber nicht durchstellen konnten«, erklärte Alba und machte sich über eine zweite Portion Nüsse her. »Ich hätte mir dabei nie was gedacht. Nie!«

Weinhold hörte sich deutsch an. Jetzt wurde es interessant. »Aber?«

»Aber das Schnuckelchen, das deinen Bruder begleitet hat, war anderer Meinung.«

Das klang geradezu beleidigt. Umgekehrt hätte wohl die Bezeichnung »Schnuckelchen« die gleiche Wirkung auf Domenech gehabt. Nachdenklich sah Montse zu, wie Alba die letzten Nüsse in die hohle Hand kippte. Da war noch etwas, das in Alba arbeitete und herauswollte. Per Handzeichen orderte Montse zwei weitere Vermut, weiß und trocken für sich, rot und mild für Alba, und zwinkerte dem Barmann zu, der daraufhin eine weitere Tüte mit Knabbereien öffnete und die Schälchen nachfüllte. Vermut war billig, und wenn Alba weiter in diesem Tempo Nüsse naschte, machte er an ihnen heute keinen Gewinn. Aber sie mussten noch ein wenig bleiben, bis sie alles ausgespuckt hatte.

»Eins der Zimmermädchen hatte eine Ahnung, dass etwas nicht stimmt«, sagte Alba endlich. »Aber ich bin der Sache nicht nachgegangen.«

»Das hat Schnuckelchen Domenech bestimmt nicht gefallen.« Alba schwieg, und Montse ahnte, weshalb. Sie hatte ihm die Info vorenthalten. »Verrätst du mir, wieso?«

»Weil ich dachte, das wäre nur Spinnerei. Es war das erste Mal, dass ein Zimmermädchen reklamierte, weil es in einem Zimmer tagelang nicht putzen konnte. Sonst kommen die Beschwerden eher von den Gästen. Dass es die gleiche Frau war, für die die Anrufe kamen …« Sie hob die Schultern. »Passte doch zusammen. Außerdem ist Jamila furchtbar ängstlich. Sie hat sogar den Hausmeister vorgeschickt, statt selbst mit mir zu reden. Ich wollte ihr die Begegnung mit der Polizei ersparen.«

Netter Versuch. Das Mädchen sollte schön die Klappe halten, damit Alba ihr Versäumnis nicht zugeben musste. »Sehr vernünftig«, sagte Montse und hoffte, dass Alba die Ironie entging. »Seit wann weißt du davon?«

»Seit ungefähr einer Woche.«

Montse stieß einen leisen Pfiff aus. Es stand ihr nicht zu, Albas Verhalten zu kritisieren. Was wusste sie schon von ihrem Job, von Personalführung oder dem Umgang mit Touristen? Vielleicht hätte sie an Albas Stelle auch versucht, die Sache auszusitzen, und sich nicht vorauseilend um ein Problem gekümmert, das womöglich gar nicht existierte.

»Meinst du, dass sie das ist?« Albas Stimme wurde plötzlich dünn. »Die Frau in dem Video?«

Gegen ihre Überzeugung schüttelte Montse den Kopf. »Denk nicht drüber nach. Was du mir erzählt hast, bleibt unter uns. Versprochen. Weder die Polizei noch große Brüder müssen alles wissen. Wenn irgendetwas ist, melde dich. Vielleicht …« Sie ließ das Wort im Raum hängen. Eine Andeutung, die alles und nichts bedeuten konnte, je nachdem, was man darin zu lesen hoffte.

Alba nickte. Langsam und nachdrücklich.

Höchst zufrieden spürte Montse, wie der Vermut seine entspannende Wirkung entfaltete. Sie hatte Feierabend, sie hatte eine Verbündete – und sie hatte zwei Namen, mit denen sie Ignacias Neugier füttern konnte.

## Montag, 14. August, 17:40 Uhr
## – Jaume Soler Martí –

Zuerst fiel Jaumes Blick auf die Flip-Flops. Gewöhnliche Badelatschen mit Straßenstaub überzogen, wie die Füße, die darin steckten. Sofern man bei dieser Art Fußbekleidung überhaupt von drinnen sprechen konnte. Unangemessen waren die Dinger allemal und hatten die Bezeichnung Schuh nicht verdient. Erst danach schaute er ins Gesicht des etwa dreißigjährigen Mannes, den Domenech am Eingang abgeholt und soeben durch die Tür geschoben hatte. Dunkelblond, schlecht rasiert, keine Frisur und matte, müde wirkende Augen. Über der Schulter trug er eine Reisetasche, deren Riemen in die Haut schnitt.

Jaume erhob sich zur Begrüßung. Ein kurzer, kräftiger Händedruck, dann setzten sie sich einander gegenüber. Er hinter dem Schreibtisch, Domenech und Bastian Weinhold davor.

»Wir haben Sie nicht persönlich erwartet. Eine E-Mail mit dem Foto ihrer Mutter hätte genügt.« Das klang unfreundlicher als beabsichtigt.

»E-Mail?« Weinhold zog die Augenbrauen zusammen, dann wiederholte er: »Foto von Mutter. Ja. Ja, ich …« Er wühlte in der Tasche, die er auf seinem Schoß abgestellt hatte, legte dann sein Handy auf den Tisch und drehte es zu Jaume. »Ist sie das? Eure Tote … Ihre Tote?« Hilfesuchend schaute er Domenech an. »Entschuldigung. Ich bin nervös. Das macht die Sprache schwierig.«

»Sie machen das gut. Aber wenn es leichter für Sie ist, können wir auch auf Englisch weitermachen. Oder, *Jefe*? Ich übersetze, ist kein Problem.«

Jaume nickte, ohne aufzusehen. Die Frau auf dem Foto lächelte. Fröhlich und üppig, lebenslustig. Ihre Haare kamen ihm dunkler vor und länger als die jener Frau, die er zuletzt auf dem Obduktionstisch gesehen hatte. Mit dem Finger beschrieb er eine Wellenbewegung von seinem Scheitel abwärts. Weinhold brauchte keine ausformulierte Frage.

»Ja, die Frisur ist anders. Aber ein aktuelleres Bild von ihr habe ich nicht. Es ist ungefähr ein halbes Jahr alt. *Por favor,* sagen Sie mir: Ist sie es?«

Domenech legte die Stirn in Falten. »So einfach lässt sich das nicht sagen. Das habe ich versucht, Ihnen am Telefon zu erklären. Es gab bislang keine Möglichkeit, sie zu identifizieren.«

»Deshalb bin ich doch hier. Kann ich sie sehen?«

»Was hältst du von einem Besuch in der Gerichtsmedizin, *Jefe*?«

»Rede ihm das aus.« Jaume wechselte einen Blick mit Domenech. »Das bringt nichts bei ihrem Zustand.« Außer dass der Bursche vielleicht kotzte. Ganz egal, ob die Tote seine Mutter war oder nicht.

»Sie haben nach ihr gesucht. Im Hotel angerufen und bei der spanischen Polizei.« Jaume beobachtete Bastian Weinholds Reaktion und machte kaum eine Pause zwischen den Sätzen. Er war ziemlich sicher, dass der ihn auch ohne Dolmetscher gut verstand. »Was veranlasste Sie dazu, sich Sorgen zu machen? Gibt es einen bestimmten Grund für Sie, davon auszugehen, dass Ihrer Mutter etwas zugestoßen ist?«

Seine Fragen rollten Domenech geschmeidig auf Englisch über die Zunge, was Jaume uneingeschränkt bewunderte, wogegen es bei Calderon Groll auslöste.

»Kommt der vom Strand?«, raunzte er auf Català, um sicherzugehen, dass Weinhold nicht folgen konnte. »Oder ist es in Deutschland üblich, in dem Aufzug bei der Polizei zu erscheinen? Wieso hätschelt Domenech den Kerl?«

»Sei still!« Jaume verbiss sich die Zustimmung zum ersten Teil der Bemerkung. »Du siehst doch, dass er seine Tasche dabeihat. Er wird vom Flughafen direkt zu uns gekommen sein, ohne den Umweg übers Hotel.«

Weinhold hatte es eilig. So eilig, dass er sich offenbar direkt nach Domenechs Anruf in den erstbesten Flieger gesetzt hatte. Seit ihrem ersten Kontakt waren kaum sechs Stunden vergangen. Machte ihn das sympathisch?

»Wann hatten Sie zuletzt Verbindung mit Ihrer Mutter?«

»Sie hat mir jeden Tag mehrere Nachrichten geschickt seit ihrer Ankunft in Barcelona. Ehrlich gesagt hat mich das genervt. Ich meine, sie ist verreist, um ihre Ruhe zu haben, und dann spamt sie mir meinen Datenspeicher zu. Auf meine Mail zu ihrem Geburtstag hat sie aber nicht reagiert. Wahrscheinlich war sie sauer. Da hab ich mir noch keine Gedanken gemacht. Erst als auch keine Fotos mehr kamen.«

»Was schreibt man denn täglich an einen erwachsenen Sohn?«, knurrte Calderon aus dem Hintergrund.

Jaume zischte kurz, um ihn zum Schweigen zu bringen, und Bastian Weinhold schaute verwirrt von einem zum andern.

»Ich meine ja nur, *Jefe*. Ist doch komisch, oder?«

Widerstrebend gab Jaume mit einem Fingerzeig zu verstehen, dass Domenech den Einwurf weitergeben sollte.

Weinhold hörte zu, nickte und durchstöberte dann sein Smartphone. »Ich habe mich etwas falsch ausgedrückt. Da war kein richtiger Text in ihren Nachrichten. Nur jeweils ihre Standortangabe und im Anhang die Bilder. Sehen Sie?«

Jaume winkte ab. Domenech sollte sich der Sache annehmen, das genügte. »Frag ihn, ob wir das haben können. Nicht das Handy, nur die Bilder und die Standorte. Und das Porträt.«

Calderon hatte Recht, und wenn er die Sache vorhin schon komisch gefunden hatte, wurde sie jetzt noch viel seltsamer.

»Wir kriegen die Daten«, versicherte Domenech. »Ist ja in seinem Sinne, uns weiterzuhelfen.«

Unter Jaumes Ellbogen lag ein Aktendeckel, den er nun aufklappte und mehrere Seiten umblätterte. Schließlich entnahm er einen Stapel vergrößerter Fotoabzüge und wählte zwei aus, die er vor Weinhold nebeneinander hinlegte. Auffordernd schaute er ihn an.

Bastian Weinholds Kehlkopf zuckte, er ballte die Finger zu Fäusten und strich sie dann an der Hose ab. Er atmete aus und ein. Sein Brustkorb wölbte sich. Weinhold zitterte, als die Luft wieder entwich, und senkte den Kopf.

»Ja«, sagte er leise. »Das sind ihre Sachen.«

Ein Kleid aus blauem Stoff mit Blümchenmuster und Trekkingsandalen. Auf der einen war das Logo des Herstellers zu erkennen.

Jaume nahm die Bilder an sich und drehte die Rückseite nach oben. Er traute diesem Bastian nicht. Aber er war auch kein Unmensch. Die Leiche hatte er ihm nicht gezeigt.

»Das sind nur Indizien, Herr Weinhold. Keine eindeutige Identifizierung.« Solange er nicht greifen konnte, was ihn an dem Mann störte, behandelte Jaume ihn mit der gebotenen Rücksicht. Er gab Domenech das Signal, Weinhold für heute zu entlassen und ihn für den nächsten Tag zum Ortstermin ins Hotel zu bestellen. Sie mussten klären, ob jene Doris Weinhold, die im *Antares* eingecheckt hatte, die gleiche war wie auf dem Porträt. Sie mussten in Zimmer 203 DNA sicherstellen und diese nicht nur mit dem genetischen Code der Toten, sondern auch mit dem von Bastian Weinhold abgleichen. Um eine Speichelprobe hatte Domenech ihn bereits gebeten und diese auch sofort erhalten. Erst durch die genetischen Übereinstimmungen zwischen Mutter und Sohn war es möglich, Gewissheit zu erlangen. Außerdem konnten sie mit der Fotografie Alba Ruiz befragen, Maria Colavida, den Parkplatzwächter und die halbe Stadt, ob und wann ihnen Doris Weinhold zuletzt begegnet war. Und auch Montse und Ignacia. Jaume Soler Martí seufzte tief.

## Dienstag, 15. August, 8:00 Uhr
## – Ana Guerrero Lopez –

Es passierte ganz plötzlich. Aus heiterem Himmel, genau wie die anderen Male in den letzten Tagen, bei denen Ana nachher nicht hatte sagen können, wodurch die Attacke ausgelöst worden war. Ein Wort blitzte auf, ein bunter Fleck, kleiner als eine Briefmarke, ein Geräusch, das ihre Gedanken in Sekundenschnelle durchzuckte – und das untrügliche Gefühl mitbrachte, einen Fehler begangen zu haben. Zwei Kunden standen vor ihr in der Bäckerei an, kauften große Mengen bestellter Torten und süßer Kleinigkeiten. Ein Schatten zuckte vor Anas Augen, als sie in die Auslage starrte und versuchte, sich auf die Auswahl zu konzentrieren.

Sie hätte dieses Smartphone nicht anrühren dürfen, schon gar nicht mitnehmen und erst recht nicht verkaufen. Natürlich nicht. Aber sie hatte es getan, instinktiv zuerst und dann vorsätzlich. Ein Fehler. Ja, ein Fehler. Jeder machte welche. Dinge waren ersetzbar. Und es gab weit Schlimmeres, als einen gefundenen Gegenstand nicht ordnungsgemäß abzuliefern. Sich etwas anzueignen, was einem nicht zustand …

Auf dem Smartphone hatte sie Apps gesehen und eine Liste mit kürzlich besuchten Internetseiten. Nichts davon hatte einen bleibenden Eindruck hinterlassen. Einzig die Menge der verschickten Nachrichten, für deren Inhalt sie sich nicht interessiert hatte. Täglich mindestens eine, die sich alle an den gleichen Empfänger richteten. Der hatte nur einmal zurückgeschrieben, und nur diese Antwort hatte Ana sich genauer angesehen. Warum, konnte sie nicht sagen. Es war ein Geburtstagsgruß, das hatte sie begriffen, obwohl sie die Sprache nicht verstand. Und dass es der Sohn war, der diesen an seine Mutter schickte. Von einem winzigen Icon neben der Nachricht hatte er sie angelächelt. Ana wusste nichts über ihn, kannte nur dieses Lächeln und seinen Namen. Ein Name und ein Lächeln, die sich in ihrem Kopf festgesetzt hatten und sich dort drehten. *Happy Birthday, Mama.*

Wie gern hätte sie selbst auch einen Sohn gehabt. Überhaupt Kinder. Aber sie hatte keine. Sie war allein. Wäre ihr ein Sohn vergönnt gewesen, dann hätten sie ihren Geburtstag gemeinsam gefeiert. Ganz sicher. Man bekam doch keine Kinder, um dann ohne sie zu sein. Weit weg.

In ihrer Schulklasse war ein Sebastián gewesen, fiel ihr ein. Als sie zehn gewesen war oder vielleicht zwölf. Sie hatte ihn gemocht. Wie man einen Klassenkameraden in dem Alter eben mochte, ohne verliebt zu sein. An seine Stimme erinnerte sie sich nicht, nur an seine Augen und die Sommersprossen. Ein hübscher Kerl, den alle seine Freunde nur *Chano* nannten. Wie er hätte ihr Sohn aussehen können. Und vielleicht hätte er auch so geheißen.

»Chano«, seufzte sie und sah einen kleinen Jungen mit ausgebreiteten Armen auf sich zurennen. Ein lockiger Wuschelkopf, ein helles Lachen, nackte Beinchen strampelten in der Luft, als sie ihn hochnahm und sich mit ihm im Kreis drehte. »Mein Chano.« Ja, so hätte es sein sollen.

Jähe Hitze überrollte Ana. Badete ihren Körper in Schweiß, sammelte und konzentrierte sich auf ihrer Brust in einem brennenden Fleck. Wo war ihre Tasche? Sie brauchte ihre Tasche! Tonnenschwerer Druck presste ihre Lunge zusammen. Ihre Luftröhre füllte sich mit feinem Sand, der nicht aufhören wollte zu rieseln, sie langsam erstickte, mit jedem Zug tiefer eindrang, sich nicht aushusten ließ. Die Schwärze um ihr Blickfeld breitete sich mit jedem vergeblichen Schnappen nach Sauerstoff weiter aus. In ihren Ohren Meeresrauschen. Ana hasste das Meer, die Strudel, den Sog und am Boden noch mehr Sand. *Sand, Sand, Sand.*

»Señora? Geht es Ihnen gut? Señora!«

Endlich ertastete sie das Atemspray. Ihr Daumen schnippte den Deckel herunter, ihre Lippen schlossen sich um das Mundstück, der Zeigefinger führte den erlösenden Sprühstoß herbei. Ana inhalierte. Keuchte. Inhalierte wieder.

Chano. Sebastián. Bastian. Der Sohn einer Fremden, der kein Kind mehr war, sondern längst erwachsen. Was ging der sie an? Was ging die Frau sie an?

»Señora?« Allmählich drang die besorgte Stimme zu ihr durch.

Ana wischte mit einem Taschentuch den Sprühkopf ab und setzte den Deckel darauf. Manchmal war es besser, einen Fehler einfach zu vergessen. Sie steckte das Spray in die Tasche und atmete ruhig.

»Es geht mir gut«, sagte sie. »Es geht mir gut.«

Sie würde drei der zuckergussglänzenden Törtchen kaufen.

## Dienstag, 15. August, 8:15 Uhr
## – Jaume Soler Martí –

Er machte keinen Lärm, als er die Wohnung verließ. Nur die Hunde beobachteten ihn, hockten hechelnd hinter der Tür, mit schiefgelegtem Kopf und aufgestellten Ohren. Als ob sie ahnten, dass Jaume eigentlich hätte bleiben sollen, um den Feiertag mit der Familie zu verbringen. Paloma und die Kinder schliefen noch. Später würde seine Frau sich und die beiden Kleinen herausputzen, ein bisschen jedenfalls, und dann mit ihnen zum Auftakt der *Festa Major de Gràcia* gehen. Die Kinder liebten jede Art von Stadtfest. Für sie konnte es gar nicht laut und bunt genug sein. Im Gegensatz zu den Hunden, die bei jedem Feuerwerksböller schier durchdrehten.

Jaume fühlte sich schlecht, seine Familie allein zu lassen, und wäre gerne dabei gewesen. Stattdessen fuhr er ins Präsidium und anderthalb Stunden später, begleitet von Calderon, ins Hotel *Antares*, wo ihn Alba Ruiz bereits erwartete. Seine Begrüßung fiel dieses Mal nicht weniger steif aus, obwohl er heute auf die Wangenküsschen gefasst war und auch auf ihr Parfum und die leichte Berührung. Es war ihm unangenehm, dass er sie nicht auf Anhieb erkannt hatte. Und auch, dass er immer noch nicht mehr über ihre gemeinsame Vergangenheit wusste.

Calderon kniff verschwörerisch ein Auge zu. Anerkennung und einen Anflug von Neid im Blick.

Das fehlte ihm noch. Er war ausschließlich dienstlich hier. Eine reine Notwendigkeit. Calderon dagegen arbeitete grundsätzlich freiwillig an gesetzlichen Feiertagen, um möglichst allen familiären Verpflichtungen und vor allem seiner Ehefrau aus dem Weg zu gehen. Davon sollte er besser nicht auf andere schließen.

Unwirsch schüttelte Jaume den Kopf und schaute auf seine Armbanduhr. Drei Minuten hatte der Deutsche noch, um das Vorurteil der Pünktlichkeit zu bestätigen.

»Wir haben ein Foto, das du dir ansehen sollst, Alba«, sagte er. »Was fällt dir dazu ein?«

Calderon legte ihr einen Papierabzug des Porträts vor. »Schon mal gesehen, Señora Ruiz?«

»Ja, ich denke schon. Das ist die Frau von Zimmer 203. Frau Weinhold, oder? Ist sie …?« Alba Ruiz unterbrach sich, aber Jaume tat ihr nicht den Gefallen, ihren Satz zu ergänzen.

»Wie sicher bist du, dass sie das ist?«

»Na ja, ich hab sie nur ein- oder zweimal gesehen und …«

»Also nicht sicher«, kürzte Jaume ihre Antwort ab und unterband jede Spekulation.

Erst als sich die Eingangstür öffnete, hob er den Blick von seiner Uhr. Eine Minute vor der Zeit. Und Turnschuhe. Immerhin. Darüber trug Bastian Weinhold eine zerknitterte kurze Hose, die seine Knie nicht bedeckte, obwohl sie tief auf den Hüften hing. Die Hände in den Taschen, die Schultern hochgezogen. Entspannung sah anders aus, auch wenn sein wippender Gang Lässigkeit suggerierte.

»Vom Personal hat seit gestern auch niemand die Vermisste ankommen sehen?« Die Frage wollte Jaume schnell noch klären, ehe Weinhold sie erreicht hatte.

»Nein. Ich hatte extra alle instruiert, darauf zu achten. Sie müsste sich schon hereingeschlichen haben. Ist das da ihr Sohn?«

»Ist er«, bestätigte Jaume und bedachte Bastian Weinhold mit einem knappen Nicken und einem Handschlag, dann wandte er sich an Calderon. »Klär bitte mit Señora Ruiz, woran sie sich im Zusammenhang mit der Dame noch erinnert. Jedes Detail. Und nimm dir dann das anwesende Personal vor. Alle anderen brauchen wir namentlich auf einer Liste, mit dem nächsten Arbeitseinsatz und einem Vermerk, wann sie für eine Befragung zur Verfügung stehen.«

»Alles klar.« Sichtlich erfreut zückte Calderon sein Notizbuch und wies in Richtung Büro. »Nach Ihnen, Señora Ruiz.«

Alba legte Jaume die Schlüsselkarte zum Zimmer in die Hand und seufzte. »Da muss ich wohl mitgehen und meine Pflicht erfüllen, Comissari Soler. Du findest den Weg?«

»Selbstverständlich. Danke.« Jaume tippte Bastian Weinhold an die Schulter und lotste ihn zum Aufzug. Nach dem stockenden Austausch einiger Floskeln schwiegen sie. Jaume betätigte den Knopf, der die Türen schloss. Irgendwo hatte er gelesen, es sei nur eine Illusion, dass sich der Vorgang dadurch beschleunigen ließ. Er tat es trotzdem jedes Mal. Weinhold starrte auf die roten Leuchtziffern, die sich zwischen den Stockwerken mit blinkenden Pfeilen abwechselten. In der zweiten Etage stiegen sie aus. Jaume ging vorneweg, den Flur nach rechts, an einem Putzwagen vorbei, bis zum fünften Zimmer auf der linken Seite. Am Knauf baumelte das Nicht-Stören-Schild. Jaume klopfte. Laut. Anhaltend. Eine andere Tür öffnete sich. Ein Zimmermädchen mit Kopftuch huschte heraus und verschwand gleich darauf mit Wischmopp und Eimer.

»Dann wollen wir mal.« Jaume wedelte mit der Karte, dann schob er sie in den Schlitz. Leises Piepen, grünes Blinken. »Are you ready?«

Bastian Weinhold holte tief Luft. »Yes«, sagte er. Aber es klang wie ein Nein.

Nichts hatte sich seit gestern verändert. Sogar die Luft im Raum schien die gleiche zu sein, abgestanden und überhitzt. Niemand hatte ein Fenster geöffnet oder die Klimaanlage eingeschaltet.

»Wir sehen uns um.« Jaume deutete auf Weinhold, dann auf sich selbst. »Zusammen. Sie sagen mir, ob Sie Dinge erkennen, die Ihrer Mutter gehören.«

Er versuchte sich möglichst einfach auszudrücken, um weiter Spanisch sprechen zu können. Auf Domenechs Hilfe mussten sie verzichten. Der steckte mitten in den Festvorbereitungen und war dort unabkömmlich. Dagegen hatte auch ein Mordfall keine Chance. Und ob es sich um einen solchen handelte, musste erst noch geklärt werden. Genau wie die Identität der Toten, wegen der sie hier waren. Eine ergebnisoffene Untersuchung. Theoretisch.

Er packte zwei Paar Handschuhe aus und reichte eines weiter. Weinhold blinzelte und drehte sich verlegen zur Seite. Das Überziehen der Einweghandschuhe nahm das Ergebnis vorweg, verwandelte schon jetzt den Zweifel in Gewissheit. Sie glaubten beide nicht mehr daran, dass Doris Weinhold noch lebte. Die Kollegen der Spurensicherung saßen auf gepackten Koffern, einsatzbereit, wenn Jaume nicht binnen einer Viertelstunde Entwarnung funkte. Leider musste bis dahin das Fenster weiter geschlossen bleiben. Rötlicher Saharasand und die wenigen Tropfen Regen der letzten Wochen bildeten kreisförmige Muster auf der Scheibe. Durch die leichte Trübung sah er auf den Friedhof, erahnte den Park vor der Strandpromenade und die Straßen dazwischen. Nur der Fensterrahmen begrenzte das Blau, das den größten Teil der Fläche ausmachte, wolkenlos und trügerisch friedlich, stumm in der Ferne. Er ließ die Zimmertür offen, um wenigstens für ein bisschen Luftaustausch zu sorgen.

Weinhold bewegte sich vorsichtig. Jaume klebte an seinen Fersen, dirigierte ihn kaum merklich von einer Ecke zur anderen, folgte seinem Blick und beobachtete, wie er vorging und reagierte, registrierte jedes Wiedererkennen, noch ehe Weinhold es aussprach. Ein Brillenetui, ein paar Kleider, ein

Schal aus dünnem Stoff. Auf dem Schreibtisch lag ein buntes Sammelsurium an Kleinkram. Muscheln, Kassenzettel, eine Tüte Gummibärchen. Nichts Persönliches, was Doris Weinhold von zu Hause mitgebracht hätte. Auf dem Flur wurde ruckelnd der Putzwagen vorbeigeschoben.

Weinhold runzelte die Stirn, drehte sich im Kreis.

»Was ist?«

»Die Fotos. Ihre Kamera fehlt.«

»Kamera? Nun, Ihre Mutter wird mit ihrem Handy geknipst haben.« Jeder machte das.

»Nein, nein.« Weinhold schüttelte den Kopf. »Mit der Kamera, ganz sicher.«

Jaume klappte den Schrank auf, in dessen unterer linken Ecke sich ein Safe befand. Er beugte sich herunter und rüttelte am Knauf. »Vielleicht ist der Fotoapparat da drin? Haben Sie eine Idee, welche Nummer sie eingegeben hat?«

»Nein, keine Idee. Aber der Safe ist zu klein.« Bastian Weinhold nahm beide Hände zu Hilfe, um die Größe anzuzeigen. »Doris … Meine Mutter ist Fotografin, verstehen Sie? Sie macht das beruflich. Also, sie benutzt keinen kleinen Fotoapparat, und sie schickt garantiert keine Handybilder an mich. Sie hat eine richtige Kamera dabei. Mit Zubehör. Das passt da nicht rein.«

Jaume rieb sich den Nacken. Interessant. Er brauchte eine genaue Beschreibung, Modell, Typbezeichnung oder etwas Ähnliches. Und die Zahlenkombination für den Safe, ersatzweise einen Techniker mit magischen Händen beziehungsweise Notfallschlüssel. Den musste es geben. Sicher kam es häufiger vor, dass Urlauber den gewählten Code vergaßen oder abreisten, ohne den Minitresor auszuräumen. Wer weiß, was der Inhalt an Überraschungen bereithielt. Vielleicht war die Kamera ja doch nicht so riesig, wie Weinhold sie in Erinnerung hatte.

»Kommen Sie.« Er winkte Bastian Weinhold, ihm zum Ausgang zu folgen.

»Das war es? Was passiert jetzt?«

»Wir tun unsere Arbeit.«

Draußen öffnete sich der Fahrstuhl. Jaume erkannte die Stimmen sofort. Martinez machte einen Witz, und Carolina lachte. Blödes Timing. Er hatte mit Weinhold unten sein wollen, bevor die beiden anrückten. Nun gut, das ließ sich nicht mehr ändern. Mit einem Fingerzeig zu den Kollegen wiederholte er seine Aussage. »Wir tun unsere Arbeit, Herr Weinhold.«

Gemeinsam mit den Kriminaltechnikern stieg Alba Ruiz aus dem Lift. »Kann ich wirklich nicht beim Tragen helfen?«

»Nein. Das passt schon.« Carolina hinderte sie eilig daran, zuzugreifen. Ihre Ausrüstung gaben sie nie aus der Hand. Egal wie viel sie zu schleppen hatten.

»Übertragung von Fremd-DNA«, erklärte Martinez und ließ Alba den Vortritt. »Ganz fiese Sache an einem Tatort. Ruiniert die schönste Untersuchung.«

Mit einem Mal drängten sich vor dem Zimmer fünf Personen auf einem Fleck und mussten sich umeinander herumschlängeln. Wenigstens war der Putzwagen inzwischen bis ans Ende des Flures vorgerückt.

Jaume grüßte knapp. »Ihr wisst, was zu tun ist. Kümmert euch bitte auch um den Safe, der ist noch zu.«

»Kein Problem, den krieg ich auf.« Carolina knackte mit den Fingern.

»Kann ich mich noch irgendwie nützlich machen, Comissari Soler?« Alba hob die Stimme, obwohl sie unmittelbar vor ihm stand, und trat ihm dabei fast auf die Füße. Hatte er sie irgendwie verärgert? Er wurde nicht schlau aus ihr und nahm sich vor, dringend die näheren Umstände ihrer früheren Bekanntschaft zu klären.

»Carolina, Martinez, wenn ihr etwas braucht.« Jaume deutete auf Alba, tastete über Hemdtasche und Hose und gab ihr die Zimmerkarte zurück. »Stift und Papier finde ich unten am Empfang?«

»Natürlich. In meinem Büro gibt es auch Kaffee und Kekse«, bot Alba an. »Kommissar Calderon habe ich schon versorgt. Ich komme gerne mit und …«

»Nicht nötig«, wehrte er ab. »Danke.«

»Ich würde einen Kaffee nehmen«, warf Martinez ein. »Wenn es keine Umstände macht.«

»Aber ohne Keks!« Carolina verstaute ihre Haare unter der Kapuze des Schutzanzuges. »Oder erst, wenn wir hier fertig sind. Bei der Arbeit sind Kekse tabu.«

Jaume nahm Weinhold am Oberarm und führte ihn weg. Der Mann musste sich wie ein überzähliges Möbelstück vorkommen, so oft wie er herumgeschoben wurde. »Ich habe noch ein paar Fragen an Sie. Danach kann ich Sie gern an Ihrem Hotel absetzen. Wo müssen Sie hin?«

Domenech hatte die Adresse natürlich notiert, aber Jaume hatte sie wieder vergessen. Ein unwichtiges Detail. Gemerkt hatte er sich nur, dass Weinhold in einem anderen Hotel abgestiegen war als seine Mutter. Dabei gab es im *Antares* noch freie Kapazitäten.

»Hotel *Mariposa*«, antwortete Weinhold. »Das ist nicht weit von hier, nur ungefähr fünfhundert Meter. Also, danke, aber ich brauche sowieso frische Luft. Ich geh lieber zu Fuß.«

»Verstehe.« Jaume öffnete die Tür zum Lift.

»Kluge Entscheidung.« Martinez lachte trocken und stieß Alba Ruiz in die Seite, die an der Schwelle zu Zimmer 203 stehen geblieben war und ihnen nachschaute. Vertraulich beugte er sich zu ihr und flüsterte laut genug, dass Jaume es sicher hörte: »Der Mann ist bestimmt schon mal mit Soler gefahren.«

## Dienstag, 15. August, 16:15 Uhr
## – Montse Soler Martí –

Unter Ignacias kritischer Beobachtung stand Montse mit dem Telefon am Ohr vor dem Garderobenschrank. Ihr linker Fuß steckte in einer Sandale.

»Dein Bruder war heute früh wieder da«, hatte Alba das Gespräch eröffnet, in einer Lautstärke, die es auch Ignacia auf der anderen Zimmerseite ermöglichte, jedes Wort mitzuhören. »Entweder ist er maßlos arrogant oder einfach unhöflich.«

»Hm.« Die Einschätzung war nicht neu, aber falsch. Einen Kommentar sparte Montse sich trotzdem. Es gefiel ihr sowieso besser, wenn Alba ihren Bruder nicht mehr ganz so toll fand. Aus dem Schrank fielen ihr Schuhe entgegen. Die fehlende Sandale war nicht dabei. Sie grub tiefer. Nichts.

»Heute kam er mit einem anderen Kollegen.«

»Ach?« Der meist nörgelige Calderon statt des süßen Domenech. Und Jaume gewohnt maulfaul. Das konnte Alba natürlich nicht gefallen, und es erklärte ihre schlechte Laune.

»Und mit dem Sohn. Aber ich sag dir, diesem Calderon kannst du beim Schreiben die Nägel schneiden, wenn du verstehst? Höflich, aber zermürbend lahmarschig.«

»Moment, wie war das?« Jetzt wurde es endlich interessant. Montse gab die Sandalensuche auf. »Mit dem Sohn?«

Ignacia schoss aus dem Sessel hoch. »Er kann doch keinen Fünfjährigen mit zu einem Tatort nehmen!«

»Schsch, Mama.« Montse legte die Hand über das Mikro

und schüttelte den Kopf. »Nicht Rafael.« Wenn es um ihren Enkel ging, versagte bei Ignacia jede Logik.

»Du meinst den Sohn der Touristin?«, hakte sie bei Alba nach. Die Schuhe ließ sie vor dem Schrank liegen und setzte sich an den Esstisch.

»Richtig. Aber viel habe ich von dem nicht mitbekommen. Der spricht nur wenig Spanisch. Jaume hat mit ihm geredet wie mit einem Kleinkind. Sie haben sich das Zimmer angesehen, und dann kamen die Leute von der Spurensicherung, und ausgerechnet zu der Zeit hat Jamila dort saubergemacht. Blödes Timing, und darum …«

»Wer hat mit ihr gesprochen – Jaume oder Calderon?«

Alba atmete hörbar ein, dann machte sie mit ihrem Satz weiter, als wäre nichts gewesen. Auch eine Antwort.

Mit dem Telefon zwischen Ohr und Schulter eingeklemmt, das Kleid für mehr Bewegungsfreiheit über die Schenkel ganz nach oben geschoben, angelte Montse nach dem Tabak und handelte sich einen strafenden Blick von Ignacia ein. Ignacia mochte es weder, wenn Montse in der Wohnung rauchte, noch, wenn sie auch nur den Rand des Slips ihrer Tochter zu sehen bekam. Der Mangel an Privatsphäre stresste sie beide.

Montse bröselte Tabak auf ein Papier und drehte einen dünnen Stängel, dann noch einen zweiten. Meistens genügte ihr das Drehen an sich, das Knistern und die Konsistenz zwischen den Fingern. Echtes Verlangen spürte sie nur gelegentlich. Sie leckte das Papier an, klebte Zigarette drei und entfernte einen bitteren Tabakkrümel von ihrer Zungenspitze, während Albas Erzählung weiterplätscherte.

»Weinhold wohnt im *Mariposa, Carrer de Llull.* Hab ich zufällig aufgeschnappt.«

Purer Zufall, natürlich. An der Art, wie Alba nun erneut tief Luft holte, konnte Montse die kommende inhaltliche Wende ablesen. Weg vom Fall und ins Private.

»Lass uns die Tage weiterquatschen, Alba«, fuhr sie dazwischen und verschloss das Tabakpäckchen. »Ignacia sitzt neben mir und wartet, dass ich mich fertig mache. Wir müssen gleich los.«

Enttäuschung füllte Albas Sprechpause. »Dann will ich nicht länger stören. Ich dachte …«

»Ich weiß, Alba.« Ein Treffen unter Schicksalsgenossinnen. Sensibles Terrain, das es unbedingt zu vermeiden galt. Auch in Albas Interesse. Am Feiertag alleine zu sein, fachte Sehnsüchte an. Darüber wusste Montse mehr, als ihr lieb war.

## Dienstag, 15. August, 17:00 Uhr
## – Jaume Soler Martí –

Aus Pietät gegenüber der Toten und ihren Angehörigen verzichteten die Nachrichtensendungen darauf, Ausschnitte aus dem Video und den Blick ins Grab zu zeigen. Fast hätte Jaume gelacht. Sie wurden nicht müde, diese Behauptung zu wiederholen. Dabei hatte diese Entscheidung nicht das Geringste mit Pietät zu tun. Sie war schlicht eine direkte Folge des hysterischen Ausbruchs des Amtsleiters Selvanegra, der nicht nur Jaume erwischt hatte, sondern auch die Kollegen der Abteilung Presse- und Öffentlichkeitsarbeit. Die hatten den Druck sofort weitergegeben und sich noch am gestrigen Vormittag mit den Fernsehsendern dahingehend verständigt. Was jedoch nicht bedeutete, dass Einzelheiten zum Fundort oder das Internetvideo an sich unerwähnt blieben. Das Filmchen schwirrte weiter herum und erfreute sich großer Beliebtheit. In einem Ausmaß, das Jaume nicht für möglich gehalten hätte. Maria Colavida hatte am Telefon berichtet, dass bereits am Montag mehr Anfragen und Buchungswünsche für geführte Friedhofstouren im Tourismusbüro eingegangen waren als sonst innerhalb eines ganzen Monats. Speziell für die Abendveranstaltung in der kommenden Woche, in historischen Kostümen und mit Kerzenlicht, bei der sie zum ersten Mal mitwirken durfte. Anscheinend hofften manche auf eine Begegnung mit dem Geist des Mordopfers. Die Homepage der Friedhofsverwaltung war unter der Anzahl der Aufrufe zusammengebrochen, die Kommentare überschlugen sich von

Vermutungen, dass das alles nur ein Fake sei, bis zu wildesten Verschwörungstheorien. Und Maria Colavida, die genau wie Jaume eine unfreiwillige Rolle im kursierenden Clip innehatte, bangte um ihren Job. Natürlich hatte Jaume zugesagt, sich für sie einzusetzen. An dem ganzen Rummel trug sie keine Schuld. Doch das musste bis morgen warten, wie vieles andere auch.

Der Feiertag erschwerte ihm das Vorwärtskommen bei den Ermittlungen erheblich. Es gab zahlreiche Details, denen er gerne sofort nachgegangen wäre, zu denen aber erst noch Fakten zusammengetragen werden mussten. Daran war heute nicht zu denken.

Ein Tötungsdelikt bildete sich aus einem komplizierten Geflecht kurzer und langer Fäden. Diese mussten auseinandergezogen und nur einige davon wieder zu einem Strang zusammengefügt werden. Dabei fiel es Jaume schwer, sich auf die Erkenntnisse anderer zu verlassen. Obwohl er seinen Kollegen vertraute, neigte er dazu, ihre Arbeit zu hinterfragen und jedes Fädchen doppelt unter die Lupe zu nehmen. Wie die bisher aufgenommenen Aussagen des Friedhofspersonals zum Beispiel. Laut Calderon gaben die rein gar nichts her, doch Jaume wusste, dass er jede Einzelne davon lesen würde. Einen Teil jetzt gleich. Und den Rest womöglich vor dem Schlafengehen.

Solange er vor einem wirren Knäuel saß, aus dem zwar einige Enden ragten, diese jedoch zu kurz waren, um sie zu greifen, war er fürs normale Leben weitgehend unbrauchbar. Es wäre sinnlos gewesen, früher nach Hause zu gehen. Mit halbem Herzen konnte er kein guter Vater sein und auch kein guter Ehemann. In Gedanken war er dem Tagesablauf seiner Familie gefolgt. Für den Abend hatte Paloma schon vor Wochen Konzertkarten gekauft und Ignacia und Montse überredet, die Kinder zu hüten. Davor wollte er noch eine gute Stunde für die Kleinen einplanen. Auf dieses Ziel arbeitete er hin.

Von Bastian Weinhold hatten sie Doris' Mobilnummer bekommen. Der Anschluss war nicht erreichbar, und der Zeitpunkt, an dem das Gerät zuletzt ein GPS-Signal gesendet hatte, deckte sich mit dem angenommenen Todestag. Eine weitere Eingrenzung der Todeszeit ließ sich daraus jedoch nicht ableiten. Schließlich konnte jeder das Signal abschalten – auch Doris Weinhold selbst –, vorausgesetzt, er verfügte über ein kleines bisschen technisches Verständnis. Und das hatte heute eigentlich jeder unter dreißig. Und auch darüber lag die Quote erstaunlich hoch. Er fürchtete den Tag, an dem Ignacia den Wunsch nach einem eigenen Computer oder Smartphone äußerte.

Aufschlussreicher als der Augenblick, an dem das Signal von Doris Weinholds Smartphone unterbrochen worden war, konnte der letzte registrierte Sendeort am Hafen sein. Gleich morgen früh musste er dort jemanden hinschicken. Sobald ihm wieder ausreichend Personal zur Verfügung stand. Er seufzte. Hafenbereich. Das brachte seine Fantasie in Wallung. War da doch eine Verbindung zu den Schiffen und Fähren denkbar? Er holte sich die Passagierlisten auf den Bildschirm, die Domenech beschafft hatte, und scrollte über die Daten. Gab es eine Frau ähnlichen Alters, die in Barcelona an Bord gegangen war? Eine alleinreisende Frau, die die Stadt verlassen hatte, am Tag, als das Telefon verstummte? Ein Kleid konnte schließlich jeder anziehen und damit herumspazieren. Und dann darin sterben. Unter dieser Maßgabe gehörten die Fäden in seinem Knäuel zu zwei verschiedenen Fällen, was die Sache verkomplizierte.

Er rieb sich über Kinn und Hals, wo jetzt am späten Nachmittag Bartstoppeln sprossen, als hätte er die Rasur am Morgen vergessen. Er drehte sich im Kreis, rannte wie ein Männchen im Computerspiel durch immer gleiche Gänge und landete in den Sackgassen mit dem Kopf an der Wand.

Jaume schaute vom Bildschirm hoch und hinüber zu Calderon, der eine eingängige Melodie pfiff. Wort für Wort übertrug er seine Notizen zur Befragung des Hotelpersonals, mit denen er den halben Tag zugebracht hatte, in die Formularmaske. Systematisch und akribisch, immer die Uhrzeit im Auge, um nur nicht zu früh zum Ende zu kommen. Während des Tippens stopfte er sich Häppchenweise eine mit Vanillecreme gefüllte *Ensaimada* in den Mund. Heute Morgen frisch gebacken. Von der Frau, zu der er partout nicht nach Hause wollte. Unbegreiflich, aber genau jetzt hilfreich für Jaume. Seine Listen und Calderons Feiertagsphobie mussten sich kombinieren lassen. Bei jeder anderen Gelegenheit hätte der sich um die langweilige Arbeit gedrückt, doch jetzt standen die Chancen gut.

»Wie kommst du voran?«

Calderon zögerte. Kein Ja, kein Nein, solange er nicht wusste, worauf die Frage hinauslief.

»Ich hätte da noch was, wenn du fertig bist.«

Calderon rutschte mit seinem Drehstuhl aus der Deckung hinter dem Bildschirm. »Was?«

»Listen durchforsten«, brummte Jaume. Domenech hätte die Angelegenheit sicher in einem Bruchteil der Zeit durch. Mit einem Filter, den er über die Aufstellung laufen ließ, oder etwas Ähnlichem. Doch wenn Calderon die Angelegenheit heute noch in Angriff nahm, konnten sie morgen mit den neuen Erkenntnissen durchstarten. »Das ist Fummelarbeit und wird ein Weilchen dauern. Ich würde das ja selbst machen, aber Paloma will heute Abend mit mir zum Flamenco. Da geht kein Weg dran vorbei.«

»Mein Beileid.« Calderon verdrehte die Augen. Beim Flamenco endete die Liebe zur Musik und zum Tanz für viele Katalanen. Aber Jaume wusste, dass in Calderons Anteilnahme auch ein wenig Schadenfreude mitschwang. Warum sollte es dem *Jefe* mit seiner Frau besser gehen als ihm?

»Schick mir den Kram, und sag mir, was ich machen soll.«

Jaume grinste in sich hinein. Von diesem Deal hatten sie beide etwas. Und der Kollege musste weder wissen, dass Jaume selbst den Flamenco verehrte, noch, dass die Vorführung im schönsten Opernhaus der Stadt, dem *Palau de la Música*, stattfinden würde. Gekrönt von einem romantischen Menü für zwei.

## Dienstag, 15. August, 19:00 Uhr
## – Montse Soler Martí –

Die Gelegenheit, sich abzusetzen, war ihr gerade recht gekommen. Und ausnahmsweise hatte Ignacia ihren Segen erteilt, mehr noch: einen Auftrag. In spontaner Erweiterung der Mission für *el santet*. Montse gestand sich ein, dass sie nervös war. Ständig strich sie sich die straff zum Zopf gebundenen Haare glatt. Es fühlte sich absurd an, in einer Hotellobby auf einen fremden Mann zu warten. Ihm regelrecht aufzulauern, noch dazu in diesem Kleid. Schwarz, kurz, Neckholder. Ignacia hatte wie erwartet daran herumgemäkelt, als es darum ging, sie so in die Stadt zu begleiten. Zu aufreizend für Maria Himmelfahrt und erst recht zum Kinderhüten. Aber nach Alba Ruiz' Anruf war das Kleid plötzlich in Ordnung gewesen. Genau richtig, um Weinhold auf den Zahn zu fühlen. Ein berechnender Schachzug. Was auch immer Ignacia sich davon versprach.

Fröstelnd rieb sie sich die Oberarme. Im Eingangsbereich des Hotel *Mariposa* war es kalt wie vor der Kühltheke im Supermarkt. Ein krasser Kontrast zur anhaltenden Hitze draußen. Hoffentlich lohnte sich das Theater wenigstens. Königin Ignacia hatte sie aufs Spielfeld geschickt, ohne zu wissen, ob Montse dort einem edlen König, einem schnellen Läufer oder einem tumben Bauern gegenüberstehen würde. Sie war sich nicht sicher, ob ihr das gefiel.

Unauffällig rieb sie im Stehen die Knie gegeneinander, aber auch das nutzte nichts, um sich aufzuwärmen. Das Erdgeschoss des Hotels war zur Straße hin komplett verglast, Vorhänge gab es keine, wodurch sie sich vorkam, als wäre sie ein Aquariumsfisch oder ein Ausstellungsstück in einer Vitrine.

»Señora? Señora!«

Montse fuhr herum. Der Hotelmitarbeiter, der vor fünf Minuten im Zimmer von Bastian Weinhold angerufen und diesem mitgeteilt hatte, dass sie ihn sprechen wolle, gab quer durch die Halle Handzeichen und deutete auf einen Mann.

Sonnengebräunt, ungebändigter Blondschopf und auf der rechten Wange ein roter Streifen, der ihm einen verwegenen Ausdruck verlieh. Mit federndem Gang kam er auf sie zu. Ein Surfertyp mit Beachbody. Das hatte Alba nicht erwähnt. Montse biss sich auf die Zunge, um nicht allzu breit zu grinsen. Heute war Feiertag. Ab sofort auch für sie.

»Habe ich Sie geweckt?« Sie zog die Nase kraus. Was sie zuerst für eine Narbe gehalten hatte, stammte wohl eher von einem Kissen oder einem zerknüllten Laken als vom Hieb eines Degens. »Tut mir leid, das wollte ich nicht.«

»Schon okay.« Weinhold tastete über sein Gesicht und knetete die Liegefalte. »Na toll«, brummte er auf Deutsch, was Montse zwar nicht verstand, aber sie konnte sich vorstellen, was er meinte. Seine Stimme klang rau, wirkte ebenso schlaftrunken wie seine Augen.

»Ich bin eine Bekannte Ihrer Mutter«, sagte sie. Eine maßlose Übertreibung. Ihr Herz hämmerte hart gegen ihre Rippen. Sie sollte sich besser bemühen, ein wenig wie Alba aufzutreten. Souverän und seriös. Automatisch straffte sie den Rücken und drückte die Brust raus. »Wir sind uns vor zwei Wochen begegnet und haben uns gut unterhalten. Als ich gehört habe, was passiert ist – was vielleicht passiert ist –, da dachte ich …« Das war kniffliger, als sie es sich vorgestellt hatte. »Entschuldigung. Mein Name ist Montse. Das hätte ich wohl zuerst sagen sollen, oder? Ich komme aus Barcelona und wohne in diesem Viertel.

Und Sie sind in einer schwierigen Situation. Wenn ich Ihnen also irgendwie helfen kann, würde ich das gerne tun. Als Dolmetscherin, als Fremdenführerin, oder was auch immer Sie an Unterstützung brauchen.« Sie hatte viel zu schnell gesprochen und jeden Satz zweimal gesagt, weil sie sich nicht für eine Sprache entscheiden konnte.

»Ich bin Bastian.« Weinhold stellte sich auf Englisch vor und musterte Montse nachdenklich. »Sind Sie sicher, dass Sie meine Mutter getroffen haben, Doris Weinhold? Wenn ich ehrlich bin, kann ich nicht glauben, dass sie sich mit Ihnen gut verstanden hat.« Er kniff die Augen zusammen. »Umgedreht, natürlich. Sie mit Ihr. Doris ist …« Nach Worten suchend ruderte er mit den Händen.

Offenbar war es kompliziert, eine freundliche Umschreibung für den Charakter seiner Mutter zu finden. Egal in welcher Sprache. Es machte ihn sympathisch, dass er es versuchte.

»Gut unterhalten heißt nicht zwingend, dass wir uns gut verstanden haben«, half Montse ihm aus der Klemme und lächelte. »Sie hat eine sehr klare Meinung. Meine Mutter hat die übrigens auch.«

Weinhold hob zustimmend den Daumen und griff ihr Lächeln auf. »Klare Meinung? Jetzt kommen wir der Sache näher. Und ich würde mich sehr gerne auch mit Ihnen unterhalten. Aber so schick, wie Sie sind, vermute ich, Sie sind gerade auf dem Weg zu einer Verabredung?«

»Bin ich«, sagte Montse. »Vorausgesetzt, dass Sie jetzt mit mir etwas essen gehen. Und bevor Sie fragen: Ist mir egal, dass Sie ein bisschen verknautscht aussehen.«

»Wirklich?« Bastian Weinhold schaute kritisch an sich herunter. Er musste in den Klamotten geschlafen haben.

»Wirklich.«

»Dann nehme ich Ihr Angebot gerne an.«

Nebeneinander schlenderten sie entlang der *Rambla del Poblenou*, einem Abbild der bekannten Hauptflaniermeile Barcelonas. Kleiner, aber viel schöner, fand Montse. Weit weniger Touristen und unter diesen viele Spanier, was dazu führte, dass nicht an jeder Ecke eine lebende Statue posierte und nicht an jedem Abend fünf verschiedene Straßenmusiker um Aufmerksamkeit und Kleingeld buhlten. Aus den Lokalen rechts und links der Straßen schleppten Kellner Essen zu den Tischen auf dem in der Mitte gelegenen Fußgängersteifen. Versenkbare Poller begrenzten den Verkehr. Nur Fahrradfahrer, Skater und der immer unter Vollgas fahrende Roller des Pizzaservice forderten erhöhte Aufmerksamkeit. Montse konnte sich dennoch nicht erinnern, je einen Zusammenprall miterlebt zu haben. Bereits jetzt, früher als gewöhnlich, gab es unter den Platanen keinen freien Sitzplatz mehr. In der Ferienzeit blieben einige Restaurants geschlossen, was das Angebot verknappte. Auf den öffentlichen Bänken ringsum wurde geduldig gewartet und geplaudert, bis man an die Reihe kam. So war das eben. Niemand wollte am Feiertag zu Hause essen.

Montse schlängelte sich zielsicher voran, grüßte hier, winkte dort. Schließlich ergatterte sie einen Tisch, der eigens für sie herangetragen wurde. Zum Preis dreier schmatzenden Küsse und einer schwitzigen Umarmung. Mit dem Inhaber der *Bodega Nou* wechselte sie die üblichen Sätze zu Familie, Wetter und Gesundheit. Pablo war ein Freund ihres Vaters gewesen, und er kannte sie schon ihr ganzes Leben lang.

Montse konzentrierte sich auf die Speisekarte und gab ihre Bestellung auf. Das Gespräch stockte. Pablo kümmerte sich persönlich um ihr Wohl, brachte eine Tischdecke, stellte eine Blumenvase in die Mitte, servierte Getränke und Oliven.

»Erzählen Sie mir von Doris«, bat Bastian.

»Es war an einem Donnerstag«, sagte Montse. Zunächst zögernd, dann immer flüssiger berichtete sie von ihrer Begegnung mit Doris und deren Kollision mit Ignacia. Angesichts des Starrsinns beider Mütter entlockte sie Bastian sogar gelegentlich ein Schmunzeln. Sie unterbrach ihre Erzählung, als die Vorspeisen ankamen: *Pimientos de Padron* – kleine grüne Paprikaschoten in reichlich Öl gebraten und mit grobem Meersalz bestreut –, würzige fette Wurstscheiben und Manchego-Käse. Montse hatte ausgesucht, Bastian würde zahlen.

»Sie trug das gleiche Kleid wie auf dem Video. Darum hab ich sie überhaupt erkannt. Ich meine, es sah so aus wie ihres. Gibt es denn noch Hoffnung, dass es ein Irrtum ist?«

Bastian füllte seinen Teller. »Der Kommissar sagt, wir müssen die Bestätigung abwarten, aus der – wie heißt das jetzt richtig? –, aus der *Gerichtsmedizin*. Aber ich habe keine Hoffnung mehr. Und dieses Video …«

Es musste scheußlich für ihn sein, die Aufnahme aus dem Grab in der Welt zu wissen. Wenn unter dieser Steinplatte Ignacia gefunden worden wäre, daran durfte Montse gar nicht denken.

»Es tut mir wirklich sehr leid.« Sie ließ das Besteck sinken. »Sag mal, hat dir etwa der Kommissar das Video im Internet gezeigt? Das wäre ja echt geschmacklos!«

»Nein, nein. Ein Ausschnitt davon lief im Fernsehen in den Nachrichten. Die Polizei war mir gegenüber ziemlich korrekt.« Bastian trank einen großen Schluck Rotwein.

Ziemlich korrekt. Überzeugt hörte sich das nicht an, und sein Gesichtsausdruck stützte Montses Vermutung: Es fehlte auf beiden Seiten an Vertrauen. Kommunikationstalent konnte man Jaume nicht nachsagen. »Was wirst du jetzt tun?«

»Spätestens Freitag muss ich zurückfliegen. Keine Ahnung, ob ich vorher alles Nötige in die Wege leiten kann, um Doris nach Deutschland mitzunehmen. Eine amtliche Bescheinigung, dass sie die Tote ist, kriege ich frühestens Übermorgen. In der Zwischenzeit kann ich wohl gar nichts tun. Außer …«

Er zögerte. »Außer mir anzusehen, was sie sich angesehen hat. Ihre letzten Stationen. Klingt das für dich albern?«

Ein melancholischer Zug schlich sich in seine Augen, und Montse rang mit ihrem Gewissen. Der Mann hatte gerade seine Mutter verloren, und sie hatte nichts Besseres zu tun, als ihn auszuhorchen. War das schäbig. Andererseits bot sie ihm Gesellschaft und Ablenkung. Und das tat ihm gut.

»Es klingt kein bisschen albern«, sagte sie. »Im Gegenteil. Ich finde, das ist eine wunderbare Idee. Eine Möglichkeit, ihr in gewisser Weise noch mal nah zu sein.«

Einen Moment lang wirkte es, als wolle Bastian widersprechen, doch dann ließ er sich wieder auf ihr Lächeln ein. Er nahm sein Smartphone heraus und zeigte ihr eine umfangreiche Liste in einem Dateiverzeichnis.

»Was ist das?«

»Doris hat mir von überall Bilder geschickt.« Er öffnete einen Ordner, und etwa zwanzig Fotos poppten auf. Der Yachthafen, die Seilbahn, die Mole in *Barceloneta*. Der zweite Ordner zeigte die Kathedrale, der dritte führte in verstecktere Winkel, die Montse nicht sofort erkannte. Es hatte mehrere Minuten gedauert, bis ihr aufgefallen war, dass sie einander duzten, und auch, dass sie die Unterhaltung schon geraume Zeit auf Spanisch führten. Eigentlich brauchte Bastian keinen Dolmetscher. Ihm fehlten höchstens ein paar Fachbegriffe, und seine Aussprache wirkte gelegentlich ein bisschen drollig, wenn er ein Wort an der falschen Stelle betonte oder die Grammatik verdrehte.

»Ein ortskundiger Guide wäre mir eine große Hilfe«, seufzte er und schenkte ihr einen erwartungsvollen Augenaufschlag.

Ein verlockender Gedanke. Sie biss in den Manchego, goss das letzte Wasser aus der Flasche in ihr Glas und nickte. »Wir brauchen einen Plan.«

»Und mehr zu trinken.« Bastian winkte den Kellner heran und entschuldigte sich dann.

Montse schaute ihm nach. Sein Smartphone hatte er eingeschaltet auf dem Tisch liegen lassen. Völlig arglos, der Typ. Keine Bildschirmsperre aktiviert. Sogar der Ordner war noch offen. Dabei wusste er rein gar nichts von ihr. Sie trommelte unschlüssig auf der Armlehne, dann zog sie das Gerät näher. Er hatte die Bilder in einer Cloud abgelegt. Natürlich, die Daten verbrauchten eine riesige Menge Speicherplatz. Ihr Finger kreiste zögernd, berührte dann das Menüfeld, der Cursor blinkte. Sie tippte ihre E-Mail-Adresse ein und gab sich selbst den Zugang frei. Ihr Blick huschte zum Eingang. Nichts von Bastian zu sehen. Sie schob sein Smartphone zurück an die Stelle, an der es vorher gelegen hatte, und zückte hastig ihr eigenes. Ein Hoch auf den freien WLAN-Zugang überall in der Stadt. Und auf ihre Skrupellosigkeit. In ihrem Postfach öffnete sie den Link. Ordner um Ordner schwebte wie von Zauberhand aus der Wolke auf ihr Display. Der Plan funktionierte. Sie musste nichts abspeichern. Von jetzt an hatte sie jederzeit Zugriff. Montse die Magierin, die Datendiebin. Es kribbelte auf ihrer Kopfhaut. War das gut oder schlecht? Ignacia hatte ihr eingeschärft, möglichst viele Informationen zu beschaffen. Und genau das machte sie.

»Braves Mädchen«, murmelte sie. »Ganz braves Mädchen.«

Bastian betrat die Stufen vor der *Bodega Nou*, machte einem Kellner Platz, der beladen mit Tellern über die Straße eilte, und ließ ein Paar mit Kinderwagen passieren; Montse schaltete ihr Handy ab und ließ es in die Tasche gleiten. Sie lächelte, als Bastian den Stuhl zurückzog. So viel wie heute hatte sie lange nicht mehr gelächelt. Allmählich fühlte es sich ein wenig verkrampft an.

»Woher wusstest du eigentlich, wo du mich findest?«, fragte Bastian unvermittelt.

Montse verschluckte sich an ihrem Wasser und hustete in die Serviette. Die Frage hatte sie viel früher erwartet und war dennoch nicht gut darauf vorbereitet.

»Barcelona ist ein Dorf«, improvisierte sie. »Sieh dich um. Neuigkeiten verbreiten sich schnell.«

Zu ihrer Überraschung gab er sich damit zufrieden. In seinen Augen funkelte etwas, das sie nicht einordnen konnte. Etwas, das ihr gefiel, das sie neugierig machte und das sie vor Ignacia verschweigen würde. Bastian Weinhold mochte ein ausdauernder Läufer sein, dem sie nachrennen musste, vielleicht auch ein Springer, der Haken schlagen konnte. Ein dummer Bauer war er ganz sicher nicht.

## Mittwoch, 16. August, 9:00 Uhr
## – Jaume Soler Martí –

Der Bronzearm wies gen Mallorca. Von der Aussichtsplattform in 60 Metern Höhe überblickte man weite Teile der Stadt, den Hafen und das Umland bis zur *Serra de Collserola* im Westen. Und gleichermaßen war das zentral am meerseitigen Ende der *Rambla* gelegene Monument mit der Kolumbusstatue von weither erkennbar und unmöglich zu verfehlen. Seit fast 130 Jahren schaute der Entdecker inzwischen übers Meer. Jaume wartete an einen steinernen Löwen gelehnt auf den Stufen am Fuße des *Mirador de Colom*, Sinnbild seiner eigenen Sehnsucht.

Bastian Weinhold kam schon wieder mit Flip-Flops an den Füßen und mit leicht desorientierter Miene. Kleiner hätte die Treffpunktmarkierung wohl nicht ausfallen dürfen. Jaume verbiss sich ein Grinsen.

»Danke, dass Sie es einrichten konnten, mich zu begleiten.« Zu seiner Überraschung hatte Weinhold die spontane SMS noch in der Nacht um kurz nach zwei beantwortet. So schnell, wie das gegangen war, musste er noch wach gewesen sein.

»Wir rekonstruieren verschiedene Abläufe«, fügte Jaume vage an. »Alles, was im zeitlichen Zusammenhang mit dem Geschehen auf dem Friedhof stehen kann.« Er redete ungern um den heißen Brei. Aber in dieser Situation konnte und wollte er nicht konkreter werden. Ausnahmsweise empfand er ihr kleines Verständigungsdefizit als beruhigend. Eine brauchbare Ausrede, wenn es um die Verschleierung von Tatsachen ging. Im Augenblick arbeiteten die Kollegen noch daran, ein komplettes Bewegungsprofil des Smartphones von Doris Weinhold für jenen Tag zu erstellen, an dem es letztmals gesendet hatte. Domenech hatte sich freiwillig gemeldet, um die Zusammenarbeit mit den deutschen Behörden zu managen und rechtliche Grenzen auszuloten. Im vergangenen Jahr hatte er bei einer internationalen Tagung gute Kontakte geknüpft, die er dafür nutzen wollte. Jaume vermutete, dass es sich bei Kriminaloberkommissar Steitz aus dem Präsidium in Frankfurt am Main um eine Frau handelte.

Abwartend stand Bastian Weinhold herum und machte keine Anstalten, Fragen zu stellen oder von sich aus etwas zu sagen. Ein zäher Beginn.

»Kommen Sie.« Rund um das Denkmal auf seiner kleinen Insel toste der Verkehr. Man tat gut daran, einen Zebrastreifen zu nutzen und sich dennoch nicht auf sein Vorrecht zu verlassen. Weinhold trottete neben ihm her zur landseitigen Fußgängerampel. Sie überquerten eine weitere Straße und hielten direkt auf das *Museu Marítim* zu. Palmen flankierten den Zugang zur Grünanlage, schattige Bänke unter Bäumen und im Schutz der Mauern lockten zum Verweilen. Doch Jaume hatte nicht vor anzuhalten. Sie umrundeten das Gebäude, vorbei an der Freifläche, auf der an jedem zweiten Sonntag – außer im August – ein Flohmarkt abgehalten wurde, bis sie wieder an ihrem Ausgangspunkt angekommen waren. Weinhold sagte noch immer kein Wort. Zwischen Taxen und Sightseeingbussen kreuzten sie erneut den Verkehr, und Jaume wandte sich diesmal nach rechts, weg von der Promenade, hinein in den Hafenbereich, der zu den Anlegestellen der Fähren und noch weiter draußen zu den Passagierschiffen führte. Weiß und Blau, strahlend in luxuriöser Eleganz. Schwimmende Städte mit den Ausmaßen von Gebirgsketten. Jedes Mal wieder erfasste ihn dort ein Hochgefühl. Großzügige Parkplätze, breite Straßen, Laternen, die das Gelände mit Helligkeit fluteten und überdeutlich die Ähnlichkeit von Schifffahrt und Luftfahrt betonten. Kehrte man dem Meer den Rücken, gab es kaum einen Unterschied zum Außenbereich des Flughafens *El Prat*.

In Anbetracht der Zeit beendete Jaume den Schweigemarsch jedoch bereits an der *Moll de Barcelona*. Massiver Beton und Stahlrohre trennten übermannshoch den Bereich des Transitgeländes zu den Balearen ab. Gleich zwei Autofähren lagen vor Anker. Ein Einkaufszentrum mit Hotel nahm das gesamte Ende der Mole ein, vor dem der mittlere Turm der Hafenseilbahn den Blick zum Himmel lenkte.

»Was denken Sie, was Ihre Mutter hier gewollt hat?«

Bastian Weinhold zeigte vor sich auf den Boden. »Genau hier?«

»Nein.« Jaume zog mit der Hand einen weiten Kreis. »Überall, wo wir gerade gewesen sind. Im Hafen. Am Museum. Haben Sie eine Idee?«

»Sie wird das gleiche gemacht haben wie immer: Fotos.« Weinhold deutete das Klicken einer Kamera an. »Obwohl …« Auf seiner Stirn bildete sich eine Falte. »Vom Museum hat sie keine geschickt und auch nur kleine Yachten und Segelboote fotografiert.«

Einen derartigen Einwand hatte Jaume befürchtet. Die Sichtung der Fotodateien hatte er veranlasst, aber das Ergebnis lag ihm noch nicht vor. Ein klein wenig hoffte er weiterhin, dass Doris Weinhold das Land unter falschem Namen verlassen oder die EU-Außengrenze auf dem Seeweg überschritten hatte. Obwohl ihr Verschwinden dann kein Fall mehr gewesen wäre, der in seine Zuständigkeit fiel. Und der Mord auf dem Friedhof bliebe weiter ungelöst. Doch den Mann mit den Flip-Flops, der ein stilles Unbehagen in ihm auslöste, wäre er dann los. Und die Einmischung von Ignacia ebenso, die am Vorabend wieder versucht hatte, ihn auszuhorchen.

»Was bedeutet das, Comissari Soler? Wurde Doris im Hafen überfallen und ausgeraubt?«

»Das lässt sich noch nicht mit Sicherheit sagen.«

»Aber darum haben Sie mich doch hergebracht. Weil sie hier gewesen ist an dem Tag, als sie starb.«

»Mit sehr hoher Wahrscheinlichkeit. Ja.« Das entsprach nicht ganz der Wahrheit. Die letzte Position des Smartphones ließ sich zwar eingrenzen, aber nicht präzise auf einen Ort festlegen. Ihr Standort am Beginn der *Moll de Barcelona* markierte den südlichsten Punkt, die *Rambla del Mar* am Yachthafen den nördlichsten.

Bastian Weinhold stützte sich mit den Unterarmen auf den Beton und ließ den Kopf hängen. »Wann war das eigentlich genau?«

»Heute vor zwei Wochen, am Mittwoch, dem 2. August.« Jaume sah einer Möwe zu, die weiter draußen über der Mole kreiste, bis sie zielgerichtet nach unten stieß. Statt ins Meer einzutauchen, spekulierte sie auf Essensreste im Müll oder in der Hand eines Menschen. Mit ihrer Beute im Schnabel stieg sie rasant wieder auf, attackiert von zwei Artgenossen. Nach einer schnellen Drehung landete sie auf einem winzigen Vorsprung.

»Drei Tage nach ihrem Geburtstag.« Weinhold drehte ihm sein Gesicht zu. »Das verstehe ich nicht.«

»Was verstehen Sie nicht?«

»Keine Bilder von alldem.« Weinhold richtete sich auf und sprach auf Englisch weiter. »Es sei denn … Doris hat eben doch fotografiert. Ein Dieb reißt ihr die Kamera aus der Hand und rennt weg. Sie läuft ihm nach, aber er entwischt.«

Jaume konnte es vor sich sehen. Eine Verfolgungsjagd mit tragischem Ausgang. Die etwas korpulente Frau mit den Trekkingsandalen, die von der Promenade aus dem Dieb hinterherrannte, eine Hand auf den Strohhut gepresst, das geblümte Kleid flatterte um ihre Waden. Erst sah er sie eine Treppe herunterfallen, doch das daraus resultierende Verletzungsmuster wollte nicht zur Leiche in der Gerichtsmedizin passen. Dann hörte er sie schreien, während sie rannte, der Dieb bremste ab, lauerte und schlug ihr etwas über den Schädel. Nein, auch das ging nicht auf. Der Vorfall wäre nie und nimmer unbemerkt geblieben. Ganz davon abgesehen, dass ihm eine plausible Begründung fehlte, wieso der Täter anschließend den weiten Weg zum Friedhof gemacht haben sollte, um die Leiche zu verstecken, statt sie einfach ins Meer zu werfen.

»Nein. Das verstehe ich auch nicht«, murmelte er und fragte dann lauter: »War Ihre Mutter denn so mutig?«

»Mutig?« Weinhold stutzte, dann nickte er. »Sie hätte die Kamera niemals kampflos hergegeben. Wir haben sie neu angeschafft. Erst vor drei Monaten.«

Jaume hob die Augenbrauen. »Wir?«

»Für das Fotostudio. Wir haben sie zusammen ausgesucht, weil wir sie dort beide benutzen.«

»Sie arbeiten im gleichen Fotostudio wie Ihre Mutter?«

»Es gehört ihr. Sie hat es aufgebaut und geleitet. Und mich hat sie eingestellt, nachdem ich meine Ausbildung zum Fotografen abgeschlossen hatte.«

Ein Familienbetrieb also. Jaume drückte sich von der Mauer ab. Es war an der Zeit, der aufsteigenden Sonne auszuweichen. Und im Büro mit Domenech zu reden. Bevor sie gingen, drehte Jaume sich noch einmal um. Die Möwe auf dem Mauervorsprung säuberte ihr Gefieder. Sie hatte ihre Beute erfolgreich verteidigt und verspeist. Ohne zu teilen.

## Mittwoch, 16. August, 11:50 Uhr
## – Montse Soler Martí –

Wie ein Rettungsring lag die Wulst des heruntergerollten Overalls um Montses Taille, die Arbeitsschuhe abgestreift unter dem Tisch. Bastian hatte gelacht und ihr nicht geglaubt, als sie ihm von ihrem Job bei der Straßenreinigung erzählt hatte. Überhaupt hatten sie viel gelacht, je später es geworden war. Und seine Dankbarkeit dafür war echt gewesen.

Mit geschlossenen Augen schlürfte Montse den zweiten *cafè solo*. Eine Stunde Schlaf vor Arbeitsbeginn. Das war wenig, sehr wenig. Und nicht hilfreich, wenn es darum ging, Ignacias Neugier zu befriedigen, die in der Nacht beim Warten auf der Couch eingenickt war und daher noch nichts vom Ablauf ihrer Begegnung erfahren hatte. Um sich ein wenig Luft zu verschaffen, hatte Montse ihr das Smartphone überlassen und den Zugang zu Doris Weinholds Bildern geöffnet.

Ignacia wischte und tippte. »Du warst spät.«

»Hmhm.«

»Sehr spät. Und dann hast du nur Fotos, nichts zu sagen?«

»Ich bin müde.« Sie trank eine halbe Flasche Wasser in einem Zug, ohne den Umweg über ein Glas. Nach einem Feiertag waren die Straßen besonders schmutzig, und die Party in *Gràcia* dauerte zehn Tage. Dann kam das nächste Fest und noch eins und noch eins. Und wer Pech hatte mit dem Dienstplan, der war überall dabei.

»Ist er wie seine Mutter?«

Trotz Müdigkeit erkannte sie die Fangfrage sofort. Wenn

sie ja sagte, wusste Ignacia, dass sie log. Für Doris Weinhold hätte sie bestimmt nicht ihren Schlaf geopfert und mit ihr bis weit nach Mitternacht geredet. Montse stopfte die Socken in die Schuhe und schlurfte grummelnd hinter den Tresen. Und hätte Jaume an ihrer Stelle den morgendlichen Rapport abgeliefert, wäre er mit einem dick belegten *Entrepà* verwöhnt worden. Sie hingegen musste sich selbst versorgen. Lieblos warf sie ein Stück Brot auf den Teller und kratzte eine übrig gebliebene Portion Rührei aus der Pfanne.

»Krieg ich eine Antwort, was ist?«

»Ja, was?« Montse kaute und fuchtelte mit der Gabel. »Bastian Weinhold ist kein Besserwisser und trägt keine hässlichen Blümchenkleider. Viel mehr habe ich noch nicht rausgefunden. Wir treffen uns heute wieder. Ich zeige ihm ein paar Orte, die auf den Bildern zu sehen sind. Bringt zwar nix, aber ich hab es versprochen. Ihm geht es darum zu sehen, wo seine Mutter gewesen ist, und nicht darum, den Fall zu lösen.« Sie zog den Stuhl näher und quetschte Ketchup aus der Plastikflasche auf das kalte Ei. »Wo würdest du anfangen?«

Ignacia wischte weiter und wiegte den Kopf.

»Warte!« Montse schaute auf das Display, dann wieder auf Ignacia, schnappte das Smartphone und blätterte zwei Bilder vor und langsam zurück. Hauseingänge mit Reihen von Klingelschildern. »Wo kommen die denn her? Wo hast du draufgedrückt, Mama? Was hast du gemacht?«

»Nichts. Nur was du gezeigt hast.« Ignacia fuhr mit dem Zeigefinger durch die Luft und kniff den Mund zusammen.

Der Unterordner enthielt allein diese drei Aufnahmen und schwebte neben den anderen in Bastians Cloud.

»Die Bilder habe ich gestern nicht gesehen. Dabei dachte ich, es wären alle gewesen. Dutzende. Aber die da waren nicht dabei.« Montse klackerte mit den Fingernägeln auf der Tischplatte. Oder er hatte sie so schnell weitergeschoben, dass sie ihr nicht aufgefallen waren. Untergegangen in zu viel Rotwein.

»Die sind langweilig«, stellte Ignacia fest. »Der Mann wollte dich überreden, noch mal mit ihm auszugehen. Darum hat er schöne Bilder ausgesucht. Wen interessiert irgendein Wohnhaus?«

Damit konnte sie Recht haben. Auch wenn Bastian in erster Linie aus Sentimentalität handelte, war Montse sicher, dass ihm der gemeinsame Abend darüber hinaus einfach gefallen hatte. Überredung zu einer Wiederholung war auf beiden Seiten unnötig gewesen. Sie kämpfte gegen ein Lächeln und gähnte. Wenn sie bei ihrem Treffen nicht älter aussehen wollte als Ignacia, musste sie dringend ein paar Stunden schlafen.

»Er misstraut der Polizei, und die Polizei misstraut ihm«, sagte sie mehr zu sich selbst. Ausgesprochen hatte er das nicht, und doch war dieser Eindruck bei ihr hängengeblieben.

»Du meinst, Jaume traut ihm nicht?« Ignacia packte Montse am Arm. »Und wieso siehst du das anders?«

»Davon war keine Rede.« Wobei sie sich eingestand, dass sie einfach keinen Anlass sah. Er war nach Barcelona gereist, weil jemand seine Mutter getötet hatte. Es gab Formalitäten zu erledigen. Was sollte daran falsch sein? Sie stand auf, nahm ihre Schuhe in die eine Hand und hielt mit der anderen den rutschenden Overall fest. »Das Misstrauen ist der Punkt, an dem ich ansetzen kann. Wenn ich ihn ein bisschen piekse, erzählt er mir bestimmt mehr von den Ermittlungen. Und jedes Mal hab ich Gelegenheit zu einer neuen Rückfrage.«

Eindringlich schaute Ignacia ihr ins Gesicht. Den Ausdruck kannte Montse nur zu gut. Und sie konnte ihn nicht leiden. »Es war deine Idee, Mama. Soll ich jetzt etwa kneifen?«

## Mittwoch, 16. August, 15:00 Uhr
## – Jaume Soler Martí –

Langsam, aber stetig flossen von allen Seiten Informationen zusammen, wanderten von Schreibtisch zu Schreibtisch und verbreiteten sich via E-Mail. Ein System, das wunderbar funktionierte und aus Jaumes Sicht völlig ausreichte. Er war kein Freund von Gruppenmeetings. Doch seine Position verlangte es, derartige Zusammenkünfte anzuordnen. Dieser Anforderung kam er nach. Mehr aber auch nicht.

Domenech führte das Wort. Und Calderon, der sich geweigert hatte, vor dem Whiteboard herumzuhampeln, wie er es ausgedrückt hatte, saß mit einem Stapel Papier daneben und beschränkte sich auf kurze Einwürfe und schlechte Scherze. Halbkreisförmig waren zwei Reihen Stühle aufgestellt und die elektrischen Jalousien für blendfreie Sicht heruntergelassen und gekippt. Fünfzehn Kolleginnen und Kollegen verschiedener Sparten lauschten dem Ermittlungsstand.

Jaume kannte längst alle Einzelheiten und hing zwischendurch eigenen Gedanken nach. Auf seinem Fensterplatz am Rande des Geschehens lehnte er sich zurück, die Beine überschlagen, die Arme verschränkt. Er vertraute seinen Leuten und gab Verantwortung ab. Das entsprach den Tatsachen und war in dieser Sichtbarkeit ganz nebenbei eine wunderbare Demonstration für Selvanegra. Der hatte sich nicht angekündigt, aber sein Erscheinen in der heutigen Runde stand außer Frage.

»Die Spurensicherung hat es geschafft, an der Platte über

dem Steinsarg und an der Innenwand unterhalb der Kante Fingerabdrücke zu sichern. Ziemlich knifflig auf Stein, aber da es ein paar glatte Stellen gab, konnten sie genug Material aufnehmen und die Papillarlinien vervollständigen.« Domenech sah von seinen Notizen auf. »Und die – das ist die gute Nachricht – haben wir bereits in der daktyloskopischen Datenbank. Sie gehören mit fast hundertprozentiger Sicherheit Josep Martinez, einem Kleinkriminellen mit langer Laufbahn, guter Bekannter auf zahlreichen Wachen und im Gefängnis. Allerdings könnte der abgetaucht sein.«

»Weniger gut«, raunzte Calderon.

»Von den Streifen, die Martinez in letzter Zeit häufiger gesichtet haben, kam die Rückmeldung, dass er ihnen diese Woche noch nicht über den Weg gelaufen ist.«

Sein Verschwinden unmittelbar nach Bekanntwerden des Leichenfundes machte ihn verdächtig und konnte dennoch – mit viel gutem Willen – auch nur ein Zufall sein.

»Zwei seiner Lieblingsaufenthaltsorte, wenn Martinez nicht gerade einsitzt, sind bevorzugtes Terrain von Straßenhändlern aller Kategorien, mit und ohne Verkaufslizenz und Arbeitserlaubnis. Ihr wisst, wovon ich rede.«

Gruppen von Nordafrikanern, Schwarzafrikanern, Pakistani, immer strikt nach Herkunft getrennt, denen die Hintergründe ihres Vergehens einfach nicht einleuchteten. *Manteros*, für die es keinen erkennbaren Unterschied gab zwischen legaler Ware und gefälschten Markenartikeln wie Souvenirs, Sonnenbrillen und Handtaschen, die sie ausgebreitet auf ihren Decken anboten. Sie kämpften ums Überleben und mit der Bürokratie. Ständig bereit zur Flucht mit ihrer zusammengerafften Auslage im Sack über der Schulter. Natürlich gab es unter ihnen auch solche, die mit allen Feinheiten der Gesetze bestens vertraut waren und sie dennoch brachen. Und Einheimische Gauner wie Martinez.

»Einer dieser Orte liegt im Hafen, genau dort, wo der GPS-Sender in Doris Weinholds Smartphone deaktiviert wurde.«

Und damit endete der gute Wille.

Ein zackiges Klopfen unterbrach Domenech, und Selvanegra stolzierte herein. Wie immer zu spät, was einen großen Auftritt garantierte. Zur Entschuldigung hob er die Hand.

»Weiter, weiter, lassen Sie sich nicht stören!« Er ließ den Blick demonstrativ schweifen, bis ein junger Kollege seinen Platz räumte. Ein Dankeschön kam Selvanegra nicht über die Lippen.

»Ja, also, wie gesagt, wir haben die Fingerabdrücke und die Ortung«, nahm Domenech den Faden wieder auf. »Martinez hat höchste Priorität, wobei wir aufpassen müssen, dass es nicht allzu viel Wirbel gibt. Damit die Szene nicht komplett durchdreht und wir dann erst recht nichts herausfinden, werden wir die Hilfe unserer Streetworker in Anspruch nehmen. Das ist bereits abgestimmt.«

Der Mann mit dem Stehplatz gab sich zu erkennen. Am Gemurmel ringsum war abzulesen, dass nicht jeder die von Domenech vorgebrachte Einschätzung teilte. Samthandschuhe für die Illegalen am Ende der Nahrungskette. Jaume hob unauffällig den Daumen. Genau das hatten sie abgesprochen.

Bei der momentanen Faktenlage war dieses Vorgehen durchaus sinnvoll. Unabhängig vom Ausgang der DNA-Analyse, deren Ergebnis morgen endlich vorliegen würde. Es machte keinen Unterschied, wer letztlich in dem Grab am *Montjuïc* gelegen hatte. Josep Martinez war dort gewesen und somit mindestens ein Zeuge, dessen Aussage aufgenommen werden musste. Wenn sich das Team im Umfeld der Straßenhändler festbiss, passte das gut in Selvanegras Weltbild und stellte diesen vorläufig ruhig. Jaume gingen andere Ansätze durch den Kopf, die noch etwas reifen mussten. Calderon und Domenech waren daran gewöhnt, dass er gelegentlich eine Weile still brütete und Aufträge erteilte, die sich ihnen erst später erschlossen. Sie kannten die Anzeichen und sparten sich Nachfragen.

Nach seinem Hafenbesuch mit Bastian Weinhold hatte Jaume die Auswertung der von diesem zur Verfügung gestellten Fotografien auf seinem Schreibtisch vorgefunden. Mit dem Fazit, dass sie mehr oder weniger typische Stationen einer Kulturtouristin dokumentierten. Ein ebenso unbefriedigendes wie vorhersehbares Ergebnis. Es nagte an ihm, dass unter dieser Vielzahl an Aufnahmen kein einziger brauchbarer Hinweis sein sollte. Andererseits waren sie nur durch Zufall an diese Dateien gekommen. Ohne Bastian Weinhold hätten sie gar nicht erst davon erfahren. Und nicht von der fehlenden Kamera. Oder dem Fotostudio in Frankfurt. Verfolgte der damit einen Plan? War das nur ein Ablenkungsmanöver, bestehend aus Arbeitsbeschaffung und scheinbarer Kooperation? Aber mit welchem Hintergedanken? Letztlich wäre Jaume ohne Weinholds Zutun vermutlich auch niemals auf die Idee gekommen, der Todesfall auf dem *Cementiri de Montjuïc* könne seine Ursache außerhalb Spaniens haben. Ein importiertes Mordmotiv mit einem importierten Mörder. Doch Jaume war weit davon entfernt, diesen Punkt als Entlastung für Bastian zu verbuchen. Mörder machten Fehler. Auch die, die sich für besonders clever hielten.

Selvanegra war vor dem Whiteboard in Stellung gegangen, um die anwesenden Männer auf die Wichtigkeit des Falles einzuschwören, wobei er in der Ansprache die Polizistinnen wie üblich überging.

Jaume sah aus dem Fenster. Den Text hatte er oft genug gehört. Er verspürte große Lust, zum Friedhof rauszufahren und die Katze zu füttern. Die Schwarze, deren Eleganz und Souveränität ihn an Paloma erinnerte. Auf dem Berg hatte er beim letzten Besuch trotz der Hitze eine innere Befreiung gespürt. Die Weite öffnete den Blick aufs Wesentliche. Davon konnte er einen Nachschlag gebrauchen, um seine Gedanken weiter zu ordnen. Domenech arbeitete bereits auf Kollegenebene daran, mit Hilfe seines deutschen Kontakts mehr über die Familie Weinhold in Erfahrung zu bringen. Ein klein wenig am offiziellen Dienstweg vorbei. Denn Jaumes Eindruck, dass Weinhold ihm etwas verheimlichte, hatte sich am Morgen noch verfestigt. Daran änderte sich auch nichts, als der am Ende des Gesprächs einen weiteren Namen in den Ring geworfen hatte. Norbert Weinhold. Seines Zeichens Ex-Ehemann von Doris, Vater von Bastian und ebenfalls Fotograf.

## Mittwoch, 16. August, 22:30 Uhr
## – Montse Soler Martí –

Traurige Augen, ein knackiger Hintern und die Aussicht, mehr über die Tote vom Friedhof zu erfahren – es gab gleich mehrere Gründe, weshalb Montse sich auf Bastian Weinhold gefreut hatte. Auch Ignacias unausgesprochener Zweifel gehörte dazu.

Drei Stunden hatten sie miteinander verbracht, die im Nu vergangen waren, ohne Langeweile oder Sprachlosigkeit, dafür mit beachtlichem Sightseeing-Pensum. Bastian hing wie ausgespuckt auf einem Klappstuhl, die nackten Füße auf dem Rand eines Blumenkübels. Hinter ihnen plätscherte ein Springbrunnen. Sie hatte ihn fix und fertig gemacht, vor allem mit der Laufstrecke kreuz und quer durch enge Altstadtgassen. Und sie hatte ganz nebenbei eine Menge über Bastian erfahren, dem ihr Outfit heute – mit Cargohose und Tanktop – angeblich genauso gut gefiel wie das sexy Kleid vom Vortag. Er hatte Charme. Und er redete.

»Dieser Kommissar Soler ist echt seltsam«, sagte er jetzt. »Wir sind einmal komplett um das Schifffahrtmuseum herumgelaufen und dann den Hafen rauf und runter, nur damit er mich am Ende fragt, was ich denke, was meine Mutter dort gewollt haben könnte. Die Antwort hätte ich ihm auch am Telefon geben können: keine Ahnung.«

Montse lachte. »Das war wohl kaum, was er hören wollte.«

»Nein. Ich bin bestimmt eine echte Enttäuschung für ihn.« Bastian kühlte den Sonnenbrand auf seiner Stirn, indem er die Bierflasche dagegenhielt. »Alle Bilder, die Doris mir vom Meer geschickt hat, sind aus ihrer ersten Urlaubswoche gewesen. Aber Kommissar Soler meint, dass sie später ein zweites Mal dort gewesen ist. Kurz bevor … bevor es passiert ist. Wieso genau er das glaubt, hat er nicht gesagt. Für mich ist die Vorstellung, dass sie die Kreuzfahrtschiffe als Fotomotive ausgelassen haben könnte, absurd.«

»Sie mochte Schiffe?«

»Ehrlich gesagt weiß ich das nicht mal. Sicher ist, Doris ist ein Profi. Sie hätte den Farben und der Kulisse nicht widerstehen können. Auch wenn wir manchmal unterschiedlicher Meinung sind: Atmosphäre einfangen hat sie wirklich drauf.«

Montse biss sich auf die Lippen. Es bedrückte sie, wie er in der Beschreibung seiner Mutter zwischen Vergangenheit und Gegenwart schwankte. Noch war Doris präsent und lebendig in seinem Kopf. Ein hinterhältiger Funken Hoffnung, der sich entgegen jeder Vernunft weigerte zu verlöschen. Weil er die Leiche nicht gesehen hatte.

»Was ist?«

Sie seufzte und pulte am Flaschenetikett herum. »Das willst du nicht hören. Es wäre nicht nett.«

»Sag es trotzdem.«

»Ich kann es mir einfach nicht vorstellen.« Sie entschied sich gegen die Wahrheit. »Die Frau mit dem gruseligen Blümchenkleid, die ich getroffen habe, und künstlerische Kompositionen? Für mich passt das nicht.«

»Versteh ich. Doris ist – sie war – etwas eigen. Auf ihr Äußeres hat sie wenig Wert gelegt.«

Auf dem Tisch brannte ein Windlicht. Lampen erhellten hier und da ein Fenster in den umliegenden Häusern. Vier Stockwerke, manchmal fünf, mit kleinen Balkonen an den lehmbraunen Mauern. Über dem Platz gaben sie einen kleinen Ausschnitt des Himmels frei. Tiefblau, fast schwarz, zeigte er keine Sterne. Die Geräusche der Stadt wechselten die Tonart, wurden ein wenig leiser, dafür klarer. So wie die Konturen aller Dinge sich im Lichtkegel deutlicher zeigten, und ein Dahinter kaum noch zu existieren schien.

Montse kniff sich in den Unterarm, ehe das Schweigen zu lange dauerte und die Aura der Umgebung sie einlullte. Ja, ihr letztes romantisches Date lag verdammt lange zurück. Aber das war kein Grund, in diesem Fremden mehr zu sehen, als es zu sehen gab. Jaume misstraute ihm. Nie im Leben hätte sie zugegeben, dass dieses Wissen einen Einfluss auf sie hatte. Und doch war es so. Höchste Zeit, zum Lächeln zurückzufinden und zum Thema. Sie zog das feuchte Etikett vollends von der Flasche, beugte sich vor und pappte es Bastian auf die Stirn.

»Genaugenommen hast du mir gerade eine Antwort gegeben, was deine Mutter am Hafen gewollt hat. Die Stimmung einfangen. Dass du davon keine Bilder hast, heißt ja nicht, dass sie keine gemacht hat. Wenn ich das richtig verstanden habe, musste sie die ja vom Kameraspeicher erst auf das Smartphone übertragen und dann von dort an dich verschicken. Wenn sie aber vom Hafen aus direkt zum Friedhof gefahren ist und nicht noch mal im Hotel war, dann hatte sie dazu keine Gelegenheit mehr.«

»Stimmt, so würden es die meisten Leute machen. Nur überträgt Doris ihre Dateien an Ort und Stelle. Völlig egal wo sie gerade ist. Eine Marotte. Als hätte sie Angst, es könnte unterwegs etwas verloren gehen.«

»Im Ernst?« Ungläubig riss Montse die Augen auf. Mitten in einer Großstadt mit einer teuren Kamera und einem Smartphone herumzuhantieren, die sie beide auf den Knien gehalten haben musste, auf einem Tisch ausgebreitet oder auf einer Parkbank, das war mehr als riskant. Das war dumm und geradezu eine Einladung zum Zugreifen. »Spricht dafür, dass ihr die Kamera tatsächlich im Hafen geklaut wurde.«

»Davon gehe ich aus. Ob Kommissar Soler das auch so sieht, hat er nicht gesagt. Für einen Polizisten ist der verdammt schweigsam. Er stellt auch deutlich weniger Fragen als du.«

»Hey!« Montse machte das Bein lang und stupste ihm an die Wade.

»Das war keine Kritik an dir. Es tut gut, das alles mit einem normalen Menschen besprechen zu können. Und mir ist bewusst, dass ich dir völlig ausgeliefert bin. Ohne deine Hilfe habe ich keine Chance, mein Hotel zu finden. Ich weiß nicht mal, in welchem Viertel wir gerade sind.« Bastian grinste. »Sicher ist, wenn Doris den Dieb verfolgt und erwischt hat, dann hat er es bereut.«

»Oh ja, das glaube ich gern.« Montse lachte auf und wurde gleich darauf wieder ernst. Vielleicht tröstete ihn der Gedanke, dass der Dieb von seiner Mutter Prügel bezogen hatte, auch wenn die Idee unrealistisch war. Sollte sich der Ablauf so zugetragen haben, war ebenfalls sicher, dass Doris die Begegnung nicht überlebt hatte.

## Donnerstag, 17. August, 10:00 Uhr
## – Ignacia Martí Jimenez –

Ignacia braute Kaffee, schmierte Brote und öffnete die ersten Bierflaschen für ihre Stammkundschaft. Frühstück und Zigarettenpause, ehe der Tag in die Vollen ging. Sie war nicht bei der Sache. Hitze schwappte herein. Sie verkaufte einen Lotterielosanteil, goss die Blumen, die sich in Töpfen auf mehreren Brettern übereinander im Fenster stapelten, und zählte ihre Gäste. Die üblichen Kandidaten waren fürs Erste durch. Sie stellte die Gießkanne neben den Spielautomaten in der Ecke, der ihr nebenbei einen kleinen Zusatzverdienst bescherte. Die übergeschwappte Pfütze ignorierte sie. Über den Tag würde der kleine Wasserfleck trocknen, und sie hatte Besseres zu tun, als jetzt einen Lappen zu holen.

Mitten in der Nacht war sie aufgestanden, als sie Montse im Bad gehört hatte. Ihre Tochter war wenig begeistert gewesen. Zwei Uhr in der Früh, und ihre Mutter verlangte von ihr, die Bilder noch mal sehen zu wollen, die ihr einfach nicht aus dem Kopf gingen. Mit der Zahnbürste im Mund war Montse schließlich zum Rechner geschlurft, um die Dateien aufzurufen, und hatte ihr dazu noch eine genaue Anleitung geschrieben, auf welche Tasten sie drücken durfte und auf welche nicht. In aller Ruhe konnte Ignacia nun jede einzelne Aufnahme betrachten, so oft sie wollte. Das hatte sie getan, noch bevor Montse aus dem Haus gegangen war, und ein zweites Mal am Morgen, unfrisiert und ungewaschen.

Sie drehte das Schild an der Eingangstür auf *tancat* – geschlossen – und zog das Scherengitter zu. Allzu lange wollte sie nicht wegbleiben. Auch wenn das Mittagsgeschäft meist nur spärlich ausfiel, konnte sie nicht darauf verzichten.

An der *Plaça de Prim* war die Zeit stehengeblieben. Grünlich schimmerte das Eisen des Brunnens mit der goldenen Spitze. Aus seinem Hahn plätscherte Wasser, solange man den Knopf gedrückt hielt. Dann konnte man es aus der Hand schlürfen oder andere nass spritzen oder in einem Eimer nach Hause tragen, wenn nötig. Schon als Kind hatte sie das getan und unter den heute über hundert Jahre alten dickbäuchigen Ombu-Bäumen gesessen, die jetzt mächtige Kronen trugen.

Ignacia betrachtete ihre Umgebung mit geschärftem Blick. Wenn man etwas gut kannte, konnte es passieren, dass man das Wesentliche aus den Augen verlor. Das Schöne und Besondere. Mitte des 19. Jahrhunderts war der Platz angelegt worden, und in der Mehrzahl waren es damals Fischer gewesen, die das sumpfige Land an der Küste weit vor der Stadt bewohnten. Die Nähe zum Wasser lockte später die Textilindustrie an, der andere Betriebe folgten. Und aus den Fischern wurden Arbeiter, von denen immer mehr aus dem ganzen Land kamen. Statt des erhofften Wohlstands für alle machte sich jedoch eine neue Art von Armut breit. Ignacia hatte den Niedergang der Fabriken erlebt, als sie klein war, und so manches andere, woran sie sich ungern erinnerte. Dunkle Jahre. Dann das Aufbegehren, den Neuanfang und den ungebrochenen katalanischen Stolz. Stur und manchmal holzköpfig.

Über der *Plaça de Prim* und in einigen der umgebenden Straßen lag ein nostalgischer Hauch, eine Ahnung dessen, was einmal gewesen war: Im Weiß der Fassaden, die fast schon blendeten zur Mittagszeit. Unter der Markise an der Ecke, wo seit jeher alles serviert wurde, was das Meer hergab. Schon ihr Vater hatte dort gern gegessen, Muscheln und Kabeljau, Garnelen, Sardellen, Sepia. Aus der einfachen Kneipe war inzwischen ein Fischrestaurant mit hervorragendem Ruf geworden. Eines, das zu besonderen Anlässen besucht wurde.

Ignacia ging schweren Schrittes zum Brunnen und ließ Wasser über ihre Handgelenke laufen. Die Tische standen eingedeckt im Schatten, mit gebügelten Tüchern und polierten Gläsern. Sie erinnerte sich sehr genau an Doris Weinholds Gesichtsausdruck beim Lesen der Speisekarte an der Wand von *La Pausa*, ehe sie das billigste *Entrepà* bestellte. Und an die Art, wie sie die Münzen abzählte. Passend. Kein Trinkgeld. Genau das machte Ignacia stutzig. War Doris Weinhold nur wegen der Bäume an diesen versteckten Ort gekommen und nicht, um zu essen? Ihre Aufnahmen waren an einem Sonntagmittag entstanden. Daran entsann sich Ignacia genau. Denn beim Betrachten der Fotos am Morgen musste sie irgendetwas berührt haben, was nicht auf Montses Liste vermerkt gewesen war, und mit einem Mal waren die Bilder zusammengeschrumpft und zu jedem ein Datum und eine Uhrzeit sichtbar geworden. Ignacia ließ weiter Brunnenwasser aus dem Hahn laufen, befeuchtete sich die Stirn und rechnete zurück.

»Mare de Déu!« Der 30. Juli. Das änderte die Lage. Dieses Datum war neben den Fotos eine der wenigen Informationen, die Montse bisher von diesem Bastian beschafft hatte. Doris Weinholds Geburtstag. Und somit durchaus auch für einen geizigen Menschen ein Grund, sich etwas Außergewöhnliches zu gönnen. Seufzend setzte Ignacia sich wieder in Bewegung. Ihre Füße taten jetzt schon weh. Es würde noch ein Weilchen dauern, bis *La Pausa* wieder öffnete.

## Donnerstag, 17. August, 11:30 Uhr
## – Montse Soler Martí –

Hupend legte sich das Motorrad in die Kurve und vollführte anschließend einen kleinen Slalom, ehe es außer Sicht geriet. Vollgas neben der Friedhofsmauer. Ihrem Kollegen war wirklich nicht zu helfen. Irgendwann würden die Sanitäter Jorges Überreste von einem Betonpfeiler kratzen oder unter einem Laster aufsammeln. Montse schob sich die Sonnenbrille ins Haar und ließ den Blick an der Fassade des Hotel *Antares* aufwärts wandern. Ein viereckiger Kasten ohne Balkone, dafür mit Tiefgarage. Sie steckte die Hände in die Taschen und schlenderte in den Schatten auf der Rückseite. Die Videoüberwachung an der Zufahrt registrierte sie und winkte freundlich, ehe sie unbehelligt den Lieferanteneingang passierte. Eine Stahltür mit Zahlenkombination und ein Holzkeil, der diese offen hielt. Sie lauschte. Dann entschied sie sich, dem stärkeren Licht zu folgen. Im Halbdunkel blieben Geräusche hinter ihr zurück, vermutlich von einem Trockner oder der Wäschemangel. An den rauen Wänden gab es keine Farbe, nackter Beton, kalte LED-Beleuchtung. Knastatmosphäre. Sie zog die Schultern hoch, ging schneller. Niemand begegnete ihr. Am Fahrstuhl drückte sie ungeduldig den Knopf, die Augen auf den fensterlosen Gang gerichtet, dorthin, von wo sie Stimmen zu hören glaubte. Am liebsten hätte sie die Treppe genommen, um schneller wegzukommen. Doch vom Treppenhaus aus konnte man ohne Zimmerkarte nur die Rezeptionsebene betreten. Mit dem Lift kam sie dagegen auf alle

Etagen, nur nicht wieder in den Keller zurück, der dem Personal mit Schlüssel vorbehalten war. Als der Aufzug sich mit ihr in Bewegung setzte, atmete Montse auf, das beklemmende Gefühl ließ langsam nach. Sie zog die Warnweste aus und rollte sie zusammen, um etwas weniger auffällig auszusehen, dann richtete sie ihren Zopf und steckte die Haarklammern neu. Im zweiten Stock stieg sie aus. Von einer Seite fiel Tageslicht herein. Wie erhofft stand der Putzwagen auf dem Flur. Zimmer 203 beherbergte seit gestern neue Gäste. Bastian hatte den Koffer seiner Mutter packen müssen, begleitet von Domenech, nachdem er mit Jaume am Hafen gewesen war. Das bedeutete nichts anderes, als dass Doris Weinholds Spuren aus dem Hotel verschwanden. Bald würde sich keiner mehr an sie erinnern. Weder an ihr Gesicht noch an ihre Stimme oder an ihre Eigenheiten. Dann war sie nur noch eine Anekdote. Die Deutsche, die als Leiche auf dem *Montjuïc* endete und im *Antares* gewohnt hatte. Ob für ihren Einsatz Ignacias Drängen, Bastians Lächeln oder *el santet* persönlich verantwortlich zeichnete? Oder war sie es ganz allein, die die Entscheidung getroffen hatte? Angetrieben von dem Gefühl, dass womöglich etwas Wichtiges unwiederbringlich verloren ging, wenn sie nicht handelte.

Im Eingang zu Zimmer 205 stand ein Eimer, und eine Frau putzte den Boden. Ein Hidschab bedeckte ihre Haare. Jamila. Hier war sie richtig. Montse trat ein.

## Donnerstag, 17. August, 12:40 Uhr
## – Jaume Soler Martí –

Mit einem Mal ging es voran. Vom Labor war endlich der Bescheid eingetroffen, der jeden Zweifel ausräumte. Doris Weinhold lebte nicht mehr. Auch nach all den Jahren, in denen Jaume nun in der *Divisió d'Investigació Criminal* Mordfälle bearbeitete, spürte er in solchen Momenten einen gewissen Zwiespalt. Die Sicherheit, die sie für den Fortgang der Ermittlungen brauchten, bedeutete zugleich den unumkehrbaren Verlust für die Angehörigen.

Und nun war Carolina in der Leitung. Die Kriminaltechnikerin hatte ein kleines Wunder vollbracht und einen verunreinigten Beleg aufgearbeitet. Acht Zentimeter breit und fast doppelt so lang. Dieser hatte sich in einer Tasche in der Seitennaht von Doris Weinholds Kleid befunden. Unter ihrem Körper, während des Zersetzungsprozesses. Carolina hatte den Vorgang sehr blumig und detailreich geschildert, über Lautsprecher, was sogar Calderon kurzfristig dazu gebracht hatte, seine Zwischenmahlzeit zu unterbrechen. Körperflüssigkeiten aller Art, Bakterien, Fäulnis – dennoch war es Carolina gelungen, den Aufdruck so weit zu rekonstruieren, dass die wesentlichen Angaben entnehmbar wurden.

»Es ist eine Restaurantquittung. Ich kann dir nicht sagen, was genau sie gegessen hat, aber wo und wann. Bin ich gut?«

»Besser als gut«, bestätigte Jaume.

»Ah, warte. Das ist zu viel des Lobes. Wenn du meine Mail öffnest, kannst du dir im angehängten Scan selbst ein Bild machen. Dann siehst du auch, dass auf der Rückseite etwas notiert wurde. Kugelschreiber. Blau. Buchstaben oder Ziffern. Aber das krieg ich nicht klar. Vielleicht könnt ihr was damit anfangen, wenn ihr eine Idee habt, worauf es sich bezieht. Oder mit einem Algorithmus näher bestimmen, was das sein könnte. Falls es euch überhaupt bedeutsam scheint.«

»Was denn für ein Algorithmus?«, brummte Calderon in Richtung Domenech. »Kann der dann auch die Hut-Frage klären?«

»Computerzauberei, lieber Calderon!«, rief Carolina durch den Hörer. »Aber das ist nicht mein Fach. Genauso wenig wie Hüte.«

»Ich bleibe trotzdem dabei«, sagte Jaume. »Du bist besser als gut, Carolina. Danke.«

Ihre Nachricht hatte er bereits vor sich und schrieb die Adresse ab, noch bevor er das Gespräch wegdrückte. Gotisches Viertel, nur wenige Schritte von der Rambla entfernt. Die Rechnung datierte auf den ersten August, einen Tag vor Doris Weinholds Tod, und wies zwei Getränke aus. Vom Preis her tippte Jaume auf Wein. Zwei Gläser zur Mittagszeit. Entweder war der Wein sehr gut, oder Doris Weinhold hatte etwas zu feiern. Oder sie war nicht allein gewesen.

»Was die Hüte betrifft«, um Jaumes Mundwinkel zuckte es, aber das konnte Calderon nicht sehen, »dafür ist keine Zauberei nötig. Ich bin sicher, das kriegst du auch mit herkömmlichen Methoden hin.« Dabei war er längst nicht mehr überzeugt, dass es irgendeine Rolle spielte, wann und wo Doris Weinhold ihren Sonnenhut gekauft hatte.

Das Telefon klingelte erneut, und Jaume hob ab. »Comissari Soler Martí.«

»Es gibt ein Päckchen abzuholen.«

»Für wen?«

»Eine Touristin.«

Jaume ballte die rechte Hand zur Faust, seine Körpertemperatur stieg, der Herzschlag beschleunigte. »Wo?«

»*Moll de Bosch*, gegenüber der *Capitania General* am Ufer.«

Ein merkwürdiger Platz für die Übergabe von Informationen. Doch der Bote bestimmte den Ort, den er für richtig hielt. Und solange dieser kein Risiko für den Empfänger darstellte, gab es keine Diskussion.

»Sag ihm, in zwanzig Minuten. Pünktlich. Verstanden?«

»Na sicher. In zwanzig Minuten. Pünktlich.«

Die eifrig geschnarrte Antwort hörte Jaume kaum noch. Mit einer Hand griff er den Autoschlüssel, mit der anderen stopfte er die Notiz mit der Restaurantadresse in die Hosentasche. »Domenech, bestell mir Weinhold zu dem Lokal von Carolinas Beleg. In einer Stunde. Nein, anders: Bitte ihn, dort hinzukommen, um mit mir zu essen. Wenn er Zeit hat, ansonsten …«

»… teile ich ihm das Laborergebnis mit?«

Jaume stand bereits an der Tür und schüttelte den Kopf. »Nein. Das mache ich auf jeden Fall selbst.«

»Alles klar. Ich gebe dir Bescheid, sobald ich ihn erreicht habe. Du kriegst ein Päckchen?«

»So ist es.«

Domenech fragte nicht weiter.

Entgegen seiner Gewohnheit entschied Jaume, die Metro zum Treffpunkt zu nehmen. Etwa acht Stationen lagen vor ihm. Er lehnte den Rücken an eine Stange und sammelte sich mit halb geschlossenen Augen. Sein Informant war ein vorsichtiger Mensch, unsympathisch durch und durch. Dennoch hatten sich seine Hinweise in der Vergangenheit häufig als hilfreich erwiesen. Die Anspielung auf die Touristin ließ ihn hoffen. An der Haltestelle *Drassanes* verließ er die Bahn und stieg am Ende der Station die Treppe hinauf. Gleißendes Tageslicht empfing ihn unweit des Columbusdenkmals, an dem er sich zuletzt von Bastian Weinhold verabschiedet hatte. Noch konnte er das Meer nicht riechen, nur sehen, aber das würde sich gleich ändern.

Palmen begrünten die breite Prachtpromenade am Hafen. Manche Exemplare hoch aufgeschossen, andere gedrungen. Jaume schlenderte langsam voran, ohne sich erkennbar umzusehen, und beobachtete doch sehr genau. Jogger mit Pulsmessern und Handtuch, Paare mit Stadtplan, Hundeausführer, eine Gruppe mit einem Fähnchen vorneweg. Eigentlich war die Wahl dieses Ortes ziemlich geschickt, musste er zugeben. Öffentlich, rundum einsehbar und mit Fluchtmöglichkeiten in alle Richtungen, falls jemand auftauchte, der sie besser nicht zusammen sehen sollte. Dazu steinerne Sitzgelegenheiten, bei denen man Rücken an Rücken kommunizieren konnte. Einer mit Blick zu den Segelyachten, der andere mit Blick auf das Hauptquartier der Generalinspektion der Armee, über dem die spanische Flagge wehte. Blitzte da etwa Sinn für Humor durch? Eher nicht.

Jaume ergatterte einen Platz im schmalen Schatten eines Palmwedels, wandte sich dem Hafenbecken zu und faltete die Hände. Der anthrazitfarbene Stein strahlte Wärme ab wie ein Saunaofen. Fünfundzwanzig Minuten. In der Hosenfalte unter seiner Kniekehle sammelte sich Feuchtigkeit. Kein Lufthauch bewegte das träge Wasser. Neunundzwanzig. Stoisch ertrug er das Rinnsal in seinem Genick, verfolgte den Zeiger seiner Armbanduhr. Wenn dieser Mensch nicht bald auftauchte, dann … Eine unangenehme Mischung aus Rasierwasser und Schweiß streifte seine Nase. Direkt neben ihm wurde eine Stofftasche abgestellt.

»Canon Spiegelreflexkamera mit Objektiven. Besitzerwechsel am zweiten August. Keine Fragen. Guter Preis.«

Augenblicklich war Comissari Soler Martí hellwach und auf Empfang. »Wer hat sie?«

Der Mann setzte sich und riss eine knisternde Plastiktüte auf. »Keine Ahnung. Wird zum Kauf gesucht.«

»Gesucht?« Fast hätte Jaume sich vor Überraschung umgedreht. Er hatte mit einem Angebot gerechnet. »Von wem?«

Etwas knackte, wurde gekaut, ausgespuckt. Sonnenblumen- oder Kürbiskerne. »Gibt keinen Namen. Aber offenbar einen, dem sie sehr wichtig ist.«

»Dann ist der Preis hoch?« Das Knacken und Spucken widerte Jaume an. Sein Telefon vibrierte in der Hosentasche.

»Es gibt auch noch keinen Preis. Der muss erst verhandelt werden.« Die Tüte raschelte. »Aber ja, der wird hoch.«

Eine Taube landete, stakste mit ruckendem Kopf um sie herum, peilte die Kerne an.

»Blutware.« Der Informant kaute und spuckte. »Bringt schlechtes Geld, auch bei hohem Wert, und braucht viel Geduld. Normalerweise jedenfalls.«

Nur war es nicht normal, dass jemand aktiv nach solcher Ware suchte. »Woher weiß ich, dass es die ist, die mich interessiert? Ich brauche definitiv einen Namen, einen direkten Kontakt. Anbieter oder Auftraggeber.«

»Ist nicht drin. Alle sind nervös. Keiner redet. Könnte eine Polizeifalle sein. Ich kann nur sagen, dass der Auftraggeber sehr, sehr genau weiß, was er sucht. Den kann keiner linken.« Der Informant bewarf die Taube mit Schalen. »Es läuft wie immer. Von einem Ohr zum andern.«

Jaume holte sein Telefon heraus, als nähme er einen Anruf entgegen. »Ist nicht drin«, griff er die Formulierung des Informanten auf. Die bloße Erwähnung des Datums reichte ihm nicht aus. »Kein Schmiergeld, solange ich nicht sicher bin, dass der Suchauftrag echt ist.« Und dass sein Sitznachbar mehr absonderte als heiße Luft und parfümierte Dampfschwaden. »Ich brauche was Handfestes, dann biete ich vielleicht sogar mit. Das kannst du dem passenden Ohr gerne so weitersagen.«

Wieder raschelte die Tüte, wurde zusammengeknüllt und umständlich zurück in die Stofftasche gestopft, die an Jaumes Seite lehnte. Dahinter verborgen streifte eine Hand sein Gesäß. Gurrend rannte die Taube davon. Dann wurde es still.

Im Aufstehen strich Jaume die Hose glatt und warf einen raschen Blick auf den Papierfetzen, den ihm der Informant gerade untergeschoben hatte.

Sein Telefon vibrierte erneut, und er ging ran. »Was gibt es, Domenech?«

»Weinhold kommt. Er hat sich den Weg beschreiben lassen, aber nicht nach einem Grund gefragt.«

»Gut.«

»Wie ist es gelaufen, Jefe?«

»Hm.« Jaume wanderte zum nächsten Schattenfleck. »Die angeblich verschollene Ausrüstung von Doris Weinhold. Hast du davon eine Typbezeichnung für mich?«

Domenech brauchte keine zehn Sekunden. Jaume las auf dem Zettel mit. Da war er, der Beweis, den er gefordert hatte. Nun musste er darauf warten, dass die Menschenkette die Information ans richtige Ohr und wieder zurück zu ihm transportierte.

Für seine nächste Etappe nutzte Jaume den Bus, der ihn bis zur Mitte der *Rambla* brachte, und bog gegenüber der Markthalle *La Boqueria* in eine Seitenstraße. Später würde er dort noch einen kleinen Bummel machen, frisches Gemüse und Fisch einkaufen. Oder doch lieber nur einige kandierte Früchte, weil Paloma es nicht mochte, wenn er ohne Absprache Lebensmittel anschleppte, die dann womöglich verdarben. Mit knurrendem Magen würde er sich der Herausforderung jedoch nicht stellen müssen. Er schmunzelte. Diese kleine Annehmlichkeit hatte er im gleichen Moment beschlossen, als Carolinas Rekonstruktion auf seinem Bildschirm sichtbar geworden war. Ort und

Zeit verlangten geradezu danach, die Nachforschung mit Nahrungsaufnahme zu verbinden. Ein gutes Essen machte zudem die hässliche Wahrheit, die er Bastian Weinhold mitzuteilen hatte, leichter erträglich. Eine lindernde Verpackung.

In knallroten Lettern stand der Name über dem Eingang der Taverne. Wie die meisten Lokale im Kernbereich der Altstadt war das *Irati* schmal, aber tief und verfügte nur im hinteren Teil über eine Handvoll Tische. Mehr als die Hälfte des schlauchartigen Raumes war einer langen Theke und einem engen Durchgang mit einem Bord an der Wand gegenüber vorbehalten. Gegessen wurde dort im Stehen. Jaume schlängelte sich zur Kasse vor, die den Übergang zwischen Restaurant und Bar markierte. Dabei entging ihm keine einzige der aufgespießten Köstlichkeiten. *Pintxo* nannte sich die baskische Variante der *Tapas*, die sich wachsender Beliebtheit erfreute. Zu Recht. Völlig zu Recht. Jaume widerstand der Versuchung, sofort zuzugreifen, und lehnte ab, als die Bedienung ihm einen Teller anbot.

»Kriminalpolizei«, sagte er mit abgesenkter Stimme und winkte sie zu sich heran. »Ich habe einige Fragen.«

Nacheinander legte er allen Angestellten das Portrait von Doris Weinhold vor und wiederholte geduldig sein Anliegen: Ob sie sich erinnerten, die Dame gesehen zu haben, allein oder in Begleitung. Dann ergänzte er das Datum ihres Besuchs und schob zum Abschluss nach, dass er gleich einen Gast erwartete, den sie sich genau ansehen sollten. Genau, aber unauffällig. Um festzustellen, ob der schon einmal da gewesen sei. Vielleicht sogar an besagtem Tag, mit besagter Frau.

»Zwei Gläser Wein«, bestätigte der Inhaber. »Rotwein, trocken. Das kann ich an der Abrechnung erkennen. Beim Essen würde ich auf *Pintxos* tippen, auch wenn man das nicht lesen kann.« Er zuckte die Achseln. »Tut mir leid. Mehr kann ich nicht sagen. Hätte sie an einem Tisch gesessen, könnte sie eher jemandem aufgefallen sein. Aber vorne an der Theke? Sie sehen es selbst, in den Stoßzeiten ist einfach die Hölle los.« Das Gedränge erfüllte ihn sichtlich mit Stolz.

Jaume zog sich zurück. Es wäre tatsächlich eine Überraschung gewesen, nach zwei Wochen ein anderes Ergebnis zu erzielen. Sprachgewirr umgab ihn. Menschen schoben sich vorbei, unter denen er nach Vertrautem Ausschau hielt. Unordentlicher Blondschopf, heute mit einem Haarband gebändigt, darunter wirre Augen, noch weiter unten: Flip-Flops. Wenigstens musste er nicht lange auf Bastian Weinhold warten. In ihrer Begrüßung lag inzwischen eine gewisse Routine.

»Das System ist ganz einfach«, erklärte Jaume, ohne auf den Grund ihres Gesprächs einzugehen. »Sie bekommen einen Teller und nehmen sich von den Platten, was Ihnen gefällt. In jedem Häppchen steckt ein Holzspieß, ein *Pintxo*, die werden am Ende gezählt und bezahlt. Ich lade Sie ein.«

Jaume blieb dicht an Weinholds Seite, während sie auswählten, und hielt Blickkontakt mit dem Personal. Niemand sollte zweifeln, um welchen Gast es ihm ging. Thunfisch mit fein geriebenem Ei, gekrönt von einer Scheibe Salzgurke, Kräuterfrischkäse mit süßer Marmelade und Pinienkernen, *Botifarra negra*, jeweils auf einer kleinen Weißbrotscheibe angerichtet. Jaume zügelte sich und suchte einen Platz an der Wand, der ihm einigermaßen ruhig schien. Tortilla und Krebsfleisch kamen später dran.

»Es gibt hier einen sehr guten trockenen Rotwein.«

»Danke. Nein. Lieber ein Wasser.«

»Mögen Sie keinen Rotwein, Herr Weinhold?«

»Nein.«

»Nur jetzt nicht oder gar nicht? Verzeihen Sie meine Neugier. Sie können auch einen Weißen haben. Oder ein Bier?«

»Nur ein Wasser, bitte.«

Jaume gab die Bestellung weiter und schloss sich an. Ein Frevel. Der Rote hätte viel besser gepasst.

»Der Laborbericht ist da, nicht wahr?« Weinhold sah ihm direkt in die Augen. »Doris ist tot.«

»Ja.«

»Tot.« Langsam ließ Weinhold den Atem entweichen. Er nahm ein Wasserglas von der Bedienung entgegen und hob es an. »Salut.« Seine Miene verriet Erleichterung.

»Salut.« Jaume prostete ihm zu, beobachtete die schnellen Schluckbewegungen. »Auf Ihre Mutter.«

Weinhold setzte das Glas ab. »Was denken Sie jetzt von mir, Comissari Soler? Dass ich trauriger sein sollte? Oder verzweifelter?«

»Sie sollten etwas essen, denke ich. Und dass Sie ein Realist sind, der wenig von Illusionen hält.«

»Ist das gut oder schlecht?« Weinhold zog den Holzspieß aus einem der Brote. Anchovis mit Paprika.

»Ihre Mutter hatte einen Zettel mit einer Notiz in der Tasche ihres Kleides stecken. Leider nicht mehr lesbar. Sieht nach einer Ziffernfolge aus.«

»Eine Telefonnummer?«

»Hätte sie die nicht eher direkt eingespeichert?«

»Schon.« Weinhold schluckte und nickte. »Aber Doris ist in solchen Dingen eine Sicherheitsfanatikerin. Wie mit den Fotodateien. Immer sofort verschicken und an zwei Stellen speichern. Sie hat ständig alles Mögliche auf Papierfetzen gekritzelt, um nur nichts zu vergessen. Auch Adressen von Leuten, bei denen sie schon oft gewesen ist. Arbeitsanweisungen. Uhrzeiten für Termine. Und jedes Blatt wurde mindestens zweimal benutzt. Denn sparsam war sie auch.«

Eine Uhrzeit. Ein Datum. Das konnte passen.

»Wann werden Sie abreisen?« Jaume biss in die heiße schwarze Blutwurst, die das Brot mit Fett getränkt hatte. »Gleich morgen, wie geplant?«

»Schön wär's. Ist aber nicht zu schaffen wegen des ganzen

Papierkrams. Keiner tut irgendwas, solange ich nicht schriftlich belegen kann, dass ich einen berechtigten Anspruch auf die Leiche habe.« Bei dem Wort Anspruch zerbrach der *Pintxo* zwischen seinen Fingern und fiel auf den Teller. Er presste die Lippen aufeinander, rang den inneren Druck nieder. »Ich bin nicht gefühllos, Comissari Soler. Ich bin nur froh, endlich Klarheit zu haben. Und dass es jetzt vielleicht vorangeht.«

Jaume wies den Vorwurf stumm zurück. Von gefühllos hatte er nichts gesagt. Dennoch verteidigte Weinhold sich. Interessant. Er hatte keine Handhabe, Weinhold länger im Land zu halten. Nur den Wunsch, ihn noch eine Weile beobachten zu können. Die Mithilfe bürokratischer Hürden nahm er dafür gerne an. Papierkram konnte dauern. Er führte das zweite Brot zum Mund und biss ab. Kombiniert mit der Marmelade rief der cremige Käse eine fast unanständige Empfindung auf Jaumes Gaumen hervor. Ein Pinienkern leistete seinen nussigen Beitrag.

Selbstverständlich würde er alle von Weinhold gemachten Angaben überprüfen lassen. Ob es den behördlichen Verzug gab und ob dieser unumgänglich gewesen war. Oder ob hinter dem verlängerten Aufenthalt eine ganz andere Geschichte steckte.

»Wurde von den Sachen meiner Mutter irgendetwas gefunden? Ihr Ausweis, ihre Tasche oder das Mobiltelefon?«

Langsam schüttelte Jaume den Kopf. »Nein. Nichts.« Der Leckerbissen auf seiner Zunge war kaum zu übertreffen gewesen. Dazu brauchte es erst Weinholds unausgesprochene Frage nach der Kamera.

## Donnerstag, 17. August, 15:00 Uhr
## – Ana Guerrero Lopez –

Rastlos hetzte sie durch die Stadt. Dabei war ihr längst klar, dass sie von ihrem üblichen Tagesablauf abweichen musste. Schon wieder. Jede Zelle ihres Körpers wehrte sich dagegen. Ihre Füße gehorchten nicht, wollten an denselben Ort wie jeden freien Donnerstagnachmittag. Es kostete unendlich viel Kraft, die Richtung zu wechseln, die Straße an einer anderen Stelle zu überqueren. Und das nur, um sich Minuten später am üblichen Platz wiederzufinden, ohne zu wissen, was in der Zwischenzeit geschehen war.

Ihre Hände verkrampften sich ineinander. Rituale gaben Halt, strukturierten die Unordnung. Genau wie die Zahlenkolonnen, mit denen sie tagtäglich arbeitete. In Zahlen steckte System, Mathematik, Logik. Eine Abweichung verursachte Chaos. Jede Abweichung.

Wie war sie nur auf die Idee gekommen, sich die Haare in einem anderen Farbton färben zu lassen? Blauschwarz statt schwarz. Jeden Morgen suchte sie im Spiegel nach Anzeichen der Veränderung. Fielen ihr mehr Haare aus als sonst? Kam das Grau bereits wieder zum Vorschein? Machte sich das Experiment am Ende sogar auf der Waage bemerkbar? Bei der Farbe, die sie selbst auftrug, war sie sicher gewesen. Sicher. Die Firma verwendete seit Jahrzehnten die gleiche Rezeptur. Sie war nicht leichtgläubig. Oh nein. Vor jedem Einkauf kontrollierte sie die Liste der Inhaltsstoffe. Die Reihenfolge hatte sie auswendig im Kopf. Wer nicht aufpasste, wurde reingelegt. Wer wusste schon, was genau chemische Substanzen im Körper bewirkten und was womit reagierte? Es konnten Gifte enthalten sein. Oder Hormone. Und die schlugen dann aufs Gewicht. Ganz unmittelbar. Oder auf den Appetit. Tatsächlich hatte sie mehr gegessen in der vergangenen Woche. Die Törtchen am Feiertag. Alle weg, auf einen Schlag.

Ana lauschte ihrem Herzen, eine Hand auf der Brust. Keine Rhythmusstörungen, keine Aussetzer. Sie rief sich zur Ordnung. Ihr Misstrauen war gesund, solange sie es im Griff behielt. Genau wie sie selbst. Gesund. Das hatte der Arzt gesagt.

»Sie sind gesund, Frau Guerrero. Genießen Sie das Leben, und nehmen Sie regelmäßig Ihre Medikamente, dann kann gar nichts schiefgehen.«

Kleine Rinnsale strömten ihr auf dem Gehweg entgegen, tränkten die Platten, die sich dunkel färbten, und umspülten ihre Schuhspitzen. Ein Klümpchen Erde blieb hängen, ein Blatt trieb vorbei. Großzügig spritzte der Händler Wasser auf die Blumenkübel und die kleinen Töpfe, füllte die Eimer mit den gebundenen Sträußen bis zum Überlaufen, drehte dann die Düse zu.

»Hab ich Sie nass gemacht?«

Ana machte einen schnellen Schritt aus der Pfütze. Sie hätte direkt von der Arbeit aus nach Hause gehen sollen.

»Einmal wie immer?« Er legte den Schlauch beiseite. »Ich habe schon an Sie gedacht. Wir haben eine tolle Lieferung bekommen. Ganz wunderschöne …«

»Nein«, fuhr Ana dazwischen. *Ich habe an Sie gedacht.* Lügner. So viele Lügner. »Nein, heute nicht.«

Nichts. Gar nichts heute. Sie machte eine Kehrtwende. Ihr Absatz knackte, sie schwankte auf dem unebenen Pflaster.

»Nicht? Darf ich Ihnen dann etwas anderes zeigen?«

Mit einer vagen Handbewegung wehrte sie die Worte ab.

»Ich brauche nichts«, presste sie hervor und lief davon.

## Donnerstag, 17. August, 17:30 Uhr
## – Montse Soler Martí –

Sein Lächeln grub ihm rechts und links der Mundwinkel zwei kleine Falten ins Gesicht. Die Haare an seinem Kinn changierten zwischen goldblond und rot, wirkten weich und zeigten die Tendenz, sich zu locken.

Unter dem Sonnenschirm vor *La Pausa* wartete Montse, mit der Schulter an die Stange gelehnt. Es gefiel ihr, Bastian beim Näherkommen zu betrachten und das Kribbeln zuzulassen, über dessen Herkunft sie nichts wissen wollte. Es kribbelte. Und das war gut.

»Rotbart war ein gefährlicher Mann«, sagte sie, als er zu ihr in den Schatten trat.

»Ich bin nicht gefährlich, nur unrasiert. Was hast du heute mit mir vor?«

»Etwas, das erstaunlicherweise nicht auf deiner Liste steht, obwohl es darauf sein müsste.«

»Was denn?«

Sie lupfte seine Sonnenbrille. »Ein Besuch bei *el santet.*« Seine Augen zeigten Neugier, kein Verstehen.

»Und wer ist das?«

»Der kleine Heilige von Poblenou.« Sie hakte ihn unter und spürte dabei förmlich Ignacias Blick in ihrem Nacken. Die hatte Bastian endlich sehen wollen und darauf bestanden, dass Montse sich direkt vor der Tür von ihm abholen ließ. Herauskommen wollte sie aber nicht. Und erst recht nicht mit ihm reden.

»Komm. Es ist nicht weit. Fünf Minuten von hier.« Am Mittag war Montse von Ignacia mit Neuigkeiten überrascht worden und fast noch mehr von der Tatsache, dass ihre Mutter die Bar freiwillig und außerplanmäßig für über eine Stunde geschlossen hatte, um Erkundigungen einzuholen.

Bastian ließ sich nur widerwillig vorwärtsziehen. »Wer ist dieser Heilige? Ein Wahrsager oder ein Pfarrer?«

»Einer, der Wunder vollbringt, wenn man ihn bittet und fest genug daran glaubt«, sagte Montse leichthin, als sie die *Rambla del Poblenou* überquerten. Sie ahnte den Grund für Bastians Sträuben: Er erkannte die eingeschlagene Richtung, obwohl es mit seinem Orientierungssinn nicht weit her war.

»Sein Name war Francesc Canals Ambrós, er konnte die Zukunft vorhersagen und den Tod. Auch seinen eigenen anno 1899. Er ist sehr jung gestorben, mit 22, und auf dem Totenbett hat er seinem blinden Vater seine Sehkraft vermacht. Das hat ihm ein Traum prophezeit, und so ist es eingetroffen. Er hauchte sein Leben aus, und der Vater konnte wieder sehen.«

»Nun, das ist …« Bastian verzog das Gesicht.

»Ein bisschen schräg, ich weiß. Aber es geht noch weiter.« Montse unterbrach ihre Erzählung und blieb vor einem großen Hoftor mit asiatischen Verzierungen stehen. »Unser kleines *Poblenou* hat eine Menge Erstaunliches zu bieten. Einen taoistischen Tempel zum Beispiel, kulturelles Zentrum der vielen Chinesen in Barcelona, die Wünsche an ihre Gottheiten gerne in einem heiligen Feuer verbrennen. Eingeweiht wurde er von einem Nachfahren eines bedeutenden Wahrsagers. Womit wir zwei Parallelen zu *el santet* hätten, der gleich dort drüben liegt.« Sie deutete auf die lange Friedhofsmauer auf der anderen Straßenseite. »Der *Cementiri de l'Est* ist über 200 Jahre alt. Ursprünglich lag er weit außerhalb der Stadt, aber die hat ihn irgendwann geschluckt wie viele andere ehemals freistehende Gebäude auch. Seine Geschichte wurde mit allen Daten und Details auf der Außenmauer verewigt. Eine sehr pragmatische Mischung aus Information und Dekoration.«

Es ließ sich nicht vermeiden, dass sie unmittelbar an Doris' Hotel vorbeikamen, aber Bastian zeigte keine Reaktion. Montse hoffte, dass nicht durch irgendeinen blöden Zufall ausgerechnet jetzt Alba aus der Tür käme. Oder, noch schlimmer, Domenech. An Jaume wollte sie gar nicht erst denken.

Sie durchschritten ein schmiedeeisernes Tor und betraten die kleine Parkanlage vor dem Eingang, über dem ein steinerner Engel mit Fanfare wachte.

Bastian las die lateinische Inschrift. »Erwarte die Stunde der Auferstehung der Toten.« Er sah sie fragend an.

»Ja, so in der Art. Ich stell mir dabei immer Zombies vor, die aus den Gräbern klettern.« Montse biss sich auf die Zunge. Respektlos, gerade ihm gegenüber, und alles andere als erwachsen. »Entschuldige.«

»Nicht schlimm. Ich glaube weder an das eine noch an das andere. Und wenn wir gerade dabei sind: An Heilige glaube ich auch nicht.«

»Vielleicht solltest du das aber.« Sie hütete sich, ihm zu sagen, dass sie selbst die Geschichte nur für ein Märchen hielt. Schließlich wollte sie ihn beeindrucken. »Die Grabplatte von *el santet* ist dreimal an der gleichen Stelle gerissen. Weil seine Seele nicht eingesperrt sein will, heißt es. Und manchmal leuchtet das Grab von innen.«

»Und wir überprüfen jetzt, ob Doris in der Nacht seine Seele gesehen haben könnte?«

»Wer weiß?«

Die Pforte unter dem Fanfarenengel gab den ersten Blick auf den Friedhof frei. Stille und die aufgestaute Hitze des Tages empfingen sie zwischen den hohen Mauern. Montse wandte sich zielsicher nach links. Sie mussten einen Block mit Grabanlagen umrunden, um auf einem der mittleren Gänge zu *el santet* zu gelangen. Nach einigen Metern drehte sie sich um. Bastian war hinter ihr zurückgeblieben.

»Ihr stapelt eure Toten?« Sein Gesicht zeigte Verwirrung. Er zählte. »Fünf Geschosse. Und wie viel nebeneinander? Das sind Hochhäuser, ganze Wohnblocks.«

»Ja, irgendwie schon.« Sie konnte an den Grabanlagen nichts Ungewöhnliches finden. »Macht man das nicht überall so?« Sie zog ihn am Arm weiter, ohne auf eine Antwort zu warten. Erst vor der Grabnische des Heiligen hielt sie an. »Die katholische Kirche ist nicht glücklich mit unserem kleinen Francesc und hat seine Wunder nie anerkannt. Aber du siehst, das tut seiner Beliebtheit keinen Abbruch.« Um ihm huldigen zu können, waren die umliegenden Nischen unbelegt geblieben. Reserviert für Devotionalien und Geschenke: Kreuze, Marienstatuen, Fotografien, Kuscheltiere. Ein sattgrüner Busch mit tiefroten Blüten streckte seine Äste über die zusätzlich gegenüber aufgestellten Zaunelemente, an denen wächserne Arme, Ohren und Beine baumelten. Makabere Gaben, die leicht auf das erhoffte Wunder schließen ließen. Zwischen den Blüten hindurch sah Montse das Hotel *Antares*.

»Das dritte Zimmer von links im zweiten Stock«, sagte Bastian, ging ein wenig in die Knie und sah in Richtung Hotel. »Doris hatte doch Recht bei eurer Diskussion. Die Lichter, die es angeblich nicht gibt, stehen genau hier. Da ist keine unruhig wandernde Seele als Erklärung nötig.«

Die Flammen der Grablichter auf den oberen Nischenböden waren bei Tageslicht kaum zu erkennen. Doch in der Nacht hatte Doris sie vermutlich sehen können. *El santets* Grab bildete die Ausnahme von der Regel und wurde das ganze Jahr über mit Kerzen geschmückt. Daran hatten weder Montse noch Ignacia damals gedacht. Schon wieder lag ihr eine Entschuldigung auf den Lippen. Sie schluckte und nickte dann.

»Ich weiß aus einer zuverlässigen Quelle, dass deine Mutter den Heiligen besucht hat. An ihrem Geburtstag.« Montse legte die Hand an die Scheibe vor der Nische, dahinter lagen zahlreiche Zettel. »Was denkst du, warum sie hergekommen ist? Meinst du, sie hat ihm auch einen Bittbrief dagelassen? Mit einem Hilferuf oder einem geheimen Wunsch?«

Bastian befeuchtete seine Lippen. Die getönte Brille sperrte sie aus seinen Gedanken aus.

»Was könnte das gewesen sein? Jeder wünscht sich doch irgendetwas.«

»So war sie nicht, Montse. So war sie nicht.« Das Rot in seinem Bart fing Feuer, loderte in der Sonne, als er den Kopf hin und her bewegte. »Wenn du etwas willst, reicht es nicht zu wünschen. Du musst dafür kämpfen. Doris hat niemanden um etwas gebeten und sich auf niemanden verlassen. Nur auf sich selbst. Und das hat sie auch mir sehr früh beigebracht.«

Eine harte Lektion für ein Kind. »Und was wünschst du dir?«, hakte Montse nach. Es machte sie nervös, wie er sie ansah, wie er schwieg, wie er das Kinn vorschob und schließlich den Mund zu einem Grinsen verzog, das alles andere als fröhlich wirkte.

»Ich habe morgen einen Termin mit einem Bestatter und erst am Montag eine Audienz beim deutschen Konsulat. Das heißt, ich gewinne ein Wochenende in Barcelona. Was will man mehr?« Er beugte sich zu der Scheibe herunter. »Hast du dem Kommissar schon von dieser wunderbaren Begebenheit erzählt? Die Geschichte von Doris und dem Heiligen.«

»Dem Kommissar? Wie … wieso sollte ich?« Montse hielt die Luft an.

»Comissari Soler scheint mir der richtige Kandidat für Mythen und Legenden zu sein. Wer weiß, welche Schlüsse er aus Doris' Besuch ziehen kann. Und vielleicht hat er ja selbst einen geheimen Wunsch, den er dalassen will. Zum Beispiel, dass der Heilige ihm den Namen des Mörders zuflüstert.«

»Du meinst, es ist ganz sicher, dass es kein Unfall war?«

»Von der Polizei kriege ich kein Ja und kein Nein. Aber was Soler nicht sagt, das sagt einiges. Wenn er könnte, würde er mir was anhängen.« Bastian klopfte gegen das Glas. »Nicht wahr, heiliger Mann?«

»Wieso sollte er dir denn etwas anhängen? Das wäre doch völliger Unsinn.« Montse fasste sich und lächelte. Ihr Bruder konnte nervtötend sein, in dem Punkt hätte sie Bastian gern zugestimmt. Dessen Situation musste unendlich anstrengend sein. Eine tote Mutter, ein möglicher Mord, ein absurder Verdacht gegen ihn, und das alles in einem fremden Land und in einer für ihn fremden Sprache. Gut möglich, dass Sarkasmus ihm dabei half, mit alledem klarzukommen. Für einen Sekundenbruchteil zog sie in Erwägung, ihm die Wahrheit zu sagen, dann ließ sie es sein.

»Lass uns verschwinden. Ich zeig dir den Strand.« Eine Pause von der Realität würde ihnen beiden guttun, auch wenn die nur von kurzer Dauer sein konnte. »Nur fünf Minuten bis zur Brandung, versprochen. Und das Meer spült alles weg, was dir die Luft abdrückt.«

»Schon wieder nur fünf Minuten?«

»Ich hab dir doch gesagt: Barcelona ist ein Dorf. Die besten Dinge sind ganz nah.« Sie streckte ihm die Hand hin, und er griff zu.

»Da ist was dran.«

In Unterwäsche gingen sie baden, ließen sich im Sand sitzend trocknen, kauften kaltes Dosenbier von einem Strandhändler und sahen zu, wie die Sonne hinter den Häusern verschwand. Vorbei an den Anglern, die in der Dämmerung ihr Glück versuchten, liefen sie hinaus zur äußersten Spitze des Wellenbrechers neben dem Bootshafen. Sie zogen ihre Schuhe aus, um auf dem glitschigen Untergrund besseren Halt zu finden, und kletterten weiter auf die im Wasser liegenden Betonquader. Gefährlich und natürlich verboten. Schweigend schauten sie in die Ferne. Zwischen den Steinblöcken schwappten gluckernd Strudel auf und ab. In stetigem Rhythmus hüllte feiner Gischtnebel sie ein.

»Ich suche das Wasser und die Weite, den endlosen Ozean, der weder Zeit noch Reue kennt«, murmelte Bastian.

»Weder fragt noch antwortet«, fuhr Montse fort. »Der ist und existiert, jeden Tag gleich und doch verschieden. Wie der Wind, der streichelnd ihn umtost. Geliebte, die im Sturm vereint, vernichtend sich liebkosen.«

»Wow. Ich wusste nicht, dass das noch weitergeht. Doris hat das immer gesagt, wenn wir irgendwo am Meer standen. Nur diese eine Zeile. Als ich ein Kind war, sind wir oft an der Ostsee gewesen, später in Mallorca.«

»Du hast das von Doris? Dann sind wir gerade beide erstaunt.«

Spanische Lyrik war so ziemlich das Letzte, was Montse von Doris erwartet hätte. Und dieses Gedicht war nichts, was man an jeder Straßenecke hörte.

»Das kann ich bestätigen. Sie hat mir zum Abschied einige Überraschungen hinterlassen. Anscheinend ist sie schon mal in Barcelona gewesen. Über ihren Geburtstag 1984, also zur gleichen Zeit wie dieses Jahr. Norbert, mein Vater, hat das am Telefon erwähnt.«

»Und mein Vater hat mir das Gedicht beigebracht.« Montse strich sich die feuchten Haare aus der Stirn, wohl wissend, dass der nächste Windstoß sie wieder an die gleiche Stelle wehen würde. »Die Sehnsucht eines Fischers und zugleich seine größte Angst. Eines Tages hat sie ihn dann erwischt, die große Liebe.«

»Wie meinst du das?«

»Ein Sturm, aus dem er nie zurückgekehrt ist.« Darüber hatte sie gar nicht sprechen wollen. Genau deshalb konnte sie nachvollziehen, wie es sich für Bastian anfühlen musste, die Leiche seiner Mutter nicht sehen zu dürfen. Kein Abschied, kein Loslassen.

»Er ist verschollen? Das ist hart. Tut mir leid, Montse. Mir hat mein Freund Soler heute zumindest Gewissheit verschafft.« Bastian stützte sich mit den Unterarmen auf seine Knie. »Leider sind Laborergebnisse gänzlich unpoetisch, aber eben auch unbestechlich. DNA kann nicht lügen. Und der Kommissar …« Er lachte leise auf, in einer Mischung aus Befremden und Ärger. »Keine Ahnung, ob der mich belügt. Er zeigt Mitgefühl, ist freundlich. Trotzdem, ich habe ihm angesehen, dass er Spaß daran hat, wenn ich hier festsitze. Dabei habe ich Besseres zu tun, als Däumchen zu drehen und noch mehr Zeit zu verschwenden. Ein ganzes Wochenende. Zu Hause liegt eine Menge Arbeit an, und ich kann sehen, wie ich das von hier aus umorganisiere. Dauernd hin- und herzufliegen kann ich mir nicht leisten.«

Montse verkniff sich den Hinweis auf die Kosten fürs Hotel und dass seine Anwesenheit während der gesamten Woche nicht erforderlich gewesen war. Wenn man es unsentimental und logisch betrachtete. Sanft strich sie Bastian über den Rücken. »Ich habe am Wochenende frei. Kann das den Kummer über deine geplatzten Pläne ein klein wenig wettmachen?«

Bastian ließ kurz den Kopf zwischen den Schultern durchhängen, dann drehte er sich um und hauchte einen Kuss auf ihre Hand. »Schuldig. Das war ausgesprochen uncharmant von mir. Es wäre mir eine Freude, auch am Wochenende Zeit mit dir verbringen zu dürfen.« Er lugte über die Brille, die er trotz der anbrechenden Dunkelheit immer noch trug. In seinen Augen lag mehr als nur ein schelmisches Blitzen. »Du musst morgen früh um drei wieder zum Dienst, und ich habe dir diese Woche schon mehrfach etliche Stunden Schlaf gestohlen. Ich weiß, das ist nicht fair. Müssen wir diesen Abend also bald beenden, damit du heute früher ins Bett kommst?«

Montse setzte sich seine Brille auf. Bastians Silhouette verschwamm. Ein dunkler Fleck vor milchigem Grau.

»Ja«, sagte sie. »Müssen wir.« Den Abend. Nicht die Nacht.

## Freitag, 18. August, 10:00 Uhr
## – Jaume Soler Martí –

Selvanegra klebte ihnen im Nacken wie eine Pestbeule. Es war sein Job, genau das zu tun, wie er Jaume mit Nachdruck versicherte, auch wenn er sie damit von der Arbeit abhielt. Man erwartete Antworten, Ergebnisse und Fakten vom Amtsleiter, und wer, wenn nicht seine Untergebenen hätte die wohl zu liefern? Sosehr Jaume Selvanegras Kompetenz und politisches Geschick in manchen Angelegenheiten zu schätzen wusste, so sehr gingen ihm diese Bezeichnung und der Tonfall gegen den Strich. Es klang nach mittelalterlicher Leibeigenschaft und fühlte sich auch so an. Unter Zusammenarbeit stellten sie sich eindeutig sehr unterschiedliche Dinge vor.

Jaume hatte den Futterteller zehn Zentimeter näher an die Bank herangerückt als gestern. Aber die Schwarze kam nicht, solange er telefonierte und Selvanegra von der anderen Seite in den Hörer plärrte. Auch wenn die Hühnerfleischmahlzeit aus der Dose würzig duftete. Zusammenarbeit im Team bedeutete für ihn unter anderem, dass er die ungeliebten Gespräche nicht delegierte oder sich von anderen am Telefon verleugnen ließ. Wenn Selvanegra unbedingt jemanden anschreien musste, dann war er das. Seine Leute setzte er Selvanegras Attacken nicht ohne Not aus. Obwohl Domenech mit seiner ruhigen und verbindlichen Art ein brauchbarer Puffer gewesen wäre und Calderon durch seine unverblümte Renitenz an manchen Tagen sicher auch.

Er stellte das Telefon auf Vibration um und lehnte sich zurück, die Hände hinter dem Kopf verschränkt. Die schwarze Schönheit würde kommen. Er brauchte nur ein wenig Geduld.

Jeder Atemzug leerte seine Gedanken, schaffte Platz für Neues und füllte zugleich seinen Energiespeicher auf. Die Friedhofsbesuche ersetzten morgendliches Yoga, Meditation und Thai Chi, die Paloma ihm eine Weile gegen seine Kopfschmerzen verordnet hatte. Sein Geschick bei diesen Übungen hielt sich in Grenzen. Eine Katze zu füttern lag ihm weitaus mehr.

Bisher war es gelungen, die öffentlichen Spekulationen über die Herkunft der Leiche einigermaßen einzudämmen, indem sie Informationen nach draußen knappgehalten hatten. Nach der Identifizierung stellte sich die Situation anders dar, und die Presseabteilung wartete. Er würde eine Entscheidung fällen müssen, heute noch, und um jeden Halbsatz mit Selvanegra ringen. Manchmal wünschte er sich zurück in den einfachen Dienst als reiner Befehlsempfänger ohne weitere Befugnisse. Aber dann hätte er einige Freiheiten aufgeben müssen. Zum Beispiel die, einfach aus dem Büro zu verschwinden und zum Denken an einen Ort seiner Wahl zu fahren. Er streckte die Beine von sich, legte zwischen Hosensaum und Slipper ein Stück Haut frei. Eine kleine private Rebellion gegen allzu formelle Strukturen, seine Hommage an *Miami Vice* und den Traum, die Welt zu verbessern.

Doris Weinhold war vom anderen Ende der Stadt zum *Montjuïc* gekommen. Freiwilligkeit vorausgesetzt und in Anbetracht der Tatsache, dass ihr tödlicher Sturz auf dem Friedhofsgelände stattgefunden hatte, blieb die Frage nach dem Warum. Was hatte sie auf den Friedhof geführt? Die Suche nach Fotomotiven wie im Hafen? Bastian Weinholds Mutmaßung in Ehren, denn die Statuen und Grüfte gaben künstlerisch betrachtet in der Tat einiges her, doch ihm erschloss sich die weitere Verwendung solcher Aufnahmen nicht. Der Berg hatte mehr zu bieten. Das *Castell* aus dem 18. Jahrhundert, den botanischen Garten, mehrere Museen von internationaler Bedeutung – Joan Miró und Mies van der Rohe –, olympische Sportanlagen der Spiele von 1992 und das *Poble Espanyol*, in dem sich Nachbauten von Sehenswürdigkeiten aus verschiedenen Regionen Spaniens für die Weltausstellung 1929 fanden. Er hatte das spanische Dorf bereits zweimal mit seinen Kindern besucht, um sie von klein auf mit der Schönheit ihres Landes vertraut zu machen. Spanien war ein Land, das vieles vereinte. Vereinte! Nicht trennte. Wieso nur driftete die Welt überall auseinander, statt zusammenzustehen? Er sah keinen Widerspruch darin, stolzer Katalane und ebenso stolzer Spanier zu sein.

Doris Weinhold hätte also bei ihrem Ausflug zum *Montjuïc* buntere, fröhlichere, lebendigere Ziele auswählen können, die zudem allesamt leichter zu erreichen waren. Sie hatte keinen Leihwagen gemietet, und der Nahverkehr steuerte den Friedhof zwar theoretisch an, doch nur wenn man den Bus zum Flughafen El Prat nahm. Vom Hotel *Antares* aus bedeutete das, mindestens einmal umzusteigen, und am Ende noch einen Fußmarsch von der Haltestelle durch die Unterführung unter der Schnellstraße hindurch. Eine unübliche Route für eine Touristin. Er erwischte sich dabei, wie er ihr Alter als Widerspruch in dieser Sache miteinbezog und auch ihr Geschlecht. Dabei war das völlig falsch. Eine alleinreisende Frau Mitte fünfzig musste flexibel und selbständig sein. Geschieden, Geschäftsinhaberin, durchsetzungsstark. Gemäß Ignacia war Doris dominant und rechthaberisch. Er sah durchaus gewisse Ähnlichkeiten. Dadurch entstand ein anderes Bild. Hatte er sich einzig und allein von ihrem verspielten Kleid täuschen lassen? Dieses eine Detail ging ihm nicht aus dem Sinn. So oder so war Doris Weinhold mit großer Wahrscheinlichkeit keiner spontanen Laune gefolgt. Sie hatte den Ausflug geplant. Eine Frau mit teurer Kamera auf dem Weg zu einem Fotoshooting setzte sich nicht in den Bus, die nahm ein Taxi. Stieg einfach direkt vorm Hotel in einen der wartenden Wagen. Natürlich. Er tippte Calderons Durchwahl ins Telefon.

»Hola, Jefe.«

»Was hat die Taxifahrerbefragung ergeben?« Diesen Punkt hatten sie nie abschließend besprochen. »Wissen wir, wer sie gefahren hat?«

»Wer hat wen gefahren?«

Jaume sprach langsam und betont unaufgeregt, obwohl er Calderons Denkprozess gerne beschleunigt hätte. »Der Taxistand vorm *Antares*. Wer hat Doris Weinhold zum Friedhof gefahren? Hatte sie den Fahrer auch für den Rückweg engagiert? Ist sie vielleicht öfter mit dem Taxi unterwegs gewesen? Stehen dort immer die gleichen Fahrer?«

Die Katzenkönigin saß einen halben Meter entfernt und fraß. Er hatte sie nicht kommen sehen.

»Ach so.« Calderon machte eine Pause. »Ich habe mit der Taxizentrale gesprochen. Konnte aber nicht viel ausrichten. Vom Hotel aus ist keiner am fraglichen Tag zum Friedhof gefahren. Es stehen aber nicht immer die gleichen Fahrer dort. Und du weißt, es ist August. Daher sind wir mit dem allgemeinen Check noch nicht durch.«

Jaume erwiderte nichts. Doch kein Taxi. Wieso lag er falsch? Saß er einem grundsätzlichen Irrtum auf?

»Vielleicht ist sie ja anderswo eingestiegen. Ich dehne die Befragungen aus, wenn du meinst, das bringt was, und klär das mit dem Rückweg, ob einer vergeblich gewartet hat.«

»Mach das.« Datenvervollständigung. Das schadet nicht. »Calderon?«

»Bin noch da.«

»Frag bei der Taxizentrale nach Unregelmäßigkeiten. Ob an dem Tag ein Ausfall gemeldet wurde. Eine Panne, die ein

Fahrzeug für eine Weile außer Gefecht gesetzt hat. Ein kaputter Taxameter oder irgendwas in dieser Art.«

Calderon wiederholte seine Wünsche laut, während er notierte. »Ein Ausfall, der stadtauswärts aufgetreten ist?«

Eine Fahrt auf eigene Rechnung, ein zurückgedrehter Kilometerstand.

»Ja. Aber stell keinen direkten Zusammenhang her. Wir wollen niemanden verschrecken, der uns dann belügt.« Er konnte Calderons Grimasse deutlich vor sich sehen, obwohl sein Blick auf den aufmerksam hochgestellten Ohren der Katze ruhte. »Mach es persönlich, nicht am Telefon. Und fahr anschließend kurz im Hotel vorbei. Señora Ruiz besuchen.«

»Geht klar.«

Jaume schmunzelte. Sein Faible für Alba machte Calderon noch leichter manipulierbar als sonst.

»Calderon?«

»Jefe?«

»Der Hafen. Sie kann auch dort ins Taxi gestiegen sein. Oder das Taxi ist dort ausgefallen.«

»Stimmt. Sie kann am Hafen ins Taxi … Moment. Domenech zappelt herum und will was. Ich stell dich mal laut.«

»Das passt nicht«, meldete sich Domenech zu Wort. »Zeitlich, meine ich. Mit der Handyabschaltung am Hafen und ihrem Tod auf dem Friedhof. Das ist mir gestern schon aufgefallen. Sie kann es zu der Zeit an dem Ort unmöglich selbst abgeschaltet haben. Das haut von der Reihenfolge nicht hin.«

»Erklärung, bitte.« Jaume richtete sich auf.

Domenech holte hörbar Luft. »Wir haben nur wenige wirklich sichere Fixpunkte. Einer davon ist die Uhrzeit, zu der der GPS-Sender deaktiviert wurde: 17:55 Uhr. Und das geschah innerhalb eines Radius von hundert Metern um das Kolumbusdenkmal, ergo kann Doris Weinhold anschließend an diesem Tag nicht mehr aufs Friedhofsgelände gekommen sein, denn der *Cementiri* schließt genau fünf Minuten später.«

Ein Fluch rutschte über Jaumes Lippen, und die Schwarze hob den Kopf, was ihn fast zu einer Entschuldigung veranlasst hätte.

»Weiter«, forderte er.

Domenech und Calderon tuschelten.

»Euer Fazit? Leute, das ist kein Test. Was haltet ihr für wahrscheinlich, einfach raus damit.«

»Es gibt immer noch einige Varianten.« Calderon druckste herum. »Die Weinhold lag zu diesem Zeitpunkt bereits tot auf dem Friedhof, und ihr Smartphone war ohne sie, aber mit dem Mörder am Hafen. Oder es wurde ihr schon früher am Tag gestohlen, unabhängig von ihrem Ableben, und erst zeitversetzt abgeschaltet.«

»Ich schließe mich der ersten Theorie an«, sagte Domenech. »Und bleibe bei dem, was wir die ganze Zeit schon vermutet hatten. Für mich klingt es weit hergeholt, dass sie noch am Leben war und sich erst später Zugang zum verschlossenen Friedhof verschafft hat. Auch dass die Leiche nachträglich hingebracht wurde, ist unlogisch. Könnte eher sein, dass sie eingeschlossen wurde und dann zu Tode kam. Das beißt sich aber wieder mit der fehlenden Kamera. Sie wird kaum zweimal an einem Tag bestohlen worden sein.«

»Ganz genau«, sagte Jaume. »Ganz genau. Wir gehen also davon aus, dass sie den Dieb nicht – wie von ihrem Sohn behauptet – im Hafen verfolgt hat, dort starb und darum keine Anzeige erstattete. Wir gehen des Weiteren nicht davon aus, dass sie den Diebstahl ihres Smartphones und der wertvollen Kamera grundlos nicht zur Anzeige brachte und stattdessen lieber einen Friedhofsbesuch unternahm. Vielmehr nehmen wir an, dass ihr Tod und der Diebstahl ursächlich in Verbindung stehen, wir es also mit einem schweren Raub mit Todesfolge zu tun haben.«

»Der allerdings überhaupt nicht zu unserem derzeitigen Verdächtigen Martinez passt«, warf Domenech ein. »Diebstahl, Einbruch, Hehlerei, aber er war nie körperlich gewalttätig.«

»Gibt für alles ein erstes Mal«, raunzte Calderon.

Die Schwarze schleckte sich die Pfote.

»Lässt es sich beweisen, dass die Fotos, die uns Weinhold zur Verfügung gestellt hat, von einer Kamera stammen und nicht von einem Smartphone? Klärt das. Am besten mit Carolina.«

»Woran denkst du?«, fragte Domenech und gab sich gleich selbst die Antwort. »Versicherungsbetrug?«

»Ob sich das lohnt?«

»Denke ich schon. Auch wenn es nur ein Teilbetrag ist, der ersetzt wird. Geld einstreichen für etwas, das man noch besitzt, ist bei einer Kamera, die mehrere Tausend gekostet hat, zumindest verlockend.«

Jaume neigte sich eine Winzigkeit nach vorn, streckte in Zeitlupentempo die Hand aus. »Bisher haben wir nur Weinholds Aussage, dass die Kamera existiert, oder?«

»Ich denke, ja.«

»Nicht denken, Calderon: wissen.«

»Muss ich nachsehen.« Seine Stimme nahm eine übellaunige Färbung an. »Ist dir eigentlich klar, mit wie vielen Leuten ich in den letzten Tagen gesprochen habe? Glaubst du, ich habe da jeden einzelnen Satz im Hirn?«

Domenech flüsterte etwas, das den Kollegen besänftigen sollte. Doch das funktionierte nicht.

»Ist doch wahr! Keiner weiß was, keiner sagt was, und der alte Calderon, der Depp, soll auch noch im Kopf haben, wer was nicht gewusst oder gesagt hat.«

»Mein Fehler«, lenkte Jaume ein. »Du hast Recht.«

Die Schwarze fauchte, aber sie blieb sitzen. Und er zog die Hand nicht zurück. Manchmal bedurfte es großer Hartnäckigkeit, um ein anderes Ergebnis zu erzielen als das Übliche. »Ich brauche die Antwort trotzdem, Calderon. Nicht sofort, versteht sich, und du kannst auch jemand anderen danach suchen lassen. Wenn ihr auf die Schnelle nichts findet, frag Alba Ruiz nach der Kamera. Ganz ausdrücklich. Geh ihr ruhig auf die Nerven. Auch wenn du fünfmal das Gleiche fragst. Frag einfach weiter.«

Auf der höher gelegenen Ebene hantierten Arbeiter mit Werkzeug, ein Laubbesen wurde über den Kies gezogen, kratzte, federte nach. Ein Eimer fiel um. Jemand fluchte. Der Platz neben dem Futterteller war leer.

Jaume packte zusammen. Es bereitete ihm keine Mühe mehr, den kürzesten Weg hinunter zum Parkplatz zu finden. Weißer Oleander verströmte betörenden Duft in honigsüßen Wolken.

Am Eingang vor dem Verwaltungscontainer stand ein Taxi. Ohne einen Fahrgast. Eilig hob er den Arm, beschleunigte, öffnete die Tür und rutschte hinter dem Fahrer auf die Rückbank.

»Sie haben angerufen?«

Im Spiegel sah er Augen mit dichten Brauen, eine kurze Nase, in der Bewegung ein Stück Oberlippe, darüber einen gestutzten Bart.

»Ja.« Jaume erkannte das, was er im Spiegel sah, auf der Lizenz am Armaturenbrett wieder. Ein gelber Ausweis mit Foto, gut sichtbar in der Mitte angebracht, mit vollem Namen und Kennnummer. Felipe Lorca. Daneben klebte ein Familienfoto mit drei Kindern. Seine Hand lag auf der Gangschaltung, breit und behaart, ein Goldring, kurze gepflegte Nägel.

»Wo soll es hingehen?« Der Fahrer nahm wieder Blickkontakt über den Spiegel auf und drehte den Zündschlüssel.

»Nirgendwohin.«

Lorca zuckte zusammen. Mit einem festen Griff auf die Schulter hinderte Jaume ihn daran, sich umzudrehen. »Comissari Jaume Soler Martí. Alles ist gut.« Er reichte seine Dienstmarke nach vorn. »Allerdings habe ich Sie nicht angerufen. Sehen Sie bitte weiter nur nach vorn. Ich brauche Sie für ein Experiment. Dauert nicht lange. Sie können die Uhr laufen lassen, während wir reden.«

Felipe Lorca schaltete den Taxameter ein.

»Jetzt schließen Sie die Augen.«

»Wieso?«

»Tun Sie es einfach.« Jaume wartete. »Und nun beschreiben Sie mich. Was haben Sie gesehen? Haare, Augen, besondere Kennzeichen.«

Lorcas Augäpfel zuckten hinter seinen Lidern. »Keine Ahnung. Haare und Augen – beides braun, denke ich. Sie sind ein Mann. Mittleres Alter. Normal. Sie sehen ganz normal aus.«

»Vale.« Jaume seufzte. »Sie können die Augen wieder aufmachen.« Lorca hatte weder den Ansatz von Grau an seinen Schläfen bemerkt noch die unruhigen Wellen, die sich jedem Kamm widersetzten, oder die Narbe an seinem Kinn. »Wenn ich eine Frau wäre, hätten Sie dann genauer hingesehen?«

»Vielleicht?«

»Kommt es häufiger vor, dass Fahrgäste hinten einsteigen, so wie ich eben, und Sie diese nicht direkt ansehen?«

»Klar, ganz normal. Beim Bezahlen sehe ich die meisten, aber sonst …« Lorca hob die Achseln. »Ich kontrolliere das Geld. Dann geht es weiter.«

Es gab keinen Grund, sich einen unauffälligen Gast zu merken. Am Rande seines Sichtfeldes nahm Jaume zwei Menschen wahr, die vom Hauptweg auf das Taxi zuhielten. Beide in schwarz gekleidet, mit schweren Schritten, einander gegenseitig stützend.

»Und wie oft schnappt ein Gast einem anderen das bestellte Taxi weg?«

»So wie Sie?« Lorca grinste. »Oft. Ziemlich oft. Manchmal sieht man sie dann noch beim Wegfahren toben. Aber nur wenige beschweren sich in der Zentrale.«

Jaume zeigte ihm Doris Weinholds Porträt. »Schon mal gesehen?«

»Hat sie sich beschwert?«

»Nein.« Jaume schüttelte den Kopf. Vermutlich war sie eher der Typ Wegschnapper. Er stocherte ohne Sicht im meterdicken Schlamm. Es gab hunderte Taxen in Barcelona. »Sehen Sie noch mal hin. Sie trug einen billigen Sonnenhut. Vielleicht haben Sie mit ihr geredet. Eine Deutsche, die Spanisch spricht.«

Der Mann in Schwarz klopfte ans Seitenfenster, und Lorca ließ die Scheibe herunter.

»Sie haben ein Taxi bestellt? Ich nehme Sie mit. Sekunde.« Er stoppte die Uhr, druckte eine Quittung aus und wandte sich um. »Bei der Frau auf dem Foto kann ich Ihnen nicht helfen. Weder mit noch ohne Hut. Tut mir leid, Comissari.«

Jaume rundete den Betrag großzügig auf und steckte im Aussteigen den Beleg ein. »Danke.«

In seiner Hosentasche setzte wieder das Vibrieren ein, und Jaume nahm das nächste Telefonat entgegen.

»Wir haben den Verbindungsnachweis des Netzbetreibers«, meldete sich Domenech. »Von ihrem Smartphone wurde kein Taxi bestellt. Und auch sonst gibt das nichts her, bis auf dic Bestätigung von Bastian Weinholds Angabe, dass sie seit Doris' Abreise nicht miteinander telefoniert hatten.«

Schöner Mist. Ein Staubwirbel verschluckte das Taxi mit Felipe Lorca, hüllte Jaume ein und senkte sich langsam über der Einfahrt. Ein Seitenhieb der Realität. An symbolischer Wirkung kaum zu überbieten.

»Ich dachte, du willst das sofort wissen.«

»Ja. Das ist richtig. Ist Calderon schon weg?«

»Hat sich sofort auf den Weg gemacht. Ach ja, die Kollegen von der Presse- und Öffentlichkeitsarbeit haben nach dir gefragt, du sollst dich melden, sobald du da bist. Wann wird das etwa sein?«

»In einer Viertelstunde, aber das gilt nur für dich. Sag allen anderen, ich komme auf sie zu.« Ein zweiter Anrufer klopfte in der Leitung. Der Amtsleiter. Schon wieder. Jaume beschloss, eine Ausnahme von seiner Regel zu machen. »Das gilt auch für Selvanegra.«

Seine Ideen verpufften eine nach der anderen. Ein echtes Fotoshooting auf dem Friedhof. Mit einem Modell. Weil er von seiner Taxitheorie nicht ablassen wollte. Eine weitere Person im Spiel hätte neue Möglichkeiten eröffnet. Doch Bastian Weinhold hatte ihm ein sehr bestimmtes Nein zur Antwort gegeben. Seine Mutter arbeitete im Studio mit Menschen, aber nicht draußen. Dafür war er zuständig. Eine einfache, aber strikte Trennung.

Jaume steckte bis zum Hals in seinem Frust fest und brauchte mehrere Sätze, bis er die Unterhaltung seiner Kollegen als relevant erkannte.

Calderon ließ die Schnallen seiner Arbeitstasche aufschnappen. »Gibt es eigentlich schon was Neues von deinem Kommissar Steitz?«

»Ja, die Infos kamen vor einer Viertelstunde rein. Bin mir aber unschlüssig, wie viel uns das bringt. Sie schreibt, dass Doris Weinhold in einen Autounfall mit Todesfolge verwickelt war. Das liegt allerdings etliche Jahre zurück. Dabei war Alkohol im Spiel, und sie ist seitdem ohne Führerschein.«

»Also hat sie den Unfall verursacht?« Calderon piekste einen Strohhalm in ein Päckchen Orangensaft.

»Das wohl nicht. Aber ganz eindeutig konnte nie geklärt werden, was passiert ist, auch nicht, ob sie tatsächlich gefahren ist oder doch ihr Mann.«

»Norbert?«

»Richtig. Claudia sagt, laut Protokoll hat der andere Wagen ihnen die Vorfahrt genommen. Die beiden haben während der Fahrt gestritten, dadurch waren sie unaufmerksam, und Frau Weinhold konnte nicht mehr rechtzeitig reagieren.«

»Sagt Claudia.« Calderon grinste.

»Für mich Claudia, für dich Kriminaloberkommissarin Steitz.«

»Etliche Jahre«, wiederholte Jaume. »Weißt du, wie viele genau?«

»Warte. Das war 1995.«

Jaume massierte sich die Schläfen.

»Und bevor du fragst: Bastian Weinhold war nicht dabei. Im Auto waren nur die Eltern.«

»Ich sehe da keinen Zusammenhang. Ihr etwa?« Calderon kaute beim Reden. Sein Frühstück ließ er sich von nichts und niemandem nehmen.

»Nein.« Domenech scrollte weiter über seinen Bildschirm. »Interessanter ist vielleicht, dass es im letzten Herbst eine Klage gegen das Fotostudio gab, die mit einer Schadenersatzzahlung endete.«

»In welcher Höhe?«

»Weiß ich nicht genau, war aber eine fünfstellige Summe.«

Keine Kleinigkeit. Nichts, was mal eben aus der Portokasse beglichen werden konnte. Oder lag der Verdienst in der Branche weit höher, als er annahm?

»Soll ich kurzfristig mehr Details beschaffen?«

Jaume verneinte. Für eine genauere Überprüfung der finanziellen Verhältnisse galt es, den offiziellen Dienstweg einzuhalten. Die unklaren Todesumstände sollten als Begründung ausreichen, um genauer hinzusehen, wer von Doris Weinholds Ableben profitierte. »Was hast du noch?«

»Norbert Weinhold hat sich nie etwas zu Schulden kommen lassen, und auch über Bastian gibt es keine offizielle Information. Wobei natürlich Jugendstrafakten bei der Polizei nach einer gewissen Zeit gelöscht werden. Spätestens nach zehn Jahren dürfte da nichts mehr einsehbar sein, höchstens noch bei Gericht.«

Jaume hob den Kopf. Der Nachsatz kam sicher nicht ohne Grund. Genaugenommen war keine seiner Informationen als offiziell zu bewerten. »Was hast du inoffiziell?«

»Ein geklautes Mofa, ein bisschen Gras, Graffiti an Eisenbahnwaggons und eine mutwillig eingeschlagene Fensterscheibe. Im damals noch gemeinsamen Geschäft der Eltern, weshalb die Anzeige zurückgezogen wurde. Mit der Scheibe hat alles angefangen.«

Calderon amüsierte sich. »Wüsste schon gern, was du mit dieser Claudia angestellt hast, dass sie sich so für dich ins Zeug legt. Wo hat sie das alles her?«

Domenech überging den Einwurf. »Das Fenster ging 1999 zu Bruch. Unmittelbar nach der rechtskräftigen Scheidung. Zum Abschluss kommt noch Körperverletzung in einer Schlägerei dazu, bei der er seinen Gegner mit dem Kopf zuerst aufs Straßenpflaster gelegt hat. Folge waren eine gebrochene Nase und eine Gehirnerschütterung.«

»Kleines Aggressionsproblem?« Calderon schlürfte seinen Saft aus.

Jaume rieb sich das Kinn. Zu gegebener Zeit würde er womöglich darauf zurückkommen und in alten Wunden stochern. »Die Angelegenheit ist noch unters Jugendstrafrecht gefallen?«

»Ist sie. Es war sein Geburtstag, und er wollte in die Volljährigkeit reinfeiern. Seitdem gab es keine Auffälligkeiten mehr. Reicht dir das?«

Manche Dinge wuchsen sich aus, andere schlummerten nur. Jaume ging zur Tür. »Ja, das reicht.« Den guten Kontakt nach Deutschland mit seinen noch besseren Verbindungen wollte er nicht überstrapazieren. »Richte der Kollegin meinen Dank aus. Inoffiziell.«

Calderon rollte mit dem Drehstuhl zu Domenechs Tisch.

»Erzähl doch mal ein bisschen von Kommissarin Steitz. Wie sieht sie aus, wie alt ist sie? Läuft da was?«

Wenn es um Frauen ging, verlor Calderon den Verstand. Auch mit fortschreitendem Alter änderte sich daran nichts. Kopfschüttelnd verließ Jaume das Büro. Seine Entscheidung war gefallen. Sie saßen auf einem stetig wachsenden Berg an Informationen, die sie keinen Millimeter vorwärts brachten. Darum würde er vorschlagen, die Medien mit Doris Weinholds Foto zu versorgen, um Schwung in die Ermittlung zu bringen. Er rechnete fest mit Selvanegras Einverständnis. Und die Presseabteilung würde ihn dafür lieben.

## Freitag, 18. August, 11:50 Uhr
## – Montse Soler Martí –

Fast pausenlos dachte sie ans Schlafen. In ihrem eigenen Bett, ganz allein, mit einer Maske gegen das Licht und Ohrenstöpseln, die die Welt aussperrten. Dabei war die letzte Nacht mehr als erfreulich gewesen. Nur eben schon wieder fast ohne Schlaf. Bastian hatte sich entschuldigt, als sie gegangen war. Dieser Heuchler. Ein wohliges Seufzen rutschte über ihre Lippen. Einvernehmlich nannte man das wohl. Sehr, sehr einvernehmlich. Sie wäre so verdammt gerne bei ihm liegen geblieben.

Auf dem Tisch stand ein Kasten voll Papier und neben ihr eine ältliche Dame, die jede ihrer Bewegungen verfolgte. Nervös und immer mit einem Ohr in Richtung Tür. Was sie gerade machte, war illegal und moralisch höchst zweifelhaft. Zettel für Zettel faltete Montse auseinander.

*Gnädiger Francsec, bitte für uns.* Sie hatte geschworen, keine Einzelheiten zu lesen. Über alles, was sie sah, zu schweigen und anschließend beim kleinen Heiligen persönlich Abbitte zu leisten. Es würde ihr für immer ein Rätsel bleiben, wie Ignacia es geregelt hatte, dass sie die Bittschriften einsehen durfte, die vor etwa zwei Wochen wegen Überfüllung vom Grab entfernt worden waren. Ihre Mutter hüllte sich diesbezüglich in Schweigen.

Montse gähnte. Ein sonderbares Gefühl, die intimen Botschaften fremder Menschen zu durchforsten, zumal es wenig aussichtsreich erschien. *So war sie nicht*, hatte Bastian gesagt, und ihr schien das plausibel. Nur Ignacia sah das anders, und ihre Aufforderung, die Briefe gleich zu sichten, hatte wenig Interpretationsspielraum gelassen. Gleich meinte sofort. Ohne Umweg nach der Arbeit, weshalb Montse sich schon wieder in voller Montur am unpassenden Ort befand.

»Wir schließen in zehn Minuten.«

»Ich beeile mich.«

Sie brauchte selbst ein Wunder. Nicht mehr und nicht weniger. Wobei es an sich schon an ein kleines Wunder grenzte, dass die Bitten überhaupt noch existierten. Traditionell wurden diese am zweiten Samstag des Monats von einem Priester verbrannt. Und dieser Termin war ausnahmsweise um eine Woche verschoben worden. Auf morgen. Alle Wünsche gingen in Flammen auf. Und dann in Erfüllung. So weit die Theorie. Der Kasten vor Montse war immer noch halb voll. Sie hielt inne. Wenn Doris tatsächlich eine Nachricht hinterlassen hatte, dann unmittelbar vor der Leerung. Somit wäre ihr Zettel im Grab oben gewesen, als einer der ersten entnommen und folglich im Kasten ganz unten. Entschlossen drückte Montse den Deckel fest und stellte den Kasten auf den Kopf, ehe sie ihn vorsichtig abhob.

»Was machen Sie denn da?«

Català schied aus, Englisch und Russisch ebenso, Spanisch brauchte einen zweiten Blick. Ein Veranstaltungsflyer – wie originell –, Postkarten, herzförmiges Buntpapier, Bögen in Leinenoptik. Ansprachen flatterten im Sekundentakt über den Tisch, wobei sie Briefe in Umschlägen überging. Doris hatte nichts vorbereitet, sondern wenn, dann spontan …

»Verdammt.« Wo hatte sie den Flyer hingeworfen? Sie faltete die bunte Einladung zur Flamencoshow auseinander. Eine schwungvolle Schrift füllte die Rückseite mit zwei kurzen Sätzen. Diese Botschaft war garantiert spontan geschrieben worden.

»Bitte«, sprang ihr entgegen. Eines der wenigen deutschen Worte, die Montse kannte. Sie unterdrückte einen Aufschrei. »Das ist es. Kann ich den vielleicht …«

»Es darf nichts entfernt werden.«

»Klar. Natürlich. Das weiß ich. Bitte, Señora. Darf ich ein Foto machen? Ignacia muss das sehen.«

Bei Ignacias Erwähnung spitzte die strenge Dame die Lippen, dann nickte sie. Montse beeilte sich, lichtete Vorder- und Rückseite ab und nutzte die verbliebenen drei Minuten, um halbherzig noch einige Nachrichten anzusehen, bis sie hinauskomplimentiert wurde. Einen weiteren Text auf Deutsch hatte sie nicht gefunden.

Sie verließ das Archiv im Verwaltungsbüro des Friedhofs *Poblenou* und trat unter dem Torbogen des *Cementiri* ins Freie. Wie eine Wand stand die Mittagshitze vor ihr. Eine unsinnige Aufregung machte ihr das Atmen schwer. Als hätte sie einen Jackpot geknackt. Ihre Hochstimmung ließ sich auch nicht davon trüben, dass Doris' Name auf der Nachricht fehlte. Stattdessen sah das letzte Wort aus wie der Name Raul. Ein männlicher Name spanischer Herkunft. Montses Blick klebte an den nach links geneigten Bögen der Buchstaben. Sahen die weiblich aus? Ja. Ganz bestimmt. Und der falsche Name ließ sich sicher erklären, sobald sie wusste, was die anderen Worte bedeuteten. Denkbar, dass Doris nicht für sich um Hilfe gebeten hatte, sondern für ihn. Wer auch immer er sein mochte.

Sie zog ihre Kappe mit dem Logo der Stadtreinigung in die Stirn und ging los. Kein Schatten. Nicht mal direkt an der Friedhofsmauer. *El santet* sollte eine Kerze bekommen zum Dank und als Entschuldigung. Bald. Ganz bald. Ihre Euphorie wich duldsamer Trägheit, mit der sie den Schweiß laufen ließ.

*So war sie nicht, Montse.* Der Satz kreiste durch ihr Unterbewusstsein. Und wenn doch? Hatte Bastian nicht auch gesagt, dass seine Mutter ihm einige Überraschungen hinterlassen hatte? Ihre Botschaft an den Heiligen konnte eine davon sein. Auf der Schwelle vor *La Pausa* wischte sie sich mit dem Ärmel übers Gesicht.

»Einen *café solo*, Montse?«

»Heute nicht.« Sie schob Ignacia das Handy mit dem Foto über die Theke, stützte beide Ellbogen auf und legte ihr Kinn in die verschränkten Hände. »Das ist deutsch und von einer Frau. Mach es größer.«

Geradezu routiniert zog Ignacia den Zoom mit zwei Fingern auf. »Was heißt das?«

»Weiß ich nicht. Ist mir gerade auch egal. Darum musst du dich selbst kümmern oder warten, bis ich ausgeschlafen habe. Am einfachsten wäre es, Bastian heute Abend zu fragen.«

»Hältst du das für eine gute Idee?«

»Hast du eine bessere? Ja, von mir aus, ich kann es auch googeln. Aber nicht jetzt. Jetzt wird geschlafen.«

»Du solltest es mal wieder nachts mit schlafen versuchen.«

Montse stöhnte leise. Sehr subtil. »Ich denk drüber nach.«

Wenn Ignacia glaubte, dass sie auf das Thema einstieg, hatte sie sich geschnitten. Wortlos streckte sie die Hand aus. Natürlich war ihrer Mutter nicht entgangen, dass sie vor der Nachtschicht nur zum Wäschewechseln nach Hause gekommen war.

»Wollte dieser Bastian nicht heute nach Hause fliegen?«

»Mein Telefon, Mama.« Sie langte über den Tresen.

»Du bist also wieder mit ihm verabredet.« Widerstrebend ließ Ignacia los.

»Ja. Bin ich. Irgendwelche Einwände?«, fauchte Montse und zerrte am Reißverschluss ihres Overalls. Wenn das nicht typisch war. Kaum sah es aus, als ob sie an einer Sache auch nur ein bisschen Spaß hatte, gab Ignacia ihr zu verstehen, dass sie die Angelegenheit für unpassend hielt. »Ich verspreche dir, wenn du auch nur einen Ton sagst, es sei denn, du sagst danke, dann war es das. Dann kannst du deinen heiligen Auftrag ab sofort ganz alleine erfüllen, und ich werde keinen Finger mehr für dich rühren.«

Ignacia presste demonstrativ die Lippen aufeinander, und Montse ahnte, dass ihr Sieg von kurzer Dauer sein würde.

## Freitag, 18. August, 17:30 Uhr
## – Jaume Soler Martí –

Hinter dem Glas lag ein Fotoapparat vor einem abgeschabten Lederkoffer. Speckige Ziehharmonikafalten ermöglichten es, die Linse einzuziehen. Verspielte Mechanik in dunklem Braun und Messing, Rädchen und Hebel, auch diese gezeichnet von Kratzern und kleinen Schrammen, die vom Leben erzählten. Gebrauchsspuren. Jaumes Gesicht spiegelte sich in der Vitrine, zeigte eine tiefe Furche oberhalb der Nasenwurzel.

Beunruhigt steckte er das Telefon weg und drehte sich um. Es sah Ignacia nicht ähnlich, ihn im Dienst anzurufen. Ihre Andeutung, es ginge um seine Schwester, missfiel ihm, und er hatte zugesagt vorbeizukommen, sobald er hier fertig war.

»Entschuldigung. Wo waren wir gerade stehengeblieben?«

»Sie hatten mich nach der Canon gefragt. Cooles Teil, liegt preislich bei roundabout viertausend Euro. Je nachdem, ob Sie nur Basics wollen oder das Schätzchen mit allem pimpen, was geht.« Der Verkäufer zeigte strahlend weiße Zähne und ruckte seine Daumen in mehreren Etappen aufwärts. »Nach oben ist immer Luft.«

»Hm.« Jaume rieb sich die Nase. »Ganz schöne Investition.«

»Aber lohnt sich total. Und wenn dem Schätzchen was passiert – alles easy. Wir bieten super Service, Ersatzteile, Reparatur, Versicherung.« Er wirbelte die Kamera herum und präsentierte Jaume die Unterseite. »Sehen Sie: Hier steht eine Seriennummer.« Mit einem Dreh entfernte er den Unterbau und zeigte auf das Gehäuse. »Der Body hat auch eine, die ist zwölfstellig. Und genauso ist es bei den Objektiven. Jedes Stück kann eindeutig identifiziert werden.«

Das war der Satz, den Jaume hatte hören wollen. Zufrieden notierte er einige Stichpunkte. Bastian Weinhold würde keine Chance haben, eine andere Kamera als die Gesuchte auszugeben. Und ebenso wenig konnte er die angeblich verschwundene Kamera einfach so weiterverwenden, wenn die sich doch in seinem Besitz befand. Versicherungsunternehmen lebten nicht zuletzt vom Misstrauen den eigenen Kunden gegenüber.

»Kaufen Sie auch gebrauchte Fotoapparate an?« Er hob den Kopf und verstaute Notizbuch und Stift in der hinteren Hosentasche.

»In der Regel nicht.«

»Und außerhalb der Regel?«

»Na ja. Es müsste schon ein ganz außergewöhnliches Stück sein. Für jemanden, der Cash braucht, gibt es andere Händler.«

Cash, ganz genau. Das war das Stichwort.

»Danke. Sie haben mir sehr geholfen.« Die Abfrage nach Doris Weinholds finanziellen Verhältnissen lief noch. Sie schloss das Fotostudio ein, jedoch nicht Bastian Weinholds Konten. Und an dieser Stelle stieß auch Kommissarin Steitz an ihre Grenzen. Um ihn zu durchleuchten, musste Jaume eine stichhaltige Begründung liefern. Einen gravierenden Verdacht, den er mit Fakten untermauern konnte. Aber davon war er weit entfernt.

Montse fläzte auf einem Stuhl im hinteren der beiden Räume von *La Pausa* und fächelte sich mit einer gefalteten Tageszeitung Luft zu. Ungeschminkt, in einer kurzen Hose, darüber ein Tanktop, die Haare zu einem wilden Knoten geschlungen. »Was machst du schon wieder hier?«

»Freut mich auch, dich zu sehen.« Jaume drückte ihr im Vorbeigehen einen Kuss auf die Stirn. »Wo steckt Ignacia?«

»Irgendwo.« Montse packte ihn am Handgelenk. »Warte mal. Hat sie dich herbestellt?«

»Ja. So kann man das sagen. Vor einer knappen halben Stunde. Und es klang eilig.«

»Nimm es nicht persönlich, aber dann bin ich weg.« Montse zog sich an ihm hoch. »Darauf habe ich keine Lust.«

»Wie meinst du das?«

»Setz dich, Montse. Du bleibst.« Ignacia kam aus der Küche, verpasste ihr einen Klaps auf die Schulter und tätschelte Jaumes Wange. »Ihr beide habt zu reden.«

»Wir beide?« Montses Stimme folgte seiner wie ein Echo, dann lachte sie. »Das hab ich gemeint, Jaume. Sie kommandiert.«

Dem konnte er schwerlich widersprechen, aber er verkniff sich die ausdrückliche Zustimmung. Es reichte, wenn die Luft zwischen den beiden Frauen brannte. Er setzte sich mit dem Rücken zur Wand.

»Sag es ihm«, forderte Ignacia unbeeindruckt und behielt ihren Tonfall bei. »Was du gemacht hast. Und was du heute Abend vorhast.«

»Was wir gemacht haben, wolltest du wohl sagen. Wieso ist das plötzlich meine Sache? Du wolltest das doch!«

Jaume beschlich eine unangenehme Vorahnung. Seine Rolle war nicht nur die des Schiedsrichters. Er zupfte ein wenig an der Nagelhaut seines Daumens, dann faltete er die Hände auf dem Tisch. »Ich höre.«

Montse schüttelte den Kopf. »Wenn unsere Mutter meint, es muss was gesagt werden, dann soll sie das tun. Nur zu.«

»Du hast Feierabend, Jaume?« Schwerfällig schaukelte Ignacia zum Tresen, um ein vorbereitetes Tablett mit Getränken zu holen. Sie schenkte zwei Gläser Bier ein und stellte eine

Flasche Cola für Montse auf den Tisch. »Wir haben uns um die Tote vom *Montjuïc* gekümmert. Weil sie doch hier gewesen ist, wegen der Lichter. Und wir haben etwas herausgefunden.« Ignacia schaute zu Montse, die ihre Knie an die Tischplatte lehnte und betont gelangweilt in eine andere Richtung sah. »Yola hat mir erzählt – du weißt schon, die Wirtin aus dem *Bacallà*. Also, sie hat erzählt, dass die Deutsche bei ihr essen war.«

»Und wieso hat sie dir das erzählt?«

»Ich habe sie danach gefragt.« Mit entwaffnender Selbstverständlichkeit hob Ignacia die Hände. »Die Deutsche war an ihrem Geburtstag an der *Plaça de Prim*. Also habe ich mich dort umgehört. Und Yola …«

»Ihr habt mit der ganzen Nachbarschaft über den Fall geredet?« Ein heißer Schauer rann Jaume über den Nacken. Er hatte den beiden keine Geheimnisse verraten, sie konnten keinen Schaden anrichten, und dennoch … Mit welcher Absicht pfuschten sie in der Angelegenheit herum?

»Mama hat«, sagte Montse. »Weil der heilige Francesc es so will. Mit der Befragung habe ich nichts zu tun.«

»Mach dich nicht darüber lustig! Francesc hat der Frau eine Lichterscheinung geschickt. Deswegen kam sie zu uns und wollte eine Erklärung, aber ich habe es zu spät begriffen und sie weggeschickt.«

»Und darum leisten wir nun Wiedergutmachung. Oder so.« Montse seufzte. »Ja, ich habe versprochen mitzumachen. Aber da wusste ich noch nicht, dass ich dafür jederzeit zur Verfügung zu stehen habe.«

»Jederzeit zur Verfügung? Nicht für mich, oder?« Ignacia machte eine wegwerfende Handbewegung und wandte sich wieder an Jaume. »Die Weinhold hat sich von Yola etwas Besonderes gewünscht: eine *Escudella Catalana*. Die steht aber nicht auf der Karte. So was gibt es ja nicht im Restaurant und schon gar nicht für eine Person. Wisst ihr noch, wie euer Papa das gekocht hat, für die ganze Familie und seine Freunde?« Sie seufzte. Ein üppiges Gericht mit Rind und Huhn und Hackfleisch. »Jedenfalls gab es die *Escudella* nicht, und dann wollte sie *Sardinetas escabechadas.* Die hat Yola ihr dann gemacht. Eingelegte Sardinen, Serranoschinken und Tomatenbrot mit frisch zerriebenem Knoblauch.« Sie küsste ihre Fingerspitzen. »Ich krieg Appetit, wenn ich nur davon rede! Die einfachen Sachen sind doch die besten. Und weil die Weinhold deprimiert war, hat sie ihr von *el santet* erzählt. Zu ihm wollte sie anschließend hin.«

Ignacias selbstzufriedene Miene machte Jaume sprachlos. Offensichtlich erwartete seine Mutter ein Lob, ungeachtet der fehlenden Relevanz dieser Information für den Fall. Eine Erinnerung aus Weißkohl, Kichererbsen und Blutwurst streifte ihn, Gelächter aus rauen Kehlen, dampfende Brühe in einem Topf. Und das war nicht das Einzige, was ihn irritierte, doch er kam nicht dazu nachzuhaken. Ignacia redete schnell und machte auch jetzt keine Pause.

»Zeig ihm, was du heute gefunden hast.«

Montse gab ihre Protesthaltung auf und legte ihm eine Handyaufnahme vor. »Streng geheimer Inhalt aus der heiligen Postbox, der von Doris Weinhold stammen könnte. Unter Aufsicht einer Angestellten der Friedhofsverwaltung eingesehen, die das sicher abstreiten wird, wenn du danach fragst.« Ein krakeliger Zweizeiler auf der Rückseite eines Flyers. »Ob das jetzt so wichtig ist, dass du deswegen sofort vorbeikommen musst und ich nicht ausschlafen darf, bezweifle ich allerdings.«

Unter anderen Umständen hätte Montses Grimasse Jaume amüsiert. Diesmal nicht. Sie spielte ihren Fund herunter, obwohl sie an die Echtheit glaubte. Ganz bestimmt wollte sie Ignacia damit eins auswischen.

»Die Originalnachricht wird morgen mit einem Haufen anderer von einem Priester abgefackelt«, fügte sie lapidar hinzu. »Der Rauch trägt die Bitten zu *el santet*, der sie dann erfüllt.«

Bedächtig schüttelte Jaume den Kopf. »Das kann jeder geschrieben haben, und ein Foto bringt rein gar nichts. Außer Ärger für euch, wenn der Priester oder jemand aus der Kirchengemeinde davon erfährt. Diese Botschaften sind vertraulich und sehr privat.« Ob man nun an Wunder glaubte oder nicht. »Ich fasse es nicht, dass ihr euch daran vergriffen habt. Wenn euch wieder etwas zu Ohren kommt, das ihr für interessant haltet, sagt mir Bescheid. Aber ihr werdet keine Extratouren mehr machen. Keine Befragungen, Mama. Und keine weiteren Aufträge an Montse.«

Diesmal drehten beide den Kopf weg. Jaume sah von einer zur anderen. Sie machten gemeinsame Sache und umgingen ihn, und doch waren sie uneins. Das ging über den üblichen Machtkampf hinaus. Er nippte an seinem Glas und rekapitulierte den Inhalt des Gesprächs. Er hätte Wetten abgeschlossen, dass er bereits einen Hinweis auf das tiefer liegende Problem erhalten hatte.

»Wir versuchen nur zu helfen«, sagte Ignacia spitz. »Der Toten und dir. Du bist undankbar.«

So war das also. Sie traute ihm nicht zu, den Fall zu lösen. Dabei klapperten seine Leute längst alle Orte ab, an denen sich Doris Weinhold nachweislich aufgehalten hatte. Ausgehend vom *Cementiri de Montjuïc*, dem Hafen und dem Hotel *Antares* bewegten sie sich in der Zeit rückwärts.

Er legte die Hände ineinander. Kein Wort davon kam über seine Lippen. Diesmal würde Ignacia ihn nicht zu ihrem *Caganer* degradieren. »Du hast gesagt, du warst an der *Plaça de Prim*, weil Doris Weinhold an ihrem Geburtstag dort war. Du wusstest es vorher. Also hast du es nicht von Yola erfahren.

Wie und von wem dann?« Das war es, was ihn vorhin schon irritiert hatte. »Keine Geheimnisse mehr, Mama.«

»Montse hat mir Fotos beschafft.«

»Montse hat was?« Jaume wartete auf eine weitere Erklärung. Wie ein holpriger Stummfilm rasten Doris' Fotografien durch sein Gehirn, zeigten scharf umrissen die Ombu-Bäume und den alten Brunnen. Es konnte nicht sein, dass sie diese Fotos kannten. Völlig ausgeschlossen.

»Deine Schwester hat sich um den Sohn gekümmert«, ergänzte Ignacia. »Mehrfach.«

»Oh klasse, Mama. Weißt du, wie sich das anhört?« Montse knallte die Faust auf den Tisch. Jaumes Bier schwappte über, bildete eine schaumige Pfütze. Die Andeutung war beabsichtigt. Und die Antwort lag auf der Hand. Es traf Jaume wie ein Boxhieb. Bläschen zerplatzten, dehnten die Ränder der Bierpfütze aus, bis sie an Stabilität verlor und jäh Richtung Kante floss. Es tropfte. Darum kümmerte sich niemand.

Ignacia zuckte mit den Schultern. »Aber es stimmt doch.«

Jaume war mit seiner Geduld am Ende. Es erübrigte sich zu fragen, wie sie von Bastian erfahren hatten. Als Quelle für diese Information kam nur Alba Ruiz infrage. Hatte er Alba gegenüber erwähnt, dass Montse und Doris Weinhold einander begegnet waren? Nein. Das konnte er mit ziemlicher Gewissheit sagen. Das bedeutete, dass Montse den Kontakt zu Alba gesucht hatte, und nicht umgekehrt, um hinter seinem Rücken Informationen auszutauschen.

»Du hast dich mit Doris Weinholds Sohn getroffen?« Unverständnis mischte sich mit Wut über die Missachtung seiner Person. Und mit Sorge.

»Jawohl. Ich habe mich um ihn gekümmert. Auch so eine Idee unserer Mutter. Obwohl ihr das anscheinend jetzt nicht mehr gefällt. Dabei habe ich Bastian in ihrem Auftrag ein paar Details entlockt und ihm dann die Stadt gezeigt.«

»Mir gefällt das auch nicht«, presste Jaume heraus. Montse hatte es verschwiegen. Bastian Weinhold hatte es verschwiegen. Sie hielten ihn gemeinsam zum Narren. »Das hört auf. Sofort.«

»Polizeiliche Anordnung oder Bruderansage?«

»Sowohl als auch.«

»Das ist lächerlich. Er ist ein netter Typ, der in einer echt stressigen Situation steckt. Da ich nichts weiter über den Fall weiß, konnte ich auch nichts ausplaudern. Außerdem hat er keinen Schimmer, was unsere familiäre Beziehung betrifft. Also entspann dich. Dir kann keiner was.«

»Es geht nicht nur um meine Integrität. Es geht um ein Tötungsdelikt und möglicherweise um Mord.«

»Ach, nee.« Montse schnaubte verächtlich. »Dann wäre es an der Zeit, den Mörder zu fangen, oder?«

»Genau das werde ich tun!«

»Und was machst du dann hier?«

Jaume hob es aus dem Stuhl. Sein Herz pumpte unter Hochdruck. Endlich begriff er den wahren Grund für Ignacias dringlichen Anruf. Der nette Typ hatte seiner Schwester ordentlich den Kopf verdreht. Diese Angelegenheit sollte er im Sinne seiner Mutter regeln. Und der nette Typ hatte nachweislich schon einmal seinem Zorn nachgegeben und einen anderen ins Krankenhaus geprügelt. Was keine der beiden Frauen wusste und er für sich behalten musste. Seit diesem Vorfall war viel Zeit vergangen. Fragte sich nur, ob das eine Rolle spielte, wenn der Auslösereiz stark genug war.

»Du hast Fotos von Bastian bekommen? Schön. Du weißt, dass die von Doris Weinholds Kamera stammen und dass diese verschwunden ist. Es kursiert allerdings ein dubioser Suchauftrag danach. Und es kommen maximal zwei Menschen infrage, die den lanciert haben können: Bastian und der Mörder.«

Montse schnellte hoch. »Maximal?«

Getrennt durch fünfzig Zentimeter Tischbreite starrten sie einander an.

»Maximal«, wiederholte er.

»Du hältst Bastian für den Täter? Das ist doch völlig absurd! Er war in Deutschland, als seine Mutter ums Leben kam!«

»Wollt ihr wohl aufhören zu schreien?«, zischte Ignacia. »Oder soll das ganze Viertel mithören?«

Mit gedämpfter Stimme, aber unvermindertem Zorn, richtete Jaume sich erneut an Montse. »Lass mich raten: Wo Bastian war, weißt du von ihm persönlich. Und darum muss es wahr sein?« Entgegen jeder Vernunft redete er weiter, obwohl er längst viel zu viel gesagt hatte. »Wir können Fluggesellschaften auf Reservierungen überprüfen, aber schon bei der Bahn stoßen wir an unsere Grenzen, und sollte er sich in ein Auto gesetzt haben, werden wir das nur herausfinden, wenn er blöd genug war, unterwegs mit einer Karte zu zahlen. Ein falsches Alibi zu kriegen ist keine Kunst. Und wenn er einen anderen für die Tat bezahlt hat, musste er sich keinen Meter von zu Hause wegbewegen.«

»Du bist doch völlig übergeschnappt. Ein Auftragskiller?«

Das war verdammt weit hergeholt. Für einen Auftragsmord gab es keinerlei Anzeichen. Jaume ließ die Bemerkung dennoch stehen. Per Erbschaft vom Angestellten zum Chef. Ein Motiv. Dünn. Konstruiert. Aber denkbar. Und wenn es half, Montse von Bastian fernzuhalten, erfüllte die These ihren Zweck.

Montse setzte sich, und er tat es ihr nach. Sie wirkte getroffen und verunsichert. Die erhoffte Genugtuung blieb aus. »Solange wir mitten in den Ermittlungen stecken, kann ich rein gar nichts ausschließen.«

## Freitag, 18. August, 18:00 Uhr
## – Bastian Weinhold –

Er beeilte sich. Dabei war er viel zu früh dran. Bastian biss sich auf die Zunge. Situationsabhängig konnte zu früh kommen wahlweise unhöflich oder richtig peinlich sein. Verdammt, er konnte es kaum erwarten, sie zu sehen. Montse war so wunderbar unkompliziert und brachte ihn zum Lachen, auch wenn es für ihn gerade nicht das Geringste zu lachen gab. Er sprintete bei Rot über einen der Kreisel an der *Rambla del Poblenou*, die verwirrenderweise auf beiden Seiten in die gleiche Richtung umfahren wurden. In der Mitte der *Ronda* saßen alte Leute auf den Bänken. Irgendwie saßen da immer welche. Er hatte nur noch nicht herausgefunden, ob es jedes Mal die gleichen waren.

Bei seinem Termin mit dem Bestatter war er sich vorgekommen wie bei seiner Abiturprüfung. Jeder Satz erforderte volle Konzentration. Er wollte weder riskieren, dass Doris wegen eines falsch gesetzten Häkchens im Transitbereich eines Flughafens strandete, noch, dass der Transport finanziell zum Desaster geriet. Sie sollte nur mit Anstand nach Hause kommen. Am Ende musste er mit seiner Unterschrift bestätigen, dass er alles verstanden hatte. Eine optimistische Annahme. Für eine Situation wie diese waren seine rudimentären Spanischkenntnisse nicht ausgelegt. Auch wenn Montse etwas anderes behauptete. Er fühlte einen geradezu lächerlichen Stolz bei dem Gedanken, dass er es alleine geschafft hatte. Und Vorfreude, weil sie ihn dafür loben würde. Ja, das war lächerlich.

Aber es kümmerte ihn nicht. Es stand ihm verdammt noch mal zu, das Wochenende zu genießen. Und am Dienstag kam er hoffentlich hier weg. Sein Ziel wurde endlich greifbar. Nach tausend kleinen Schritten.

Er bog nach links ab, vorbei an einer langen Reihe Leihfahrräder, und gleich darauf wieder rechts. In *Poblenou* folgte das Leben einem anderen Rhythmus als im Zentrum der Stadt. Kaum lag die *Rambla* eine Straßenecke hinter ihm, war er nahezu allein. Am Abzweig *Carrer de Galceran Marquet* konnte er die Tische unter dem Sonnenschirm vor *La Pausa* schon sehen. Niemand da. Es war nicht die Zeit, etwas zu essen, und selbst für den kleinen Aperitif vorweg noch mindestens ein bis zwei Stunden zu früh.

Schon von weitem hörte er zwei erregte Stimmen aus der Bar und eine dritte, die sehr bestimmt dazwischenzischte. Bastian wurde langsamer, bewegte sich instinktiv vorsichtiger. Die Stimmen irritierten ihn. Er spähte durchs Fenster in den Nebenraum. Topfpflanzen verdeckten die Sicht und gaben ihm zugleich Deckung. Als er Montse zum ersten Mal abgeliefert hatte, war die Bar längst geschlossen gewesen. Und gestern hatte er nur einen kurzen Blick durch die geöffnete Tür zur Theke und auf die signierten Bilder eines Tennisprofis an der Wand geworfen. Jetzt sah er einen Billardtisch mitten im Raum, dahinter eine Durchreiche zur Küche und eine ältere Frau mit streng frisiertem Haar an einem Vierertisch. Ihr Profil verriet die Verwandtschaft mit Montse, die mit vor der Brust überkreuzten Armen seitlich neben ihr saß. Gegenüber sah er nur zwei Hände auf dem Tisch und weiße Manschetten. Der Mann beugte sich nach vorn. Soler? Keuchend drehte Bastian sich weg, presste den Rücken an die Hauswand. Was zum Teufel wollte Soler hier?

Unter seinen Fingernägeln bröselte Putz. Denk nach. Panischer Druck presste seinen Magen zusammen. Denk nach!

Es musste nichts mit ihm zu tun haben, dass Soler bei Montse saß. Er drängte den Anflug von Verfolgungswahn zurück. Soler war hier, weil … weil Montse und ihre Mutter mit Doris gesprochen hatten und weil Ignacia herausgefunden hatte, dass Doris am Grab des Wunderknaben von *Poblenou* gewesen war. Wer weiß, wer dem Kommissar davon erzählt hatte. *Barcelona ist ein Dorf.* Eine plausible Erklärung.

Er riskierte einen weiteren Blick. Soler hatte sich wieder zurückgelehnt. Sie sprachen leiser miteinander. Zu leise.

Bastian schob sich am Fenster vorbei und lugte in den Gastraum. Der Ventilator summte. Über der Tür lief tonlos ein Fernseher. Im Durchgang hing eine Kollektion Billardstöcke. Er musste näher ran, schlängelte sich eng an den Tischen vorbei, bemüht, nirgendwo anzustoßen. Sie sprachen Català. Na großartig. Da konnte er nur ahnen, worum es ging.

Soler sprach Montse mit Du an, klang drängend, besorgt und sehr vertraut. Bastian verstand die Worte Vorsicht, kein Risiko und mehrfach seinen Namen. Aber nur Bruchstücke von Montses Antwort.

Wie betäubt ging er rückwärts. In schneller Folge liefen die Begegnungen mit Montse vor seinem inneren Auge ab. Ein Volltreffer vom ersten Moment an. Alles nur ein mieser Trick? Zu nett, zu hilfsbereit und zu verführerisch. Er war ein solcher Idiot!

Vor der Bar kreiselte er einmal um die eigene Achse, dann rannte er los, kam erst an einer schnurgeraden breiten Straße zum Halt. Verkehr, eine Grünanlage, dahinter moderne Bebauung. Angestrengt versuchte er, sich zu orientieren. Das war dann wohl die direkte Verbindung zwischen Metrostation und Meer, das Ende des Kernbereichs, der früher einmal das alte Dorf im sumpfigen Lagunenbereich gebildet hatte. *Taulat*, was so viel bedeutete wie »fruchtbares Land«. Hatte Montse gesagt. Er hieb auf einen Bauzaun ein, bis ihn ein Holzsplitter erwischte. Montse, die ihn offenbar für die Polizei bespitzelte und Anweisungen von Soler erhielt.

»Ihr wollt mich reinlegen. Aber das könnt ihr vergessen.«

Bastian lutschte das Blut von seiner Hand, zog den Splitter mit den Zähnen heraus und tippte mit der anderen eine SMS. Kurz und böse. Er las die Nachricht und löschte sie wieder. Nein, das war zu einfach.

Strandbesucher gingen vorbei, mit Handtüchern über den nackten Schultern, Kokosöl auf der Haut. Bierlaune. Lachen. Flirten. Bastian tippte erneut. Diesmal schickte er die Nachricht ab.

## Freitag, 18. August, 18:00 Uhr
## – Jaume Soler Martí –

Ihre Finger umschlossen den Hals der Colaflasche. Kondenswasser lief unter ihrer Handfläche zum Gelenk und weiter zum Ellbogen. Montse presste den Flaschenboden auf die Tischplatte, statt zu trinken. Jaume konnte seine Schwester mit wenig Mühe lesen: Sein besorgter Tonfall nervte. Doch sein Beschützerinstinkt ließ sich nicht einfach abschalten.

»Versprich mir, dass du vorsichtiger bist.«

»Hältst du mich für blöd?«

»Ich will, dass du es aussprichst, Montse.« Was man laut sagte, setzte sich fest. Ließ sich nicht mehr ohne weiteres aus dem Bewusstsein streichen.

»Und ich will, dass du jetzt gehst. Bastian wird in einer halben Stunde hier sein. Spätestens. Es wäre wohl besser, wenn er von unserem Treffen nichts weiß. Oder soll ich ihm erklären, was genau ich mit der Polizei zu tun habe?«

»Kein Risiko, Montse. Versprich mir das.«

»Was denn für ein Risiko?« Sie führte die Flasche zum Mund, schlug sich einen Schneidezahn an.

Sein Fehler. Sie stellte sich absichtlich dumm. Er behandelte sie wie ein unreifes Kind. Glaubte er ernsthaft, dass Bastian Weinhold gefährlich für sie war? Ein leises Geräusch störte seine Gedanken.

»Montse!« Ignacia langte nach dem Arm ihrer Tochter, aber die wich ihr aus. »Tu, was er sagt.«

Das Geräusch wiederholte sich nicht, war wohl nur das

Seufzen eines alten Elektrogerätes gewesen. Die Kühlanlage unter der Theke oder der Spielautomat am Eingang auf der anderen Seite der Wand. Der blinkte nur noch stumm vor sich hin, ohne nervtötende Geräuscheffekte. Seit Montse mit dem Messer einen Draht gekappt hatte wie bei einer Bombenentschärfung. Sie war selbständig, selbstbewusst und aufbrausend. Und seine kleine Schwester, ob ihr das passte oder nicht.

Montse setzte die leere Flasche ab, behielt sie in der Faust wie eine Waffe. »Ich. Werde. Vorsichtiger. Sein. Zufrieden?« Sie stieß ihren Stuhl nach hinten und verschwand im Gastraum nebenan.

Jaume lauschte. Klappern an der Theke, Wasser, das in die Spüle plätscherte. Ein leises Klingeln signalisierte das Eintreffen einer SMS. Stille senkte sich herab. Verschaffte ihnen allen eine Atempause. Es tat weh, dass sie ihm nicht vertraute. Früher war das anders gewesen.

Sie kam mit einem Tuch zurück, wischte die Bierlache vom Tisch, ließ es dann in die Pfütze auf dem Boden fallen und drückte mit der Schuhspitze nach.

»Sind wir jetzt fertig?« Montse trocknete ihre Hand an der Hose.

»Gib mir den Lappen«, forderte Ignacia. »Das nasse Ding kann da nicht liegen bleiben. Du solltest Jaume besser noch etwas zeigen. Die Fotos, die du …«

»Zufällig weiß ich, dass Comissari Soler alle Fotos vorliegen, die Doris Weinhold ihrem Sohn geschickt hat«, fauchte Montse und klatschte ihr den tropfenden Lappen vor die Füße. »Und der gefährliche Hauptverdächtige hat sie der Polizei ganz freiwillig überlassen.«

»Im Gegensatz zu dir.« Ignacia hob beschwichtigend die Hand. In ihrem Gesicht arbeitete es. »Tut mir leid, Montse. Aber das ist die Wahrheit. Schau, Jaume: Ich habe ihr gesagt, sie soll Informationen sammeln. Und dann kam sie mit den Bildern.«

Montse umklammerte die Stuhllehne. »Kannst du nicht einfach still sein?«

»Du hast gerade behauptet, dass Jaume alle Fotos hat. Ich meine nur, er sollte auch die drei sehen, die Herr Weinhold dir nicht gezeigt hat. Und die nicht zu den anderen passen.«

»Inwiefern nicht passen?«, hakte Jaume ein. »Montse?« Er schlug einen versöhnlichen Ton an. Entweder stand sie kurz vor einer Ohnmacht oder vor einer Explosion. »Lass uns für den Moment ausschließlich bei den Fakten bleiben und geh einfach davon aus, dass es mich nicht interessiert, wieso du im Besitz der Bilder bist.«

Montse zerrte das Handy aus der Packtasche ihrer Cargohose, holte einen Dateiordner aufs Display und knallte es vor ihm auf den Tisch. Ihre Nase zuckte. Weiße und rote Flecken überzogen ihre Haut. Das hatte er nicht gewollt.

Hauseingänge mit Klingelknöpfen und Briefkästen hinter Glastüren. Keine Straßenschilder oder Hausnummern, die eine Zuordnung ermöglichten. Inhaltlich scheinbar belanglos, und doch sprang ihn eine Information überdeutlich an.

»Und, was meinst du?« Ignacia schob ihren Kopf dicht heran.

»Hm. Schwierig. Muss ich mit unseren Unterlagen vergleichen«, brummte Jaume vage. Er trank sein Glas aus und räusperte sich. »Leite mir die bitte weiter, ja? Ich kann nicht beschwören, ob wir die schon haben oder nicht.«

Seine Augen richteten sich auf Montse. Und erzählten ihr etwas anderes. Er hatte die Bilder nie zuvor gesehen.

Sie nahm ihr Handy entgegen, gab ihm die Andeutung eines Nickens und ging ohne ein weiteres Wort.

## Freitag, 18. August, 18:30 Uhr
## – Montse Soler Martí –

Ihr Ärger brachte sie zum Zittern, überdeckte das Beben darunter, das sie nicht wahrhaben wollte. Wenn sie jetzt auch nur den Versuch machte zu reden, würde sie entweder schreien oder heulen. Beides kam nicht infrage. Blindlings stürmte sie aus der Bar.

Ignacias Verhalten grenzte an Verrat. Sie hatte Jaume aufgewiegelt, ihn zusätzlich angestachelt, in Bastian einen Lügner zu sehen. Einen schlechten Menschen. Machte sie das nur, um ihr den Spaß zu verderben? Weil sie beschlossen hatte, für ein paar Tage glücklich zu sein? War das zu viel verlangt? Mit einem Mann, den sie kaum kannte. Der zwischen Lachen, Trauer und Reizbarkeit schwankte. Aber war das nicht normal in seiner Situation? Dass er manchmal merkwürdige Dinge sagte. Dinge nicht sagte. Schwieg.

Das Beben drängte an die Oberfläche, zwang sie stehen zu bleiben. Ja, verflucht. Er hatte die Bilder weder ihr noch der Polizei gezeigt. Was bedeutete das schon? Da war ja auch nichts drauf, womit irgendjemand etwas anfangen konnte.

Sie presste die Handballen auf die Augen, sank auf eine Bank aus hellem Stein neben dem verschlossenen Friedhofstor. Schon wieder zu spät, um *el santet* zu besuchen. Falls sie das überhaupt gewollt hatte. Durch das Gitter sah sie in den Hof, der das Diesseits mit dem Jenseits vereinte. Von oben richtete der Engel mit der Fanfare seinen kalten Blick auf sie.

*Ich zähle die Minuten. Kann es kaum erwarten, dich zu sehen.* Bastian hatte ihr Treffen um zwei Stunden verschoben. Statt vor *La Pausa* sollte sie am Strand *Mar Bella* auf ihn warten. An der Spitze des Dammes, so wie gestern.

Diese zwei Stunden mussten ausreichen, um sich zu sammeln und wieder einen klaren Gedanken zu fassen. Jaumes Signal war unmissverständlich und nur für sie bestimmt gewesen. Ignacia hatte er im Unklaren gelassen. Um sie nicht zu beunruhigen? Oder um Montse noch mehr mütterliche Einmischung zu ersparen? Die dämlichen Fotos hatten ihr fast den Boden unter den Füßen weggerissen. Auf jeden Fall war die verflixte Kamera der Schlüssel zu Bastians Entlastung. Vielleicht war der erste Ansatz der Polizei ja doch der richtige gewesen, dann steckte nichts weiter als ein aus dem Ruder gelaufener Raub hinter Doris' Tod.

Sie zog die Nase hoch. Zwei Stunden waren eine Menge Zeit, wenn man sie konsequent nutzte.

Es war falsch, Jaume zu hintergehen. Aber unvermeidlich.

Eine Viertelstunde später stand sie in einem engen Treppenhaus. Vierter Stock, kein Aufzug. Wie durch einen Kaminschacht strömte Wärme vom Eingang herauf. Rhythmisch schlug ein geöffnetes Fenster gegen die Wand. Das Türschloss war beschädigt, die Farbe rissig. Alba war auch diesmal kooperationsbereit gewesen und hatte die Adresse ohne große Rückfragen herausgerückt.

Auf ihr Klingeln bewegte sich jemand im Innern der Wohnung. In einem schmalen Spalt zwischen Tür und Rahmen zeigte sich ein Gesicht. Große dunkle Augen unter einem eilig übergeworfenen Hidschab. Ein paar dunkle Locken ringelten sich aufmüpfig vor der blassen Stirn.

»Hola, Jamila.« Montse knetete ihre Hände. Sie erkannte das Zischen einer heißen Pfanne. Es roch nach Cumin, Koriander und Anis. Kinder plapperten, der Fernseher lief. Garantiert störte sie. »Darf ich noch was fragen?«

Jamila machte einen Schritt zur Seite. »Tee?«

»Gerne.« Sie trat über die Schwelle, streifte die Schuhe ab und folgte Jamila, die im Vorbeigehen die Tür zum Wohnraum schloss.

»Meine Neffen«, sagte sie. »Die sind immer furchtbar laut, wenn sie mit mir allein sind. Meine Schwester und ihr Mann werden bald zurück sein.«

»Ich bleibe nicht lange.«

In der Küche legte Jamila ihre Kopfbedeckung ab und goss Tee in ein Glas. Der Samowar brodelte leise. Auf ihrem T-Shirt glitzerten große Buchstaben. *Rock'n'Roll.* Die Jeans saß eng auf ihrer Hüfte. Zu Hause galten offenbar andere Regeln als im Hotel oder auf der Straße.

Montse warf drei Stück Zucker ins Glas, lehnte sich mit dem Hintern gegen das Fensterbrett und atmete das starke Aroma marokkanischer Minze ein.

Jamila rührte das Essen um. »Geht es wieder um die Frau?«

»Ja. Um ihre Sachen. Hast du in dem Zimmer eine Kameraausrüstung gesehen? Und wenn ja, wann war das? Ein großer Fotoapparat und Objektive, das sind …«

»Ich weiß, was Objektive sind«, fiel Jamila ihr ins Wort. Ihre Wangen verfärbten sich, und sie senkte den Blick. »Entschuldigung.«

»Nein, nein. Du hast Recht. Das klang blöd. So habe ich es nicht gemeint.« Montse hatte tatsächlich nur auf die ungewöhnliche Größe hinweisen wollen. Doch es gefiel ihr, dass Jamila heute etwas weniger verhuscht reagierte. Zu Hause bewegte sie sich auf sicherem Terrain.

»Die Kamera habe ich gesehen. Einmal. Die Frau wollte gerade gehen, als ich kam, und hat alles eingepackt. Den Tag weiß ich nicht mehr. Ziemlich zu Anfang ihres Aufenthalts.«

»Hast du zufällig mit irgendjemandem darüber gesprochen?«

»Wieso sollte ich?«

Montse balancierte das heiße Teeglas zwischen zwei Fingern und hob betont beiläufig die Schultern. »War nur so ein Gedanke.« Auf keinen Fall sollte Jamila das Gefühl bekommen, sie wäre verdächtig. »Ich finde es sowieso erstaunlich, dass du dich überhaupt erinnerst. Bei den vielen Zimmern und Menschen jeden Tag. Ich hätte bestimmt nicht mehr gewusst, was da alles herumlag.« Bei ihrem ersten Gespräch hatte Jamila ein halbes Dutzend Kleinigkeiten aufgezählt, die Montse längst wieder entfallen waren.

Langsam drehte Jamila sich um.

»Was ist?«

»Ich bin nicht sicher. Wahrscheinlich … Nein. Nichts.«

»Sag schon.«

»Als die Polizei im Zimmer war, konnte ich vom Flur aus reinsehen. Nur ganz kurz, aber … Die Rose war weg.« Sie schüttelte den Kopf und wandte sich wieder dem Herd zu. »Bestimmt ist das unwichtig. War ja nur aus Plastik.«

Die Plastikblume. Eines der Details, denen Montse wenig Bedeutung beigemessen hatte. Wie Jamilas Aussage insgesamt. Zu wenig, vielleicht. »Sie war hellblau, oder?«

»Ja, genau. Hellblau mit weiß.«

»Wer könnte die weggenommen haben?« Die Blume gab Montse einen neuen Ansatz für eine viel wichtigere Frage. »War denn außer dir noch jemand im Zimmer?« Jemand, der ebenfalls die Kamera bemerkt haben konnte. Teure Technik, die Begehrlichkeiten weckte.

»Die Zimmer auf dem Flur hab ich allein abgearbeitet. Nur Mussa war mal drin, wegen einer kaputten Lampe.« Jamila entglitt der Kochlöffel, fiel klatschend in die Soße, dann auf den Boden.

»Schöne Schweinerei.« Montse kam ihr zuvor und hob den Löffel auf. Ihren letzten Satz hätte Jamila zweifellos am liebsten zurückgenommen. »Wer ist Mussa? Hast du Angst vor ihm?«

Jamila schüttelte heftig den Kopf. Ihre Locken wogten, und ihre Wangen überzog ein noch tieferes Rot als zuvor. »Er ist Hausmeister und erledigt alles, was anfällt. Er hilft. Immer. Mussa hat nichts Schlimmes gemacht. Bestimmt.«

Ah. So war das.

»Natürlich. Etwas anderes hat keiner behauptet.« Montse spülte den Löffel ab und steckte ihn zurück in den Topf. Dann stellte sie ihr Glas in die Spüle. »Danke für den Tee.«

An der Tür hielt sie kurz inne. »Ich sag ihm nichts von unserem Gespräch. Gar nichts. Niemandem.«

Sie ignorierte ihr Bauchgefühl, das ihr riet, umzukehren und Jaume zu informieren. An der zuckenden Kellerlampe vorbei drang sie tiefer in den Bauch des Hotel *Antares* ein. Vorsicht war für Weicheier. Sie presste die Hände in die Hosentaschen und spannte die Schultern an.

In der Mitte des Flures fiel Licht aus einem Raum. Musik dudelte aus einem Radio. Spinde an der Wand, ein Tisch mit einem halb aufgegessenen Brot in Alufolie und einem Stapel Zeitungen. Kopfüber wühlte ein Mann in einer Metallkiste.

»Sind Sie Mussa?«

Der Mann fuhr herum. Er war größer, als sie erwartet hatte. Mit schmalen Hüften, einem breiten Kreuz und nackten Oberarmen. Unter tiefschwarzer Haut bewegten sich kraftvolle Muskeln. Er drehte eine Rohrzange in den Händen.

»Kann sein.«

»Entspannen Sie sich.« Die Aufforderung galt ebenso sehr für sie selbst wie für ihn. Montse schob das Kinn vor und stellte die Füße schulterbreit auseinander. Angriffslustig wollte sie nicht wirken, damit hätte sie sich lächerlich gemacht. Aber entschlossen. Und nebenbei blockierte sie auf diese Weise die Tür und hielt sich den Rückweg frei.

»Sie haben mit Comissari Calderon gesprochen.« Sie sandte einen Dank an Alba für ihre Mitteilsamkeit. »Es gibt aber noch eine Kleinigkeit, die ich mit Ihnen klären möchte.«

»Sie?« Er musterte sie von oben bis unten. »*Una Bofia*? Hätte ich nicht gedacht.«

»Wollen Sie lieber jemanden mit Uniform?« Trommelnd pulsierte das Blut durch ihre Halsschlagader. *Bofia* – Bulle. Eine glückliche Fügung, dieser kleine Irrtum. Sie würde einen Teufel tun, ihn aufzuklären. »Doris Weinhold, Zimmer 203. Sie haben dort eine defekte Lampe ausgetauscht.«

»Möglich.«

»Das war keine Frage. Jetzt legen Sie zuerst mal dieses Ding da weg, und dann antworten Sie. Was wissen Sie über die Kamera?« Montse hätte nicht beschreiben können, was sich in seinem Gesicht veränderte, doch es genügte als Bestätigung. Er wusste, worum es ging. »Ich höre.«

Mussa zog die Unterlippe zwischen die Zähne, stieß einen verächtlichen Laut aus, tief und kehlig, und warf die Rohrzange in die Kiste. »Na klar. Der Schwarze war es. Die Brüder klauen ja alles, was sie kriegen können. Wo ist Ihre Knarre? Und die Handschellen?«

Er machte einen halben Schritt auf Montse zu, aber sie wich nicht zurück. Sein Ärger verschaffte ihr einen Vorteil, machte ihn blind. Sonst hätte er merken müssen, dass sie keineswegs souverän ihre Haltung wahrte.

Er streckte ihr die Arme entgegen. »Wollen Sie den Afrikaner nicht gleich auf dic Knic zwingen und einbuchten? Verdammte Scheiße!«

»Wow. Immer langsam!« Ihre Schockstarre löste sich. »Ist gar nicht nötig, die Rassismuskarte zu ziehen. Von Diebstahl im Hotel war nie die Rede.« Montse nahm die Hände aus den

Taschen. »Und auch nicht von irgendeiner Beschuldigung gegen Sie. Sie sind das heimliche Herz des *Antares*, halten es am Laufen. Wer was braucht, kommt zu Ihnen. Sie sehen alles, hören alles.«

»Ich soll jemanden verpfeifen?«

»Hab ich das gesagt? Mann, Sie sind echt voreilig.« Montse hob einen Finger und begann abzuzählen. »Nummer eins: Sie haben die Kamera im Hotel gesehen. Nummer zwei: Die Kamera ist weg. Nummer drei: Die Polizei will die Kamera. Nummer vier: jemand anderer auch. Und der zahlt dafür.«

Diesmal zuckte Mussa mit keiner Wimper. Damit erledigte sich jeder Zweifel. Er hatte auch davon längst gewusst. Und er kannte garantiert mehr Details als sie.

»Sie sind also bestens im Bilde, Mussa. Was mir vorschwebt, ist etwas anderes. Nennen wir es mal Wissenstransfer.« Den hatte sie bitter nötig.

»Was hab ich davon?«

»Ich nutze meinen Einfluss und kann Namen verdammt schnell vergessen. Und möglicherweise bleibt Ihnen die Kohle für die Kamera, ein Anteil, eine Belohnung?« Sie zog die Schultern bis zu den Ohren. Mochte sie draußen gleich ein Blitz niederstrecken, um ihre Dreistigkeit zu bestrafen – Hauptsache, Mussa schluckte ihre Lügen. Sie hatte keinen Schimmer, worüber sie redete oder worauf das Gespräch hinauslaufen sollte. »Nur zu. Jede Info ist eine gute Info. Sie haben mein Wort.«

»Ich bin kein Krimineller, Lady.« Mussa benetzte seine Lippen mit der Zunge. Schöne, volle Lippen, von denen Jamila sicher heimlich träumte. »Ich kenne viele Leute, und die kennen viele andere Leute. Man redet. Über dies und das.«

Genau wie Ignacia, die kannte auch immer jemanden, der jemanden kennt.

»Mit dem Diebstahl hab ich nichts zu tun. Und schon gar nicht mit dem Tod dieser Frau. Ich schwöre.«

Montse nickte. Warum auch immer: Sie glaubte ihm.

»Der Mann ist zu mir gekommen. Hierher ins Hotel. Hat gesagt, dass er die Kamera braucht. Ob ich helfen kann.«

»Und Sie sind ein hilfsbereiter Mensch. Hat der Mann auch einen Namen?«

Mussas Blick verfinsterte sich. »Den kenne ich nicht.«

»Konnten Sie ihm bereits helfen?«

»Ich habe seinen Wunsch gestreut. Wir warten.«

Es prickelte wie *Cava* in ihrem Bauch, stieg ihr zu Kopf, wie leicht es gelang, ihn zu täuschen und zum Antworten zu bewegen. Sie, eine Polizistin! Wie oft hatte sie sich amüsiert über Jaumes leicht gestelzte Sprache, sobald er in den Einsatzmodus verfiel. Kripojargon, den sie jetzt kopierte. »Bleiben Sie dran. Unbedingt. Kontaktieren Sie den Auftraggeber wie vereinbart, sobald Sie die Kamera haben. Nur setzen Sie mich zusätzlich in Kenntnis, wann die Übergabe ansteht. Den Speicherchip nehmen Sie an sich. Den kriege ich.« Das hörte sich gut an. Professionell. Ein richtig guter Deal. Das würde Jaume zugeben müssen.

»Und wie?«

»Was wie?«

»Na, wie informiere ich Sie?«

»Ach so, ja.« Sie tippte sich an die Stirn. Jedes Zögern konnte sie auffliegen lassen. »Ich gebe Ihnen eine Nummer. Die verwenden Sie nur für diesen einen Anruf – nicht speichern! Und danach verbrennen Sie den Zettel.« Heiliger Francesc! Danke für die Eingebung. Sie würde mehr als eine Kerze anzünden, wenn das gut ging.

Mussa reichte ihr einen Bleistift aus seiner Werkzeugkiste.

»Eine Bitte habe ich noch«, sagte sie und kritzelte ihre Nummer auf den Rand einer Zeitung. »Beschreiben Sie mir den Mann.«

Ihr Handy meldete eine Kurzmitteilung.

»Sehen Sie nach.« Mussa setzte sich, nahm das Brot, schälte die Folie weiter herunter und biss ab. »Mein Dienst geht bis um zehn. Ich habe es nicht eilig.«

»Nein. Ich …« Eine weitere SMS traf ein. Montse nahm das Handy heraus und seufzte. »Tut mir leid. Ich muss doch. Also reden Sie einfach.«

*Kommst du?* Zwei Worte in der ersten Nachricht, eins in der zweiten. *Bitte.* Sie tippte ein Ja, starrte darauf, während Mussa sprach. Hörte, nickte, ignorierte ihren Instinkt ein weiteres Mal und schickte die Antwort ab.

## Freitag, 18. August, 20:00 Uhr
## – Jaume Soler Martí –

Auf der Terrasse tobten die Kinder und die Hunde um die Wette. Wobei sich die Kinder deutlich mehr nach Hund anhörten als die Chihuahuas. Gabriela bellte inbrünstig, Rafael gab Wolfsgeheul dazu. Die Tiere kläfften erbärmlich. Jaume lag ausgestreckt auf der Couch. Im Bad rauschte Wasser. Aufgeklappt hielt er einen Aktendeckel auf seinem Brustkorb. Ein Ärgernis für Paloma, ein Verstoß gegen die Dienstvorschrift und fruchtlos obendrein. Sosehr er sich bemühte, an den süßen Alltagsgeräuschen vorbeizuhören und sich zu konzentrieren, es gelang ihm nur unzureichend.

Er hätte den Informanten fragen sollen, seit wann der Suchauftrag kursierte. Bastian Weinhold konnte den erst nach ihrem gemeinsamen Besuch in Doris' Zimmer geschaltet haben. Denn wie sollte er vorher vom Verschwinden der Kamera erfahren haben? Wenn das zeitlich übereinstimmte, machte es ihn erst richtig verdächtig. Überhaupt verdächtig. Anders, als er es Montse gegenüber behauptet hatte, lag gegen den Mann nichts Greifbares vor. Der Mörder jedoch …

Ein braungelockter Wuschelkopf drängte sich zwischen seine Brust und die Unterlagen.

»Aahuuuuww!« Rafaels Nase presste sich schnüffelnd an seinen Unterarm. »Aahuuuuww!«

Jaume angelte mit der freien Hand zwei Kekse aus der Packung auf der Sofalehne und fütterte das Raubtier, das gierig zuschnappte. »Nimm deiner Schwester auch einen mit.«

»Nö!« Rafael verschlang den zweiten Keks und krabbelte davon. Sein Tempo war beachtlich.

Der Mörder hätte viel früher handeln müssen und das eine ganze Woche vor Bastian tun können, wenn er relevante Fotos auf dem Kamerachip vermutete.

»Auch einen Keks!« Gabriela vergaß für einen Moment ihr Hundedasein und raste auf zwei Beinen herein. Jaume schob Kekse ins nächste Kind, das liebevoll ein angelutschtes Exemplar mit ihm teilte, ehe es bellend das Zimmer verließ.

Die Variante mit dem Mörder als Auftraggeber des Suchauftrags sprach dafür, dass der bei seiner Tat gestört worden war und daher die Kamera nicht direkt hatte an sich nehmen können. Oder er hatte erst später von deren Existenz erfahren. Aber wie?

Jaume gähnte, seine Lider kämpften mit der Schwerkraft. Die letzten Tage waren lang gewesen, und ein komplett freies Wochenende würde er wieder nicht haben. Irgendwer schleckte über seinen Arm, und er drehte den Kopf unter der umgekippten Akte auf seinem Gesicht.

»Du kriegst keinen Keks«, belehrte er den sabbernden Chihuahua und massierte sich die Nasenwurzel. »Spar dir das Betteln.«

Von der Kamera wussten nur Bastian und die Polizei. Er stellte die Akte wieder auf und blätterte einige Seiten weiter. Und die Angestellten des Hotels natürlich. Nach Bastians Hinweis hatte er dort gezielt nachfragen lassen, ob und wann Doris mit der Kamera gesehen worden war. Angeblich gab es niemanden, dem diese aufgefallen wäre, und auch niemanden, demgegenüber Doris ihren geplanten Ausflug zum Friedhof erwähnt hätte.

In eine Dampfschwade gehüllt schwebte Paloma aus der Dusche und drückte ihm einen Kuss auf die Stirn. »Du erinnerst dich an unsere Verabredung?«

»Hmhm. Selbstverständlich.« Er hielt sie im Nacken fest und sog ihren Duft ein. Sie waren zum Straßenpicknick bei Freunden eingeladen. Reden und Essen an einer langen Tafel, an der sich die ganze Nachbarschaft versammelte. Jeder steuerte etwas zur Verpflegung bei, die Schüsseln wurden herumgereicht. Fleisch und Salate, Brot und Kuchen, dazu gab es Musik und Wein bis spät in die Nacht hinein. Er freute sich darauf.

»Wenn du nicht loslässt, mache ich dir Wasserflecken auf deine Unterlagen.« Sie biss ihn ins Ohr und entwand sich ihm. »Du erinnerst dich auch an die vereinbarte Uhrzeit?«

»Bin schon so gut wie im Bad. Nur noch ein paar Minuten.«

»Geh besser gleich. Ich kenne deine paar Minuten.«

»Ich liebe dich«, sagte er. Nicht nur, um Zeit zu schinden, sondern auch, weil es der Wahrheit entsprach. Er liebte sie. Mit jedem Tag mehr.

»Und ich hetz die Hunde auf dich, wenn du dich nicht an die Abmachung hältst. Alle vier.«

Mit einem Lächeln nahm er die Lektüre wieder auf. Eine Viertelstunde war noch drin. Und er war sicher, dass er irgendetwas übersehen oder am Morgen übergangen hatte, obwohl es wichtig gewesen war. Genauso sicher war er, was Bastian Weinholds Unaufrichtigkeit betraf. Und in Bezug auf Montses Einsicht. Sie hatte seine Mahnung, vorsichtig zu sein, abgenickt, doch sie würde sich einen Dreck darum scheren.

Er kniff die Augen zusammen und riss sie wieder auf. Listen über Listen. Sein Blick streifte die Befragungsbögen im Schnellverfahren. Hotel, Friedhof, Taxifahrer und zurück. Namen, Personalien, Aussagen, die einander ähnelten. An einer aus dem Hotel *Antares* blieb er hängen. Alba Ruiz. Schlank, wohlgeformt, beflissen. Nein, das stand da nicht. Er hatte Montse nach Alba fragen wollen, fiel ihm ein. Und außerdem auch mit Alba sprechen wollen. Weil Calderon etwas gesagt hatte. Irgendwann. Was war das noch gleich gewesen? Er gähnte. Kein Zimmermädchen mit Kopftuch im Hotel. Genau. Aber er selbst hatte eins gesehen. Vor Zimmer 203. Beschäftigten sie dort Illegale? Er musste sich Alba noch mal vorknöpfen. Persönlich. Und dann, dann …

Füße auf dem Parkett, klein, schnell und patschend. Im nächsten Moment brach die Horde über ihn herein, rüttelte ihn durch, gackerte, kitzelte, bis er vom Sofa kippte. Ein Chihuahua quiekte. Der andere leckte ihm durchs Gesicht, als er die Augen aufschlug. Jaume stöhnte unter dem Gewicht beider Kinder auf seinem Rücken. Ein etwas größerer nackter Fuß, mit rot lackierten Zehennägeln, geriet in sein Blickfeld.

»Ich hatte dich gewarnt.« Paloma hob die Akte auf, strich über die verknickten Seiten und kratzte eine Keksspur ab. »Wenn du nicht der *Jefe* wärst, hättest du im Büro einiges zu erklären.«

## Freitag, 18. August, 20:25 Uhr
## – Montse Soler Martí –

Ohne Schuhe saß sie auf dem Stein. Noch ein Stück dichter an der Brandung als gestern. Sie hätte nicht herkommen sollen. Die Reißleine ziehen und ihn versetzen. Jaume anrufen. Hatte sie mehr Schiss vor ihm oder vor der Wahrheit? Eine Welle klatschte auf den Beton, umspülte sie bis zu den Waden, durchnässte ihre Hose. Was fürchtete am meisten?

»Hola, Señora! Das ist riskant. Wissen Sie das nicht?« Bastian beugte sich über sie, nahm ihre Hände und zog sie mit sich auf einen der höhergelegenen Steine. In seinen Augen erkannte sie Besorgnis und noch etwas anderes. Argwohn?

»Was hast du?« Er lächelte, legte von hinten seine Arme um sie und schmiegte seine Wange an ihre. Die Wange mit dem weichen goldroten Bart.

»Nichts.« Es war ihr Misstrauen, das sich in ihm gespiegelt hatte. Ihre Angst. Es gab viele Männer mit langen Haaren. Blond und groß. Mit Bart. Mussa konnte jeden gemeint haben.

»Ich hatte schon gefürchtet, du würdest nicht kommen. Du hast mich ganz schön lange auf eine Antwort warten lassen.«

»Warum treffen wir uns hier?« Ein Pelz aus grünlichen Algen überzog den Stein unter ihren Füßen.

»Weil ich das Wilde liebe und die Gefahr.« Seine Stimme schlich sich sanft in ihr Ohr. »Und du auch. Du forderst das Schicksal heraus. Du hättest jederzeit abrutschen können.«

»Bin ich aber nicht. Ich weiß, was ich tue.« Eine verdammte Lüge. Jaumes Warnung nagte an ihr. Warum erzählte sie Bastian nicht einfach von ihm, von der Plastikblume im Zimmer seiner Mutter, von Raul? Oder fragte nach den Fotos mit den Häusern? Die Wahrheit konnte so wenig falsch sein, wie einen Fehler zuzugeben.

»Es ist gut, wenn man das weiß«, sagte er leise. »Wenn man ein Ziel hat, an dem man arbeitet. Auch wenn der Preis manchmal hoch ist.«

»Denkst du dabei an deine Mutter? Bestimmt hast du Recht, dass sie auf dem Friedhof war, um zu arbeiten. Meinst du, sie hat etwas vor die Linse bekommen, was sie besser nicht gesehen hätte?« Schon wieder hämmerte ihr Herz in erhöhter Frequenz. Besaß er möglicherweise noch mehr Bilder von Doris, die er niemandem zeigte? Brisante Bilder, mit denen man jemanden erpressen konnte. Der Gedanke überrollte sie. Eine erfolgreiche Erpressung bedurfte einer gründlichen Planung, erforderte Geduld. Ein vernünftiger Anlass, um die ganze Woche zu bleiben und das Wochenende dranzuhängen. Wie konnte sie sicher sein, dass er wirklich erst am Montag einen Termin im Konsulat bekommen hatte?

»Wenn es so wäre, dann ist es auf dem Kamerachip«, sagte Bastian. »Und nur dort. Vorausgesetzt, er wurde nicht zerstört. Also ich hätte das gemacht. Wenn ich sie wegen eines Fotos umgebracht hätte, meine ich. Ist doch logisch.« Seine Lippen berührten Montses Schulter, streichelten ihren Hals. »Den einzigen Zeugen und den einzigen Beweis vernichten.«

Wie konnte er solche Dinge sagen, während er sie zärtlich berührte?

»Hattest du«, sie unterbrach sich und begann den Satz neu. »Hättest du einen Grund gehabt, deine Mutter zu töten?«

Bastian hielt inne, ließ sie los. »Traust du mir das zu?«

Sie drehte sich um. Ein breites Haarband hielt ihm Stirn

und Augen frei. Sein Freibeuterlächeln war verschwunden. »Im Ernst, Montse. Was denkst du von mir?«

Im Dunkel des Hotelzimmers lag sie wach. Sie hatten nicht mehr viel geredet. Montses Vorrat an Lügen schien aufgebraucht und mit ihm ihre Kraft, sich zu verstellen. Was blieb, war Fühlen und Schweigen. Kein Zauber, eher schwarze Magie, gewoben aus Geheimnissen, die sie voneinander trennte. Und doch anzog. Heiß, verzehrend, beängstigend gut. Kaum auszuhalten. Undenkbar, am Morgen daran anzuknüpfen. Mit dieser Nacht endete die Maskerade. Es sei denn, sie ging der Aussprache gezielt aus dem Weg. Gestattete sich einen kleinen, feigen Aufschub.

Vorsichtig glitt sie aus dem Bett, spürte Laminat unter den Füßen, tastete sich zum Fenster und öffnete die Vorhänge einen Spalt breit. Ein fahler Streifen Helligkeit. Gerade genug, um sich orientieren zu können.

Sie hatten am offenen Fenster geraucht. Nur um wieder gemeinsam etwas Verbotenes zu tun. Aus dem fünften Stock aufs Pflaster gespuckt, seine Hände auf ihren Schultern und ihrer Taille, beim Blick in die Tiefe. Ein schwindeliger Moment des Ausgeliefertseins.

»Ich kenne dich nicht«, hatte sie am Meer zu ihm gesagt. »Ich wünschte, es wäre anders und ich könnte dir die Antwort geben, die du hören willst. Aber mein Vertrauen reicht aus, um mit dir über scharfkantige Steine zu balancieren, mit dir allein zu sein, meine Zeit mit dir zu teilen. Und dein Bett. Ist das nicht genug?«

In der Enge des Zimmers ließ sich nichts verbergen. Es gab keinen Schrank, nur eine Kleiderstange und ein Ablagebrett. Einen Stuhl vor einem schmalen Tisch, darauf eine Mappe mit Prospekten und einigen Bögen Papier. Neben dem Hemd, das er am Abend getragen hatte, lagen ein Stift, eine Rechnung, drei Kondome und seine Brieftasche. Einem Impuls folgend klappte sie diese auf, las die Angaben auf seinem Ausweis, ließ Bastian dabei nicht aus den Augen. Eingerollt wie ein Embryo lag er auf der Seite, nackt, das dünne Laken zwischen den Knien eingeklemmt. Er atmete gleichmäßig, verborgen unter einem Schleier zerzauster Haare. Geboren im Mai 1985.

Montse fischte ein Blatt aus der Mappe und drehte die Kappe vom Stift.

»Sei nicht böse, dass ich gehe«, schrieb sie. »Ich kann nicht schlafen und will dich nicht wecken. Ruf mich später an. Ich warte.«

Sie schlüpfte in ihren Slip, streifte Shirt und Hose über, stopfte den BH in die Hosentasche. Bastian lag ganz still.

Erst im Aufzug zog sie ihre Schuhe an, wich ihrem Spiegelbild aus. Es war nicht genug. Und ein Scheißtiming. Aber dafür hatte sie schon immer Talent.

Zehn Minuten brauchte sie bis nach Hause, gab sich auf der knarrenden Stiege keine Mühe zu schleichen. Sie wusste, was sie erwartete. Im Wohnzimmer brannte Licht.

»Bist du jetzt völlig verrückt geworden, Montse?« Ignacia wirkte seltsam klein auf der Couch, ihre Augen waren leicht geschwollen.

Montse bog in ihr Zimmer ab, drehte den Schlüssel und ließ sich aufs Bett fallen. Auf dem Rücken liegend starrte sie zur Decke, rollte sich dann ein. Wie Bastian es getan hatte.

Mai 1985. Neun Monate nachdem Doris zum ersten Mal in Barcelona gewesen war.

## Samstag, 19. August, 9:30 Uhr
## – Ana Guerrero Lopez –

Puderzucker rieselte über die Zeitung, stäubte das Gesicht auf dem Foto ein. Schnee im August, unter dem Doris Weinhold immer noch lächelte. Bleierne Schwere kroch in Anas Glieder, machte es ihr unmöglich, sich zu bücken und die *Ensaimada* aufzuheben. Sie las den Zeitungsbericht, bewegte dabei die Lippen. Eine tote Touristin, fehlende Wertgegenstände. Der leitende Ermittler Comissari Jaume Soler Martí richtete einen dringenden Appell an die Bevölkerung. Zeugen wurden gesucht. Hinweise, die an jede Polizeidienststelle gegeben werden konnten oder direkt an die *Divisió d'Investigació Criminal.* Es folgte eine Telefonnummer und die Adresse der zuständigen Abteilung.

## Samstag, 19. August, 10:10 Uhr
## – Jaume Soler Martí –

Ihre Inszenierung konnte sich sehen lassen. Jaume saß an seinem Schreibtisch, Bastian Weinhold gegenüber, und Domenech war seitlich von ihnen platziert, sodass Weinhold regelmäßig den Kopf in dessen Richtung drehen musste. Und jedes Mal konnte Jaume beobachten, wie sein Blick an Domenech vorbei auf die Wand dahinter abrutschte. Ein absolutes Unding, einen Außenstehenden vor ihrem Ermittlungsplan zu befragen, ihn ihre Überlegungen sehen zu lassen – Schlagworte, Querverbindungen, strategische Ansätze. Und Detailfotografien. Mangelnde Sprachkenntnisse konnten nicht als abschwächender Faktor ins Feld geführt werden, auch wenn Domenech offiziell wieder als Dolmetscher fungierte. Die Markierungen an der Wand ergaben wenig Sinn und erfüllten nur einen Zweck: Weinhold abzulenken und zu irritieren. Dabei setzte Jaume besonders auf die gezielt eingestreuten Bilder. Seine Schonfrist war endgültig vorbei.

In bedächtigem Tonfall stellte Jaume Fragen, die Weinhold zum größten Teil längst beantwortet hatte, machte Notizen, nickte, entschuldigte sich halbherzig für Wiederholungen, vertrödelte vorsätzlich Zeit durch Domenechs Übersetzung.

»Wie war das Verhältnis zwischen Ihren Eltern, nach der Trennung?«

»Was hat das mit dem Tod meiner Mutter zu tun?«

Domenech hob die Augenbrauen und spiegelte solidarische Ahnungslosigkeit. »Bitte antworten Sie einfach auf Comissari Solers Frage.«

»Das ist doch ewig her, und ich …«

»War das Verhältnis in der Familie sehr angespannt?« Jaume gab ihm keine Gelegenheit, weiter auszuweichen.

»Ja. Nein! Also, damals schon, ja. Aber sie sind immer noch in Kontakt. Es war okay. Ganz okay.«

»Okay. Hmhm.« Jaume nickte. »Und wie sind Sie damit zurechtgekommen?«

»Eine Scheidung ist nicht toll. Ich war ein Kind. Was soll das denn alles?«

»Dazu kann ich nichts sagen, aus ermittlungstaktischen Gründen.« Jaume vertiefte sich in seine Unterlagen, versank zum Schein in unausgesprochene Überlegungen. Verabredungsgemäß drehte Domenech sich um und sprang mit einem leisen Fluch auf. Ungeschickt machte er sich an der Wand zu schaffen.

»Das sollte eigentlich nicht da hängen. Hätte ich Ihnen gern erspart.« Er nahm ein Foto ab, auf dem das offene Grab zu sehen war, inklusive Leiche im geblümten Kleid und Strohhut, legte es umgedreht auf den Tisch. Seine glaubhaft zur Schau gestellte Zerknirschtheit beeindruckte Jaume.

»Machen Sie sich keine Umstände«, sagte Weinhold. »Ich kenne das Video.«

»Sie haben das im Internet gesehen?« Domenech blieb vor der Wand stehen.

»Zuerst einen Ausschnitt im Fernsehen. Später habe ich es gesucht. In voller Länge.« Weinhold senkte kurz den Kopf, sprach dann aber weiter. »Das war hart. Aber notwendig.«

Ganz offensichtlich fühlte er sich in der Kommunikation mit Domenech wohler. Aber Jaume hatte ihn nicht herbestellt, damit er sich wohlfühlte.

»Nimm das andere auch weg, Domenech.«

»Welches, Jefe?«

»Alle!« Jaume gab ihm ein ungeduldiges Zeichen. Ihre Choreographie lief wie am Schnürchen. Eine interessante Variante des Spiels guter Bulle, böser Bulle. Domenech pflückte Bild für Bild. Carolina hatte Jaume aufgeklärt, dass Doris Weinholds Fotos alle von einer Kamera stammten und die gleiche Signatur aufwiesen. Auch die drei von Montse unfreiwillig übergebenen passten in die Serie. Carolina hatte sie auf die Schnelle ausgedruckt und ihm Detailausschnitte geliefert.

Jaume beobachtete Bastian Weinhold, registrierte das kleinste Muskelzucken. Linke Wange, dann die Schläfe, beim Anblick einer Haustür.

»Was hat es damit auf sich?« Weinhold rutschte auf seinem Stuhl herum.

»Sagt Ihnen das irgendetwas?«

»Nein.«

Die Reaktion war zu erwarten gewesen. Unabhängig davon, ob sein Nein der Wahrheit entsprach. Die Bilder machten ihn nervös. Und Jaume hatte nicht vor, daran etwas zu ändern.

»Wir brauchen noch die Seriennummer der vermissten Kamera. Man hat mir gesagt, die sei eindeutig wie eine DNA-Probe.«

»Die haben wir schon, Jefe«, sagte Domenech, statt zu übersetzen. »Hat er uns sofort gegeben, nachdem ihr im Hotel festgestellt habt, dass sie weg ist.«

»Warum weiß ich das nicht?«, knurrte Jaume auf Català und wehrte Domenechs Antwort ab. Er würde in Ruhe darüber nachdenken müssen, ob das ein Punkt war, den Weinhold positiv für sich verbuchen durfte. Im Augenblick war er ihm gegenüber so voreingenommen, wie man nur sein konnte, und sammelte lieber Punkte, die gegen ihn sprachen.

»Kennen Sie einen Raul?«

Auch diese Frage traf Bastian Weinhold aus heiterem Himmel. Es überraschte Jaume selbst, dass er sie stellte. Montses Spur. Ein Name auf einem Zettel mit mehr als zweifelhafter Herkunft. Und doch konnte es nicht schaden.

»Nein. Wer ist das?« Weinhold fuhr sich mit beiden Händen in die Haare, schaute von Jaume zu Domenech. »Hören Sie, ich würde verdammt gerne mehr helfen. Aber ich verstehe nicht, was Sie überhaupt von mir wollen. Warum erklären Sie mir nicht, worum es Ihnen geht?«

»Könnte es sein, dass er ein Bekannter Ihrer Mutter ist?«

»Woher soll ich das wissen? Ich kenne jedenfalls keinen Raul, weder in Barcelona noch in Deutschland. Und Doris hat den Namen nie erwähnt.«

»Gut.«

»Gut? Was heißt denn jetzt gut? Wer ist der Mann?«

Domenech hob beschwichtigend die Hand und überspielte gekonnt, dass er keinen Schimmer hatte, von wem Jaume gerade gesprochen hatte. »Herr Weinhold, wir müssen zum jetzigen Zeitpunkt noch verschiedene Dinge für uns behalten. Es ist wichtig für den Erfolg der Ermittlungen.«

Weinhold schnaubte. »Ermittlungstaktische Gründe, schon wieder?«

Ungerührt überging Jaume jede Erläuterung. Bastian Weinhold kochte auf kleiner Flamme. Ließ sich reizen. Das gefiel ihm. Da ging noch mehr.

»Waren Sie mit der Zusammenarbeit im Fotostudio zufrieden? Wie fühlte es sich an, als Angestellter für die eigene Mutter zu arbeiten? War sie eine gute Chefin oder sehr anspruchsvoll und fordernd?«

Weinhold kratzte mit den Fingernägeln an den Nähten seiner Hose. »Worauf wollen Sie hinaus?«

»Oh, nichts. Gar nichts. Ein Familienbetrieb ist eine besondere Herausforderung. Könnte ich mir denken. Das interessiert mich. Und Frauen sind oft härtere Vorgesetzte. Nicht jeder Mann kann das aushalten.« Seine Betonung zog Weinholds Männlichkeit in Zweifel. Sehr viel deutlicher als seine Worte. Beiläufig winkte er ab. »Ist wohl eine Mentalitätsfrage.«

Er empfand eine fast schon diabolische Freude daran, Bastian Weinhold zu provozieren. Deren Ursprung brauchte er nicht lange zu suchen. Die Vorstellung, dass der Kerl mit seiner kleinen Schwester im Bett gewesen war. Nein, fair war das nicht. Es gehörten schließlich zwei dazu. Aber mit Fairness kam man nicht immer weiter.

»Jetzt werden Sie das Fotostudio übernehmen. Als alleiniger Besitzer. Oder gibt es noch weitere Teilhaber?«

Weinhold neigte sich vor, umfasste die eigenen Knie, behielt sich im Griff. Gerade so. »Sie halten mich für den Mörder meiner Mutter? Dann sagen Sie mir das ins Gesicht, Comissari Soler. Wenigstens das werden Sie doch tun können. Oder sprechen dagegen auch ermittlungstaktische Gründe?«

Jaume lehnte sich zurück und faltete die Hände auf dem Tisch. Eine Geste, die viele Mitmenschen als selbstgefällig interpretierten und die er sich aus genau diesem Grund angeeignet hatte. »Hier geht es nicht um meine Meinung. Eine Erbschaft ist ein Motiv, Herr Weinhold. Und ich bin erst dann gewillt, Ihre Unschuld in Erwägung zu ziehen, wenn Sie endlich mit offenen Karten spielen. Ich weiß, dass Sie mir Dinge verschweigen. Ich weiß, dass Sie mich belügen.«

Statt der eigenen Knie hätte Weinhold sicher gern Jaumes Hals zu fassen bekommen. Sein Stresslevel stieg. Er setzte zu einer Erwiderung an, legte dann aber einen Finger an seine Lippen und schluckte, was ihm auf der Zunge lag. »Wenn ich lüge, dann lassen Sie mich am besten beschatten. Rund um die Uhr.«

»Ich denke drüber nach.«

Weinhold sprang auf und knallte den kippenden Stuhl hart

auf den Boden. »Dann sind wir fertig miteinander, Comissari.«

»Für den Augenblick.«

Unbewegt sah Jaume ihm nach, bis die Tür zuschlug. Aus ihrem Gespräch konnte er keinen unmittelbaren Tatverdacht begründen und würde schwerlich eine Genehmigung für die Überwachung erhalten. Schon gar nicht sofort. Er würde sich später etwas einfallen lassen, wie er die Maßnahme an Selvanegra verkaufen konnte.

»Du hast den Mann gehört, Domenech: Lassen wir ihn observieren.« Er griff zum Telefon, wählte die Nummer eines Kollegen im Außendienst und hielt inne. Das Friedhofsvideo. Wie hatte er das übersehen können? Wenn er mit dem Verdacht richtig lag, hatte er Selvanegras Einverständnis so gut wie in der Tasche. Jaume richtete den Zeigefinger auf Domenech. »Ich habe noch eine Aufgabe für dich.«

## Samstag, 19. August, 10:30 Uhr
## – Ana Guerrero Lopez –

Hinter einer Reihe an der *Travessera de les Corts* geparkter Motorräder verborgen studierte sie die Aushänge eines Maklerbüros. Häuser und Luxusappartements, die kein normaler Mensch bezahlen konnte. Vor dem Eingang des Polizeigebäudes gegenüber gingen nur wenige Menschen vorbei. Keiner ging hinein. Was hatte sie an einem Samstag erwartet? Egal was in der Zeitung geschrieben stand, ein Ermittler höheren Ranges saß ganz bestimmt nicht am Wochenende in seinem Büro und wartete darauf, dass sich auf den Artikel hin jemand meldete, der behauptete, etwas zu wissen. Sicher gab es viele Verrückte, die sich wichtig machen wollten und Dinge erfanden, nur für ein bisschen Aufmerksamkeit.

Bedauerlicherweise hatten sie kein Foto des Kommissars abgedruckt. Nur eines dieser Frau. An den Augen konnte man so vieles erkennen, am Haarschnitt, an der Art, wie jemand Fremde anlächelte. Oder es nicht tat. Es ärgerte sie, wenn sie hörte, man könne sich auf den ersten Eindruck nicht verlassen. Sie wusste es besser. Alles offenbarte sich unmittelbar, vorausgesetzt, man war bereit zu sehen. Sie hatte es gelernt. Ihr Urteil traf.

Ana hasste die Lächler, die verschwenderisch freundlichen. Heuchler, Blender, Verführer. Wenn aber dieser Kommissar zu denen gehörte, deren Lächeln verdient werden musste, dann – ja, dann verdiente er im Gegenzug Vertrauen.

Sie hatte den Bericht ausgerissen und gefaltet, die ausgefransten Kanten umgeknickt. Soler Martí, 41 Jahre alt. Das war jung, doch bereits mit einer gewissen Reife verbunden. Wer Mordfälle bearbeitete, konnte kein Lächler sein. Ein Kommissar kannte das Leben.

Anderthalb Millionen sollte das angebotene Anwesen vor ihrer Nase kosten. Eine knappe Autostunde außerhalb der Stadt. Mit drei Schlafzimmern, für die ganze Familie.

»Geh nach Hause, Ana«, wisperte sie der Spiegelung im Schaufenster zu. »Was willst du hier?«

Bedächtig zerknüllte sie den Zeitungsausschnitt und drückte ihn gegen das Glas, nahm in der Scheibe das Aufblitzen einer Bewegung auf der anderen Straßenseite wahr. Eine Gestalt. Ein Profil. Ihre Atmung stolperte, sie ließ das Papier fallen. Wie dumm sie doch war! Es ging nicht um den Kommissar. Was hätte sie dem auch sagen sollen? Mit zittriger Hand griff sie den Inhalator, saugte einen Sprühstoß ein und lief los. Folgte der Wut in diesem Gesicht, das ihr so vertraut schien, obwohl sie einander noch nie begegnet waren. Sein Lächeln hatte sich in ihr Gedächtnis gebrannt. Sie musste herausfinden, zu welcher Kategorie Lächler er gehörte. Echt oder falsch. Was seine Wut entfacht hatte. Wohin er ging. Ob er litt. Das war ihre Aufgabe, ihre Bestimmung. Der Grund, weshalb eine unsichtbare Hand sie an diesen Ort geführt hatte. Schicksal. Ganz sicher.

## Samstag, 19. August, 11:15 Uhr
## – Jaume Soler Martí –

Koffer versperrten den Weg zur Rezeption. Gäste standen in Doppelreihen nebeneinander, hockten auf Gepäckstücken und dem plüschigen Sofa in der Mitte der Eingangshalle. Zwei Angestellte checkten parallel Zimmer aus und andere wieder ein. Es war kein guter Zeitpunkt, um Fragen zu stellen.

Jaume umrundete das Chaos in weitem Bogen, hob kurz seinen Ausweis, klopfte und betrat das Büro.

»Hola, Jaume!« Überrascht hob Alba Ruiz den Kopf. »Wie geht's? Schon wieder Sehnsucht nach dem schönen Hotel *Antares*?«

»Ich brauche noch mal die Anmeldeunterlagen von Doris Weinhold. Im Original.« Eilig schob er eine Begrüßungsfloskel hinterher und rang sich ein Lächeln ab. »Wie geht es dir, Alba? Ihr habt gerade viel zu tun, und ich will dich nicht lange aufhalten.«

Schwungvoll drehte sie sich mit dem Bürostuhl zu ihm um. »Haben wir nicht alle viel zu viel zu tun?« Sie verschwand für wenige Augenblicke und legte ihm dann einige Papiere vor. »Ich dachte, ihr hättet das schon beim ersten Besuch alles eingepackt. Was genau brauchst du?«

»Eine Schriftprobe.« Aus unerfindlichem Grund hatte Calderon einen Teil der Daten abgeschrieben und der Akte einen anderen Teil der Anmeldung beigefügt. Er musste mit ihm reden oder ihn zumindest im Auge behalten. Es war nicht seine erste Nachlässigkeit in letzter Zeit. Jaume fischte einen handschriftlich ausgefüllten Bogen heraus. Ausweisnummer, Adresse, Unterschrift. Das sollte genügen. »Die Gäste tragen das alles selbst ein, richtig? Mach dir am besten eine Kopie, ich muss das mitnehmen.«

Alba legte den Zettel auf den Kopierer und drückte auf Start. Gedankenverloren hing sein Blick an ihren Waden. Alter 34, Beziehungsstatus Single, geschieden, keine Kinder. Gleiche Schule mit gleichem Abschluss wie Montse. Wie trügerisch solche Angaben doch waren. Identisch mit denen seiner Schwester. Ein fataler Fehler, daraus auf weitere Übereinstimmungen zu schließen. Alba war ein völlig anderer Typ, teilte ihr Leben in den sozialen Netzwerken, unterlegt mit privaten Bildern. Nie zu freizügig, aber auch nie ohne eine leicht sinnliche Ausstrahlung. Es war einfach gewesen, sie zu finden, nachdem er endlich ihren Namen in eine Internetsuchmaske eingetippt hatte. Montse dagegen existierte nicht im Netz.

»Muss ich mir Sorgen machen?« Alba steckte die Anmeldung in eine Klarsichthülle und drückte ihm diese in die Hand. »Liegt etwas im Hotel im Argen?«

Er zögerte. Was war es gleich gewesen, das er sie hatte fragen wollen? Er musste sich dringend angewöhnen, sofort eine Handynotiz zu machen, sobald ihm irgendetwas einfiel.

Der blassgesichtige Rezeptionist streckte den Kopf ins Büro. »Señora Ruiz, können Sie bitte mal kommen?«

Jaume nickte Alba zu, sein Handy vibrierte. »Geh nur. Das war für den Moment alles. Ich muss auch weiter.«

In der Lobby hatte sich die Gästeschlange nur unwesentlich verkürzt. Auf einer Leiter balancierte ein Handwerker und richtete die Kamera über der automatischen Tür neu aus. Zu schade, dass deren Aufzeichnungen nicht gespeichert wurden.

Er nahm Domenechs zweiten Anrufversuch entgegen und trat hinaus ins Freie. »Was hast du gefunden?«

»Genau das, was du vermutet hast. Bastian Weinhold war bereits in der Stadt, als ich zum ersten Mal mit ihm telefoniert habe. Er kam schon am Sonntag an.«

Womit sich erklärte, wie er den Videoausschnitt in einer Nachrichtensendung im Fernsehen gesehen haben konnte, der nur am Montagvormittag ausgestrahlt worden war. Als er eigentlich noch in Deutschland hätte sein sollen. Aber was hatte er am Sonntag in Barcelona gewollt? Und weshalb hatte er es verschwiegen? Einen direkten Zusammenhang mit dem Leichenfund konnten sie nahezu ausschließen. Es sei denn, Weinhold hätte vorher gewusst, dass die Leiche entdeckt werden würde, oder er hätte es verhindern wollen und wäre zu spät gewesen. Beides erschien sehr spekulativ.

»Im Hotel *Mariposa* hat er erst nach seinem Besuch bei uns im Büro eingecheckt. Daher hatte er die Reisetasche dabei. Wo er in der Nacht davor war, konnte ich noch nicht rausfinden. Was machen wir jetzt?«

»Abwarten. Ich bin praktisch auf dem Weg zu dir. Muss nur noch einen kleinen Abstecher zur KTU machen.«

Auf der Rückseite des Hotels stieg er in seinen Wagen. Die Kriminaltechniker würden ihm eine Schriftanalyse liefern. Eine reine Formsache. Er hatte sich die Schlingen und Bögen auf dem Flyer aus dem Heiligengrab genau eingeprägt und wusste auch so, dass er einen Treffer gelandet hatte. Sie stimmten mit denen auf den Anmeldeunterlagen überein. Nur wusste er nicht, ob er sich darüber freuen sollte. Denn damit wurde Raul zu einer ernstzunehmenden Spur. Die von Bastian Weinhold wegführte und auf die Montse ihn gestoßen hatte. Jaume massierte sich die Schläfen. Konnte er ihr in dieser Angelegenheit überhaupt noch vertrauen?

## Samstag, 19. August, 11:45 Uhr
## – Bastian Weinhold –

Dieser falsche Hund und seine miesen Fragen. Hinterhältige Tricks. Kommissar Soler hasste ihn. Ein Gefühl, das Bastian bereit war zu erwidern. Aus tiefster Seele. Er musste davon ausgehen, dass er Montse die heutige Einladung verdankte. Sie hatte in seinen Sachen geschnüffelt, als sie glaubte, er schliefe. Hatte diese belanglose Nachricht dagelassen. Unpersönlich, ohne Anrede, ohne Unterschrift. Ihr Auftrag endete an der Bettkante. Sie ging das Risiko nicht ein, dass man ihren Namen bei ihm fand. Ob sie damit gerechnet hatte, dass Soler das Hotelzimmer durchsuchen ließ und ihre Zeilen in die Finger bekam? Wie einfältig zu glauben, dass sie den täuschen konnte. Soler war nicht blöd. Leider. Damit hätte Bastian besser umgehen können. Aber Soler war clever.

Er drehte sich einmal um die eigene Achse und fluchte. Das Bett war frisch gemacht, der Boden gewischt, der Mülleimer geleert. Sollte in seiner Abwesenheit jemand hier gewesen sein, hatte der Zimmerservice dafür gesorgt, dass er keine Chance hatte, es zu bemerken. Er drehte die Klimaanlage voll auf und rutschte aufs Bett, Rücken an die Wand. Die Schuhe behielt er an. Lange würde er nicht bleiben, dazu war er viel zu aufgekratzt. Die schier endlose Rückfahrt durch die Stadt hatte nicht genügt, um seinen Ärger unter Kontrolle zu bringen. Er nahm die Fernbedienung in die Hand und warf sie gleich wieder beiseite. Fernsehen konnte ihn nicht ablenken. So ein Mist, so ein verfluchter Mist, das alles. Er schleuderte die Zigarettenpackung, die auf dem Nachttisch gelegen hatte, quer durchs Zimmer. Der Flatscreen wackelte nach dem Einschlag. Er rauchte nicht mehr, schon seit Jahren.

*Sie lügen*, hatte der Kommissar gesagt. *Sie verschweigen Dinge.* Womit er absolut Recht hatte. Bastian sah keine Veranlassung, daran etwas zu ändern, solange er selbst von allen Seiten belogen wurde. Von allen Seiten. Ja, das traf es ziemlich genau.

Er wählte Norberts Nummer. Es hätte ihn gleich stutzig machen sollen, dass der ohne jegliches Zögern eingesprungen war. Die ganze Woche schon im Fotostudio nach dem Rechten sah und heute für ihn einen Termin als Hochzeitsfotograf übernommen hatte.

»Wer ist Raul?«

Er hörte, wie Norbert die Luft einsog, und wiederholte die Frage. »Wieso wollte sie zu ihm?«

Norbert blieb stumm. Im Hintergrund lief ein Radio. Unter Bastians Haut kribbelte es. Sein Nadelstich hatte getroffen. »Rede mit mir! Was weißt du über ihn? Wer ist er? Ihr habt euch gehasst und getrennt, aber …« Er unterbrach sich. Es half nicht, seinen Vater anzuschreien.

»Ich bin schon im Auto, auf dem Weg zur Kirche, Bastian. Deine Kunden warten.«

»Ihr wart auch miteinander in der Kirche. Du und Doris. Ihr habt euch mal geliebt. Und ich weiß, dass ihr immer noch regelmäßig telefoniert habt. Verdammt, sie ist tot! Ermordet. Wenn sie diesen Raul getroffen hat, kann er es gewesen sein.« Er lachte bitter. »Wenn nicht ich es war. Letzteres denkt jedenfalls die hiesige Polizei. Für den Kommissar bin ich der Wunschtäter.«

»Du?«

Verkrampft fixierte Bastian den Kunstdruck über dem Schreibtisch. Eine Zeichnung der *Sagrada Familia*, im Stil eines Bauplans. Daran hatte Montse ihm Gaudís Vision der Kathedrale erklärt und wie viel davon noch fehlte. Er bohrte seine Faust ins Kopfkissen.

»Ja, ich. Und ich bin nicht scharf darauf, dass der Kommissar auf diesem Trip bleibt. Einen Raul als Alternative zu haben wäre schön. Also, hilfst du mir jetzt? Weißt du, wer dieser Kerl ist?«

Ein Werbejingle plärrte, dann verstummte das Radio.

»Ja. Ich weiß, wer Raul ist.« Norbert räusperte sich. »Doris hatte gerade ihre Fotografenausbildung abgeschlossen. Wir sind zum Feiern nach Barcelona gefahren. Tausend Kilometer mit dem Auto, um Geld zu sparen. Für das eigene Studio, das wir irgendwann mal haben wollten. Am Hafen trafen wir eine Clique anderer junger Urlauber. Und Raul. Sympathischer Kerl.« Norbert seufzte, sprach langsam und zögerlich. »Ein Einheimischer. Er hat uns die Stadt gezeigt. Oh ja, ein sympathischer Kerl, wirklich. Haben wir alle gedacht. Aber dann war er weg und der Fotoapparat deiner Mutter auch. Ihre erste eigene Profikamera. Sie war am Boden zerstört.« Seine Stimme kippte. »Was Raul sich noch genommen hatte, das hat sie mir erst viel später erzählt.«

Bastians Blick verlor den Halt.

»Sie ist nie drüber weggekommen. Wir beide nicht.« Norbert schnäuzte sich. »Obwohl ich alles dafür getan habe. Es sollte nicht zwischen uns stehen. Ich habe sie geliebt. Glaub mir. Noch lange, nachdem sie uns aufgegeben hatte.«

Durch das Telefonrauschen hörte Bastian das Geräusch des Blinkers. Jemand hupte.

»Doris hat Raul also ganz bestimmt nicht gesucht. Und du wirst das auch nicht tun. Versprich mir das.«

Gaudís heilige Familie geriet ins Trudeln. Bastian winkelte die Beine an und lehnte die Stirn an seine Knie. Sie hatten im Herbst geheiratet. Wegen der Schwangerschaft.

»Ist er mein Vater?«, fragte er leise.

»Ich bin dein Vater. Ich!« Norberts Hupe schrillte hart. Dreimal hintereinander. »Daran darfst du niemals zweifeln. Nie! Hörst du?«

»Ja«, murmelte Bastian. »Ja. Ich höre.«

## Samstag, 19. August, 13:30 Uhr
## – Jaume Soler Martí –

Seit zwei Stunden warteten sie vergeblich darauf, dass etwas passierte. Weinhold war nach ihrem wenig harmonischen Gespräch mit dem Bus zu seiner Unterkunft gefahren. Allein das hatte eine Dreiviertelstunde gedauert. Unterwegs hatte er niemanden getroffen, sich nicht auffällig verhalten, mit keinem Menschen ein Wort gewechselt, nicht einmal sein Mobiltelefon benutzt. Dann war er im *Mariposa* verschwunden und seither nicht mehr zum Vorschein gekommen.

Jaume schob den Anruf bei Selvanegra weiter vor sich her, obwohl Domenech ihm mit den verschwiegenen Anreisedaten den gewünschten Ansatz geliefert hatte. Ihr Außenkontakt war vor wenigen Minuten von Calderon abgelöst worden, der sich geradezu aufgedrängt hatte, den Job zu übernehmen. Das erleichterte die Entscheidung, weiter ohne offiziellen Segen zu agieren. Innerhalb des Teams gab es dahingehend keinen Widerstand zu überwinden. Was gemacht werden musste, wurde gemacht. Calderon nutzte seinen Privatwagen und hatte sich mit Verpflegung eingedeckt. Er war ein alter Hase, zwar etwas aus der Übung, aber er wusste, wie man in Deckung ging. Domenech hielt die Telefonverbindung.

»*Hombres*, es tut sich was!« Calderon hörte auf zu kauen. »Weinhold kommt raus. Wartet. Sieht aus, als ob er mit dem Taxi loszieht. Jawohl. Er steigt gerade drei Meter hinter mir ein.« Es raschelte, was verdächtig nach der Burger-Verpackung eines Fastfoodladens klang, dann startete der Motor.

Jaume zog seinen Stuhl zu Domenechs Schreibtisch, setzte sich aber nicht. Am Computer verfolgten sie Calderons Route auf einem Stadtplan, der jeden Richtungswechsel durchgab. In nervenzehrendem Tempo. Domenech hielt die Sprechmuschel zu.

»Sie haben gerade die *Diagonal* gekreuzt und halten auf die *Sagrada Familia* zu. Calderon flippt aus, wenn das nur eine Touristenrundfahrt wird.«

»Wird es nicht.« Jaume zählte die Minuten mit. Fast eine Viertelstunde.

»Taxi hält«, knurrte Calderon und fluchte unflätig. »Zweite Reihe. Super. Der wartet. Und kein Platz frei für meinen Arsch. Sekunde. Wo ist er hin? Ah, hab ihn im Rückspiegel. Mann, fahr weiter! Hopp hopp.«

Domenech grinste. »Wir sind live dabei, das weißt du schon, oder?«

Die Geräuschkulisse änderte sich nur unwesentlich. Es knarrte, Calderon schnaufte. »Handys an, Kollegen. Ich schick euch was. *Carrer dels Enamorats*, Hausnummer … keine Ahnung. Seht ihr auf dem Foto. Ich kann es nicht lesen.«

Noch bevor Jaume sein Telefon gefunden hatte, streckte Domenech ihm den Schnappschuss entgegen.

»Hm.« Er vergrößerte das Bild. »Was macht er, Calderon?«

»Er steht immer noch blöd rum. Guckt durch die Scheibe rein. Jetzt geht er zurück zum Taxi. Festhalten.«

Das Spiel wiederholte sich weitere zehn Minuten später.

»*Plaça de Cardona*, Nummer 19. Er geht wieder nicht rein. Ich glaube, der hat nicht mal geklingelt.«

»Stehst du vor ihm oder hinter ihm, Calderon?«

»Dahinter. Bin noch ein ganzes Stück weg.«

»Gut. Sehr gut. Wenn du losfährst, mach wieder ein Foto von dem Eingang, vor dem er gewartet hat. Möglichst frontal.«

»Dann muss ich aber noch mal anhalten.«

»Richtig.«

Calderon sog schlürfend an einem Strohhalm. »Und wenn er mir entwischt?«

»Pass eben auf, und beeil dich.«

»Du mich auch, Domenech.«

»Du schaffst das schon.« Jaume drehte sich zur Wand, an der noch die für Weinhold gestalteten Hinweise prangten. »Wo hast du die Vergrößerungen hingeräumt?«

»Die liegen dort auf dem Tisch. Oh, Mann, natürlich!« Domenech sprang hoch und reihte die Aufnahmen nebeneinander, jeweils mit einem Magnet in der oberen linken Ecke.

Die Verkehrsgeräusche wurden lauter, Calderons Stimme undeutlicher. »Heißt das, ihr wisst, was der Bursche da treibt?« Entweder hatte er das Fenster heruntergelassen oder die Tür geöffnet. »Hab das Nächste!«, plärrte er. »Ich krieg ihn. Foto schick ich gleich.« Der Motor jaulte.

»Schalte einen Gang runter, Calderon. Ich will nicht, dass du dir den Schädel spaltest.« Jaume schaukelte vor und zurück, die Arme auf dem Rücken überkreuzt.

»Wissen, was Weinhold tut, ist zu viel gesagt. Aber ich würde mit dir wetten, dass du die gleiche Aktion noch ein drittes Mal vor dir hast.« Domenech kehrte zum Computer zurück. »Pass auf, ihr kommt gleich an eine Baustelle. Dort staut es. Wenn du stehst, kannst du uns deine Datei schicken.«

Eine ungewollte Euphorie erschwerte es Jaume, konzentriert zu bleiben. Er brauchte das Foto von Calderon. Eine Übereinstimmung konnte Zufall sein. Eine weitere lieferte den Beweis, dass Weinhold sie zum Narren hielt und sehr wohl wusste, was es mit den Hauseingängen auf sich hatte. Und das nahm er übel.

»Scheint, als will er jetzt Richtung *Raval*.«

Ins Viertel auf der anderen Seite der *Ramblas* also. Das bedeutete wieder enge Straßen, noch langsameres Vorwärtskommen und ein erhöhtes Risiko, entdeckt zu werden.

Calderon schickte Foto Nummer zwei. »Wie sieht es aus? Kriegen wir ihn damit irgendwie dran?«

Es passte. Es machte Weinhold angreifbar. Aber wo führte es hin? In krampfhaftem Schweigen verharrte Jaume am gleichen Fleck, lauschte Calderons ungefiltertem Redeschwall und Domenechs flinken Fingern, die die Computertastatur bearbeiteten. An der Art, wie er die Tasten anschlug – immer schneller und mit einigen wenigen harten Akzenten –, konnte Jaume die Wichtigkeit seiner Tätigkeit erkennen. Seine Atmung verriet Anspannung und zugleich Geduld und Umsicht. Bei der Anspannung konnte er locker mithalten.

Mit geschlossenen Augen führte Jaume beide Hände vor der Brust zusammen, presste die Handflächen gegeneinander. War das Thai Chi? Er hörte Palomas Stimme, ihre spielerische Strenge, wenn er bei einer Meditation eingeschlafen war.

»Jefe? Dein Telefon klingelt.«

Leicht benommen ging er ran. »Comissari Soler Martí.«

»So förmlich, Liebling?«

Paloma. Das musste Gedankenübertragung gewesen sein. Automatisch sah er zur Uhr und seufzte. »Ich hab es versprochen, ich weiß.« Bei all den Telefongesprächen hatte er ausgerechnet dieses eine vergessen.

»Du kommst also nicht?«

»*Carrer Joaquin Costa*, Hausnummer 274«, rief Calderon.

»Doch, ich komme. Nur später. Wir stecken mitten in einer Observierung.«

Hinter ihm überschlugen sich Domenechs Finger beinahe beim Tippen. Das klang nach Endspurt. Ein einzelner betonter Schlag beendete das Stakkato. Jaume schnellte herum, und Domenech streckte beide Arme zur Siegerpose. In seinem Gesicht las Jaume höchste Zufriedenheit.

»Fernandez Garcia. Das ist eine Übereinstimmung bei allen drei Adressen.«

Jaume hob den Daumen.

»Ein Durchbruch?« Er hörte das Lächeln in Palomas Stimme. »Gratuliere.«

»So weit würde ich nicht gehen. Es ist lediglich ein Anfang.« Und noch lange kein Ende in Sicht.

Paloma verstand ihn sofort. »Sag deinen Männern Grüße. Wir sehen uns auf dem Fest.«

Er liebte sie auch für ihre Gelassenheit.

## Samstag, 19. August, 14:30 Uhr
## – Montse Soler Martí –

Es handelte sich eindeutig um einen Bestechungsversuch, auch wenn sie es lieber als Friedensangebot betrachtete. Eine Flasche Wein für ihren Bruder, Süßigkeiten für die Kinder, Blumen für Paloma. Nichts Besonderes, nur geeignet, um ihren unangemeldeten und unerwünschten Besuch mit erzwungener Höflichkeit durchzusetzen. Jemanden, der Geschenke brachte, konnte man nicht an der Tür abfertigen. Sie hatte einiges herausgefunden und das dringende Bedürfnis, Jaume ein bisschen von Jamila und Mussa zu erzählen. Ihm gegenüber hatte sie sich verdammt weit aus dem Fenster gelehnt. Ein Teil von ihr wünschte sich rückwirkend Jaumes Segen. Von Angesicht zu Angesicht. Ohne Ignacia im Nacken und mit seinen Kindern in der Nähe, hoffte sie auf einen glimpflichen Ausgang ihrer Beichte. Nur was Bastian und die vergangene Nacht betraf, hatte sie noch keine Entscheidung gefällt. Wenn es nicht unbedingt notwendig war, wollte sie das gern für sich behalten.

Nach zwei Minuten an Palomas Terrassentisch bereute Montse, hergekommen zu sein. Der Ausblick über die Stadt machte es überdeutlich: Ihr Bruder hatte es geschafft. Eine Bilderbuchfamilie, ein super Job und eine Wohnung in toller Lage oberhalb der Stadt. In unmittelbarer Nähe gab es gleich mehrere Parks, die zur Erholung im satten Grün einluden. Antoni Gaudís *Park Güell* war einer davon. Dessen bunte Kuppeln und verspielte Dächer glänzten in wenigen hundert

Metern Luftlinie. Montse hatte viele Stunden an diesem magischen Ort und in seinen verwunschenen Winkeln zugebracht. Bei der Skulptur eines Salamanders am Eingang oder auf der mosaikverzierten Schlangenbank, die zu den meistfotografierten Motiven Barcelonas zählte. Und auch zwischen den Säulen im offenen Gang darunter. Sie schloss kurz die Augen, sah die Verzierungen an der Decke, hörte Musik. Sie hatten Walzer getanzt. Zum Klang einer Gitarre. Das war lange her. Teil eines anderen Lebens. Montse riss die Augen wieder auf.

An den Park grenzte eine Schule an, auf die Jaumes Kinder eines Tages gehen würden. Ausgestattet mit den besten Voraussetzungen. Zu denen auch seine Frau gehörte, die perfekt in diese kleinbürgerliche Welt passte, von der Montse wenig wusste und auch nichts wissen wollte.

Paloma voraus trippelten die Chihuahuas aus dem Wohnzimmer, umkreisten hechelnd Montses Beine.

»Na, da sind ja meine beiden außerirdischen Freunde: Yoda und E.T. Wie geht es euch, ihr hässlichen Sabbermonster?«

»Lola und Eli«, verbesserte Paloma und stellte ihr ein Glas hin. »Du könntest es wenigstens versuchen, Montse.«

»Was?« Sie bedachte ihre Schwägerin mit einem scheinheiligen Augenaufschlag.

»Nett zu sein und nicht beleidigend. Oder dich zumindest neutral verhalten. Ich kippe dir das Wasser ja auch nicht ins Gesicht. Also, was willst du? Die Kinder sind im Bett und machen Mittagschlaf, und meinetwegen bist du sicher nicht gekommen.«

»Ich hatte gehofft, mit Jaume reden zu können«, gab Montse zu.

»Jaume arbeitet. Warum rufst du ihn nicht an?«

»Das ist kompliziert.« Sie schnitt eine Grimasse. Bastian hatte sich noch immer nicht gemeldet. Über den Grund konnte sie nur spekulieren, was sie zu vermeiden versuchte.

Ihre Nervosität stieg, und ihre Laune sank. »Ich habe Neuigkeiten für ihn, die vertraulich sind.«

Zu ihrer Überraschung schien Paloma keineswegs verwundert. »Die Tote vom Montjuïc. Du hast Informationen zu seinem aktuellen Fall?« Sie schlug die Beine übereinander. »Du setzt ihm ganz schön zu, weißt du das?«

»Ich tue was?«

»Jaume ist ein korrekter Mensch und ein noch korrekterer Polizist. Er nimmt seine berufliche Schweigepflicht sehr ernst. Diesmal sind ihm jedoch einige Schnitzer unterlaufen – nur mir gegenüber –, was eindeutig an deinem Engagement in der Sache liegt.«

Palomas besondere Betonung des Wortes Engagement ließ Montse aufhorchen. »Was hat er dir erzählt?«

»Nicht erzählt, nur geflucht. Über seine Schwester, die einen Beteiligten aus diesem Mordfall privat trifft. Den Sohn des Opfers.«

Da war die Betonung schon wieder! Auf privat und Sohn. Einen Tick zu süffisant, fast schlüpfrig. Und dazu ein merkwürdiges Funkeln in Palomas Augen. Schadenfreude konnte es kaum sein – höchstens darüber, dass sie etwas von Montse wusste, was sie nicht wissen sollte.

»Auch wenn es Jaume nicht passt, er kann meine Hilfe gebrauchen. Ich habe für ihn Dinge in Erfahrung gebracht, die das Kommunikationsgenie vermutlich noch lange nicht herausgefunden hätte. Wenn überhaupt jemals. Aber statt das anzuerkennen und gemeinsam zu arbeiten, stellt er sich stur und macht auf besorgt. Und der Sohn der Toten ist kein Teenager, sondern deutlich volljährig und nur zwei Jahre jünger als ich. Hoffentlich enttäuscht dich das nicht. Oder bist du etwa neidisch? Du hast es privat ja eher langweilig.«

Das saß jetzt wohl doch. Paloma sammelte sich, ehe sie antwortete. Überlegt und ruhig.

»Es ist mir egal, was du über mich denkst, Montse. Und wenn du Jaume seine Langsamkeit vorwirfst, ist das sicher manchmal berechtigt. Aber halte deinen Bruder nicht für dumm. Denn das ist er nicht. Und das würde ich dir wirklich persönlich übelnehmen.«

»Dumm? Nein. Nur voreingenommen. Trotzdem ist es wirklich wichtig, dass ich ihn spreche. Allein, ohne seine Kollegen. Auch wenn er mir wieder nichts sagen wird, womit ich etwas anfangen kann. Ich will ihm wirklich helfen.« Es schmerzte, dass Jaume ihr so wenig vertraute. Obwohl er Recht damit hatte. Sie fuhr den Hunden über die kleinen Köpfe mit den zu großen Ohren und stand auf. Der ganze Besuch hatte keinen Sinn. »Nix für Ungut, ihr Glubschaugen. Ich verschwinde jetzt lieber.«

Paloma begleitete sie durch die Wohnung zur Tür. Auf dem Sofa lagen mehrere aufgeschlagene Bücher, in denen bunte Notizzettel klebten. Leinwände, Pinsel und Farbtöpfe standen in einer Kiste mit der Aufschrift Seniorengruppe. »Soll ich Jaume etwas ausrichten?«

»Besser nicht.« Montse deutete zur Tüte mit den Süßigkeiten auf der Flurkommode. »Küss die Engelchen von mir, wenn sie aufwachen. Ich geh bald mal wieder mit ihnen an den Strand.«

Paloma legte ihre Hand auf die Klinke. »Fernandez Garcia«, sagte sie. »Den Namen habe ich zufällig von Domenech gehört, als ich Jaume vorhin am Telefon hatte. Sie überwachen irgendjemanden.« Sie zuckte die Achseln. »Keine Ahnung, woher *du* das weißt.«

Palomas Augen waren blau. Das hatte Montse noch nie bemerkt. Blau und undurchdringlich. »Wieso sagst du mir das?«

»Vielleicht will ich ihm auch helfen. Und …« Paloma zögerte. »Und dir.«

Montse schluckte ihre Verblüffung herunter. War das ein

persönliches Friedensangebot? Ein Eingeständnis, dass Jaume im Dunkeln tappte? Oder nur das schlechte Gewissen, weil eine von ihnen im Leben alles hatte und die andere nichts? Egal. Die Information konnte nützlich sein. Sie deutete das Versiegeln ihrer Lippen an. Über Palomas Beweggründe konnte sie ein andermal nachdenken.

## Samstag, 19. August, 15:00 Uhr
## – Jaume Soler Martí –

»Sag das noch mal.« Stöhnend massierte Jaume seine Schläfen. Die Kopfschmerzen würden ihn eines Tages noch umbringen. Und wenn die es nicht schafften, erledigte sein Job den Rest.

»Er ist weg.« Calderon knurrte. »Der Scheißkerl hat plötzlich das Taxi bezahlt und ist zu Fuß weiter. Konnte ich nicht ahnen. Oder? Bis ich meine Kiste geparkt hatte, war er abgetaucht.«

Domenech zoomte auf dem Bildschirm den Stadtplan näher heran. »Wo genau bist du?«

»Vor dem Museum der Illusionen. Kein Kommentar dazu.«

Jaume betrachtete das Gewirr der engen Gassen. Das Viertel *Raval*, das um die historische Markthalle *la Boqueria* an die *Ramblas* angrenzte, gehörte zu den unübersichtlichsten, mit alten Gärten, die heute öffentlich zugänglich waren, wie auch das Gelände eines ehemaligen Krankenhauses, das die städtische Bibliothek beherbergte. Hohe Mauern, schmale Durchgänge. Dazu haufenweise junge Leute. Irgendwo spielte am Abend immer Musik. Sicher war Bastian mit Montse dort gewesen und kannte sich deshalb aus.

Domenech klebte förmlich mit der Nase am Bildschirm. »Der könnte überall hin sein. Kannst du wenigstens eine Richtung angeben?«

»Hältst du mich für einen Vollidioten? Wenn ich was wüsste, hätte ich es ja wohl gesagt. Ausgestiegen ist er vor einem japanischen Restaurant, aber nicht reingegangen.«

»Brich den Außeneinsatz jetzt ab. Und ärgere dich nicht. Das war gute Arbeit, Calderon.«

Jaume drückte das Gespräch weg. Nicht auszuschließen, dass Weinhold Calderon bemerkt und bewusst abgehängt hatte. Doch vorher hatte er sie zu den Hauseingängen von den Fotos geführt, und das war sicher nicht seine Absicht gewesen. Und allein darum verbuchte er die Aktion als Erfolg.

»Was hast du zu den Adressen, Domenech?«

»Unauffällige Nachbarschaft in allen drei Fällen. Keine besonderen Vorkommnisse in den vergangenen Wochen. Bis auf die Gemeinsamkeit mit dem Nachnamen sieht es schlecht aus. Wenn du willst, bohre ich da weiter.«

»Ja, mach das.« Gedankenverloren nickte Jaume.

»Soll ich mich auch um Ramon Fernandez Garcia kümmern oder nur um die beiden Männer mit Vornamen Raul?«

In Domenechs Rückfrage lag kein Vorwurf, und doch fühlte Jaume sich ertappt. Er hatte bislang keine Erklärung dafür geliefert, weshalb er Weinhold nach einem Raul gefragt hatte. Und nun standen gleich zwei auf Domenechs Liste.

»Ich habe einen Tipp bekommen«, sagte er. »Darum Fokus auf Raul.« Wenn es ihnen gelang, über die Hausbewohner eine Verbindung zwischen Raul und Bastian Weinhold herzustellen, konnte er seinen Ansatz mit dubioser Herkunft unter den Tisch fallen lassen. Eine Bitte an einen Heiligen, deren Wortlaut niemand hätte wissen dürfen. Er verzichtete gerne darauf, Domenech bezüglich des Briefes an *el santet* einzuweihen.

## Samstag, 19. August, 15:35 Uhr
## – Montse Soler Martí –

Ignacia schwieg, als Montse *La Pausa* betrat. Sie schwieg, als Montse sich hinter der Theke einen *Solo* brühte und als sie sich an einen der Tische neben dem Billard setzte. Ihr Schweigen war schlimmer als ihre inquisitorischen Fragen. Nach einer Viertelstunde hielt Montse es nicht mehr aus. Sie hatte nicht vor, zu Kreuze zu kriechen und sich zu entschuldigen. Sie passte einen Moment ab, in dem ihre Mutter alleine war.

»Eine Plastikblume, die Doris Weinhold in ihrem Hotelzimmer hatte und die nach ihrem Tod fehlte. Und ein Name, der im Zusammenhang mit dem Fall steht: Fernandez Garcia«, sagte sie. Das musste für einen Waffenstillstand ausreichen. »Fällt dir zu dem einen oder dem anderen irgendetwas ein?«

Ignacia wischte die Tische mit einem feuchten Lappen ab. Erst in der Bar, dann draußen. Montse trocknete nach.

»Was für eine Blume?«

»Eine blaue Rose.«

»Sie war auf dem Friedhof. Eine Gabe an *el santet*?«

Montse überlegte. »Nein, das passt nicht von der Abfolge. Die Blume war noch in ihrem Zimmer, nachdem sie bei unserem Heiligen gewesen ist.« Sie schlug sich die flache Hand vor die Stirn. »Scheiße, bin ich blöd!«

Ausnahmsweise überging Ignacia das Schimpfwort. »Eine Blume für Fernandez Garcia?«

»Ganz genau.« Montse plumpste auf einen der roten Stühle unter dem Sonnenschirm und öffnete den Internetbrowser auf ihrem Smartphone. *Cementiris de Barcelona*. Vor ihr baute sich die Homepage der Friedhofsverwaltung auf. Ignacia beugte sich hinter ihr über die Lehne und deutete auf die Ankündigung einer Veranstaltung am Dienstagabend.

»Sieh dir das an. Sogar nachts lassen sie unsere Toten nicht mehr ruhen, sondern machen aus ihnen ein Touristenspektakel. Und dann nennen sie das Kultur!«

»Nimm das Ding da weg, Mama.« Montse schob den feuchten Lappen beiseite, der fast auf ihrer Schulter lag und nach Bier und kalter Asche roch. »Wen stört es? Die Toten bestimmt nicht.« Friedhofsführung am *Montjuïc* im Kerzenschein. Für ihren Geschmack hatte das durchaus einen gewissen Charme. Sie fütterte die Suchmaske in der rechten unteren Ecke der Startseite. »Fernandez Garcia, Vorname Raul.« Einen Klick später spuckte ihr das Programm eine vierstellige Nummer entgegen. Es war fast zu einfach. »Willst du raten, wo er liegt?«

Ein eingehender Anruf mit unterdrückter Rufnummer verhinderte Ignacias Antwort. »Ja?«

»Ich habe, wonach du suchst.«

Mussas Stimme fuhr ihr in den Magen. »Ich höre.« Sie drehte den Kopf beiseite.

»Gleicher Ort wie letztes Mal.«

Im Hotelkeller? Lebensmüde war sie nicht. Montse sah den halbdunklen Gang vor sich, die flackernde Lampe, die massiven Türen – und Mussas Oberarme. »Auf keinen Fall.«

»Dort oder gar nicht. Sonst kriegt der Auftraggeber alles. Deine Entscheidung.«

Er hatte alle Trümpfe auf seiner Seite.

»Vale«, hörte sie sich sagen. »Ich komme.«

»Du hast eine Viertelstunde.«

Sie lauschte in die stille Leitung. Vielleicht war sie doch lebensmüde.

»War das Jaume?«

Ignacias Frage brachte sie zur Besinnung. Sie musste improvisieren. »Nein. Das war … Alba. Wir sind verabredet, habe ich total verschwitzt. Ich muss sofort los. Noch länger will ich sie nicht warten lassen. Ich rufe Jaume von unterwegs an.«

Im Vorbeigehen verpasste Montse dem Holzkeil unter der Stahltür einen Tritt, um sicherzugehen, dass dieser nicht herausrutschte. Ihre Versicherung für einen schnellen Rückzug. Sie checkte ihr Handy. Kein Empfang. Das hatte sie befürchtet. Schon beim letzten Mal war das Netz sehr schwach gewesen. Je näher sie dem Pausenraum kam, desto stärker schwitzte sie. Doch ihre Hände waren eiskalt.

»La Bofia.« Mussas Zähne blitzten. »Willkommen.«

Etwas stimmte nicht. Sein Blick huschte in die Ecke hinter der Tür, die sie nicht einsehen konnte.

Montse blieb im Durchgang stehen und fluchte leise. Sie waren nicht allein. »Was soll das?«

»Kleine Planänderung.« Mussa grinste weiter. »Die Anzahl der Interessenten hat sich verdoppelt. Wer hat eine Idee, was das für den Preis bedeutet?«

Die Tür wurde ganz aufgezogen, und Bastian Weinhold schaute sie an. Keiner von ihnen sagte ein Wort.

»Höre ich ein neues Angebot?« Mussa zwinkerte. »Du zuerst, *Bofia*. Ist klar, oder?«

Sie hätte die Veränderung schon am Telefon bemerken müssen. Mussa hatte vom Sie zum Du gewechselt. Von einer Polizistin war sie für ihn zu einem weiteren Kunden geworden. Und zur Lügnerin. Wenn er wusste, was sie nicht war, was wusste er dann noch? Und woher wusste er es? Es wäre ein verdammt blöder Moment gewesen, um vor Bastian aufzufliegen. Als was auch immer.

»Da liegt ein kleiner Irrtum vor.« Bastians Mundwinkel zuckte verächtlich. »Die Dame und ich, wir spielen im gleichen Team.« Entgegen seiner Worte blieb sein Blick hart, zeigte keinen Funken Vertrautheit und schon gar kein Vertrauen.

Intuitiv stieg Montse trotzdem auf das Stichwort ein. »Pech für dich, Mussa. Also wenn hier jemand die Daumenschrauben ansetzt, um am Preis zu drehen, dann sind wir das. Du wirst keinen anderen Käufer finden.«

»Hey, immer langsam. Ich bin nur der Vermittler. Das ist nicht meine Ware.«

»Erst recht ein Grund, vorsichtig zu sein mit deinen Forderungen. Sonst gehst du am Ende leer aus. Und jetzt zeig endlich, was du hast.«

Mussa öffnete einen Spind und übergab Bastian eine gepolsterte Tasche. Während der sie aufriss und die Kamera von allen Seiten genau betrachtete, wandte Mussa sich Montse zu. Wortlos und wachsam. Er machte sie nervös.

»Wo ist der Chip?« Bastians Stimme schwankte. Auf dem Tisch lagen die Objektive und das Kameragehäuse. Er tastete die Tasche ab, schüttelte sie. »Wo ist der verdammte Chip?«

»Du wolltest die Kamera.« Wie ein Zauberkünstler ließ Mussa die Speicherkarte zwischen seinen Fingern tanzen und wieder verschwinden. »Der Chip gehört zu meinem Deal mit der Señora.«

Endlich verstand Montse, worauf er hinauswollte. Eine Absicherung für alle Fälle. Mussa war nicht blöd. Er spürte, dass das angebliche Team auf brüchigem Boden stand, auch wenn er die Hintergründe nicht kannte. Letztlich machte jeder sein eigenes Ding. Vielleicht spielte die *Bofia*, die kein Bulle war, doppelt falsch und war doch ein Spitzel mit Beziehungen. Wenn dem so war, galt es, ein Zeichen zu setzen.

»Ein Wort ist ein Wort. So sehe ich das auch.« Sie streckte Mussa die Handfläche entgegen. »Mein Wort gilt«, fügte sie auf Català hinzu.

Mussa nickte kaum merklich und übergab den Chip. Was ihre Einigkeit bedeutete, ging völlig an Bastian vorbei.

»Wir sind ein Team«, wiederholte sie wie eine Beschwörungsformel und reichte die Speicherkarte weiter. Hoffentlich war das kein Fehler. Kein dummer und großer und unwiderruflicher Fehler, zu dem sie ihr Bauchgefühl verleitet hatte. In Lauerstellung verharrte sie zwischen den Männern, die offene Tür im Rücken, zur Hälfte auf Geräusche von draußen konzentriert. Ihr Nacken schmerzte vor Anspannung. Bastians Gefummel an der Kamera dauerte ihr viel zu lange. »Ist das der richtige Chip?«

»Ja.«

»Na bitte. Alles wie versprochen.« Mussa klatschte in die Hände. »Dann sind schon fast alle glücklich.«

Bastian knöpfte sein Hemd auf. Im Hosenbund klemmte ein Umschlag, den er Mussa zuwarf. »Zähl nach.«

»Thank you, Sir.« Zwischen Daumen und Zeigefinger prüfte Mussa die Scheine, dann deutete er eine Verbeugung an. »War mir ein Vergnügen, Señora.«

»Ebenso.« Montse stopfte die Einzelteile vom Tisch zurück in die Kameratasche und packte Bastian am Arm, der mit einem Mal den Antrieb verloren zu haben schien. »Wir sind fertig. Komm.«

Sie schleppte ihn hinter sich her, wählte statt des direkten Wegs zum Ausgang die Tür zur Tiefgarage. Ein Bewegungsmelder schaltete die Beleuchtung an. Ihre Schritte hallten nach. Widerstandslos ließ Bastian sich zur Rückseite eines Betonpfeilers dirigieren. In seiner Miene konnte sie keine Regung ablesen. Nur sein Kehlkopf bewegte sich auf und ab.

Mit einer Hand auf seiner Brust presste sie ihn gegen die Wand. »Setz dich.«

Auf dem Boden kauerte sie sich an seine Seite. Das war nicht der Moment für eine Aussprache. »Was auch immer da drauf ist, wir sehen uns das jetzt gemeinsam an. Und alles andere klären wir später. Vale?«

Bastian gab keinen Mucks von sich. Die Lampen verloschen. Er klickte die Speicherdatei durch bis zum letzten Aufnahmedatum: 2. August. Über dreihundert Bilder, aufgenommen innerhalb einer Stunde. Doris erklomm den Friedhofshügel. Meter für Meter. Monumente und Skulpturen zeichneten sich vor blauem Himmel ab. Engel und bunte Blüten. Morbide Ansichten zwischen Schönheit und Verfall. Unaufhaltsam näherten sie sich dem Ende.

Noch fünf Bilder. Eine einfache Gräberwand. Der Ausschnitt schrumpfte. Noch drei. Ein Familiengrab, unkenntlich verwackelt, mit einer getrockneten Rose. Noch zwei. Ein Name. Montse nahm Bastians Hand. Ein Datum.

Sekundenlang erstarrten sie beide. Montse schnappte nach Luft. Bastian ließ die Kamera in ihren Schoß fallen, kam auf die Füße. Der Bewegungsmelder erfasste ihn, Licht flammte auf. Er machte einige Schritte rückwärts. Ging weiter und weiter. Die Stahltür zum Treppenhaus schlug zu.

Montse bezwang den Impuls, ihm zu folgen, ließ die Chance bewusst verstreichen. Das musste er allein verdauen.

Was mochte Doris durch den Sinn gegangen sein, als sie das Bild aufgenommen hatte? Sicher hatte sie nicht geahnt, dass es ihr Letztes sein würde.

Langsam ging Montse ins Freie, blinzelte in die Sonne. Volles Netz. Das Freizeichen tutete in ihr Ohr.

»Soler Martí.«

»Hör nur zu und stell keine Fragen.« Sie schaute die Straße nach links, nach rechts, dann zum Friedhofstor gegenüber. Der kleine Heilige hatte inzwischen ein regelrechtes Flammenmeer aus Kerzen bei ihr gut. »Komm zum *Hospital del*

*Mar*, sobald du kannst. Wir müssen reden. Ich erwarte dich an der Bushaltestelle vor dem Eingang. Und sag am besten niemandem, wen du triffst. Das spart dir Ärger. Ich habe Informationen. Und Doris Weinholds Kamera.«

## Samstag, 19. August, 17:15 Uhr
## – Jaume Soler Martí –

Mit hoher Geschwindigkeit fuhr er der Uferstraße entgegen, am Limit des Erlaubten und des Machbaren. Es war keine besonders gute Idee, sich an der Klinik zu verabreden. Zu beiden Seiten der Straße gab es mehrere Haltestellen. Vor jeder wartete ein Pulk Fahrgäste. Auf dem Gehweg und der Promenade am Meer drängten sich Menschen. Rentner mit Sonnenschirm und Klappstuhl. Eltern mit Kindern, sandspielzeugbeladen. Krankenhausbesucher und Insassen mit Krücken und Rollstühlen kreuzten. Auf Jaume wirkte die Vorstellung deprimierend, vom Krankenbett aus das Meer und den Strand zu sehen. Freiheit, Lebensfreude und halbnackte Menschen, die sich amüsierten. In den Nachtstunden feierte das internationale Partypublikum ganz in der Nähe am olympischen Hafen in exklusiven Clubs mit noblem Ambiente und zu atemberaubenden Preisen.

Jaume klemmte sich mit dem Auto zwischen zwei Busse und ignorierte das Hupen, als er immer langsamer wurde. Sobald er Montse entdeckte, fuhr er rechts ran, beugte sich über den Beifahrersitz und stieß die Tür auf. »Steig ein!«

»Du hast mich ganz schön warten lassen.«

»Schnall dich an.« Er warf ihr einen Seitenblick zu und schlüpfte zurück in den Verkehr. »Was soll die Geheimniskrämerei?«

»Wäre es dir lieber gewesen, ich wäre in dein Büro geplatzt, vor versammelter Mannschaft?« Montse klammerte sich mit einer Hand an den Türgriff, mit der anderen schloss sie den Gurt. »Du solltest irgendwo parken. Ich kann besser erklären, wenn ich keine Angst um mein Leben habe. Außerdem musst du dir die Fotos ansehen, die Doris Weinhold kurz vor ihrem Tod geschossen hat.«

»Dann war das kein Witz? Du hast die Kamera?«

»Und die Erklärung, was Doris auf dem Friedhof wollte, und – egal was du sagst – ich bin ganz sicher, dass Bastian nichts mit ihrem Tod zu tun hat. Ihre letzten Fotos haben ihm ordentlich zugesetzt.« Sie biss sich auf die Lippe.

»Du hast sie ihm gezeigt?« Jaume stieg erst aufs Gas, dann am Ende des *Passeig Marítim* auf die Bremse, um mitten auf der Straße zu wenden. Mit der Schnauze auf dem Zebrastreifen und dem Heck auf einem Motorradparkplatz brachte er den Wagen zum Stehen.

»Bevor du dich weiter aufregst: Wir haben die Kamera gemeinsam wiederbeschafft. Und wie du siehst, hat er sie mir überlassen. Mehr willst du nicht wissen.«

Jaume hieb die Faust aufs Lenkrad. Und ob er mehr wissen wollte. Dennoch war es wohl besser, so wenig Fragen wie möglich zu dem zu stellen, was seine Schwester schon wieder unautorisiert getrieben hatte.

»Vale«, er seufzte. »Dann rede weiter, und lass mich sehen, was du hast.«

»Ich komme mal gleich zum wesentlichen Punkt.« Montse drehte ihm das Kameradisplay zu. »Darf ich vorstellen: Raul Fernandez Garcia.« Neben dem Namen auf der Grabplatte lächelte ein junger Mann auf einem Medaillon. Montse klickte weiter. »Gestorben am 2. August.«

Das Datum irritierte ihn. »2. August?«

»Ja. Genau so habe ich auch geguckt. Und Bastian wäre wohl umgekippt, wenn er nicht gesessen hätte. Auf den Tag genau dreiunddreißig Jahre später ist Doris gestorben.«

Montse schnalzte mit der Zunge. »Gib es zu, du bist beeindruckt!«

»Beeindruckt? Ich bin fassungslos! Hast du denn gar nichts begriffen? Du kannst dem Mann nicht vertrauen, Montse. Nur weil er beim Anblick des Grabfotos betroffen reagiert, heißt das nicht, dass er unschuldig ist. Kennst du den Grund? Was hat er dir dazu gesagt? Und weiß er, dass du jetzt bei mir bist?«

Ihr Schweigen bestätigte seine Vermutung.

»Auch wenn ich dich damit enttäusche, der Name Raul Fernandez Garcia war uns bereits bekannt. Du begibst dich in unnötige Gefahr für Hinweise, an die wir mit professioneller Polizeiarbeit gelangen, und zwar ohne Risiko. Und mich kann deine Einmischung in prekäre Situationen und in Erklärungsnot bringen. Allein dadurch, dass wir verwandt sind. Und erst Recht, wenn herauskommt, auf welche Art und Weise du dir Wissen beschaffst.«

»Auf welche Art?« Montse löste den Sicherheitsgurt und öffnete die Tür. »Echt, du bist so ein …«

»Warte.« Jaume hielt sie am Arm fest. Eine ungeschickte Anspielung. »Wenn ich könnte, würde ich dir verbieten, dich weiter mit Weinhold zu treffen. Aber du bist erwachsen. Ich kann dich nur darum bitten. Wenn du es doch tust, sei wachsam. Ein charmantes Lächeln reicht nicht, um jemandem blind zu vertrauen. Hat er dir verraten, dass er bereits in Barcelona gewesen ist, bevor seine Mutter gefunden wurde? Uns nicht.«

»Habt ihr ihn danach gefragt?« Sie schüttelte den Kopf. »Ich vertraue niemandem blind. Schon lange nicht mehr. Das sollte dir klar sein. Und ja, du hast Recht damit, dass Bastian nicht immer die volle Wahrheit sagt. Aber die meisten Menschen haben dafür Gründe. Gute und manchmal weniger gute. Gerade der Polizei gegenüber. Auch das sollte dir klar sein.« Mit sicherem Griff entfernte sie die Speicherkarte und warf sie ihm zu, dann verstaute sie die Kamera wieder in der Tragetasche.

»Was soll das?«

»Du wirst feststellen, dass die Datei vollständig ist. Es wurde keine Aufnahme gelöscht. Auf den Fotos vom Friedhof ist keine Grabnummer zu sehen. Aber ich kann sie dir sagen. Weil ich schon wusste, dass wir nach einem Toten suchen, bevor ich das Bild kannte. Und warum wusste ich das? Weil Doris eine Plastikrose auf dem Schreibtisch im Hotel liegen hatte. Die fehlt auf eurer Bestandsliste, denn sie war nicht mehr da, als ihr das Zimmer geöffnet habt. Ihr stellt die falschen Fragen an die falschen Leute. Und wenn du mir nicht glaubst, ich habe einen Screenshot gemacht, da ist die Uhrzeit drauf.« Sie fummelte ihr Handy heraus. »Hier: Liegeplatz 1241, *Cementiri de Montjuïc*. Eigentlich wollte ich dir das schon vor zwei Stunden schicken.«

Eine vage Ahnung beschlich ihn. Vier Ziffern. Blaue Kugelschreiberschrift auf der Rückseite eines Restaurantbelegs. Eine Notiz, zur Sicherheit, auf einem nicht mehr benötigten Papierfetzchen.

»Woher kanntest du den Namen, nach dem du suchen musstest?« Die Frage ließ sich nicht umgehen. »Bevor du das Foto vom Grab gesehen hast.«

»Nicht von Bastian.« Sie schickte die angefangene Nachricht ab. Mehr würde er zu dem Thema nicht erfahren. »Ach, eins noch, Bruder, wovon ihr trotz eurer tollen Ermittlungsmethoden vermutlich noch keine Kenntnis habt. Dann werde ich dich auch nicht weiter mit meinem schmutzigen Wissen kompromittieren.«

»Komm schon, Montse. Du weißt, so hab ich das nicht gemeint.«

»Doris Weinhold hat auch 1984 ihren Geburtstag in Barcelona verbracht.« Sie drückte die Tür auf. »Schönes Wochenende noch.«

Ehe er die Tragweite ihrer Sätze begriffen hatte, war Jaume allein im Wagen. Er hämmerte mit dem Hinterkopf gegen die Kopfstütze. Die *Escudella*. Typisch katalanisch. Ignacia hatte dabei die Erinnerung an seinen Vater und die anderen Fischer heraufbeschworen. Und er war ihr sofort gefolgt. Hatte die Vergangenheit riechen und schmecken können. Aber den letzten Schritt im Geiste verpasst. Altmodische Hausmannskost, wie man sie vor dreißig Jahren gern gegessen hatte. In der Familie. Unter Freunden. Und im *Bacallà*, ihrer Lieblingskneipe. Montse hatte ihn mit der Nase darauf stoßen müssen. Das war mehr als ärgerlich, es war demütigend. Er hasste es, wenn sie schneller war als er. Außerdem hatte sie die Kamera mitgenommen. Und er hatte sie nicht daran gehindert.

Vor der Frontscheibe des Wagens lag das Mittelmeer in träger Stille. Eine grüne Fahne signalisierte gefahrlosen Badespaß. Palmwedel schaukelten lustlos über der Promenade, und unten spielten sie Volleyball im Sand von *Barceloneta*. Eine Szene wie aus einem Werbespot, und doch typisch, vor allem für die zentrumsnah gelegenen Strandabschnitte. Wenig Kleidung, viel Haut. Das galt auch für die Jogger und Inline-Fahrer und erst recht für die Kraftsportler, die an den kostenlos zugänglichen Fitnessgeräten ihre Muskeln in Szene setzten. Harte Arbeit und Disziplin wollten gezeigt und bewundert werden. Nirgendwo leichter umzusetzen als hier. Schweißglänzende Körper, Hormone in Aufruhr und nie mehr als hundert Meter von einer Strandbar zur nächsten. *Chiringuito* nannten die sich, wie jene Fischerhütten, die hier noch bis zu den olympischen Spielen gestanden hatten.

Wieso kannte Montse den Namen Fernandez Garcia? Akribisch rieb Jaume den Speicherchip an einem Hemdzipfel sauber, entfernte alle Fingerabdrücke. Ihre, seine, und alle anderen. Wahrscheinlich hatte sie immer noch keinen Schimmer, wie tief sie beide durch ihre Einmischung in die Klemme geraten konnten. Und auch Bastian Weinhold erwies sie nicht zwangsläufig einen Gefallen. Aber vielleicht interessierten sie die Folgen auch einfach nicht.

Sein Boot schlingerte in aufgewühlter See. Leuchtfeuer blitzten auf, verschwanden in Wellentälern, um andernorts wieder aufzuscheinen. Narrten ihn. Er musste seinen Stand festigen, brauchte ein Tau, um sich zu sichern. Erst wenn es ihm gelang, den Regen aus seinen Augen zu wischen, konnte er das Ziel erkennen. Ansonsten lief er Gefahr, sich für die falsche Richtung zu entscheiden und statt zum Ufer immer weiter aufs offene Meer zu steuern.

Es fehlten nach wie vor Beweise dafür, dass Bastian Weinhold Schlimmeres gemacht hatte, als eigenmächtig nach der Kamera seiner Mutter zu suchen und früher im Land gewesen zu sein als angenommen. Dafür konnte er ihn nicht festnehmen lassen. Er durfte keine voreiligen Schlüsse ziehen.

Langsam sah Jaume klarer. Zweimal hatte er es in dieser Woche geschafft, eine private Verabredung einzuhalten. Er erinnerte sich nicht, wann das zuletzt so kurz hintereinander vorgekommen war. Paloma würde es wissen und die heutige Absage ohne Groll akzeptieren. Statt die nächsten Stunden mit ihr und den Kindern zu verbringen, würde er in die Dienststelle zurückkehren, um für den frühen Sonntagmorgen einen Großeinsatz auf dem Friedhof zu organisieren. In der Nacht sollte eine vor dem Tor postierte Streife genügen.

Er würde alle unerklärlichen Erkenntnisse offiziell einem geheimen Informanten zuschreiben, dessen Identität, auch intern, geschützt werden musste. Was genaugenommen sogar der Wahrheit entsprach.

Domenech konnte aufhören, die Adressen zu überprüfen, zu denen Weinhold heute gefahren war. Die Spur von Raul Fernandez Garcia war vor dreiunddreißig Jahren erkaltet.

## Sonntag, 20. August, 8:00 Uhr
## – Jaume Soler Martí –

Carolina summte. Ihr weißer Overall bauschte sich in der morgendlichen Brise. Ihr Gesicht strahlte Ruhe und Zufriedenheit aus. Jede Bewegung wirkte, als wäre sie Teil einer fein abgestimmten Choreographie, in der es keinen Platz für Zögerlichkeit gab. Seit einer Stunde widmete sie sich mit höchster Präzision der Spurensicherung im Bereich weniger Quadratmeter um das Grab von Raul Fernandez Garcia. Sie fotografierte, bestäubte, vermaß und sprach all ihre Beobachtungen in das Mikro ihres Diktiergeräts, das sich irgendwo unter ihrer Kleidung versteckte. Nur ein Knopf in ihrem Ohr und ein dünnes Kabel deuteten auf die technische Ausrüstung hin.

Martinez befehligte alle weiteren Kräfte. Seine Stimme dröhnte und vermittelte seine Anweisungen bequem über mehrere Plateaus zugleich. Für den erneuten Sonntagsdienst auf dem Friedhof konnte er sich nur schwer begeistern. Ein offenes Geheimnis. Jeder Stein, jeder Busch, jedes ungewöhnlich abgeknickte Blatt musste betrachtet und gegebenenfalls katalogisiert werden. Genau wie eine Woche zuvor, als sie nach der Absturzstelle von Doris Weinhold gesucht hatten. Erfolglos, was ihn immer noch verrückt machte. Sie waren nicht gründlich genug gewesen, hatten den Radius nicht weit genug gezogen.

Jaume teilte Martinez' Ärger über das mögliche Versäumnis bei ihrem ersten Einsatz, hörte im Geiste Selvanegras vorwurfsvolles Nörgeln. Es fehlte an Kapazitäten, auch heute wieder. Wenn Selvanegra da keine Abhilfe schaffen konnte, dann sollte er gefälligst die Schnauze halten. Nein, wörtlich würde Jaume das nicht sagen. Nur die Predigt abprallen lassen, mit einem geleierten Verweis auf die dünne Personaldecke, die Urlaubszeit und die erschwerten Bedingungen bei der Spurensuche unter freiem Himmel. Die Witterung und die seit der Tat verronnene Zeit scherten sich einen Dreck darum, ob sie den Beweismitteln schadeten. Wie es auch den Tod nicht kümmerte, welch widrige Umstände er Hinterbliebenen und Ermittlern zumutete.

In einer Stunde öffnete der Friedhof seine Pforten. Bis dahin, so hoffte er, waren sie einen Schritt weiter. Martinez machte ihm jedoch wenig Mut. Es konnte den ganzen Tag dauern, bis er genug Material hatte, um absolut sicher zu sein. Ein zweites Mal würde er den *Montjuïc* nicht mit einem halbgaren Resultat verlassen.

Jaume pendelte zwischen den beiden primären Arbeitsstellen und bemühte sich, Martinez nicht in die Quere zu kommen. Die Wand mit Grabnische 1241 befand sich zwei Etagen oberhalb des Leichenfundortes und gleich mehrere Wegbiegungen entfernt. Ein Umstand, der nicht zu erwarten gewesen war. Den aber weder Martinez noch Carolina als Entschuldigung gelten ließen. Es war ihnen logisch erschienen, dass der Täter die Leiche nicht allzu weit transportiert hatte. Weil die meisten Menschen es sich so leicht wie möglich machten. Aber menschliches Handeln und Logik waren nach Jaumes Erfahrung oftmals unvereinbar.

Carolina summte immer noch. Auf dieser Ebene gab es kaum Bewuchs. Lediglich ein paar dürre Bäumchen, wie verlorene *Pintxos* auf dem staubigen Untergrund der schmucklosen Wege. Nur die Bruchsteinmauern setzten aus der Nähe betrachtet Farbtupfer in sattem Ocker und kräftigem Rotbraun, obwohl die ganze Hügelflanke auf Entfernung eher grau wirkte. Vereinzelt füllten Sträußchen in schmalen Vasen den spärlichen Raum zwischen den Nischen. Blüten aus Kunststoff, die der Sonne trotzten und keiner Pflege bedurften.

Jaume trat näher an den Rand des Plateaus, ging den Weg in beide Richtungen ab, zuerst zur Treppe, dann bis zu der scharfen Biegung, hinter der er sich weiter nach oben schlängelte. Er spähte an den Ranken einer Pflanze vorbei. Zwei dünne Ausläufer mit etwas gerupftem Blattwerk verdeckten den Blick nach unten, bei dem ihn leichter Schwindel erfasste. Eine Kleinigkeit, aufgrund der natürlichen Geländeformation gleich über zwei Terrassen in die Tiefe zu stürzen. Aber nur hier, ganz genau an dieser Stelle. Ein halber Meter mit senkrechter Abbruchkante direkt in der Kurve. Und genau diese wenigen Zentimeter waren ihnen im ersten Ansatz, von unten betrachtet, entgangen. Er pfiff zwischen den Zähnen, winkte Martinez zu, der seinem Fingerzeig folgte, bis er exakt unter ihm stand. Selbst auf die Entfernung konnte Jaume sehen, wie der die Augen verdrehte. Es kratzte an seiner Ehre. Obwohl oder vielleicht gerade weil es erklärte, warum sie zuvor nicht fündig geworden waren.

»Carolina?« Fast ehrfürchtig blieb Jaume in einiger Entfernung zu ihrem Wirkungskreis stehen. Sie reagierte weniger laut, aber ebenso ungehalten wie Martinez, wenn man sich ungefragt einem Tatort näherte, an dem sie gerade arbeitete. »Du musst dir was ansehen.«

Sie hob den Kopf und unterbrach ihr Summen. »Was?«

»Das Grünzeug in der Kurve. Ich denke, dort ist Doris Weinhold runtergefallen.«

Carolina zog die dunklen Brauen zusammen, beschrieb mit dem Zeigefinger den Verlauf der beiden Triebe. »Sieht aus, als hat jemand die Stelle kaschiert. Was hast du dort gemacht?«

»Nur kurz runter gehalten, zum Drübergucken. Die

Pflanze ist sofort zurückgefedert, als ich losgelassen habe. Von mir wurde kein Blatt gepflückt, kein Ast geknickt.«

»Brav. Ab jetzt gehört der Busch mir. Du kriegst Bescheid.«

Der Hinweis war eindeutig. Er sollte gehen. Jaume steuerte die Treppe an. Warum der aufwendige Transport, warum der lange Weg? Versteckte sich dahinter eine Botschaft? Sobald Carolina und Martinez lieferten, konnte er neue Schlüsse ziehen. Darüber hinaus musste auch der gemeinsame Todestag von Doris Weinhold und Raul Fernandez Garcia eine Bedeutung haben. Es konnte unmöglich Zufall sein. Es sei denn, Schicksal, Leben und Tod führten sie einmal mehr in die Irre.

Domenech musste sich für ihn in die Vergangenheit wühlen. Er brauchte Details über Raul Fernandez Garcia, gestorben am 02. August 1984. Im Alter von nur sechsundzwanzig Jahren. Alles, was es über den Toten zu finden gab. In Spanien und in Deutschland.

Auf der zweiten Treppe beschleunigte Jaume. Die schwarze Schönheit hielt sich weiter versteckt, und auch ihr Gefolge blieb unsichtbar. Bei all dem Menschengewimmel am frühen Morgen konnte er sie gut verstehen. Er hätte ebenfalls einen stilleren Ort zum allmählichen Erwachen bevorzugt.

In der Nacht war Gabriela unruhig gewesen und zum Schlafen in sein Bett gekrabbelt. Damit sie sich nicht verkühlte, hatte er die Klimaanlage ausgeschaltet und wurde daraufhin im eigenen Saft gegart. Der kleine Körper seiner Tochter strahlte sommers wie winters enorme Hitze ab. Im Dunkel hatte er ihrem Schnaufen gelauscht, den Druck ihrer Nase in seine Ellenbeuge und eine größer werdende Spuckepfütze auf seinem Unterarm gespürt, der langsam taub geworden war. Er bereute keine Sekunde. Nur gerade jetzt sehnte er das ausstehende Frühstück herbei. Den zweiten *cafè amb llet* des Tages und etwas Anständiges zu essen.

Um neun war er im Büro verabredet. Wenn er Calderon

jetzt anrief, brachte der bestimmt etwas mit. Seine Frau buk immer am Sonntag. Und immer viel zu viel. Süße Vorfreude tanzte über seine Zunge.

Paloma hatte um kurz nach sechs barfuß in der Küche gestanden, ihm eine Handvoll Obst eingepackt und ihn mit einem schlaftrunkenen Kuss verabschiedet. Und seinen Bauch getätschelt. Er seufzte und ließ das Telefon stecken.

## Sonntag, 20. August, 10:15 Uhr
## – Montse Soler Martí –

Seit seinem überstürzten Abgang aus der Tiefgarage war Bastians Handy abgeschaltet geblieben. Er hatte sich nicht gemeldet und keine Nachrichten gelesen. Montse fühlte sich unwohl in der Lobby, nachdem sie am Empfang gebeten hatte, ihn anzurufen. Hätte sie auf Jaume hören sollen und einfach einen Schlussstrich ziehen? Sich raushalten? Vergessen?

Sie beobachtete das Kommen und Gehen an der Bushaltestelle vor dem Hoteleingang. Eine Frau wartete. Genau wie sie. Ließ Bus für Bus vorbeifahren. Sah nach drinnen, wie sie nach draußen.

Zum fünften Mal hörte sie das Geräusch des ankommenden Aufzugs. Flip-Flops. Montse wandte sich um. Er wirkte noch zerwühlter als bei ihrer ersten Begegnung. Auf seinem Shirt zeichnete sich ein eingetrockneter farbloser Fleck ab.

»Hola, Bastian.« Sie machte eine Bewegung auf ihn zu, zeigte die Tasche mit der Kamera. »Können wir reden?«

Hinter der Sonnenbrille hob er die Augenbrauen.

»Danke für die Lieferung.« Er nahm ihr die Tasche ab, legte eine Hand in ihren Nacken und brachte sein Gesicht dicht vor ihres. »Aber ich fürchte, ich kann mich heute nicht angemessen revanchieren. Durch den Einsatz der Polizei haben sich meine Pläne fürs Wochenende geändert.« Seine Lippen pressten sich auf ihre. Hart und drängend. Dann ließ er sie los, wischte mit dem Handrücken über seinen Mund. »Sorry. Du kommst darin nicht mehr vor.«

## Sonntag, 20. August, 10:30 Uhr
## – Bastian Weinhold –

Es hatte so gutgetan, ihr wehzutun. Verflucht gut zu sehen, wie seine Worte und sein Kuss sie verletzten. Wenn er gewusst hätte, dass sie den Chip behalten hatte, hätte er sich damit allerdings nicht zufriedengegeben. Er boxte gegen die leere Sitzreihe vor sich. Miststück. Er hatte kein Ziel, keinen Plan. War einfach aus dem Hotel gestürmt und in den Bus gestiegen, der gerade angehalten hatte. Weg. Egal wohin. Nur ohne Montse. Die Frau, die hinter ihm eingestiegen war, saß ihm zugewandt auf der anderen Busseite und warf ihm merkwürdige Blicke zu. Konspirativ oder wissend. Warum auch immer. Weil er kein Ticket entwertet hatte? Er besaß keins. Und es interessierte ihn auch nicht. Sollte sie ihn doch anstarren. Er konnte nicht schon wieder Taxi fahren. Musste endlich anfangen, sein Geld zusammenzuhalten. Das alles wuchs ihm über den Kopf, riss Löcher in seine Taschen, fraß ihn auf. Wie hatte er sich das vorgestellt? Er musste aussteigen, bevor ihn irgendjemand kontrollierte. Eine satte Strafe für ein fehlendes 90-Cent-Ticket zu zahlen fehlte ihm gerade noch. An der nächsten Haltestelle sprang er auf und mit einem Satz nach draußen. Die Frau zuckte kurz, als wollte sie ebenfalls aussteigen, doch der Bus rollte schon weiter. Bis zur nächsten Ecke starrte sie ihm nach, fast erwartungsvoll, bis der Bus abbog. Kopfschüttelnd senkte Bastian die Hand, die er unbewusst zum Gruß gehoben hatte.

Er las den Namen der Haltestelle auf dem Schild und hatte dennoch keine Ahnung, wo er sich befand. Und auch keine, wo er am Abend gewesen war. Nur die Folgen auf seiner Zunge und den Restalkohol in den Eingeweiden, was ihm eine grobe Vorstellung vom Ablauf vermittelte. Er roch nach Schweiß. In seiner Hosentasche steckten lose ein paar Münzen. Genug, um sich einen Kaffee zu kaufen und vielleicht ein Sandwich. Er steuerte die nächstbeste Bar am Straßenrand an, setzte sich auf den obligatorischen Alustuhl, mit dem Rücken zum Verkehr und den allgegenwärtigen Mülltonnen. Drinnen surrte schon jetzt ein Ventilator, wehte heiße Luft aus dem zwei Stufen unter Straßenniveau gelegenen Raum. Auf der Theke stapelten sich klebrige Croissants mit zuckrigem Überzug, dahinter die Zutaten fürs Mittagessen.

Bastian legte die Kamera auf seinen Schoß und ließ das Handy unter seinem Zeigefinger auf dem Tisch kreiseln. Auch sein Prepaid-Gesprächsguthaben ging zur Neige. Er schickte eine Textnachricht mit der Bitte um Rückruf. Dringend.

»Hola! Que tal?« Aus der Bar schlurfte eine Chinesin herüber und überschüttete ihn mit einem Wortschwall auf Català, der angesichts seiner sichtbaren Ratlosigkeit schnell in Englisch umschlug. Das Minimalfrühstück mit einem kleinen belegten Baguette kostete zwei Euro. Er nickte. Da war sogar noch ein Trinkgeld möglich.

Noch vor dem ersten Schluck Kaffee hatte er seinen Vater am Apparat, bröselte Stückchen aus seinem *Mini-Bocadillo*, die er mit dem Daumen zerquetschte und auf den Boden schnippte. Ein Spatz hüpfte näher.

»Ich will die Wahrheit, Norbert«, sagte er. »Diesmal die ganze Wahrheit, bis zum Ende. An welchem Tag seid ihr abgereist?«

»Wovon sprichst du, Bastian?«

»Barcelona 1984. Ich will das genaue Datum, wann ihr dort weggefahren seid.« Er griff ein Portionspäckchen Zucker, drehte es, spürte das Rieseln im Innern.

»Mein Gott, das ist so lange her …«

»Das ist mir scheißegal. Denk nach! Wann ist das gewesen?«

»Sag mal, was ist das denn für ein Ton?«

»Antworte mir!«

»Jetzt warte doch! Ich muss nachdenken.«

Er hörte, wie sein Vater sich bewegte, erkannte an den Geräuschen, dass der in die Küche ging, eine Tasse füllte. Sicherlich Tee, wie immer. Er rührte. Unendlich langsam. Suchte er eine Antwort oder eine Ausrede?

»Es war der Samstag nach Doris' Geburtstag. Also muss es am 3. oder 4. gewesen sein. Ja, am 4. August. Kannst du mir jetzt bitte erklären …«

»Oh nein, nicht ich. Du bist dran.« In Bastians Faust platzte das Zuckertütchen. »Raul ist am 2. August 1984 gestorben. Kannst *du* mir *das* erklären?«

Norbert atmete laut.

»Du hast gesagt, Doris hat dir erst viel später erzählt, was Raul ihr angetan hat. Wie viel später war das? Monate, Tage – oder waren es nur Stunden? Und was hast du dann gemacht? Was habt ihr gemacht? Rache genommen?«

»Das ist doch verrückt! Du glaubst doch nicht etwa …?«

»Schwöre es.« Bastian flüsterte. »Schwöre, dass du nichts mit seinem Tod zu tun hast.«

Die Stille fraß sich in Bastians Eingeweide. Es dauerte viel zu lange, bis Norbert antwortete.

## Sonntag, 20. August, 15:15 Uhr
## – Jaume Soler Martí –

Bei den Kriminaltechnikern wurde ein kleiner Sieg gefeiert. Selvanegra war begeistert. Nur Jaume brütete vor sich hin. Auf seinem Drehstuhl nach vorn gebeugt starrte er an die Wand. Natürlich hatte Calderon am Morgen frisches Gebäck mitgebracht, und natürlich hatte er nicht widerstehen können. Vor einer halben Stunde hatten er und Domenech die letzten Reste vertilgt. Mehr noch als der Teig lag Jaume das Wissen um die eigene Inkonsequenz im Magen, aus der in Kombination mit den Ereignissen des Tages ein schwer verdaulicher Klumpen wurde. Die unbeherrschte Nascherei war sein kleinstes Problem.

An einer ungenutzten Grabnische nahe der Absturzstelle waren die Fingerabdrücke von Josep Martinez sichergestellt worden, jenem kleinen Fisch, der auch die Grabplatte über Doris' Leichnam angefasst hatte. Im Innern der Nische lagerte Hehlerware, und auch die war, soweit bisher überprüft, ausnahmslos von ihm berührt worden. Ein Grund, die Fahndung nach dem Mann unter neuen Vorzeichen zu priorisieren. So weit, so gut. Aber was bedeutete das konkret für den Fall? Um den für gelöst zu halten, brauchte man schon ein sehr schlichtes Gemüt. Oder einen hohen Dienstrang. Ein süffisantes Lächeln legte sich auf seine Lippen. Selvanegra hätte einfach nur die Klappe halten oder sich mit einem »Weiter so« begnügen sollen, statt sich zu Heureka-Rufen hinreißen zu lassen. Jeder Einzelne im Team wäre für eine zügige und einfache Aufklärung dankbar gewesen. Aber so einfach? Sie kamen der Sache näher, die Techniker leisteten gute und schnelle Arbeit und freuten sich zu Recht. Doch auf Anhieb hatten sie keinen der gefundenen Gegenstände Doris Weinhold zuordnen können. Und jeder auch nur halbwegs talentierte Anwalt konnte glaubhaft machen, dass etwaige DNA-Spuren seines Mandanten, die an der Leiche gefunden worden sein könnten, rein zufällig ins Grab geraten waren. Weil Josep Martinez auf der Suche nach einem größeren Versteck für sein Diebesgut einen Blick hineingeworfen hatte. Beim Verschieben einer Steinplatte ging schon mal ein Haar verloren, oder ein Hautschüppchen rieselte. Dass er bei seinem Strafregister darauf verzichtet hatte, die Polizei über die Leiche zu informieren – geschenkt. Erklärte sich von selbst. Um ihm einen Mord nachzuweisen, brauchten sie mehr. Viel mehr.

Wenn er doch nur die Kamera gehabt hätte, mit allen darauf hinterlassenen Spuren. Oder die Spuren auf der Speicherkarte, die er selbst entfernt hatte. Zwischen seinen Knien stieß Jaume unauffällig die geballten Fäuste gegeneinander. Knöchel auf Knöchel. Es hätte verraten, ob Josep Martinez auch diese Dinge in den Fingern gehabt hatte bei einem außer Kontrolle geratenen Raub. Nur war er immer noch nicht überzeugt, dass ihm diese Lösung gefiel. Seine Voreingenommenheit harmonierte hervorragend mit seiner Inkonsequenz. Fast dankbar nahm er das Telefonklingeln zur Kenntnis, das er in den letzten Tagen mehr als einmal verflucht hatte. »Soler Martí?«

»Es gibt ein Päckchen abzuholen.«

Wunderbar. Das brachte ihn hier raus. Und mit seinem Informanten hatte er ohnehin ein Hühnchen zu rupfen. »Ist er bei dir?«, fragte er und umging das übliche Ritual. »Gib ihn mir.«

»Aber …«

»Gib ihn mir.« Gedämpft hörte er eine kurze Debatte, dann übergab der Vermittler den Apparat.

»Ja?«

»Wir treffen uns jetzt, auf dem *Cementiri de Montjuïc*. Liegt da irgendwer, mit dem du verwandt bist?« Damit warf Jaume auch den nächsten Teil der Gepflogenheiten über den Haufen. Er war nicht in der Stimmung zu diskutieren.

Die Nische lag an der Außenmauer. Unmittelbar dahinter zeigte sich der *Montjuïc* von seiner wilden Seite. Karg und trocken, mit Gräsern und Gestrüpp bewachsenes, unwegsames Gelände, das dennoch grün wirkte. Zikaden zirpten. Verblüffend harmonisch fügte sich der Friedhof in die umgebende Landschaft ein. Die Bruchsteinwände folgten dem natürlichen Verlauf der rostbraunen Felsbänder, in denen Einschlüsse einer helleren Gesteinsschicht bei Sonnenschein funkelten wie die Scheiben der Nischen. Von der *Litoral* aus betrachtet, wenn man mit dem Auto vorüberfuhr, merkte man kaum, wo die Grenze verlief, und wer nicht wusste, dass sich an diesem Berg mit bester Sicht aufs Mittelmeer ein Friedhof befand, der konnte ihn leicht übersehen.

An der Mauer war es still. Ideal für ein Treffen, während es im mittleren Friedhofsbereich immer noch von Polizei wimmelte.

Gelangweilt schlenderte Jaume in einigem Abstand herum, wartete, bis sein Informant sich vor der Nische bekreuzigt hatte und mit gefalteten Händen stehen blieb. Komisch eigentlich, dass er niemals dessen Namen dachte, obwohl er ihn kannte. Er ließ eine weitere Minute verstreichen, dann trat er an seine Seite, nahm die gleiche Haltung ein.

»Keine Info seit Donnerstag. Du hast dir ganz schön viel Zeit gelassen.« Er gab sich keine Mühe, seinen Unmut zu verbergen. »Was hast du für mich?«

»Das Geschäft ist geplatzt, die Kamera ist weg, und ich hab gar nichts, Comissari.« Der Mann klang ein wenig weinerlich.

»Was heißt geplatzt?« Der wollte ihn wohl auf den Arm nehmen. »Will der Auftraggeber nicht mehr haben, wonach er gesucht hat, oder wurde es nicht gefunden?«

»Ich meinte unser Geschäft. Der Austausch ist schon abgewickelt. Aber ich nehme an, das wissen Sie?«

»Ja, das weiß ich.« Jaume verlagerte sein Gewicht auf die Zehen, dann zurück auf die Fersen. »Was soll ich sagen? Du wärst besser schneller gewesen.«

»Ich wollte! Aber es waren viele Gerüchte unterwegs. Von einem Spitzel und einer Falle. Ich dachte, ich fliege auf.«

»Bist du nicht. Was wird noch erzählt?«

»Dass es eine Frau war, die für euch arbeitet. Stimmt das? Sie ersetzen mich durch eine Frau? Wir hatten doch eine Abmachung!«

Jaume schaukelte weiter vor und zurück. »Die hatten wir, aber du hast nicht geliefert.«

Darum also die Verabredung. Nicht, weil er etwas zu berichten hatte, sondern nur, weil er um seinen Status fürchtete, der ihm einige kleine Erleichterungen verschaffte. Verschwendete Zeit. Auch eine gezielte Nachfrage nach Josep Martinez konnte daran nichts ändern. Hätte sein Informant einen Zusammenhang zwischen diesem und der Kamera gekannt, hätte er ihn jetzt garantiert von sich aus preisgegeben. Mehr noch, ihn mit Freude angeboten, um wieder besser dazustehen. Ergo tappte er auch in dieser Hinsicht im Dunkeln. In Bezug auf Montse durfte das gern so bleiben.

»Niemand wird ersetzt. Sie macht dir weder Konkurrenz, noch ist sie eine Gefahr für dich. Und sie arbeitet nicht für uns. Aber Vorsicht: Sie ist tabu. Klar?« Sie steht unter meinem Schutz. Jaume verschluckte den Satz. Zu theatralisch und durchaus geeignet, um unangebrachte Neugier zu wecken. »Ich habe dir keine Falle gestellt.« Daraus konnte er jetzt schließen, was er wollte. Jaume schaute seinen Informanten direkt an, was er sonst nie machte. Der Mann war älter und stämmiger, als er erwartet hatte, die Haare dünner. Um seinen Mund lag ein verbitterter Zug. »Fakt ist, du hast die Angelegenheit verbockt. Die Übergabe ist gelaufen, ich hatte weder die Gelegenheit zu bieten, noch hatte ich Zugriff auf die Beteiligten, kenne keinen einzigen Namen. Und du hast es nicht mal hingekriegt, mir vorher Bescheid zu geben, worüber gemunkelt wird. Du hast deinen Job schlecht gemacht. Und jetzt zettelst du ein Treffen an, obwohl du wieder nichts für mich hast?«

Jaume atmete kräftig durch, machte dann einen Schritt nach vorn. Die Inschrift auf der Grabplatte löste eine Erinnerung aus. Ihre erste Begegnung, lange bevor er bei der *Divisió d'Investigació Criminal* gelandet war. Verhaftung im Kreis der Familie, rotznasige Kinder und eine Frau mit tiefen Ringen unter den Augen. Hier lag sie jetzt also, und er wusste wieder, weshalb er keinen Namen denken wollte, wenn es um seinen Informanten ging. Um das Mitleid abzublocken und das Verständnis, mit dem er oft gekämpft hatte, solange seine Fälle sich noch um kleine Vergehen drehten. Gaunereien aus einer Notsituation begangen, schwere Schicksale. Dabei war es lebenswichtig, sich abzugrenzen. Es fiel ihm wesentlich leichter, konsequent zu bleiben, wenn er einen Sicherheitsabstand einhielt und persönliche Distanz aufbaute. Oder wenn es um Mord ging. Egal wie hart die Begleitumstände sein mochten.

Er klemmte einen gefalteten Schein in die Rille zwischen der Metalleinfassung der Scheibe und den Stein und wandte sich zum Gehen. Nur ein kleiner Schein, mehr symbolisch.

»Comissari, soll ich für Sie etwas verbreiten, über die Frau …?«

Jaume hielt kurz inne, dann schüttelte er den Kopf. »Nein. Das wird nicht nötig sein.«

Er ging den gleichen Weg, den er gekommen war, stieß am Krematorium auf den Hauptweg. Mit der Gluthitze auf diesem Hügel konnte er sich einfach nicht anfreunden. Folglich sparte er sich den schweißtreibenden Haken hinauf zum Spurensicherungsteam und klärte den Fortgang der Arbeiten telefonisch. Glücklicherweise war sein Erscheinen nicht erforderlich. Was allerdings auch bedeutete, dass er für heute die Chance aufgab, der schwarzen Königin seine Aufwartung zu machen. Diese heimliche Liebschaft würde er Paloma eines Tages beichten müssen, wie auch die Tatsache, dass er die Schöne mit einigen Dosen Hundefutter verwöhnt hatte, die er aus den heimischen Vorräten hatte mitgehen lassen. Er lächelte und steuerte den Wasserspender an, um sich zu erfrischen. Sosehr er die Temperaturen verabscheute, so sehr faszinierten ihn andererseits die aufwändigen Grabgebäude, mit denen die reichen Familien der Stadt ihrer Bedeutung Ausdruck verliehen. Geltungssucht über den Tod hinaus, die teils merkwürdige Blüten trieb im Bestreben, andere zu übertrumpfen. Wieder hatte er die Szene in der Wohnung seines Informanten vor Augen. Verdrehte Welt, in der die einen sich noch im Tod einen Luxus leisteten, den andere im ganzen Leben nicht annähernd erfahren durften.

Im Schatten an einen Baum gelehnt fand er den alten Parkplatzwächter. Für mehr als einen eiligen Gruß im Vorbeigehen hatte es an diesem Sonntag noch nicht gereicht.

»Werden Sie für die Kilometer bezahlt?« Der Alte grinste. »Rauf und runter, rauf und runter. Den ganzen Tag.«

»In gewisser Weise.« Jaume grinste zurück. Wenn die Kilometer am Ende ein Ergebnis abwarfen. Er zeigte ihm ein Bild von Josep Martinez. »Schon mal gesehen?«

»Kann sein oder nicht.« Der Wächter kratzte sich den Nacken. »Der sieht aus wie niemand und alle.«

Ein wahres Wort. Besondere Kennzeichen leistete Martinez sich nicht. Dunkle Augen, dunkle Haare, sogar der Vollbart war inzwischen wieder modern.

»Hat Ihr Kollege mir den nicht schon gezeigt?«

»Sehen Sie ihn noch mal an. Der Mann ist ziemlich groß, fast einsneunzig. Ich vermute, dass er häufiger kommt, aber nicht regelmäßig. Zu unterschiedlichen Zeiten, dafür immer, wenn wenig los ist. Morgens ganz früh, abends kurz vor Toresschluss. Und er hat eine Tasche bei sich oder einen Rucksack.«

»Wir haben viele Arbeiter auf dem Gelände, die sehen genauso aus und haben auch allen möglichen Krempel dabei.« Der Alte hustete scheppernd. »Vielleicht ist das einer von denen? Fragen Sie die doch mal, ob sie ihn kennen.«

»Mach ich.« Obwohl Calderon das sicher längst erledigt hatte. Wahrscheinlich. Andererseits … Sein Blick blieb am Baukran und den Containern hängen. Auf den Gedanken, Martinez könne irgendwo auf dem Friedhof arbeiten, war er selbst bislang nicht gekommen. Schon wieder musste er den Kollegen bitten, seine Befragungsprotokolle zu wälzen und auf Ungereimtheiten zu achten. Plötzliche Abwesenheit von Beschäftigten, fehlende Papiere. Calderon wirkte manchmal etwas überfordert. Doch dass er Josep Martinez' Namen übersehen haben könnte, schloss Jaume mit Sicherheit aus.

»Eine Frage noch. Angenommen, Sie wollten unbemerkt auf den Friedhof. Nachts. Wo würden Sie es versuchen?«

»Ich?« Der Wächter lachte. »Comissari, ich bin jeden Abend froh, wenn ich gehen darf und nicht dableiben muss, weil mich der Schlag getroffen hat. Außerdem komme ich über keine Mauer mehr drüber.«

Jaume lächelte. So viel Humor und Gelassenheit wünschte er sich auch. »Ich würde es an der hinteren Zufahrt versuchen«, murmelte er. »Auf der Westseite.« Neben dem Tor für die Baufahrzeuge. Dort, wo er den Schlafsack hatte liegen sehen. Uneinsehbar von der Straße, weniger steil und gefährlich als an der nordöstlichen Mauer, an der er gerade gewesen war.

Er verabschiedete sich herzlich, stieg in seinen Wagen und bog, statt ins Büro zu fahren, nach rechts ab, um sich die Stelle genauer anzusehen. Nach einigen hundert Metern bog er nochmals scharf rechts ab, drehte fast eine Hundertachtzig-Grad-Wende und hielt direkt vor dem verschlossenen Tor. Eine beachtliche Höhe, ohne nennenswerte Querverstrebungen. Um das zu überwinden, benötigte man artistische Fähigkeiten. Er durchstöberte das Gestrüpp zu beiden Seiten der Straße. An der Mauer gab es einige Kanten und Vorsprünge, die einem geübten Kletterer ausreichen mochten, eindeutige Spuren fand er jedoch nicht. Nur verschiedene Zeugnisse menschlicher Bedürfnisse. Zurück auf der Straße klopfte er sich die Hose ab und befreite seine Slipper mit einem Tuch vom Staub. Die Müllsituation schien ihm seit seinem letzten Besuch im Großen und Ganzen unverändert, nur der Schlafsack und die Decke fehlten.

»Verdammt.« Wenn an dieser Stelle jemand gelagert hatte, dann war er inzwischen weitergezogen und konnte nicht mehr befragt werden.

Durch den ganztägigen Außeneinsatz auf dem Friedhof war alles andere in den Hintergrund gerückt und noch keine Gelegenheit gewesen, das neue Beweisstück an Carolina zu übergeben. Jaume hockte auf dem Besucherstuhl im Labor und wartete geduldig darauf, sie allein sprechen zu können, und sah unterdessen die nebeneinander aufgereihten Plastikbeutel mit Asservaten durch. Fein säuberlich markiert. Drei Zigarettenstummel, ein Stein mit unklarer Anhaftung, noch ein Stein, von einer anderen Stelle. Unzählige nichtssagende Einzelteile. Und eine Plastikrose. Da ist jemand draufgetreten, hatte Martinez gesagt. Jesus Martinez, sein Kollege, den es überhaupt nicht amüsierte, sich mit dem akut Verdächtigen einen Nachnamen teilen zu müssen. Und dann hieß der auch noch Josep. Calderon hatte sich den blöden Witz von der fast heiligen Familie nicht verkneifen können.

Jaume hob die Tüte dicht vors Gesicht. Hellblau. Wie die, die in Doris Weinholds Zimmer gesehen worden war. Und von der er nur durch Montse wusste. Hellblau und schmutzig, nach vielen Tagen im Staub. Das Zentrum war geborsten, die aufgesteckten Blütenblätter waren zerrissen. Er legte die Tüte auf den Boden und ging rückwärts zur Wand. Dann lief er mit zügigen Schritten darauf zu und schaute Carolina dabei an, die gerade hereinkam. Sobald sein Fuß die Tüte berührte, hielt er inne.

»Hast du es gesehen? Ein Automatismus. Wenn wir unerwartet auf einen Widerstand treffen, hält ein Reflex uns auf. Natürlich treten wir manchmal auf Dinge, die wir nicht sehen. Kleine Dinge. Bei Großen zucken wir zurück.«

»Was ist, wenn man rennt?«

»Wenn man rennt«, wiederholte Jaume und imitierte mit den Händen das passende Laufbild wie ein Hochspringer vor dem Start. »Gutes Argument. Aber wenn man rennt, achtet man noch genauer darauf, wohin man die Füße setzt. Man würde über ein kleines Hindernis wie die Blume einfach drüberspringen. Doch diese hier wurde komplett zerstört.«

Er drehte die Ferse, und Carolina nickte. Erledigt von einem Absatz. Ausgetreten wie eine Kippe.

Sie hob die Tüte auf. »Die werde ich mir besonders gründlich vornehmen. Hast du eine Vermutung?«

»Fingerabdrücke vom Opfer. Vielleicht ein Abgleich mit ihren Schuhen, ob sie die Rose selbst so zugerichtet hat.«

»Heute noch?«

»Nein, nein. Das nicht. Aber ich hab da noch etwas.«

Jaume öffnete seine Brieftasche. Zwischen Ausweis und

Führerschein klemmte die Speicherkarte, sorgfältig in ein Papiertaschentuch eingeschlagen. »Sieh dir das bitte mal an.«

»Der Kamerachip? Großartig! Du hast echt gute Leute am Start.«

Carolina verfügte über ein ausgeprägtes Gespür, wann es besser war, keine tiefgreifenden Fragen zu stellen, zum Beispiel wo der Chip plötzlich herkam oder wo die Kamera abgeblieben war. Sie winkte mit dem Zeigefinger, und Jaume folgte ihr in den angrenzenden Raum, der jede Menge Equipment zur Bearbeitung und Auswertung von Bild- und Tonaufnahmen enthielt. »Wonach suchen wir?«

Von der lückenlosen Bilderfolge hatte er sich selbst überzeugt, doch nur Carolina konnte ihm sagen, ob vielleicht am Ende etwas fehlte, falls sich das überhaupt herausfinden ließ. Und wenn dem so war, ob ihre magischen Kräfte ausreichten, es wieder sichtbar zu machen.

»Wir suchen nach dem, was nicht mehr da ist.« Im Idealfall war das ein Foto des Mörders.

## Montag, 21. August, 10:15 Uhr
## – Montse Soler Martí –

Ihr Rechen kratzte über das Pflaster, häufte vertrocknete Platanenblätter aufeinander, die sie mit der Schaufel in einen flexiblen Behälter beförderte. Ein Mittelding zwischen Kübel und Einkaufstasche aus gummiartigem Material, den sie neben sich herschleifte und dem sie gelegentlich einen Tritt verpasste. Bastian hatte sich über die vielen Blätter auf dem Boden gewundert. Mitten im Sommer. Ob die Bäume krank seien. In Deutschland werfen sie erst im Herbst alles Laub ab, hatte er erklärt. Alles auf einmal, innerhalb weniger Wochen. Seine Welt war eine andere als ihre. Zwischen Montses Fingern knisterte es trocken, das Blatt zerbröselte zu unansehnlichen braunen Krümeln. Es musste an der Hitze liegen und am Wassermangel.

»Träumst du, Montse?« Im Begleitfahrzeug drückte Jorge auf die Hupe und rollte langsam an ihr vorbei. »Noch ist nicht Feierabend. Also, hopp. Besen schwingen!«

Im Außenspiegel sah sie ihn grinsen, packte den Kübel und kippte ihn auf der Ladefläche aus. Dann formte sie, für ihn gut sichtbar, Zeigefinger und Daumen zum Kreis, was er mit einer ähnlich freundlichen Geste quittierte. Noch so ein Unterschied, über den sie mit Bastian gelacht hatte. Die Deutschen zeigten mit der gleichen Gebärde ihr Okay an, mit der sie ihren Kollegen gerade ein Arschloch genannt hatte.

Montse wechselte den Beutel eines Mülleimers und ignorierte zum wiederholten Mal ihr Telefon. Jaumes Klingelton.

Sie musste etwas ändern in ihrem Leben. Sich ganz befreien. Aus seiner und Ignacias Kontrolle. Aus der gepolsterten Fessel, die sie am Boden hielt, und der samtweichen Schlinge, mit der sie ihr die Luft abdrückten. Ein langsames und liebevolles Erwürgen. Für das sie ihnen auch noch dankbar sein sollte. Aus dem sie regelmäßig ausbrach und gedemütigt zurückkroch. So wie gestern, nach Bastians kalter Abfuhr in der Hotelhalle.

Ihr Kollege stieg aus, umrundete den Müllwagen und zündete sich eine Zigarette an. Montse gesellte sich zu ihm und stützte, an die Beifahrertür gelehnt, ihr Kinn auf den Stiel des Laubrechens. Jorge steckte die Kippe zwischen ihre Lippen, und sie nahm einen tiefen Zug.

»Läuft grad nicht so, oder?« Er strich ihr übers Haar.

Eine freundliche Geste, die ihr fast die Tränen in die Augen trieb. »Und bei dir?« Sie ließ den Rauch aus dem Mundwinkel strömen und deutete mit einem Nicken auf die Verkaufsstelle der ONCE-Lotterie. »Das wäre es.«

»Wenn du dir diesen Job da wünschst, geht es dir verdammt mies.«

Als ob sie in einer dieser Buden in der Größe einer Telefonzelle hocken wollte. Montse stieß ihm den Ellbogen in die Seite. »Quatsch. Wir sollten spielen. Wer weiß, vielleicht ziehen wir das große Los und haben ausgesorgt.«

»Weißt du, wie hoch die Wahrscheinlichkeit ist?« Jorge lachte. »Rausgeschmissenes Geld. Such dir lieber einen reichen Mann.«

»Ach ja, die Wahrscheinlichkeit, den zu finden, ist höher?«

»Dann nimm einfach mich.«

»Netter Versuch. Aber ich weiß, was du verdienst.« Von einem Mann würde sie sich garantiert nicht finanziell abhängig machen. Sie tätschelte ihm die Wange und fischte ihr Handy aus der Innentasche des Overalls. Ein neutraler Ton. Die Nummer kam ihr bekannt vor. Domenech? Der hatte sich lange nicht mehr gemeldet. Seit sie ihre kurze Beziehung beendet hatte. Sie wartete ein weiteres Klingeln ab, dann siegte die Neugier.

»Ich mach es kurz«, versprach sie und ging ran. »Hola?«

Jorge wies auf die halb aufgerauchte Zigarette. Ihr blieb Zeit bis zum Filter.

»Hola, Schwester.«

Ausgetrickst. Montse fluchte stumm. »Was gibt es?«

»Ich muss Weinhold sprechen.«

»Und ich muss arbeiten.« Sie entfernte sich aus Jorges Hörweite, obwohl sie nicht vorhatte, viel zu sagen.

»Er reagiert weder auf Anrufe oder E-Mails noch auf Nachrichten übers Hotel. Ich brauche nur einen Tipp von dir, wo er sein kann.«

Auf der Ronda, die sie eben gefegt hatte, sammelten sich die nächsten Blätter. Machten sich lustig über ihren Job und über sie. Es gab keinen Grund, auf irgendwen Rücksicht zu nehmen, außer auf sich selbst.

»Du findest ihn im deutschen Generalkonsulat, *Torre Mapfre*, am Jachthafen. Sein Termin ist um halb elf.«

»Danke, Montse.«

»Warte!« Die Frage brannte in ihrer Kehle wie verdorbener Wein. »Du hast von Domenechs Telefon angerufen. Weiß er Bescheid?« Über sie und den Fall. Über sie und Bastian.

»Nein. Und auch sonst weiß keiner davon.«

## Montag, 21. August, 13:00 Uhr
## – Jaume Soler Martí –

Sie belauerten einander. Jaume am Fenster des Büros stehend, Weinhold auf einem Stuhl sitzend. Domenech mit seiner beruhigenden Ausstrahlung dazwischen. Auf dem Tisch standen ein Krug Wasser und ein gefülltes Glas für den Besucher. Die Vorbereitung stimmte.

»Wie lief Ihr Termin im Konsulat?«

»Zufriedenstellend.«

Weinhold wandte sich ausschließlich an Domenech. Ein bewusster Affront? Er kannte die Hierarchie. Sein Erscheinungsbild verstärkte Jaumes Abneigung. Turnschuhe, eine richtige Jeans und darüber ein brauchbares Hemd. Er wusste also doch, wie man sich angemessen kleidete, und verfügte auch über die nötige Ausstattung. Demnach war es Nachlässigkeit, Schlamperei oder persönliche Missachtung gewesen, dass er bisher immer in diesen unsäglichen Klamotten bei ihnen gewesen war.

»Sie haben die Wand umdekoriert.« Mit den Händen deutete Weinhold Verschiebungen an. »Gibt es keine neuen Fotos? Weshalb bin ich dann hier? Ich dachte, Sie wollen mir wieder etwas zeigen, mich in Ihre neuesten Erkenntnisse einweihen.«

Der Bursche sollte sich nicht einbilden, dass er das Gespräch lenken konnte. »Es geht um Raul …«

»Schon wieder Raul?« Weinhold verzog spöttisch den Mund. »Heißt das, Sie sind immer noch nicht weiter als am Samstag?«

»Raul Fernandez Garcia.« Jaume ignorierte den Einwurf. »Wir wissen, dass Ihre Mutter auf dem Friedhof *Montjuïc* sein Grab besucht hat.«

»Damit scheidet er wohl als Täter aus.«

»Davon ist auszugehen.« Domenech schmunzelte unterdrückt. »Was wissen Sie über den Mann?«

»Fühlt sich an, als stecke ich in einer Zeitschleife. Heute ist doch Montag – oder habe ich gerade ein Déjà-vu?«

Jaume atmete langsam ein und aus. »Kein Déjà-vu. Nur eine planmäßige Wiederholung meiner Frage. Denn ich nehme an, dass Sie inzwischen mehr über ihn herausgefunden haben.«

»Ich weiß, dass er tot ist.« Weinhold schnippte mit den Fingern. »Und zwar von Ihnen! Herzlichen Dank.«

»Sparen Sie sich diese Manöver, Herr Weinhold.« Jaume musste an sich halten, um Domenechs wortgetreue Übersetzung abzuwarten und ihr eigenes Manöver nicht frühzeitig aufzugeben. Er brauchte die Denkpausen, nicht zuletzt, um seinem Gegenüber nicht an die Gurgel zu gehen. Eine Tendenz, die er so an sich nicht kannte. »Sie haben am Samstagnachmittag nach Raul gesucht.«

»Aha, demnach haben Sie meine Anregung aufgegriffen und mich überwachen lassen. Verstehe nur nicht, was es dann noch zu fragen gibt. Sie müssten doch alle Informationen haben.«

War da ein Flackern in seinen Augen, ein Hauch von Unsicherheit, wie viel sie tatsächlich wussten? *Ich weiß mehr, als dir lieb ist.* Aber auch mehr, als er zugeben konnte, ohne Montse bloßzustellen.

»Es geht nicht um unser Wissen, sondern um Ihres. Und um die Frage, weshalb Sie dieses nicht mit uns teilen.«

Jaume gab Domenech ein Zeichen, der daraufhin die fehlenden Bilder wieder an der Wand befestigte. »*Carrer Joaquin*

*Costa* 274 – *Plaça de Cardona* 19 – *Carrer dels Enamorats*. Sie waren dort. Dabei haben Sie uns wenige Stunden zuvor gesagt, Sie kennen die Häuser nicht. Warum?«

»Sagen Sie es mir.« Jetzt endlich drehte Weinhold sich wieder zu Jaume. »Vielleicht, weil es die Wahrheit war? Aber das kommt ja für Sie nicht in Betracht.«

»Nein. Kommt es nicht. Und wissen Sie, wieso?« Jaume verschränkte die Finger vor dem Bauch. »Weil Sie vom ersten Augenblick unehrlich gewesen sind. Seit Sie an jenem Montag dieses Zimmer betreten haben. Sie ließen uns in dem Glauben, auf direktem Weg vom Flughafen zu uns gekommen zu sein. Dabei waren Sie schon seit Sonntag in der Stadt. Mit einem Flug, der gebucht war, bevor Ihre Mutter gefunden wurde.«

Weinhold beugte sich auf seinem Stuhl weit vor, wie zum Sprung bereit. »Meine Mutter war seit über einer Woche verschwunden, und niemand hat sich zuständig gefühlt. Was hätten Sie gemacht? Sicher nicht zwei Wochen gewartet, bis ihr Urlaubsflieger ohne sie in Frankfurt landet. Darum wollte ich das selbst in die Hand nehmen.«

Weinhold merkte nicht, dass seine Reaktion die Übersetzung von Jaumes Worten überholte.

Domenech schob ihm das Wasserglas zu. »Sie hätten uns das einfach sagen können.«

»Wozu? Um die Polizei gleich zur Begrüßung gegen mich aufzubringen? Hey, Comissari Soler, ich hatte vor, eure Arbeit zu tun, weil ihr das nicht für nötig haltet, solange keine Leiche herumliegt. Aber Glück gehabt – jetzt ist ja eine da!« Weinhold begleitete seine Worte mit wilden Gesten. »Mir schien mein Ankunftsdatum aufgrund der veränderten Situation irrelevant.«

Das leuchtete ein. Und doch nutzte Jaume die Gelegenheit, ihn weiter zu reizen. Der ganze Mann verkrampfte – vom Kiefer über den Hals und die Schultern, den zu Fäusten geballten Händen auf seinen Oberschenkeln bis zu den in den Boden gestemmten Füßen. Die Fassade aus arroganter Angriffslust bekam Risse, obwohl sich nichts an seinem Tonfall geändert hatte.

»Sie haben ein Aggressionsproblem, Herr Weinhold.«

## Montag, 21. August, 14:15 Uhr
## – Bastian Weinhold –

Geflügelte Drachen spuckten Wasser in den Springbrunnen, auf dessen Rand Bastian sich niedergelassen hatte. Fast wartete er darauf, in seiner Nähe Polizisten der *Mossos d'Esquadra* zu entdecken, die ihn beobachteten. Ganz offen, weil Soler ihn weiter einschüchtern wollte. Durch ihre roten Schulterstücke ließen sie sich gut von der *Gardia Urbana* unterscheiden, die im Park ihre Runden drehte. Dabei wirkten die Stadtpolizisten eher gelangweilt und bemüht, den Händlern auszuweichen, die auf den Rasenflächen Souvenirs anboten. Und bunt gemusterte Tücher, genau wie am Strand, wo sie diese neben sich im Wind flattern ließen. Dort war ihr Ruf »Pareo« ebenso präsent wie der sich ständig wiederholende Singsang »Cerveza, agua fría, cold Cola«, mit dem Dosengetränke verkauft wurden. Solange keine Streife in Sicht war, um die Ware einzukassieren.

Bastian fuhr mit der Hand durch das laue Springbrunnenwasser. Ein kaltes Bier wäre ihm jetzt ganz recht gewesen.

Aus dem Hotelzimmer seiner Mutter hatte er einen Reiseführer mitgenommen, der den *Parc de la Ciutadella* als grüne Oase mitten in der Stadt beschrieb. Ein weitläufiges Areal mit wechselhafter Geschichte. Erst einfache Wohnsiedlung, dann sternförmige militärische Festung und Symbol der Unterdrückung. Die hatte man irgendwann fast vollständig abgerissen, und nun gab es irgendwo innerhalb des Geländes sogar einen Zoo. Nichts davon interessierte ihn im Augenblick, und doch war er dankbar, seine Gedanken um derlei Nebensächlichkeiten kreisen lassen zu können. Alles war besser, als sich mit seinem Leben zu befassen. Mit seinem Schicksal, seiner Zukunft. Der Triumphbogen aus roten Ziegelsteinen am Hauptzugang, die prachtvollen Wege und das palastartige Gebäude, in dem das Regionalparlament tagte, strahlten einen eigentümlichen Hang zum Protz aus. War das die andere Seite des katalanischen Stolzes? Der arbeitete sonst mit eher sozialistischen Parolen und strebte die Unabhängigkeit von Spanien an. Rot-gelb gestreifte katalanische Fahnen waren im Stadtbild allgegenwärtig, oft noch um den Stern der Separatisten ergänzt. Wie am Fenster der Wohnung über *La Pausa*. Wo Montse wohnte. Wenn das nicht auch nur eine Lüge war. Eine Tarnidentität.

In seinem Rucksack schleppte er die Kamera herum, die er keine Sekunde mehr aus den Augen ließ. Warum hatte sie ihm die zurückgebracht? Und warum konnte Montse nicht einfach das sein, was sie behauptet hatte? Er musste ihr aus dem Weg gehen. Dabei mochte er sie wirklich. Aber in seinem Leben lief eben grundsätzlich alles anders als geplant. Genau wie damals an seinem Geburtstag, der in einer Schlägerei, im Krankenhaus und vor dem Jugendrichter endete. Ein Aggressionsproblem. Ja, verdammt! Jahrelang hatte er das unter Kontrolle gehabt. Comissari Soler sorgte für neues Futter. Aber das ging ihm in letzter Zeit ohnehin nicht aus.

Bis Mittwoch musste er noch in Barcelona bleiben, um dann für einen irrwitzig hohen Preis nach Hause zu fliegen. Gemeinsam mit Doris, obwohl ihm das inzwischen eigentlich egal war. Das Konsulat hatte einen Flug beschafft, auf dem er die Leiche mitnehmen konnte. Die komplette Leiche, denn Doris wollte auf keinen Fall eingeäschert werden. Er erinnerte sich nicht genau wann, nur dass sie darüber gesprochen hatten, bei irgendeiner Beerdigung. Und Norbert hatte es ihm bestätigt. Noch im Tod machte sie alles so kompliziert wie möglich. Dabei hätte ein Urnentransport vieles erleichtert. Vor allem finanziell.

Zwischen seinen Füßen klemmte eine Plastiktüte mit Einkäufen. Unterstes Level. Weil er ein Idiot war. Und einige Tage lang den coolen Typen gespielt und jede Rechnung bezahlt hatte, wenn er mit Montse unterwegs gewesen war. Jetzt also Brot und Schnaps. Ekel kroch in ihm hoch, löste das Selbstmitleid auf. Willkommen in der Realität. Er packte die Flasche aus. Seit Samstagabend war ein Vollrausch sein vorrangiges Tagesziel.

Noch länger durfte er das Studio unmöglich alleine lassen. In den Händen des einzigen Angestellten, der nicht mehr hinkriegte, als Passfotos zu machen und Rahmen zu verkaufen. Norbert konnte auch nicht auf Dauer einspringen.

Er schraubte den Deckel ab. Der erste Schluck verursachte heftigen Hustenreiz. Ein kluger Reflex des Körpers, sich gegen die Zufuhr von Nervengift zu wehren. Der zweite ging leichter runter. Nach dem dritten rief er Norbert an.

Wie durch Watte hörte er seine Sätze, die ihn fatal an Soler erinnerten. An dessen Art, alles endlos zu wiederholen. Dieser Wichser hatte sich so sehr in seinem Hirn eingenistet, dass er ihn imitierte. Wusste Doris von Rauls Tod? Wusste Norbert, was sie in Barcelona vorhatte, dass sie zu Raul wollte? Und was wollte sie bei ihm? Was, was, was? Dieses ewige Leugnen und Lügen zermürbte ihn.

»Ich kann es dir nicht sagen, Bastian. Weil ich es nicht weiß. Dieser Mann hat unsere Ehe ruiniert. Wir haben uns Mühe gegeben, seine Existenz zu vergessen, und seit Jahren nicht mehr von ihm gesprochen.«

»Ihr habt euch seinetwegen getrennt?« Das ergab keinen Sinn. Zwölf Jahre danach. Es passte nicht zu Norberts Erklärung, alles getan zu haben, damit Doris über den Vorfall hinwegkäme. Es passte nicht dazu, dass Norbert sich nicht an Raul gerächt haben wollte. Nichts passte.

Zwölf Jahre dazwischen. Zwölf Jahre.

»Der Unfall«, flüsterte Bastian. Damals war er zehn gewesen. »Habt ihr auf der Fahrt deshalb gestritten? Weil sie es dir da erzählt hat, aber du es längst wusstest? Und die ganze Zeit hast du es vorgezogen zu schweigen. Es totzuschweigen. War das deine Hilfe? Dir war immer klar, dass ich sein Kind sein könnte.«

Er brauchte einen Moment, um das Geräusch aus dem Telefon zu identifizieren. Schluchzen. *Rotz und Wasser.* Jämmerlich und unbeherrscht. Ein Eingeständnis. Er wollte sich den Anblick nicht vorstellen, presste die Fäuste auf seine Lider, bis er Blitze zucken sah.

»Du bist an dem Abend gefahren, nicht wahr? Und Doris hat die Verantwortung auf sich genommen, um dir zu beweisen, dass …« Er stockte. Dass sie zu ihm stand, obwohl er ein Mörder war. Ein Wissen, das sie nur ein Jahr lang ertragen hatte.

»Nein, Bastian.« Norbert fing sich nur langsam. »Es war anders, als du denkst. Alles ganz anders.«

## Montag, 21. August, 14:20 Uhr
## – Jaume Soler Martí –

Flurgeräusche unterbrachen die Stille, tiefes Ausatmen und gelegentliches Papierrascheln beim Umblättern. Konzentration. Erneut mussten sie Wartezeiten überbrücken, die sie nutzten, um lose Enden aus unterschiedlichen Informationssträngen zu greifen. Keiner durfte verloren gehen, auch wenn letztlich nicht alle bis zum Ende verfolgt wurden oder sich als unbedeutend herausstellten. Ein komplexes System brauchte ständige Wartung.

Calderon schwitzte über den Friedhofsprotokollen, die er am Vormittag vervollständigt hatte. Mehrere Hausbesuche inklusive, weshalb ihm das neuerliche Gespräch mit Bastian Weinhold entgangen war. Gewohnheitsmäßig nörgelte er deswegen herum, obwohl seine Anwesenheit weder erforderlich noch von Nutzen gewesen wäre. Davon abgesehen, dass er Weinhold noch weniger leiden konnte als Jaume.

»Ich bin dann so weit. Hört ihr zu?«

Domenech gab hinter dem Computerbildschirm heraus ein Zeichen, und Jaume rollte mit dem Drehstuhl ein Stück zur Seite, um Calderon besser sehen zu können.

»Bitte. Du kannst anfangen.«

»Es gibt einige namentlich bekannte Friedhofsbesucher, die rund um den 2. August da gewesen sind und inzwischen befragt wurden, aber ohne Ergebnis. Niemand erinnert sich an besondere Vorfälle. Auch vom Personal gibt es keine nützlichen Hinweise. Die Verwaltung auf dem Gelände ist ja derzeit nicht besetzt, aber auch bei der Hauptverwaltung wurden keine Ereignisse gemeldet. Gärtner und Parkplatzaufsicht konnten auch nichts beitragen. Offen ist noch das Gespräch mit einer Unbekannten, die angeblich regelmäßig einmal pro Woche erscheint, aber üblicherweise am Donnerstagnachmittag, weshalb sie eigentlich nicht als Zeugin infrage kommt. Der Mordtag war ja ein Mittwoch. Von ihr kenne ich keinen Namen und weiß auch nicht, welchen Teil des Friedhofs sie besucht. Sie redet wohl mit niemandem. Also, sehr vage die Infos zu der Dame. Und letzte Woche war sie nicht da. So viel zum Thema regelmäßig und Zuverlässigkeit der Aussagen.« Er wechselte den Papierstapel. »Ich schätze, die können wir streichen. Aber du bist der Chef, *Jefe*. Wenn du sie für relevant hältst, lege ich mich am Donnerstag auf die Lauer und passe das Phantom ab.«

Jaume schmunzelte. »Gegebenenfalls komme ich drauf zurück. War es das?«

»Nein. Du hattest noch die Baufirma für mich auf dem Plan, die das neue Eingangsgebäude errichtet.« Calderon zupfte einen Bogen heraus. »Personalliste habe ich, die ist angeblich komplett. Ein Martinez ist nicht dabei, und angeblich kennt ihn auch keiner. Nicht im Büro und nicht auf der Baustelle.«

Domenech setzte zu einem Einwand an, aber Calderon ließ ihn nicht zu Wort kommen.

»Bevor der kleine Streber was sagt: Ich hab mich nicht mit zweimal angeblich zufriedengegeben und auch das Bild rumgezeigt, nicht nur den Namen genannt. Gefälschte Papiere und so. Bin ja nicht blöd. Die Antwort blieb aber gleich. Josep Martinez: unbekannt. Spontan kam mir das glaubhaft vor. Es hat sich keiner merkwürdig benommen.«

»Vale.« Jaume seufzte. Wieder ein Haken hinter einer Idee, den er gedanklich an ein Brett nagelte und den Faden verknotete. Für Calderon musste er dringend ein Erfolgserlebnis beschaffen, damit sein Ehrgeiz sich auszahlte. Denn an den Nachbarhaken baumelten schon die fruchtlos durchforsteten Passagierlisten der Fähren und die unergiebige Hotelpersonalbefragung. Wobei sie im Hotel *Antares* kollektiv gepennt hatten. Es musste genau jenes Zimmermädchen mit dem Kopftuch gewesen sein, das ihnen durchgerutscht war, welches später mit Montse gesprochen hatte. Er knibbelte an seinen Fingernägeln. Der Kontakt war von Alba eingefädelt worden, aber das konnte nicht das ganze Geheimnis sein. Irgendwann würde er Montse fragen, wie sie das gemacht hatte. Und auch nach dem Deal mit der Kamera.

»Kann ich weitermachen?« Domenech wartete auf Calderons Zustimmung. »Ich konnte endlich den Mailverkehr von Frau Weinhold checken. Bastian hat die Wahrheit gesagt, sie hat ihm keine persönlichen Nachrichten geschickt. Keinen Text, nur Bilddateien im Anhang.« Er holte tief Luft. »Bis auf einige klitzekleine Ausnahmen.«

»Los doch, raus damit.« Calderon grummelte weiter vor sich hin, sichtlich genervt, dass Domenech bestimmt wieder Besseres zu berichten wusste als er.

»Die Mail mit den Hauseingangsbildern enthielt auch die zugehörigen Adressen.«

»Nur die Adressen?«

»Nur die, keine Namen. Und dreißig Sekunden später hat sie ihm eine zweite Nachricht geschickt mit dem Betreff: Fehler, vorherige Mail löschen! Dahinter drei Ausrufezeichen. Keine zusätzliche Erklärung.«

»Hat er reagiert?«

»Nicht unmittelbar. Aber ich habe mir seine Geburtstagsgrüße noch mal angesehen. Und da stehen unten zwei Sätze drunter, die mir komisch vorkommen. *Was passiert, wenn ich den Fehler finde? Was machst du?* Dann habe ich eine andere

Übersetzungsvariante probiert, und es kam raus: *Was finde ich, wenn ich den Fehler suche? Was hast du vor?* Beides macht in Kombination mit der Adressmail irgendwie Sinn. Aber Claudia sagt, das Zweite ist richtig.«

»Kann man das als Drohung verstehen?«

»Das konnte sie mir nicht eindeutig beantworten. Höchstens als Subtext zwischen den Zeilen.«

»Oder eine Frage der Betonung.« Calderon knurrte die Sätze zwischen den Zähnen, mit erstaunlichem Effekt. »Und jetzt stell dir das noch dazu auf Deutsch vor.«

»Ich krieg Gänsehaut.« Domenech rieb sich die Unterarme und seufzte. »Heißt das, wir brauchen noch ein Gespräch mit Weinhold?«

Jaume schüttelte den Kopf. »Nicht so schnell, bis Mittwoch läuft der uns nicht weg.« Um ganz sicherzugehen, hatte er sich erlaubt, ihm wieder jemanden an die Hacken zu hängen.

»Was haben wir noch?« Er stellte die Frage in den Raum und begann, im Büro auf und ab zu gehen. Sicheres Zeichen für die Kollegen, dass er vorhatte, diese zunächst selbst zu beantworten. »Eine gesicherte Absturzstelle durch Blutreste auf einer Steinkante, die laut Schnelltest von unserem Opfer stammen. Einen ziemlich präzisen Todeszeitpunkt durch die Zeitangabe des letzten Fotos auf dem Kamerachip.« Auf dem Carolina leider keinen Hinweis auf Löschungen und somit auch kein Bild des Mörders gefunden hatte. »Sowie einen Hauptverdächtigen, der mit einer Wahrscheinlichkeit von neunundneunzig Prozent die Finger an der Leiche hatte und zur Fahndung ausgeschrieben ist.«

»Das gefällt mir schon besser«, sagte Calderon. »Ganz konkrete Fakten. Handfest und belastbar, im Gegensatz zum Rest.«

Es klopfte.

»Darf ich?« *El Frente* streckte den Kopf herein.

»Sicher, du kommst genau richtig.« Jaume lehnte sich ans Fenster. Er war dem jungen Streetworker bei der Besprechung vor einigen Tagen zum ersten Mal persönlich begegnet, seinen Spitznamen, den so ziemlich jeder anstelle seines bürgerlichen Namens verwendete, kannte er dagegen schon länger. *Frente*, was sowohl Stirn als auch Front bedeuten konnte, passte in doppeltem Wortsinn. Bei seiner Arbeit auf der Straße stand er in vorderster Linie und verfügte zudem über einen kantigen, halbkahlen Kopf mit weit zurückgezogenem Haaransatz. Im Nacken reichte es dagegen für einen Zopf, der ihm geflochten über den halben Rücken fiel. Seine nachlässige Kleidung erinnerte Jaume an Bastian Weinhold, doch dem Streetworker konnte er das leicht nachsehen. Bei ihm gehörte das zum Job.

»Wir kriegen langsam Bewegung in die Sache«, sagte er und sah sich nach einem Sitzplatz um.

Jaume deutete auf seinen Schreibtisch und verschränkte die Arme vor der Brust. Zu langes Sitzen machte ihn träge.

*El Frente* tippte zum Dank die Fingerspitzen der gestreckten Hand wie beim militärischen Gruß an die Schläfe, ließ sich auf den Bürostuhl fallen und drehte sich einmal im Kreis. »Um die Dinger beneide ich euch echt manchmal. Ich latsche mir ganztags die Füße platt, hocke auf dem Pflaster, auf der Erde und auch mal auf der freundlich leergeräumten Ecke einer Isomatte, und wenn ich dann Schreibkram im Büro zu machen habe, wartet kein ergonomischer Sessel auf mich.« Seufzend streichelte er die Armlehnen. »Aber genug von mir. Der Hinweis mit dem Schlafsack am Hintereingang vom *Montjuïc* war super, Soler. Ich weiß, wer dort zuletzt genächtigt hat, und – welch Zufall – es ist ein Kumpel von Josep Martinez!«

»Sehr gut.« Domenech neigte anerkennend den Kopf.

»Ganz nett. Aber was bringt das? Wir haben Martinez noch nicht. Hast du wenigstens den anderen?«

»Du bist Calderon, richtig? Hab schon gehört, dass du nicht leicht zu beeindrucken bist.« *El Frente* drehte sich noch einmal mit dem Stuhl ganz herum. »Wir haben noch nie zusammengearbeitet. Verstehe, wenn es Zweifel an meinen Methoden gibt, die haben andere Kollegen auch. Ihr habt mein Wort: Ich treibe Martinez auf, und er wird kooperieren. Aus der Hehlernummer kommt er nicht raus, ist klar. Nur mit dem Mord, da macht euch keine großen Hoffnungen. Das war er nicht.« Er legte die Hand wie zum Schwur aufs Herz und sprang mit der nächsten Drehung auf die Füße. »Muss wieder weiter. Soler.« Erneut wählte er das unpassend wirkende Salutieren zum Gruß, dann klappte die Tür auch schon wieder hinter ihm zu.

Im Stillen pflichtete Jaume ihm bei. Nach wie vor sah er Martinez nicht als Mörder. Nur als sicherste Option. Sie würden weiter in alle Richtungen ermitteln.

»Der Vogel steht ja mächtig unter Strom.« Calderon warf einen Blick zur Uhr. »Ich wäre bereit für eine Pause.«

»Hm. Gleich, gleich. Wie sieht es mit Doris Weinholds Finanzen aus, Domenech?«

»Traurig. Wenn Bastian tatsächlich auf ein Erbe spekuliert haben sollte, wird er tief enttäuscht sein. Privatvermögen ist praktisch keins vorhanden, abgesehen von einer Wertpapieranlage mit einem Verkaufswert von knapp fünftausend Euro.«

»Das ist für dich also nichts?« Calderon schnaubte. »Hör dir das an, Jefe! Der Kollege hat höhere Ansprüche.«

»Ich bin ja noch nicht fertig. Dem gegenüber stehen auf den Konten des Fotostudios sehr viel höhere Zahlen – mit negativem Vorzeichen. Die Räumlichkeiten sind belastet, und auch der tägliche Betrieb läuft auf Pump.«

»Soll heißen, die Herrschaften sind pleite?«

»Oder ganz nah dran.«

Jaume stützte die Hände aufs Fensterbrett. Im Eckhaus an der Kreuzung gab es ein Immobilienbüro, an dem er manchmal in der Pause vorbeischlenderte. Dort boten sie Traumhäuser zu Fantasiepreisen an. Weit weg von jeder Realität. Aber wohnen musste jeder irgendwo. »Besitzt sie Wohneigentum?«

»Nein. Allerdings wohnt sie mietfrei.«

»Wie das?«

»Die Wohnung gehört ihrem Exmann.«

»Interessant.« Merkwürdige Familienverhältnisse. Er drehte sich um und machte auch gedanklich eine Kehrtwende. Von einer Familie zur anderen und zu den Hauseingängen, die Doris Weinhold fotografiert hatte. Immerhin wussten sie inzwischen, wer Ramon Fernandez Garcia war, vor dessen Tür Bastian gestanden hatte.

## Montag, 21. August, 14:30 Uhr
## – Ana Guerrero Lopez –

Am Morgen war Ana nicht zur Arbeit gegangen. Wie sollte sie? Er hatte ihr ein Zeichen gegeben. Ganz von selbst, ohne dass sie miteinander gesprochen hatten. Das konnte nur bedeuten, dass er sie erkannt hatte, um ihre Verbindung wusste, tief in seinem Innern. Seither schwebte sie. Obwohl dieser dumme Busfahrer gestern einfach weitergefahren war und sie einander dadurch verloren hatten. Doch dem Schrecken war schnell Erleichterung gefolgt. Sein zögerliches Winken. Zaghaft fast, bittend. Wie gern hätte sie ihm da zugerufen: »Ja, oh ja! Ich habe es gesehen. Ich verstehe!«

Die lange Zeit des Wartens ging zu Ende. Nun würde alles gut werden. Doch noch dufte sie niemandem ein Wort davon sagen. Zu sehr schmerzten die schmachvollen Augenblicke des Revidierens, wenn ein fest geplantes Ereignis sich in Luft auflöste. Immer wieder verschoben, abgesagt, neu angesetzt. Bis alle es leid waren und niemand mehr zuhören wollte. Sie verdrehten die Augen und freuten sich nicht mit. Hielten sie für eine Lügnerin. Ein Grund mehr, das Büro zu meiden.

Ana reihte sich vor dem Kiosk in die Schlange, um einen Becher salziges Popcorn zu kaufen, und zwang sich dazu, sich nicht nach ihm umzudrehen. Es war besser, wenn er sie heute nicht entdeckte. Diesmal würde sie ausreichend Geduld aufbringen und dabei vorsichtig sein, um ihn nicht zu erschrecken. Das zahlte sich aus.

Hatte Chano sie nicht gestern bereits doppelt belohnt?

Noch vor ihrem Blickkontakt im Bus, der kaum inniger hätte sein können. Als er dem Flittchen einen Korb gegeben hatte. Diesem billigen Ding, das sich ihm an den Hals werfen wollte. Erst hatte er sie zappeln lassen und dann abserviert. Weil sie genau das verdiente. Er war anders als andere Männer. Besser. Klüger. Wusste, von welchen Frauen man die Finger ließ.

Warum bedrängte die Polizei ihn nur andauernd? Konnten die nicht sehen, was sie sah? Eine reine Seele, die gelitten hatte, mehr als genug. Wie ihre eigene.

»Ab jetzt passe ich auf dich auf und beschütze dich.«

Unschuldig, hilflos und schwach. Ja, schwach. Er trank. Am Samstagabend, am Sonntagabend und heute schon am helllichten Tag. Unerträglich, das zu sehen. Alkohol tötete die Vernunft, den Willen und die Standhaftigkeit. Er tötete. Sie wischte den Gedanken mit der Hand beiseite.

»Schluss damit.« Auch davor würde sie ihn schützen.

Der Verkäufer musterte sie aufdringlich, als sie ihm einen Geldschein hinlegte. Was glotzte der so? Sie steckte das Wechselgeld ein, riss ihm das Popcorn aus der Hand und schnupperte. Der trank bestimmt auch. Soff sich sein armseliges Leben schön.

Die Frau hinter ihr in der Reihe schüttelte den Kopf, zog hastig ihr Kind an sich. Sicher hatte sie sein schlechtes Benehmen auch bemerkt. Das kommt davon. Ana kicherte und nahm ihren Platz wieder ein.

Hoch über dem Springbrunnen *Font de la Cascada* glänzte eine goldene Figurengruppe. Die Siegesgöttin in ihrem Streitwagen mit vier Pferden in vollem Lauf. Sinnbild des Triumphes, Verheißung einer glorreichen Zukunft. Ob Chano dieses Hochgefühl auch gerade spürte, so intensiv wie sie, in jeder Faser seines Körpers? Touristen posierten für Fotos, verstellten ihr die Sicht, den perfekten Blick, für den sie es in Kauf genommen hatte, in der prallen Sonne zu stehen.

»Verschwindet«, fauchte sie halblaut. »Los, haut ab!«

Wie auf ihren Befehl zog die Gruppe weiter, und Ana reckte den Hals. Wassertropfen erhoben sich zur Fontäne, fielen glitzernd herab. Doch auf dem Brunnenrand saßen Fremde. Sie ließ das Popcorn fallen, schlug eine Hand vor den Mund, suchte mit den Augen die breiten Treppen rechts und links des Beckens ab. Nichts! Wie konnte er ihr das antun?

Am Telefon hatte sie Kopfschmerzen vorgeschoben, sich krankgemeldet und auch den Arzttermin abgesagt. Schon zum zweiten Mal. Sie zitterte. Die Lüge holte sie ein, bohrte sich mit feurigen Nadeln in ihr Gehirn. Ana ging auf die Knie. Um sie herum Popcorn. Alles voller Popcorn.

## Montag, 21. August, 17:00 Uhr
## – Jaume Soler Martí –

*Carrer dels Enamorats*, die Straße der Liebenden. Dritter Stock, Appartement 3b. Im Wohnzimmer standen gerahmte Familienfotos in Dreierreihen, stützten sich an Buchrücken und Kerzenständer. Bei einigen fehlte das Glas, andere waren mit Klebeband geflickt. Jaume sah sich um, während Ramon Fernandez Garcia den Vorhang ein Stück zur Seite zog. Das Licht erweckte die Farben zum Leben. Eine Porzellanfigur der Stadtpatronin, der heiligen Mercè. Eine Ehrennadel für die langjährige Mitgliedschaft im Arbeiterverein. Eine Grußkarte zum fünfundachtzigsten Geburtstag. Von der Sorte, die eine Melodie abspielten, wenn man sie aufklappte. Auf dem Bild daneben scharten sich ein gutes Dutzend Personen um eine Frau, die in der Mitte thronte.

»Das steht alles noch so, wie meine Mutter es eingeräumt hat. Wir mussten sie vor zwei Monaten in ein Pflegeheim bringen. Nachdem sie fast ihr ganzes Leben hier gewohnt hat. Seit der Hochzeit mit meinem Vater.«

»Darf ich?« Jaume wartete auf Ramons Nicken und öffnete die Vitrine. »Eine große Familie.«

»Nicht groß genug. Drei Enkel, vier Urenkel. Aber meine Mutter redet bei jeder Feier von denen, die fehlen, weil sie nie geboren wurden.«

»Ich verstehe.« Ein Kind verlieren. Jaume mochte nicht eine Sekunde daran denken. Der Schmerz ging wohl niemals vorbei, und die Frage, wie das zu früh beendete Leben weitergegangen wäre, blieb für immer offen. Er stellte das Bild zurück und setzte sich aufs Sofa.

»Wie war das damals genau, als Ihr Bruder starb?«

»Tja, wie war das?« Ramon schlug im Sessel die Beine übereinander und wippte mit dem Fuß. »Ein Unfall beim Fischen in der Nacht. Wie das eben so ist. Eine Unachtsamkeit vermutlich. Das Meer verzeiht so etwas nicht. Er ist ertrunken. Dabei war er ein guter Schwimmer.«

»Er war allein?«

»Ja.« Ramons Fuß wippte schneller.

Jaume legte die Hände in den Schoß. Schwieg. Wartete.

»Meine Mutter hat mich am Morgen noch vor der Arbeit losgeschickt, ihn zu suchen.«

»Ach?«

»Ja. Begeistert war ich nicht, als sie angerufen hat. Das gebe ich zu. Ich dachte, wahrscheinlich hat er nur am Strand übernachtet, und sie macht sich völlig umsonst Sorgen. Es war ja Sommer und heiß. Ich war schon verheiratet, aber Raul hat noch zu Hause gewohnt, weil es billig war und praktisch, solange er studiert hat. An seinem Lieblingsplatz habe ich seine Sachen gefunden. Aber er war nicht da.« Ramon senkte die Augen. »Es hat noch einen Tag gedauert, bis er an Land gespült wurde, der Körper zerschlagen von scharfkantigen Felsen oder einem der Wellenbrecher.«

»Sie haben seine Sachen am Strand gefunden. Versteh ich das richtig, dass er nicht mit dem Boot rausgefahren war?«

»Normalerweise hat er vom Ufer aus geangelt. Er hatte kein eigenes Boot, hat sich nur ab und zu eins geliehen. Vor allem, wenn er nicht allein sein wollte.«

Nachts zu zweit auf dem Meer. Romantisch und ungestört. Etwas veränderte sich in Ramons Miene, und Jaume verstand. Er hatte den Lebenswandel seines Bruders nur bedingt gutgeheißen.

»Aber in dieser Nacht war er ganz sicher allein?«

»Ja.«

Ein einzelnes Wort. Schnell und mit fester Stimme gesprochen. Und mit einer Spur von Zweifel.

»Dreiunddreißig Jahre, Señor Fernandez. Wer auch immer bei ihm gewesen sein könnte – es ist lange her. Sehr lange.«

Ramon Fernandez Garcia schwieg.

»Etwas war am Strand anders, als es sein sollte, nicht wahr? Woran erinnern Sie sich?«

»Ich habe etwas gefunden, was ihm nicht gehörte, und … ich habe es an mich genommen.«

»Sie fürchteten, Ihr Bruder könnte etwas gestohlen haben und deswegen in Schwierigkeiten geraten?«

Ramon nickte. Jetzt, aus der Distanz war ihm offensichtlich klar, dass die Entscheidung ein Fehler gewesen sein konnte.

»Das wollten Sie direkt mit ihm klären. Und als klar war, dass Raul tot ist, haben Sie sich gefragt, wem es nützt, wenn ein schlechtes Licht auf ihn fällt. Ihre Eltern mussten auch so schon genug leiden.« Jaume dachte an Montse. Er hätte fast alles getan, um sie zu beschützen. »Was war es?«

Ramon verließ das Zimmer mit schweren Schritten. Sein gebeugter Gang erzählte von harter körperlicher Arbeit, die kleine Wohnung, die er und seine Frau bis vor kurzem mit der Mutter geteilt hatten, von einem geringen Einkommen. Es gab weder eine Klimaanlage noch einen Ventilator, nur Rollos und Vorhänge, mit denen die Räume früh am Morgen abgedunkelt und vor der Tageshitze geschützt wurden.

»Machen Sie auf, Comissari Soler.« Ramon stellte einen Karton auf Jaumes Knie.

Er hob den Deckel ab. »Ein Fotoapparat?«

»Der lag geschützt zwischen den Steinen unter seinem Pullover, der Kasten mit dem Angelzubehör obendrauf. Es sah aus wie ein Versteck.«

Eine Canon. Jaume wusste es, noch bevor er das Typenschild entdeckt hatte.

»So einen hätte er sich nie leisten können. Aber er hatte ein Faible für Technik. Für Kunst und Filme.«

»Und für Frauen«, ergänzte Jaume. Was auf Gegenseitigkeit beruht hatte, wenn er die Dinge richtig interpretierte.

»Da ist noch mehr.« Ramon bedeutete ihm, tiefer im Karton nachzusehen. »Ich bin erst Jahre später auf die Idee gekommen, den Film entwickeln zu lassen. Außer mir hat die niemand je gesehen. Ich wollte keine alten Wunden aufreißen.«

Ein Stapel Fotos in einem Umschlag. Mit fliegenden Fingern blätterte Jaume, erkannte ein ums andere Mal die Motive von Doris Weinholds Bildern, zum Teil sogar aus dem exakt gleichen Winkel aufgenommen. Ombu-Bäume am *Plaça de Prim*. Und am Brunnen mehrere junge Leute, die sich gegenseitig mit Wasser bespritzten.

»Sie können sich vorstellen, wie überrascht ich war, Raul auf den Bildern wiederzufinden. Der da ganz links, das ist er, die anderen kenne ich nicht.«

Jaume sah die Kathedrale, den Hafen, das Meer und den Strand, eingetaucht in das rötliche Licht der Abendsonne. Und immer wieder die gleichen fröhlichen Gesichter. Raul mit einem Fisch in den Händen. Braun gebrannt, gut gebaut, die Hosen aufgekrempelt. Großaufnahme. Dann leicht verwackelt, mit einer Frau in einem geblümten Kleid, die er zum Spiel ins Meer zu werfen versuchte. Seine Hände auf ihrer Taille. Eine weitere Großaufnahme, diesmal vom Gesicht der Frau. Lachend, den Blick leicht zur Seite gewandt. Vermutlich hatte sie nicht gemerkt, dass sie fotografiert wurde.

»Was ist mit ihr?« Jaume drehte das Bild um. Doris Weinhold war eine hübsche Frau gewesen. Die Jahre hatten sie verändert, aber ihre Augen waren die gleichen geblieben.

»Nein. Da muss ich passen.«

»Hm. Dachte ich mir.« Ramon sagte die Wahrheit. Sein Bruder hatte ihm nichts von ihr erzählt. »Haben Sie eine Idee, wo das aufgenommen wurde?«

»Ja, ich denke schon. Zuerst war ich nicht ganz sicher, aber wenn Sie genau hinsehen, die Gebäude dahinten, das muss der Turm der *Funicular* sein: *San Sebastià*.«

»*San Sebastià*?« Natürlich. Undeutlich erkannte er am Bildrand den Unterbau aus Stahlstreben, über dem die Hafenseilbahn startete. »Darf ich mir den Karton ausleihen, Señor Fernandez? Ich bringe Ihnen morgen alles zurück. Wenn Ihnen bis dahin etwas einfällt, rufen Sie mich an.«

Er legte seine Karte auf den Tisch, packte die Fotos und die Kamera ein und schloss den Deckel.

»Sie sind nicht wegen Rauls Tod hier, Comissari Soler. Worum geht es wirklich?«

Jaume klemmte den Karton unter den Arm. »Das sag ich Ihnen, sobald ich es weiß.«

## Montag, 21. August, 23:50 Uhr
## – Montse Soler Martí –

Mit der Stirn an den Fensterrahmen gelehnt sah sie nach draußen auf die Häuser, die sich wie ein Haufen unordentlich gestapelter Schuhschachteln um kleine Innenhöfe gruppierten. Hier und da angebaut, erweitert durch zusätzliche Zimmer, obenauf eine Terrasse. Gewachsen mit den Jahren wie die Familien, die darin wohnten. Nie wurde es restlos dunkel, nie ganz still. Wäsche baumelte auf Trockengestellen vor den Fenstern, Blumentöpfe konkurrierten mit Kinderspielzeug um den letzten freien Platz. Neben einem Trampolin stand ein aufblasbares Planschbecken in einer improvisierten Fahrradwerkstatt. Als Kind hatte Montse bei diesem Anblick so etwas wie Geborgenheit empfunden, später Beklemmung und Abscheu. Und jetzt?

Durch die Wand hörte sie Ignacia husten und dahinter Bruchstücke des Fernsehprogramms, dramatische Musik und Stimmen. Erst vor ein paar Minuten hatte sie die Bar geschlossen und war nach oben gekommen. Um halb zwölf, wie jeden Abend.

Sie konnte hier stehen und zuhören, wie ihre Mutter einschlief, aber selbst würde sie noch lange nicht schlafen können. Mitten am Tag hatte sie die Müdigkeit überfallen, auf die sie jetzt vergeblich wartete. Die Umstellung von einer Schicht zur anderen fiel ihr schwerer als sonst, trotz des freien Wochenendes dazwischen. Frei, aber nicht erholsam. Dank Bastian. Nein, es war nicht fair, ihm die Schuld zuzuschreiben. Schließlich hatte sie ihn belogen. Aber er verweigerte die Aussprache. Im Nicht-Reden waren Männer besonders gut. Da gab es wenige Ausnahmen. Hatte auch Doris Weinhold mit Raul etwas klären wollen, was vor vielen Jahren ungesagt geblieben war? Ihre Nachricht an *el santet* zu übersetzen war nicht schwer gewesen. *Bitte bring mich zu Raul.* Kurz und präzise. Und für eine eher kopfgesteuerte Frau wie Doris wohl das größtmögliche Zugeständnis an ein irrationales Unterfangen. Einen Heiligen um Hilfe zu bitten glich einer Verzweiflungstat. Es musste ihr verdammt wichtig gewesen sein. An der Stelle war Montse sich mit ihrer Mutter einig. Sie streifte eine Sporthose über, öffnete die Zimmertür und schlupfte in ihre Turnschuhe.

Der Fernseher verstummte, der Sessel ächzte. Als sie sich aufrichtete, stand Ignacia neben ihr. »Du gehst noch weg?«

Kommentarlos steckte Montse den Hausschlüssel ein. Sie musste raus, das Meer hören, die Nacht spüren. Bis die geistige Erschöpfung schlichter Leere wich und nur körperliche Erschöpfung übrigblieb.

»Wohin gehst du?«

»Wonach sieht es denn aus?«

An der Promenade würde sie nicht allein sein. Die gute Beleuchtung lockte fast rund um die Uhr Läufer an. Nachteulen und unfreiwillig Schlaflose wie sie.

Ignacia legte ihr die Hand auf den Arm. »Ich will doch nur nicht, dass dir wieder einer wehtut.«

Montse schenkte ihr ein bemühtes Lächeln, steckte die Kopfhörer in die Ohren und drehte die Musik laut. Wieder einer. Ignacia meinte es gut. Wie immer. Ohne die Wahrheit zu begreifen. Ihr Herz würde kein zweites Mal brechen.

## Dienstag, 22. August, 10:10 Uhr – Jaume Soler Martí –

Aus einem der Zimmer drang das Klappern einer Tastatur, gedämpfte Stimmen aus einem anderen. Der Flur war lang und hell, kühl in Farbe und Temperatur, schmucklos und zweckmäßig. An der Wand befanden sich verschraubte Sitzmöglichkeiten, keine Stühle zum Randalieren, nichts zum Umwerfen oder was als Waffe hätte verwendet werden können.

Jaume beeilte sich. Er war spät dran. Paloma hatte ein Vorstellungsgespräch und es ihm überlassen, die Kinder fertig zu machen und in den Kindergarten zu bringen. Ein Vorhaben, das Rafael und Gabriela sehr erfolgreich hinausgezögert hatten. Und er machte gute Miene zu alldem, obwohl er keine Veränderung wollte. Workshops in einem privaten Atelier zu geben war doch in Ordnung. Keine Herausforderung. Aber ungefährlich. So wie sie es vereinbart hatten. Damals in Madrid.

*El Frente* und Josep Martinez saßen nebeneinander und steckten die Köpfe zusammen, lange Zotteln und eine hohe Stirn. Auf Entfernung kaum auszumachen, wo der eine anfing und der andere endete. Links kurze Hosen und borstige Beine, rechts eine ausgebeulte Jeans, darunter Sandalen und ein blauschwarz verfärbter Zehennagel. Dem einen baumelten Fußfesseln um die nackten Knöchel. Das unterschied sie am deutlichsten. Für *el Frentes* Job musste man geboren sein. Jaume gestand sich ein, dass ihm diese Nähe zur Klientel der anderen Seite schwerfiel. Es grenzte an Verbrüderung, was ihm geradezu widerstrebte. Bei allem Verständnis. Ihm ging die Anpassung zu weit, auch wenn sie nötig sein mochte, um Anerkennung und Vertrauen zu gewinnen. Genau dahin wollte Paloma zurück. Zu Anerkennung und Vertrauen in der Therapie. Sei es mit schwierigen Jugendlichen oder mit Straftätern. Allein der Gedanke, sie könnte wieder ein Gefängnis betreten, bereitete Jaume bohrende Kopfschmerzen.

Breitbeinig stand ein Uniformierter an der Seite, die Hände hinter dem Rücken, die Augen geradeaus.

*El Frente* hob den Blick. »Fußfesseln«, reklamierte er. »Dabei ist er freiwillig gekommen. War das notwendig?«

Über die Freiwilligkeit seines Erscheinens konnte man geteilter Meinung sein. Martinez hatte dem Drängen des Streetworkers erst auf den Haftbefehl hin nachgegeben. Wenn der eines sicher nicht war, dann ein unschuldiges Lamm.

Jaume gab dem Uniformierten ein Zeichen, die Fesseln zu lösen, und rückte den Karton zurecht, den er unterm Arm trug.

»Verbindlichsten Dank.« *El Frente* setzte an weiterzureden, aber Jaume bremste ihn aus.

»Sobald mein Kollege eingetroffen ist, beginnt die Vernehmung, und zwar ohne dich. Du bist kein Rechtsbeistand. Ist einer angefordert, auf den wir warten müssen? Wenn du bleiben willst, bis wir fertig sind, kannst du das gerne tun. Aber dann hier.« Jaume deutete auf den Platz, von dem er sich gerade erhoben hatte, und an Martinez gerichtet zum anderen Ende des Flures. »Nach Ihnen.«

»Kopf hoch, Josep.« *El Frente* seufzte und redete lauter werdend weiter, während sie sich entfernten. »Sag einfach die Wahrheit. Soler ist ein fairer Mann – nicht wahr, Soler? –, auch wenn kein Anwalt dabei ist.«

Hinter sich hörte Jaume schnelle Schritte, ausladend und gleichmäßig, die er eindeutig Domenech zuordnen konnte. Calerdon schnappte ein wenig mit dem linken Bein, wenn er sich beeilte, und schaffte nur eine geringere Frequenz. Außerdem war Domenech meistens leiser. Jaume lächelte, als sich seine Theorie bestätigte. Es schulte die Wahrnehmung, auf solche Kleinigkeiten zu achten und sie immer wieder zu überprüfen. Domenech kam zeitgleich mit ihm am Vernehmungsraum an, einen Aktendeckel in der Hand, und murmelte eine Entschuldigung. Eigentlich hätte er zuerst da sein sollen und alles vorbereiten.

Der Uniformierte war ihnen gefolgt und postierte sich unmissverständlich vor der Tür, die Fußfesseln griffbereit am Gürtel, um sie bei Bedarf sofort wieder anzulegen.

Jaume stellte den Karton auf den Boden und setzte sich Martinez gegenüber an einen Tisch, auf den Domenech die Akte legte. Graugrüne Pappe. Gerade zur Tischkante ausgerichtet.

Sie schwiegen. Domenech regulierte die Klimaanlage, justierte die Jalousie vor dem Fenster, um für ausreichende Beleuchtung zu sorgen, blendfrei, aber ohne einen Ausblick zu gewähren. Milchig-diffuse Helligkeit breitete sich aus, die zur kargen Ausstattung passte.

Martinez schreckte die unpersönliche Atmosphäre nicht ab, er kannte das, hatte die Belehrung vor Vernehmungsbeginn schon zur Genüge gehört und sicher weit hässlichere Räume gesehen als diesen. Erst als Jaume die Mappe aufschlug, reagierte er. »Ich habe die Frau nicht umgebracht.«

Jaume blätterte die Seiten eine nach der anderen um.

»Hören Sie, Comissari? Das war ich nicht.«

Jaume blätterte weiter, sortierte verdeckt einige Fotos, betrachtete sie, arrangierte sie um und reichte sie Domenech, der sie wie beim Kartenlegen einzeln vor Martinez aufdeckte. Die Nische voller Diebesgut, die verschobene Platte über dem sarkophagartigen Grab, die Leiche. Vergrößerungen, Mikroskopaufnahmen, zuletzt Doris Weinhold, lächelnd.

»Wir haben Fingerabdrücke und Hautschuppen«, sagte

Domenech. »Von Ihnen. Am Grab, an der Toten. Und unter ihr. Ist Ihnen klar, was das heißt?«

Jaume schlug ein Bein über das andere, trat dabei gegen den Karton. Umständlich langsam korrigierte er seine Haltung und stellte den Karton am äußeren Rand auf dem Tisch ab. So weit weg von Martinez wie möglich. »Sieht nicht gut für Sie aus.«

»Was ist das?« Martinez deutete mit dem Kinn zum Karton.

Jaume schürzte die Lippen und schüttelte den Kopf. »Nicht von Belang.«

»Interessante Grabbeigaben.« Domenech verzog keine Miene. Mit ausdrucksloser Stimme verlas er die Bestandsliste der Nischenfundstücke. »Auch alle mit Ihren Spuren versehen. Allerdings ist nichts dabei, was Frau Weinhold gehört hat.«

Martinez rutschte zur Stuhlkante und zurück.

»Das könnte jetzt gut für Sie sein. Ist es aber nicht. Wir gehen davon aus, dass Sie der Toten alle Wertgegenstände abgenommen und diese sofort verkauft haben.«

Jaume wischte eine Spinnwebe vom Karton. Obwohl es Domenech war, der mit ihm sprach, war er sich Martinez' Aufmerksamkeit sicher. Er konnte geradezu riechen, wie seine Nervosität sich steigerte. Beiläufig verschob er die Pappkiste um wenige Millimeter nach links. Dann zurück nach rechts.

»Was haben Sie da drin?«

Jaume blieb stumm, sah Martinez nicht an.

»Unerheblich.« Domenech hatte Jaumes Spiel offenbar durchschaut und spielte mit. »Dieser ganze Kram in der Nische, den haben Sie deponiert. Daran gibt es keinen Zweifel. Aber was war mit der Frau? Erzählen Sie uns Ihre Version.«

»Das war ich nicht«, beharrte Martinez. »Mit der habe ich nichts zu tun.«

»Nichts?« Jaume prustete. »Kennen Sie sich mit Kameras

aus, Señor Martinez?« Mit einem Finger klopfte er rhythmisch auf dem Tisch, dann gegen den Karton. »Ein bisschen ganz bestimmt. Nicht wahr? Jedenfalls, was deren Wert betrifft. Wie viel haben Sie für die Canon gekriegt?«

Martinez seufzte resigniert. »Dreihundert. Mit allem Drum und Dran. Ja, ich weiß, ich hab mich linken lassen. Da war mehr drin. Aber das hat ein anderer abkassiert.«

»Es gibt keinen Anstand mehr auf dieser Welt.« Domenech zog die linke Augenbraue hoch. »Wie kamen Sie zu der Kamera?«

»Die lag da einfach. Und ich hab sie mitgenommen. Die tote Frau brauchte sie ja nicht mehr.«

Sehr einleuchtend. Jaume überließ weiter Domenech das Feld und beschränkte sich aufs Zuhören und Beobachten. Martinez war ein Idiot. Leicht manipulierbar und vielleicht berechnend. Aber nicht genug, um kaltblütig zu töten oder sich erfolgreich zu verstellen. Also war er lediglich ein Zeuge. Ob ein guter, würde sich noch zeigen.

»Sie haben die Kamera also gefunden. Sehr gut, Señor Martinez. Jetzt kommen wir zusammen. Ab sofort brauche ich es allerdings so genau wie möglich. Sie haben also die Kamera genommen, die Tasche mit dem Geld, den Papieren und dem Smartphone …«

»Ja. Nein! Da war kein Smartphone. Ladekabel, Adapter und solches Zeug, aber kein Telefon oder so was. Sie hatte auch keins in der Tasche. Ich habe nur das Geld behalten, viel war das nicht. Und die Karten. Den Rest habe ich mit ihrem Rucksack in einen Müllcontainer geworfen.« Er machte eine geringschätzige Handbewegung. »Mit den Karten konnte man aber nichts anfangen.«

»Haben Sie gesehen, was passiert ist? War sonst noch jemand in der Nähe?«

»Nein. Nichts. Und da war auch keiner außer mir. Sonst

hätte ich ja nicht …« Martinez zuckte die Achseln. »Das Tor war schon zu.«

»Und dann haben Sie sie weggeschafft.«

»Was sollte ich denn machen? Die lag ja nur ein paar Meter neben meinem Lager. Ich dachte mir, wenn die Polizei wegen einer Leiche auf dem Friedhof rumschnüffelt, bleibt kein Stein auf dem anderen, und ich fliege auf. Hat ja auch gestimmt. Sonst wäre ich jetzt nicht hier. Hätte wohl noch weiter weg gemusst mit ihr. Aber die war schwer, sag ich Ihnen. Und ich wusste nur von einem Grab, das offen stand. Hatte ich schon mal abgecheckt, ob ich da auch was deponieren kann. War aber völlig ungeeignet. Die Platte zu verschieben ist die Hölle. Das Ding ist noch schwerer als die Alte. Tschuldigung.« Er bekreuzigte sich.

Jaume schüttelte den Kopf. Da stimmte etwas nicht.

»Was denn, Comissari Soler? Ich lüge nicht!«

»Ganz ruhig, Martinez.« Domenech packte ihn an der Schulter und hinderte ihn aufzuspringen. *»Jefe?«*

Dieser Martinez war als Erster bei der Leiche gewesen, hatte sie bewegt, den toten Körper weggeschleppt. Ihre Sachen durchsucht. Und alles gesehen, ehe er es veränderte. »Wo genau haben Sie die Kamera gefunden?«

Verständnislos verzog Martinez das Gesicht. »Na, auf dem Boden, neben ihr. Wo sonst?«

»Sie hatte sie nicht umgehängt?«

»Nein. Die steckte in der Tasche, mit dem ganzen Zubehör.«

Das war es. Doris Weinhold war abgestürzt, hatte etliche Knochen gebrochen, aber die Kamera war unversehrt geblieben. Er hatte sie gesehen, auf Montses Schoß, und auch die gepolsterte Tasche. Domenech stellte weitere Fragen, doch Jaumes Gedanken drifteten ab. Er glaubte Martinez. Er glaubte ihm sogar, dass es ihn weder interessiert hatte, wie noch wieso Doris Weinhold ums Leben gekommen war. Und wenn die

Kamera eingepackt neben der Toten gelegen hatte, war das für Jaume schon fast der letzte Beweis, um einen Unfall endgültig auszuschließen.

»Ein Blatt«, sagte er. »Papier und Stift?« Er tippte Domenech an, der das Gewünschte scheinbar aus dem Nichts zauberte. Unberührt von der jähen Unterbrechung.

»Zeichnen Sie es auf, Martinez. Lage der Toten, Lage der Kameratasche. So exakt wie möglich.«

Sichtlich verwirrt setzte Martinez einige Striche, guckte immer wieder zu Jaume hoch, der sich vor ihm auf den Tisch stützte, nachhakte und ihm schließlich den Zettel entriss.

»Wir sind fertig. Du erledigst den Rest, Domenech.«

»Wie, Sie gehen? Was wird denn jetzt mit mir, Comissari?«

Jaume packte die Zeichnung und den Karton, klopfte Martinez im Gehen auf die Schulter, ließ die Tür offen stehen. »Keine Fußfesseln mehr für den Herrn«, wies er den Uniformierten an. So laut, dass sie es drinnen hörten.

*El Frente*, der tatsächlich noch auf dem Flur wartete, fertigte er mit einem knappen Nicken ab. »Anklage bleibt bei Kleinkram«, schleuderte er ihm entgegen und stürmte weiter. Er brauchte Carolina und den anderen Martinez, ohne Umweg oder weitere Verzögerung. Im Treppenhaus setzte er kurz den Karton ab und wählte ihre Nummer.

»Bin auf dem Weg zu euch«, raunzte er in einem Ton, der Calderon Ehre gemacht hätte. »Bin in drei Minuten da.«

Erst als er ohne Klopfen ins Büro der Kriminaltechniker stürzte und beide in Habachtstellung vor ihm standen, kam er zur Besinnung. Geräuschvoll ließ er den Atem entweichen, bis er seine Lunge geleert hatte, machte kehrt, holte das Klopfen nach und betrat den Raum ein zweites Mal.

»Habt ihr ein paar Minuten für mich?«

»Hola, Soler. Was für eine Überraschung.« Jesus Martinez feixte. »Brauchst du einen Schnaps oder einen Kaffee?«

»Wieso oder?« Carolina schubste Jaume einen Stuhl entgegen, der sich kreiselnd drehte. »Ich habe schon auf dich gewartet. Wegen der zertretenen Rose.«

Jaume zügelte seinen Drang, sofort seiner neuesten Idee nachzugehen. Wenn Carolina ihn erwartet hatte, dann hatte sie auch etwas zu berichten. »Bitte. Dann du zuerst.«

»Ich habe mir Vergleichsexemplare besorgt und getestet. Mit einer Sandale, wie die Weinhold sie getragen hat, kriegt man die Blume nicht klein. Jedenfalls nicht so. Dazu war die Sohle zu weich. Das braucht schon eine scharfe Absatzkante. Außerdem konnte ich zwei Teilabdrücke von Fingern retten. Allerdings sind die nicht besonders aussagekräftig. Einer könnte vom Opfer stammen, der andere nicht. Eine präzisere Aussage ist im Augenblick leider nicht drin. Obwohl – Martinez hat sie auch nicht angepackt.« Sie ging außer Reichweite ihres Kollegen in Deckung. »Weder der eine noch der andere.«

»Lustig. So lustig, Carolina.« Jesus Martinez zeigte beim Lächeln die Zähne. »Hast du schon wieder Nachschub zum Untersuchen in deinem Karton, Soler?«

Jaume runzelte die Stirn. Darüber hatte er noch gar nicht nachgedacht. An der alten Kamera konnte schwerlich etwas zu finden sein. Er wedelte mit der Zeichnung.

»Nein. Eigentlich bin ich deswegen hier. Laut Selvanegras Lieblingsverdächtigem …«

»Martinez, dem Älteren«, warf Carolina dazwischen.

»… hat er die Leiche von Doris Weinhold in der Position vorgefunden, die er mir aufgemalt hat. Rückenlage, wie es die Gerichtsmediziner angenommen haben. Und die Tasche mit der Kameraausrüstung befand sich etwa einen Meter seitlich, zu ihren Füßen.« Jaume bohrte zur Verdeutlichung den Zeigefinger ins Papier. »Näher an der Wand.«

»Du willst eine Plausibilitätsprüfung? Kein Problem.«

»Eine Hälfte davon haben wir schon.« Martinez plumpste

auf seinen Bürostuhl und rollte zum Computer. »Unser nettes kleines Simulationsprogramm hat uns verraten, dass a) Fallhöhe und Ort mit den Verletzungen der Toten harmonieren und b) eine erhöhte Dynamik im Spiel gewesen sein muss.«

Carolina startete die Simulation. »Sprich, die Dame ist nicht aus dem Stand an der Kante abgerutscht, sondern in der Bewegung. Mit Schwung durch die Schlingpflanzen.«

Schon vor Ort war Jaume klar gewesen, dass ein Absturz ohne Fremdeinwirkung mit der Kamera vorm Gesicht sehr viel wahrscheinlicher gewesen wäre. Zu weit vorgebeugt beim Fokussieren eines Motivs oder ein falscher Schritt beim Rückwärtslaufen. Dabei hatte er in Erwägung gezogen, dass es einen Kampf um die Kamera gegeben hatte, in dessen Folge es zum tödlichen Absturz gekommen war. Dann aber hätten sich in diesem Augenblick die Wege Doris Weinholds und ihrer Kamera trennen müssen. Hatten sie aber nicht.

Auf dem Bildschirm kippte die menschliche Silhouette in Dauerschleife nach hinten über und breitete die Arme aus.

Jaume rieb sich den Unterkiefer. »Versucht jetzt mal die Position der Kameratasche einzufügen, dass sie an der gleichen Stelle landet wie auf der Zeichnung.«

»Wir brauchen die genauen Maße und das Gewicht.«

»Kriegt ihr.« Bastian Weinholds Angaben hatte er in seinem Smartphone gespeichert.

Carolina las die Daten vor, und Martinez fütterte den Computer. Die Figur kippte, stand wieder auf, kippte erneut. Ein makaberes Spiel mit immer gleichem Ausgang: Die Tasche landete nicht dort, wo sie sollte.

»Versteh ich nicht. Sieht aus, als hing die Tasche weder über ihrer Schulter, noch hielt sie das Ding in der Hand.«

»Lass mich mal.« Carolina drängte sich an die Tastatur und versperrte ihnen den Blick. Als sie die Sicht wieder freigab, lag die Tasche fast richtig.

Martinez schnaubte. »Zeig mir, wie du das gemacht hast, und du hast ein Mittagessen gut.«

»Ganz einfach.« Carolina ließ die veränderte Eingabe ablaufen. »Ich trenne die beiden Vorgänge. Mensch und Tasche fallen unabhängig. Jetzt fragt mich bitte keiner, wieso. Oder soll ich etwa die ganze Arbeit alleine machen? Ein bisschen was muss ja für dich und deine Jungs übrigbleiben, nicht wahr, Soler? Sonst wärt ihr überflüssig.«

Jaume nickte. Die Lösung war ganz nah. »Das ist gut. Sehr gut.« Er ließ die Lehne von Martinez' Stuhl los.

»Vergiss deinen Karton nicht. Oder ist da doch noch etwas für uns drin?« Carolina rieb sich erwartungsvoll die Hände. »Komm, lass mal sehen!«

Jaume löste die Schnur, die Ramon umständlich verknotet hatte, und packte die alte Canon aus.

»Das ist aber nicht die Kamera, über die wir gerade gesprochen haben?« Mit ihrem geschulten Blick erkannte Carolina sofort, dass die Größenangaben aus der Simulation nicht zum vorliegenden Objekt passten.

»Nein. Darauf sind höchstens ein paar Fingerabdrücke unseres Opfers, die aber nichts mit ihrem Tod zu tun haben können. Damit verschwendest du nur Zeit.«

Carolina zuckte mit den Schultern. »Gib trotzdem her. Es ist meine Zeit. Und da der liebe Martinez mir ein Mittagessen spendiert, das ich mir von ihm direkt ins Labor liefern lasse, hab ich die ganz schnell wieder drin.« Sie streifte Handschuhe über. »Werden wir ja sehen, ob das alte Schätzchen nicht doch etwas zu erzählen hat.«

Domenech verlor kein Wort darüber, dass Jaume ihn ohne Erklärung mit ihrem Verdächtigen hatte sitzen lassen. Und Jaume fragte nicht nach, wie er die letzten Formalitäten abgewickelt hatte. Vertrauen beruhte auf Gegenseitigkeit. Nur der Karton, den er immer noch herumschleppte, weckte auch Domenechs Neugier.

»War das ein Bluff für Martinez, oder hast du da drin tatsächlich die verschollene Kamera?«

»Ein halber Bluff.« Jaume entnahm den Umschlag und verteilte Ramons Abzüge.

»Noch mehr Fotos?« Calderon stöhnte.

»Noch mehr Fotos und noch eine gestohlene Kamera. Die hat sich allerdings schon Carolina unter den Nagel gerissen.«

»Ich versteh nicht.« Zunehmend irritiert studierte Domenech die Bilder. »Wo kommen die jetzt her?«

»Unmittelbar aus der Vergangenheit.«

»Das ist aber nicht in Barcelona aufgenommen, oder?« Domenech drehte eine Aufnahme um. Fischerboote lagen Kiel oben am Ufer, daneben trockneten Netze auf zerklüftetem Untergrund vor einer Bretterbude. Soweit vorhanden war der Anstrich ausgebleicht, in großen Teilen jedoch abgeblättert. Bauschutt und Müll lagerten zwischen Gestrüpp an einer Bahntrasse. Daneben duckten sich barackenähnliche, eingeschossige Gebäude eng aneinander.

»Wie alt bist du?« Calderon brummte. »Das sah am Ufer früher überall so aus. Von *Barceloneta* bis *Poblenou* und noch weiter.«

Domenech hob die Augenbrauen. »In welchem Jahrhundert?«

»Bis in die achtziger Jahre.« Jaume hängte mit einem Magneten ein anderes Bild an die Wand. »Zwanzigstes Jahrhundert. Ich habe das als Jugendlicher noch genau so erlebt, nur einen Steinwurf von zu Hause entfernt. Bis die Umbauten für die Ausrichtung der Olympischen Spiele 1992 begannen.«

»Ah, verstehe. Wir sind erst später hergezogen. Nach der Grundschule.« Domenech schüttelte den Kopf. »Kaum zu glauben.«

»Hörst du das? Er hat noch das ABC gelernt, als ich schon verheiratet war und du die erste Freundin hattest, *Jefe*. Am Meer war früher kein Platz zum Sonnenbaden, Kleiner. Da war es hässlich. Barcelona ist durch Industrie groß geworden. Wer zwischen Bahn und Meer wohnte, der konnte nicht anders.«

Mit den Fotos kam der Geruch nach Seetang und Motorenöl zurück, löste ein sehnsüchtiges Kribbeln in Jaumes Eingeweiden aus. Er liebte das Meer. Immer schon. Auch die rauen und abweisenden Seiten. Unauffällig rieb er mit der Hand über seine Wade, als müsse er den Sand abstreifen, den er auf dem Foto an Rauls nackten Beinen sah. Gestochen scharf, wie alles, was Doris festgehalten hatte. Kontur und Farbe, Schatten und Licht verwandelten sich in reine Emotion. Ein beeindruckendes Talent. Oder war es seine Erinnerung, die Doris Weinholds alte Bilder mit Bedeutung auflud, ihnen mehr Tiefe und Wärme unterstellte als den neuen?

»Außer den Fischern hat es kaum jemanden zum Wasser gezogen. Die Stadt mit dem Rücken zum Meer, haben die Alten Barcelona genannt. Es wurde genutzt, aber mehr nicht.«

Calderon grummelte weiter. »Die olympischen Spiele haben alles verändert. Plötzlich gab es Geld. Sie verlegten die Bahnlinie und mit der *Ronda Litoral* den Autoverkehr unter die Erde, rissen die armseligen Siedlungen ab, schütteten Sandstrand auf. Das ganze Viertel um den *Port Olímpic*, die breite Promenade und die gesamte Infrastruktur am Meer entstanden neu.«

»Krass. Das wusste ich alles nicht.« Domenech hängte ein zweites Foto an die Wand. Doris und Raul mit den Füßen in der Brandung. »Habt ihr das Kleid gesehen? Fast das gleiche Blumenmuster wie bei dem, das sie bei ihrem Tod getragen hat. Aber noch viel mehr interessiert mich, wem wir diese Bilder zu verdanken haben.«

»Und was sie uns für den aktuellen Fall bringen. Nichts für ungut, *Jefe*. Wir haben Josep Martinez.«

Jaume schaukelte geistesabwesend vor und zurück. »Ramon Fernandez Garcia hat sie mir gegeben«, murmelte er. Vor seinen Augen tanzten die Fotos hin und her, drehten ihm ihr Motiv zu und verbargen es wieder wie beim Memoryspiel mit seinen Kindern. Bis sich mit einem Mal neue Paare gruppierten. Blumenmuster. »Aufgenommen hat sie Doris Weinhold.« Natürlich mit Ausnahme der beiden Bilder, auf denen sie selbst zu sehen war. Er unterbrach sein Schaukeln. »Ich will, dass du Norbert Weinhold überprüfst, Domenech.«

»Sein Alibi?«

»Sein Alibi«, bestätigte er. »Und räumt mir die Wand ab. Das sind zu viele Informationen. Viel zu viele. Ich will sie ganz sauber haben.« Dann würden sie noch einmal von vorn anfangen. Mit dem Jahr 1984.

## Dienstag, 22. August, 12:30 Uhr
## – Bastian Weinhold –

Hinter ihm schloss sich die Tür. Bastian legte den Kopf in den Nacken. Frei. Endlich alle Formalitäten erledigt. Die letzte Unterschrift auf dem letzten Dokument. Nein, frei ging zu weit. Richtig frei würde er erst sein, wenn er dieses Land verlassen hatte. Wenn Soler ihn in Ruhe ließ und die Ermittlungen aufgab. Wenn Doris unter der Erde war.

Noch meinte er, in jedem zweiten Blick eines Fremden Neugier und Wissen zu lesen, deutete ein Lächeln als konspiratives Zeichen oder Spott. Er konnte den Eindruck nicht mehr abschütteln, unter Beobachtung zu stehen, Schritt für Schritt, Atemzug für Atemzug. Gestern im Park hatte er sich sogar eingebildet, die Frau aus dem Bus zu sehen, und am Morgen noch mal. Kurzentschlossen war er losgerannt. Auf sie zu. Aber im Getümmel der Metrostation *Plaça de Catalunya* war sie ihm entwischt. Oder vielleicht nie da gewesen, und nur sein Hirn narrte ihn mit beginnender Paranoia.

Er blinzelte zum Himmel und blendete die Menschen um sich herum aus. Mittelmeerblau. Nur noch für diesen einen Tag. Zu Hause konnte er den gleichen Himmel sehen, dessen Farbe sich kaum von der über Barcelona unterschied, und doch würde alles anders sein. Es musste an der Spur von Salz liegen, dass die Luft sich weicher anfühlte und die das Schwitzen erträglicher machte als in Frankfurt. *Ich suche das Wasser und die Weite, den endlosen Ozean, der weder Zeit noch Reue kennt.* Keine Reue, das war ein gutes Stichwort. Den Rest des

Gedichtes bekam er nicht mehr zusammen. Irgendetwas mit »Geliebten im Sturm« und »Vernichtung«. Seinen Aufenthalt am Meer ausklingen zu lassen wäre der ganzen Geschichte angemessen. Bastian biss sich auf die Zunge. Passend in vielerlei Hinsicht, genau wie dieses blöde Gedicht, das durch seinen Kopf geisterte. Mit Montses Stimme statt mit der seiner Mutter. Letztlich machte es kaum einen Unterschied. Beide hatten ihn belogen. Anscheinend stand ihm das auf die Stirn geschrieben: Erzählt mir irgendeinen Scheiß. Und Norbert war genauso ein Lügner wie alle anderen. Noch dazu ein Feigling. Warf ihm ein paar Sätze hin, die nach Enthüllung rochen, um dann zu kneifen. Nicht am Telefon. Lieber persönlich. Wenn du wieder da bist. Alles nur Ausflüchte. Und die ganze Zeit nannte Norbert ihn Sohn. Immer wieder. Sohn. Bis das Wort seine Glaubwürdigkeit und jede Bedeutung verlor.

Sein Genick wurde steif, und er senkte den Kopf, holte das Smartphone heraus, das er seit Tagen jeweils nur so lange einschaltete, wie es unbedingt sein musste. Er wollte weder erreichbar sein noch aufgespürt werden können. Er verschickte eine Kurznachricht, sah das Muster einer stilisierten Blume auf den Gehwegplatten, roch den Duft einer Bäckerei von links. Doch sein Gehirn war wie leergefegt. Welche Worte hatte er gewählt – eine Entschuldigung, eine Bitte, ein Ultimatum? Sein Blick huschte die Straße auf und ab. Da war niemand. Er musste das in den Griff kriegen, bevor er durchdrehte, musste aufhören, sich dauernd umzusehen. In seiner Hand vibrierte das Smartphone. *Ich werde da sein.*

Diesmal gab es kein Zurück. Kein Schweigen. Kein Abwarten. Befreiung bedeutete auch, reinen Tisch zu machen. Antworten zu fordern, auf der Wahrheit zu bestehen und Lügen über Bord zu werfen. Ja, genau das würde er tun. An der Mole. In der Brandung. »Und nur der endlose Ozean wird mein Zeuge sein.«

## Dienstag, 22. August, 14:05 Uhr
## – Jaume Soler Martí –

Nackt und bloß starrte die Wand ihn an, und Comissari Jaume Soler Martí starrte zurück. Josep Martinez, dieser Idiot, hatte sich wie befürchtet mit einem Anwalt beraten. Einem dieser Oberschlauen, der sich profilieren wollte und der dafür den Fall aufbauschte. In der Folge hatte Martinez eine neue Aussage gemacht, die alles über den Haufen warf, sich in Widersprüche verstrickt, und am Ende, kaum zwei Stunden nach der ersten Vernehmung, hatte er jedes Wort widerrufen. Ein Umstand, der Selvanegra trotz allem hoffen ließ, dass sie Martinez doch noch für Doris Weinholds Tod drankriegen konnten. Raubmord an einer Touristin. Sosehr Selvanegra die Titelzeile in den Medien fürchtete, so scharf war er andererseits darauf, sich an gleicher Stelle mit der Auflösung und der Präsentation eines Täters zu schmücken.

Computer summten, ein Drucker ratterte und spuckte Papier. Es hätte von Kollegen nur so wimmeln müssen, und doch saßen sie wieder nur zu dritt im Büro. Weiter gegen Martinez zu ermitteln ergab nach Jaumes Dafürhalten keinen Sinn. Ohne neue Beweise war das nur verschwendete Zeit. Morgen fiel dem Anwalt sicher eine neue Geschichte ein. Und bis dahin fütterte er vermutlich irgendwelche Reporter mit einer waghalsigen Theorie, die ihn zum Helden im Kampf für Gerechtigkeit machte und Martinez zum Opfer polizeilicher Willkür. Aber davon wollte Selvanegra nichts hören.

»Norbert Weinhold hat für den 2. August ein Alibi. Einen Geschäftstermin in Deutschland, den er nachweislich wahrgenommen hat, und zwar am Nachmittag. Er kann unmöglich unmittelbar mit dem Tod seiner Ex-Frau zu tun haben.« Domenech schrieb Namen und Daten an die Wand, befestigte Bilder, zog Verbindungslinien.

»Damit sind Vater und Sohn aus dem Rennen?« Calderon baute ein kleines Büffet vor sich auf. Gegrilltes Gemüse und Teigtaschen. *Empanadillas*, die nach Thunfisch, Fleisch und Zwiebeln dufteten. »Schade eigentlich. Weißt du das wieder von deiner Kommissarin Claudia? Mir hätte es gefallen, wenn die Deutschen sich gegenseitig abgemurkst hätten.«

»Der Spruch hätte von Selvanegra sein können.« Domenech machte mit seiner Liste weiter.

»Ja, und? Recht hat er. Ist allemal besser, wenn es niemand aus Barcelona war. Zur Not dann eben doch Martinez.«

Josep Martinez stammte aus einem Dorf in Zentralspanien und war somit kein echter Barcelonese. Nicht mal Katalane. Jaume schüttelte stumm den Kopf. Als ob es keine wichtigeren Fragen gäbe als die Herkunft eines Verbrechers. Ihn interessierte diese nur, wenn sie in unmittelbarer Beziehung zur Tat stand. So oder so kam Josep Martinez für ihn nicht als Täter infrage. Bastian Weinhold blieb dagegen auf seiner Liste. Wider jede Vernunft. Der Kerl war Teil des Problems und garantiert auch Teil der Lösung.

»1984«, sagte er. »Doris, Norbert und Raul treffen aufeinander. Jung, unbekümmert, in Feierlaune. Dann verunglückt Raul, und Norbert heiratet Doris.«

»Und die stirbt Jahre später ausgerechnet vor Rauls Grab.« Domenech platzierte eine Aufnahme der Nische zwischen den Namen der beiden Toten. »Was übersehen wir?«

Zufall und Schicksal. Da waren sie wieder. Aber sie würden ihn nicht länger in die Irre führen. Egal ob Hand in Hand oder in einer Umarmung. Jaume reichte Domenech ein weiteres Foto. Blumenmuster auf einem Kleid. Getragen 1984, am Strand von *Sebastià*. »Ich bin nicht sicher.«

Er würde Montse um Hilfe bitten. Nur das stand fest. Und dass er diesen Schritt jetzt schon bereute.

## Dienstag, 22. August, 18:00 Uhr
## – Montse Soler Martí –

Möwen zogen Kreise über der Mole, die die Strandabschnitte *Bogatell* und *Mar Bella* voneinander trennte. Links vor dem Gelände der *Base Nauticà*, nur wenige Schritte vom Meer entfernt, übten Schüler der Surfschule auf dem Trockenen ihre Handgriffe. Parallel zur Mole trennte eine Kette aus gelben Bojen die Fahrrinne zur Ein- und Ausfahrt der Surfer und Katamarane vom Badebereich. Rechterhand kreischte eine Gruppe Kinder beim Planschen um die Wette. Ein verlorenes Häufchen Kreuzfahrer stapfte in viel zu warmer Kleidung durch das seichte Wasser. Barfuß unter hochgekrempelten Hosen, die Schuhe in der Hand, mit neidischem Blick auf Bikinis und Badehosen. Hintereinander aufgereiht in lächerlich anmutendem Gänsemarsch auf ihrem weiten Weg zurück zum Schiff. Selten war Montse so froh über die vielen Menschen am Strand gewesen.

Sie lief hinaus zur äußersten Spitze, kauerte sich an Bastians Seite, klemmte die Füße zwischen den Steinen fest und presste die Knie gegeneinander. Die Arme vor dem Bauch umfasste sie ihre Ellbogen. Unter ihrer Haut kroch trotz der Hitze ein Frösteln entlang.

»Eins muss ich der spanischen Polizei lassen, sie ist wirklich sehr hartnäckig«, sagte Bastian rau. Sein wirrer blonder Schopf, die Sonnenbrille und der ungestutzte Bart verbargen sein Gesicht fast vollständig. »Und arbeitseifrig. Twentyfour seven – rund um die Uhr bereit. Mit vollem Körpereinsatz. Weiß Soler das überhaupt angemessen zu würdigen?« Endlich wandte er sich ihr zu. »Du machst einen guten Job, *Bofia*.«

Seine Verbitterung versetzte Montse einen Stich, mehr noch als seine Worte. Er konnte nicht anders von ihr denken.

»Ich will deine Augen sehen, wenn wir reden.« Sie lockerte die Umklammerung ihrer Arme und wartete, bis er die Brille absetzte. Hinter seinem stumpfen Blick ahnte sie einen mächtigen Kampf um Selbstbeherrschung. Bläuliche Schatten lagen über seinen Wangenknochen. Schmerz und Schlaflosigkeit. Sie kannte die Zeichen allzu gut. »Du irrst dich, Bastian. Auch wenn ich vor Mussa im Hotel etwas anderes behauptet habe: Ich bin keine Polizistin. Und ich bin auch keine Informantin, die dich im Auftrag der Polizei bespitzelt hat. Was ich dir erzählt habe – über mein Zusammentreffen mit deiner Mutter und auch über meinen Job bei der Stadtreinigung –, das ist alles wahr. *La Pausa*, meine Mama, das ist alles echt.«

»Ja, klar. Du hast mich also kein einziges Mal belogen. Soll ich raten, wie es wirklich ist? Soler ist noch nicht fertig mit mir, und deshalb sitzt du hier. Vielleicht solltest du es mit Tränen probieren oder mit einem Liebesschwur.«

Bastian stand unter Spannung wie ein Bogen kurz vorm Schuss. Leichtes Antippen hätte genügt, um den Pfeil abzufeuern. Es reizte Montse, ihn zu schütteln. Sie war bereit, sich zu entschuldigen. Aber kriechen würde sie nicht. »Lass den Sarkasmus. Was ich dir verschwiegen habe, ist, dass ich Jaume Soler Martís Schwester bin.« Fast meinte sie, die Sehne reißen zu hören, so heftig zuckte Bastian zusammen.

»Seine Schwester? Du verarschst mich!«

»Für unsere Verwandtschaft kann ich nichts. Und ihm hätte ich ausgesprochen gern verschwiegen, dass wir beide uns treffen. Hat aber nicht geklappt. Jaume ist schier ausgerastet und hat versucht, mich davon abzuhalten – was genauso wenig funktioniert hat. Und wenn dich das tröstet: Mit dir geschlafen habe ich nicht wegen des Falls, sondern trotzdem. Weil ich es wollte. Weil ich dich wollte.« Sie holte Luft, ließ ihm keine Gelegenheit zu reagieren. »Ich wäre auf jeden Fall gekommen, um das aufzuklären, weil das zwischen uns nicht im Zorn enden soll.«

Das war die Wahrheit. Und doch hatte sie genau jetzt zum ersten Mal einen Auftrag zu erledigen. *Wenn er überhaupt redet, dann mit dir, Montse. Egal, was zwischen euch vorgefallen ist.* Ihr Bruder hatte Bastian so oft gegen sich aufgebracht, dass er von ihm keine ehrlichen Antworten erwarten konnte. Selbst wenn es nichts zu verbergen gab. »Ich habe Fotos von Doris und Raul. Jaume hat mich gebeten, sie dir zu zeigen. Es gibt auch eine Geschichte dazu.«

Bastian drehte sich weg, als sie ihr Smartphone einschaltete.

»Ich soll dich fragen – hörst du: fragen, nicht aushorchen –, ob dir dazu etwas einfällt. Bitte, Bastian. Wir wollen alle das Gleiche: herausfinden, warum deine Mutter sterben musste. Niemand glaubt ernsthaft, dass du etwas damit zu tun hast.« Gallenbitter lag die erneute Lüge auf ihrer Zunge.

*Seit wann wusste er es? Und von wem? Sei unbedingt weiter vorsichtig, Montse. Schaffst du das?*

Es fühlte sich fürchterlich an. Aber es gab ihr auch die Möglichkeit, Bastian zu entlasten. Hoffentlich. »Raul starb bei einem Angelunfall an einem Wellenbrecher. Einem wie diesem hier. Weiter westlich, in der Nähe von *San Sebastià*. Dort am Strand wurden die Bilder gemacht. Von deiner Mutter. Sie stammen von ihrer Kamera.«

»Ich will das nicht sehen.«

»Dann sage ich dir, was ich sehe. Zwei Menschen, die Spaß haben, glücklich sind und verliebt. Ja, doch. Verliebt. Dein Vater muss das fotografiert haben.« Sie ließ den Satz einen

Moment wirken, sah Bastians Schultern sich versteifen. »Es sind die Augen, Bastian. An denen kann man es erkennen.«

»Vergewaltigung ist keine Liebe.«

»Was?« Montses Stimme versagte.

»Richtig gehört«, sagte Bastian leise. »Doris wollte es Norbert verschweigen, aber er hat es herausgefunden und ist Raul spät an jenem Abend an den Strand gefolgt. Er hat ihn zur Rede gestellt und mit einem Faustschlag niedergestreckt. Er sagt, Raul war vielleicht ohnmächtig, aber ganz sicher nicht tot. Am nächsten Tag ist Raul nicht zu ihrer Abschiedsparty erschienen, und alle anderen haben sich gewundert. Norbert hat auch so getan, dabei hatte er Raul angedroht, ihn anzuzeigen, wenn er sich blicken lässt. Norbert schwört, nichts von seinem Tod gewusst zu haben.« Mit einem Mal sprang Bastian auf, schwankte auf dem nassen Betonquader, der mit einer Kante nach oben den Wellen trotzte. »Bis ich ihm am Sonntag davon erzählt habe.«

»Du glaubst ihm nicht?«

»Glauben? Was soll ich denn glauben? Oder wem? Niemand kann heute noch herausfinden, was damals passiert ist. Norbert hat mich Sohn genannt. Weißt du, wie oft in diesem Telefonat?« Er breitete die Arme aus. Seine Füße rutschten auf den schmierigen Algen weiter ab. »Kannst du nicht wissen. Aber du weißt, dass ich neun Monate nach diesem Urlaub geboren bin. Demnach ist mein Vater entweder ein Mörder oder ein Vergewaltiger. Super. Ich bin nicht sicher, ob ich es wirklich genau wissen will.« Mit einer schnellen Bewegung beugte er sich zu Montse und packte ihren Arm.

»Vorsicht!« Instinktiv klammerte sie sich an ihm fest.

Seine Augen starrten in ihre, nur Zentimeter entfernt. »Einen Bewusstlosen einfach liegen zu lassen ist fahrlässig, ihn ins Meer zu rollen ist leicht. Die Versuchung muss groß gewesen sein. Ganz allein mit ihm, im Dunkeln. Dich könnte ich jetzt werfen – am hellen Tag –, und niemand wäre in der Lage zu beweisen, dass ich in böser Absicht gehandelt habe. Vielleicht solltest du dich besser von mir fernhalten. Wer weiß, was in meinen Genen schlummert.«

Mit der zweiten Hand stützte Bastian sich auf ihre Schulter und machte einen Schritt vorwärts. Sein Bein knickte ein, sein Knie schrammte hart über die glitschige Betonspitze, und er kippte vornüber auf Montse.

»Bist du übergeschnappt?« Am liebsten hätte sie ihn geohrfeigt. Hatte der Idiot gerade sein Leben riskiert oder ihres? Oder hatte er nur testen wollen, ob ein Polizeiteam hinter ihnen lauerte und zu ihrer Rettung eilte? Sie verpasste ihm ein paar Hiebe gegen den Oberarm. »Doris' Kamera wurde nach seinem Tod bei Rauls Sachen gefunden. An Norberts Stelle hätte ich die mitgenommen. Erst recht, wenn ich ihn umgebracht hätte.«

Keuchend ließ Bastian sich von ihrem Schoß schieben und lachte unkontrolliert. Nachwirkung des Adrenalinkicks. Blut quoll aus der Abschürfung.

»Raul hat sie ihr geklaut.« Sein Lachen verstummte jäh. »Ich versteh nicht, worauf du hinauswillst. Dass Norbert sie absichtlich dagelassen hat? Damit hätte er Doris belastet.«

»Was ich damit andeuten wollte, ist, dass du deinem Vater möglicherweise einfach vertrauen solltest.« Obwohl die Sache mit der zurückgelassenen Kamera schon merkwürdig war.

»Ich fürchte, das kann ich im Augenblick nicht.«

»Mal ehrlich, was hätten deine Eltern denn machen sollen? Einem Teenager ins Gesicht sagen: Ach übrigens, mein Junge, es kann sein, dass du das Produkt einer Vergewaltigung bist. Aber mach dir nichts draus, wir haben dich trotzdem lieb. Sieh dich an! Heute bist du erwachsen und flippst deshalb noch aus.« Für einen Moment sah sie ihn auf dem

Friedhof stehen. Vor ihm seine Mutter. Hinter ihr ein Abgrund.

Bastian spülte seine Wunde mit Meerwasser und stieß ein kurzes Zischen aus. »So richtig lieb hatten wir einander selten. Zuletzt haben wir tierisch miteinander gestritten, weil Doris einen Teil der Kameraausrüstung des Fotostudios mit in den Urlaub genommen hat. Sie hat mir beim Einpacken wieder mal unter die Nase gerieben, dass sie die Chefin ist.« Er ließ eine zweite Handvoll Wasser über sein Knie laufen. Fast schien er den Schmerz zu genießen. »Später kam eine merkwürdige Mail mit Adressen und Bildern irgendwelcher Häuser. Und kurz darauf herrschte totale Funkstille. Sah für mich aus, als wollte sie sich absetzen. Wohnungssuche und Neuanfang.«

»Und deshalb bist du ihr nachgereist?«

»Ach, sieh an, das weißt du also auch.« Bastian winkte ab. »Erklär mir lieber nicht, warum Soler dir alles erzählt, obwohl du nicht für ihn arbeitest. Ich wollte im Hotel vorsprechen, an ihre Tür klopfen. Weil ich dachte, na ja, wenn ich da bin, wird Doris mich schon nicht wegschicken. Aber sie war tot, und da schien es mir nicht mehr wichtig. Erst nachdem ich die Bilder bei Soler gesehen habe und er mich auf den Namen Raul gestoßen hat, habe ich wieder dran gedacht. Keine Ahnung, was ich mir davon versprochen habe, diesen Raul zu finden. Jedenfalls stand ich wie ein Idiot vor verschlossenen Türen, um festzustellen, dass da nur Appartementnummern stehen. Draußen an den Klingeln und im Hausflur an den Briefkästen. Kein einziger Name. Was ist das für ein Quatsch? Ich war so dermaßen sauer, ich hätte …« Er würgte einen imaginären Hals mit beiden Händen. »Immerhin hab ich die Kamera wieder. Weiß Soler das? Ihr hättet mich damit doch voll in der Hand gehabt. Wieso hast du sie mir überlassen und nur den Chip behalten?«

Montse grinste schwach. »Tut mir leid, an der Stelle muss

ich die Aussage verweigern. Wieso wolltest du die unbedingt zurück?«

»Dem Studio geht es finanziell schlecht. Extrem mies. Der Deal mit Mussa lag deutlich unter dem Neuanschaffungswert.« Fragend schaute er sie an. »Bei alldem, was ich dir erzählt habe, war nichts dabei, was mich vor Soler entlasten könnte. Richtig? Er denkt weiter, dass ich etwas mit Doris' Tod zu tun habe. Streit mit meiner Mutter ums Geld, ein verschwiegener Erzeuger und ein gerade wieder bewiesenes Aggressionsproblem. Du wirst deinen Bruder glücklich machen mit deinem Bericht. Wenn ich ihm das alles gleich gesagt hätte, wäre ich direkt in Haft gelandet, oder? Wobei ich das mit Raul bis vor zwei Tagen nicht wusste, aber …« Er ließ den Kopf hängen. »Kann mir nicht vorstellen, dass Soler mir das abnimmt.«

»Ich nehme es dir ab«, sagte Montse. Trotz allem. »Gib mir eine Sekunde.« Sie schuldete Jaume eine Nachricht. Mehr aber auch nicht. Mit fliegenden Fingern tippte sie und schaltete dann das Handy aus. Von nun an hatte Comissari Soler Sendepause. »Und ich weiß, was wir mit dem Rest deines letzten Abends machen.«

»Und was wird das sein?«

Montse stand auf. »Lass dich überraschen.«

»Ich hatte vorerst genug Überraschungen.« Widerwillig ließ er sich auf die Füße ziehen und griff nach seinen Schuhen.

»Vertrau mir. Einmal noch.«

Sie kletterte voraus bis zum befahrbaren Teil der Mole. Unter der Dusche am Strand herrschte Hochbetrieb. Mütter befreiten ihre Kinder vom Sand. Die Sanitäter hatten ihren Dienst eingestellt und der Rettungsschwimmer seinen Wachturm verlassen, der nicht mehr war als ein Sitzplatz auf einem Metallgestell in zwei Metern Höhe. Eine Frau saß voll bekleidet auf einem Mäuerchen zwischen Surfschule und Promenade. Bewegungslos. Vielleicht wartete sie auf die Schatten, die sich weiter ausstreckten und eine Abkühlung versprachen, die es zwischen den Häusern noch lange nicht geben würde. Gleitend wechselte das Leben vom getriebenen Tagesmodus in abendliche Trägheit.

»Diese Woche habe ich übrigens Tagschicht. Das heißt, ich könnte bis zum Frühstück bleiben.« Montse versuchte es mit einem Lächeln, als Bastian bei ihr ankam. Sein Knie hatte aufgehört zu bluten.

»Die Überraschung mag ich doch. Und jetzt sag mir, was du noch vorhast.«

Montse gab auf. Vertrauen war zu viel verlangt, das sah sie ein. »Doris ist auf dem Friedhof am *Montjuïc* gestorben, und Raul ist dort begraben. Dieser Ort ist von Bedeutung für dein Leben, Bastian. Bisher bist du nicht dort gewesen. Du solltest die Gelegenheit nutzen, um mit der Vergangenheit Frieden zu schließen.«

»Frieden mit Raul? Garantiert nicht.« Er ließ seine Schuhe fallen und rieb mit der flachen Hand kleine Steinchen von seinen Fußsohlen, ehe er hineinschlüpfte.

»Ich denke, dass deine Mutter genau das getan hat und deshalb dort gewesen ist.«

»Im Ernst? Vielleicht wollte sie auch nur mit eigenen Augen sehen, dass er tot ist. Genugtuung für das, was er getan hat.« Bastian stockte, sah zurück auf die Steinquader und zum Meer. Montse folgte seinem Blick und ahnte seine Gedanken. Keine Reue, keine Fragen, keine Antworten. Und der endlose Ozean als Komplize.

»Wenn sie nach Norbert bei Raul war, dann bin ich das Kind eines Vergewaltigers und einer Mörderin. Das ist echt nicht mehr zu übertreffen.«

Montse konnte es vor sich sehen. Doris, die den Fotoapparat beiseitelegte, sich neben den bewusstlosen Raul auf die

Steine kniete. Ihr Instinkt übernahm das Kommando. Sie handelte, statt zu denken. Floh. Und ihre Kamera blieb zurück, vergessen in kopfloser Panik.

»Okay, Montse. Du hast gewonnen. Was immer du willst, tun wir es. Wenn du dich traust, weiter mit mir zusammen zu sein, übergebe ich dir für heute Abend die Herrschaft und stelle mich den Dämonen meiner Existenz.«

## Dienstag, 22. August, 18:15 Uhr
## – Jaume Soler Martí –

Ramon Fernandez Garcia behielt den Pappkarton auf dem Schoß, während seine Frau Rosa redete. Er wirkte kleiner als gestern, als sei er von einem Tag zum anderen gealtert.

»Raul hatte eine ganze Menge getrunken. Das haben die Ärzte bei der Untersuchung nach seinem Tod festgestellt. Ich will nicht sagen, dass er ein Trinker war, aber es hat mich nicht gewundert. Eigentlich hat mich gar nichts gewundert an seinem Unfall. Tragisch war es natürlich. So jung. Aber er hat es herausgefordert. Immer. Das ganze Leben hat er herausgefordert, als wäre es ein Spiel, und nichts ernst genommen. Habe ich Recht, Ramon? Das kann man nicht anders sagen. In der Nacht, allein, betrunken, ganz vorn an der Spitze des Damms angeln, das ist entweder leichtsinnig oder verrückt.« Rosa schaute Jaume direkt in die Augen. »Aber so war er eben, und jeder wusste das. Wir sind das in den Jahren danach immer wieder durchgegangen und haben uns die Stelle angesehen. Mag sein, dass er einen großen Fisch einholen wollte und ausgerutscht ist. Er hatte ein Stück Angelschnur ums Handgelenk gewickelt. Nur nicht loslassen, was man einmal am Haken hat. Auch wenn es dadurch erst recht schwierig wird, wieder aus dem Wasser zu kommen. Bestimmt hat ihn die Brandung mit dem Kopf auf die Steine geschlagen, als er es versuchte. Dann ist er in die Strömung geraten. Die ist an der Stelle sehr stark, der Sog zieht dich runter und weit nach draußen.« Sie streichelte Ramons Arm, der fortwährend den Kopf hin und her bewegte. »Ein Unfall. Daran gab es nie Zweifel, und trotzdem war es schwer zu akzeptieren. Gerade weil Raul so war. Sich mit Dingen abzufinden, die nicht zu ändern sind, schafft nicht jeder.«

Da war viel Wahres dran. Jaume knetete seine Finger. »Es tut mir leid, dass ich das alles aufgewühlt habe.« Er hegte Sympathie für die beiden. Für die Art, wie Ramon das Andenken seines Bruders bewahrte und wie Rosa ihren Mann stützte. Obwohl er Rauls letztes Geheimnis im Schrank aufbewahrt hatte, statt mit dessen Tod abzuschließen. Und er hatte es nicht mit ihr geteilt.

»Nein, Comissari.« Endlich fand Ramon die Sprache wieder. »Mir tut es leid, dass ich so lange geschwiegen habe.« Er klappte den Karton auf und breitete die Fotos vor seiner Frau aus. »Diese Leute da«, sagte er langsam. »Die waren mit Raul unterwegs, kurz bevor er gestorben ist. Die könnten sogar dabei gewesen sein. Stimmt doch, Comissari Soler? Aber ich habe den Fotoapparat versteckt, statt ihn der Polizei zu geben. Und darum hat nie jemand nach ihnen gesucht und ihnen Fragen gestellt. Weil ich schlecht von meinem Bruder gedacht und ihm misstraut habe. Genau wie du.«

»Niemand, der ihn näher kannte, hat ihm vertraut.« Rosa rückte ihre Lesebrille gerade, fischte das Bild von Raul und Doris heraus und hielt es ihrem Mann unter die Nase. »Und das zu Recht.«

Ramon drückte ihre Hand beiseite.

»Kennen Sie die Frau auf dem Bild?«

Sie schüttelte den Kopf. »Nein. Aber sie war nicht die Einzige, mit der er sich rumgetrieben hat.«

Eine interessante Formulierung. »Wann sind Sie zuletzt auf dem Friedhof gewesen, um Ihren Bruder beziehungsweise Ihren Schwager zu besuchen?«

»Das ist lange her. Ich geh nicht gern auf den Friedhof.«

Rosa verschränkte die Arme vor der Brust. »Und für wen ist es gut? Die Toten merken nichts davon.«

»In der Vase neben der Nische steckte eine Blume.« Es war Carolina gewesen, die bei einem unvoreingenommenen Blick auf die neu sortierte Wand im Büro über die Abweichung gestolpert war. Zwei Bilder, aufgenommen im Abstand von fast drei Wochen. Eins von Doris, das andere von Carolina selbst. Auf beiden war eine vertrocknete Rose zu sehen. Aber es war nicht die gleiche.

Jaume faltete den Zeitungsbericht mit dem Zeugenaufruf auseinander, strich ihn bedächtig glatt und schob zwischen dem Geschirr, das vom Mittag stehen geblieben war, einen Platz frei. »Überlegen Sie noch mal ganz genau, Señor. Hat Ihre Mutter Sie vielleicht darum gebeten, zum Grab Ihres Bruders und Ihres Vaters zu gehen?«

Ramon stieß einen keuchenden Laut aus. »Das ist sie!«

Doris' Porträt lächelte.

»Die Frau, mit der Raul sich kurz vor seinem Tod herumgetrieben hat?« Jaume griff Rosas Wortwahl auf, die ihm dafür einen bösen Blick zuwarf. »Ja. Ganz richtig. Sie ist die Tote vom *Montjuïc*. Ihr Name war Doris. Wissen Sie auch, wann sie gestorben ist? Lesen Sie, Señor Fernandez.«

Ramons Finger glitt über die Zeilen des Artikels, seine Lippen bewegten sich beim Lesen mit. »Am 2. August.«

»Dem Todestag ihres Bruders. Und sie, Doris Weinhold, war an seinem Grab, bevor sie getötet wurde. Absichtlich ermordet wurde.« Es widerstrebte Jaume, den Indizien glauben zu schenken. Doch Carolina hatte eine weitere Entdeckung gemacht, an der er nicht vorbeikam. Aus einer kaum mehr vorhandenen Spur hatte sie einen Fingerabdruck rekonstruiert. Ihr Ergebnis war bei weitem nicht eindeutig. Eine vage Ähnlichkeit, ein Vielleicht. Erst die daraus isolierte DNA würde ihnen Gewissheit verschaffen, aber das brauchte Zeit.

Es gab eine Übereinstimmung zwischen dem unbekannten Teilabdruck auf der zertretenen Plastikrose und einem Abdruck auf der alten Kamera aus Ramons Schrank. Jaume blieb wenig Interpretationsspielraum, wessen Fingerabdrücke dafür infrage kamen. In seiner Tasche steckte ein mobiler Scanner.

»Haben Sie eine Erklärung, was am 2. August auf dem Friedhof *Montjuïc* geschehen ist?«

Ramon Fernandez Garcia schüttelte den Kopf. Schüttelte und schüttelte. »Das kann nicht sein.«

»Sagen Sie mir, wer von Ihnen beiden Doris Weinhold an Rauls Grab begegnet ist und warum es zum Streit mit ihr kam.«

Rosa nahm die Hände ihres Mannes und drückte diese fest. »Sag es, Ramon. Sag du es, sonst muss ich es tun.«

## Dienstag, 22. August, 18:45 Uhr
## – Ignacia Martí Jimenez –

An einem Bistrotisch neben dem Ventilator saßen drei Arbeiter in voller Montur, staubig und schwitzend. Drei Bier, zwei *Entrepà*. Vielleicht leisteten sie sich später noch eine zweite Runde Bier zum Feierabend. Mehr sicher nicht. Die Kaffeemaschine dampfte. Ignacia arrangierte Chipstüten und Erdnüsse um, damit man sie neben den Spirituosen im Regal besser sehen konnte. Für den kleinen Appetit zwischendurch. Die leeren Kartons ließ sie einfach fallen. Sie konnte Montse später bitten, die wegzuräumen, damit sie sich nicht bücken musste. Falls Montse heute noch mal nach Hause kam. Und falls sie dann miteinander redeten. Sie hatten sich wieder vertragen, und doch stand vieles ungesagt im Raum.

»Hola, Ignacia. Gib mir einen Bitter, ja?«

Yola aus dem *Bacallà* klopfte auf die Theke. Die fehlte ihr gerade noch.

Draußen hatte ein junges Paar mit zwei kleinen Kindern *cafè amb llet* bestellt. Die Kinder tranken aus mitgebrachten Flaschen und aßen mitgebrachte Süßigkeiten. Es nutzte nichts, sich darüber zu ärgern. Zwei Milchkaffee waren zwei Milchkaffee, und jeder Euro zählte. An jedem Tag. Ignacia balancierte die Tassen hinaus und nahm auf dem Rückweg einen benutzten Teller mit. Dann goss sie Kräuterschnaps in zwei Gläser, dunkel und aromatisch und so herb, dass es beim Schlucken die Kehle zusammenzog.

»Salut.« Sie prostete Yola zu, die umständlich auf einen Barhocker geklettert war mit ihrem engen Rock und den Stützstrümpfen darunter. Das *Bacallà* blieb dienstags geschlossen. Weil sie es nicht nötig hatten, die ganze Woche zu arbeiten.

Yola trank und schüttelte sich. »Hat dein Junge schon etwas herausgefunden?«

Statt zu antworten, räumte Ignacia die Flasche weg und stellte die Gläser in die Spüle.

»Über die Tote, die bei mir gegessen hat?«

»Wenn es so ist, erfahren wir es beide bei *beteve*.«

»Er sagt dir nichts?« Yolas Blick verriet ihr Zweifeln. »Nun ja, so ist das. Irgendwann leben sie ihr eigenes Leben, nicht wahr? Und wir Mütter sind nicht mehr wichtig.«

Ignacia schwenkte die Gläser mit Wasser aus und füllte noch mal nach. Das Leben war bitterer als das Kräuterzeug. Und Yola garantiert noch nicht fertig.

»Dein Jaume hat sich gut gemacht. Da kannst du dich nicht beschweren. Kommissar, verheiratet und so liebe Kinderchen.«

»Rafael und Gabriela«, bestätigte Ignacia. Ihre Enkel waren ein echter Segen. An der Wand hingen Fotos und Buntstiftzeichnungen der beiden neben den Autogrammkarten von Ignacias gleichnamigen Lieblingstennisspielern.

Yola rutschte auf dem Hocker hin und her. Ihre kurzen Beine fanden keinen bequemen Halt. Schließlich lehnte sie sich vertraulich über die Theke. »Wird deine Tochter später *La Pausa* übernehmen? Ich meine, Jaume tut es sicher nicht. Aber Montse kann ja nicht ewig bei der Straßenreinigung bleiben. Und jünger wird sie genauso wenig wie du.« An ihren dicklichen Fingern glänzten drei goldene Ringe, in tiefen Rillen liegend. Ausziehen konnte sie die sicher schon lange nicht mehr. Aber wahrscheinlich wollte sie das auch nicht und gab lieber damit an. »Ich habe sie mit einem Mann gesehen. Ein blonder. Ganz hübsch. Ist das was Ernstes?«

Diesmal. Endlich. Ignacia hörte die Worte, obwohl Yola sie nicht aussprach. Hoffentlich nicht, lag ihr auf der Zunge.

»Montse wird es wissen«, sagte sie entschlossen. Doch sie spürte wenig Überzeugung dabei. Ihrer Tochter fehlte es an Verstand, wenn es um Männer ging, und an Glück. Der kleine Heilige hatte sie in diesen Schlamassel reingezogen. Jetzt musste er ihr helfen, diesen Bastian wieder aus Montses Leben verschwinden zu lassen. Egal ob der etwas mit dem Tod seiner Mutter zu schaffen hatte oder nicht. Er war nicht gut für Montse. Da konnte er noch so hübsch sein. Über die Formulierung würde Ignacia sehr genau nachdenken. Denn Doris Weinholds Wunsch, er solle sie zu Raul bringen, hatte *el santet* ein wenig zu wörtlich genommen. Ein Wiedersehen im Jenseits hatte die Deutsche sicher nicht im Sinn gehabt. Ignacia würde einfach um Vernunft für Montse bitten. Dann kam der richtige Mann schon irgendwann.

## Dienstag, 22. August, 19:05 Uhr
## – Jaume Soler Martí –

»Keiner da, *Jefe*«. Calderon hängte das Telefon ein. »Die Streife hat geklingelt und bei den Nachbarn gefragt. Ohne Erfolg. Was jetzt – abwarten und morgen weiter versuchen?«

»Nein. Wir warten nicht.« Aber was zum Teufel konnten sie tun? Jaume ging vom Schreibtisch zum Fenster, das ihm Aussicht auf die Straße und auch in das Gebäude gegenüber gewährte. Selten zog dort jemand die Vorhänge zu. Er dagegen blieb dank einer undurchlässigen Glasbeschichtung unsichtbar. Es machte ihn zum Voyeur. Irgendwie.

»Schick noch mal eine Streife ins Hotel *Mariposa* und ruf Alba Ruiz an.« Er hatte keine Lust darauf, sich wieder ihrer Flirtversuche erwehren zu müssen. »Das Personal braucht klare Anweisungen: Weinhold muss sich umgehend mit uns in Verbindung setzen. Es darf keinen Zweifel geben, dass es ausschließlich um seine Sicherheit geht.«

In einer kurzen Textnachricht hatte Montse ihren Auftrag für erledigt erklärt und Weinhold freigesprochen. Unschuldig und ahnungslos. *Es ist sein letzter Abend in Barcelona, lass ihn in Ruhe.* Seitdem war keiner von beiden mehr erreichbar. Ein ganz mieses Timing.

Jaume wählte die Nummer von *La Pausa*.

»Hola, Mama.« Er massierte sich die Nasenwurzel. »Ich muss wissen, wo Montse ist. Dringend.«

»Sie ist weg. Schon vor über einer Stunde. Sie wird bei diesem Bastian sein. Aber das ist nur eine Vermutung.«

Mit der sie richtiglag, wie er wusste. »Vermute noch mal: Was machen sie, wo verbringen sie den Abend? Hat Montse irgendetwas erwähnt? Weinhold reist morgen ab.«

»Morgen? *Gràcies a Déu!* Dann könntest du selbst drauf kommen, was sie heute Nacht tun«, sagte Ignacia spitz. »Du kennst sie.«

»Vorher«, gab er im gleichen Ton zurück. »Wohin gehen sie vorher?«

»Ich bin froh, wenn er weg ist. Aber …« Ignacia zögerte und seufzte. »Sie mag ihn wirklich, Jaume.«

Blind wühlte er die Schachtel mit den Kopfschmerztabletten aus der Schreibtischschublade. Es war der denkbar falsche Moment, um bittere Erinnerungen heraufzubeschwören. Er legte die Tablette auf seine Zunge und schluckte sie trocken.

»Vor mir muss er sich nicht fürchten.« Doch er konnte nicht ausschließen, dass Bastian Weinhold sich in akuter Gefahr befand. Und wenn Montse immer noch mit ihm zusammen war, konnte sie es ebenfalls sein. Davon durfte Ignacia keinesfalls erfahren. »Gib mir Bescheid, wenn du von ihr hörst. Oder wenn du eine Idee hast, wo sie sein kann.«

Kostbare Minuten verstrichen. Es gab nichts Greifbares, um einen Großeinsatz zu rechtfertigten. Lediglich sein Gefühl. Eine Ahnung von Bedrohung, mit der er Selvanegra höchstens einen cholerischen Anfall entlocken konnte, aber garantiert keine Zustimmung zu irgendeiner Maßnahme.

Was ging in Montses Hirn vor? Sie kannte fast alle Fakten zum Fall, und sie kannte Bastian Weinhold vermutlich wesentlich besser als alle anderen Beteiligten. Fast wünschte er, die beiden wären direkt ins Hotel und ins Bett gegangen. Dort wären sie sicher gewesen. Sicherer jedenfalls als irgendwo da draußen in der Stadt. Weinhold zumindest. Denn was in dessen Schädel passierte, konnte Jaume noch viel weniger abschätzen. Schloss die eine Gefahr die andere aus?

Calderon saß stoisch auf seinem Platz und gab seit geraumer Zeit keinen Mucks von sich, spielte stattdessen an seinem Telefon herum. Jaume hätte ihn längst in den Feierabend entlassen müssen und selbst nach Hause gehen. Sie hatten alles getan, was sie zu diesem Zeitpunkt tun konnten. Und mehr als das. Auf einen vagen Verdacht hin und mit magerem Ergebnis.

Auf dem Flur näherten sich schnelle Schritte, und Domenech kam herein. Sein Hemd steckte nachlässig gestopft im Hosenbund und war nur zur Hälfte zugeknöpft. »Hab mich beeilt. Was liegt an?«

»Das ging fix.« Calderon nickte anerkennend. »Carolina müsste auch gleich da sein. Martinez hab ich nicht erwischt.« Er legte sein Telefon beiseite. »Ich war so frei, ein paar vertrauenswürdige Freiwillige zu rekrutieren. Wie geht es weiter, *Jefe*?«

Jaume rang seine Überraschung nieder. Entweder hatte er verdammt verzweifelt gewirkt, oder Calderon verfügte über bessere Sensoren für Zwischentöne als gedacht.

»Hola, Amigos!« Carolina platzte ins Büro. »Hab gehört, hier geht was Konspiratives ab, am großen ›S‹ vorbei?« Sie klatschte Calderon und Domenech ab und blieb mit erhobener Hand vor Jaume stehen. »Sag bloß, du wusstest nichts davon, dass er mich angetextet hat? Calderon, du Schlimmer! Na, macht nix. Jetzt weißt du es. Ich bin da, was soll ich tun?«

»*Vale.*« Jaume sammelte sich. Es konnte nicht schaden, ein paar Köpfe mehr zur Verfügung zu haben. Obwohl es ihm zu denken gab, wie bereitwillig seine Kollegen ihren Feierabend opferten. Er musste unbedingt ein Wörtchen mit ihnen reden, was die Balance zwischen Arbeit und Freizeit betraf. Vor allem mit Domenech. Der war zu jung, um ohne Privatleben auszukommen. »Danke, dass ihr hier seid. Folgende Situation.« An der Wand wischte er ihre Notizen vom Nachmittag beiseite, schrieb die Namen Raul, Doris und Bastian untereinander. Dann strich er die ersten beiden weg und kringelte den von Bastian ein. »Kurz gesagt: Zwei sind tot, und einer könnte es bald sein. Die Theorie stützt sich einzig und allein auf die Aussage von Rauls Bruder Ramon und dessen Frau Rosa, was zugegebenermaßen ziemlich dünn ist. Problem eins. Wir wissen nicht, wo unser potenzieller Mörder steckt. Problem zwei. Wir wissen nicht, wo Weinhold steckt. Problem drei.« Er malte ein zusätzliches Feld an die Wand und setzte den Marker an. Schwerfällig, widerstrebend, verweigerte dann. Jaume drückte die Kappe auf den Stift und drehte dem leeren Feld den Rücken. »Es kann sein, dass meine Schwester Montse bei ihm ist.« Katze aus dem Sack. »Beide reagieren nicht auf Anrufe und sind weder im Hotel noch zu Hause erreichbar. Und da ich nicht mit Sicherheit sagen kann, ob eine akute Gefahr besteht, habe ich keine Handhabe, etwas Offizielles in die Wege zu leiten.« Der Reihe nach sah er seine Kollegen an. Niemand kommentierte Montses Erwähnung. »Irgendwelche Ideen?«

»Solange ihre Handys nicht komplett abgeschaltet sind, sollten wir sie über ihre GPS-Daten orten können.« Domenech fuhr noch im Stehen seinen Rechner hoch. »Du hast das doch sicher drauf, Carolina. Oder soll ich es versuchen? Ich bin da nicht so geübt.«

»Mach ich mit dem größten Vergnügen. Schlage aber vor, bei zwei aufzuspürenden Handys arbeiten wir parallel. Wo kann ich mich austoben?«

Calderon räumte umgehend seinen Platz. »Nimm meinen Computer. Nur zu. Ich werde euch nicht im Weg sein.«

Domenech hatte sich immer noch nicht hingesetzt. Seine Finger flogen über die Tastatur, seine Augen verengten sich. »Wer kommt denn als Täter infrage, wenn es Josep Martinez nicht war und Bastian ein Opfer werden könnte?«

## Dienstag, 22. August, 19:25 Uhr
## – Montse Soler Martí –

Die lange Fahrt durch die Stadt hatte sie einander wieder ein wenig nähergebracht, obwohl sie kaum gesprochen hatten. Aneinandergekuschelt in der zugigen Kälte der Klimaanlagen. Ein paar Stationen mit der Metro, dann weiter mit dem Bus. Schon bei Bastians SMS am Mittag war Montse die Veranstaltung wieder eingefallen, die sie auf der Friedhofshomepage gesehen hatte. Eine nächtliche Führung über den *Cementiri de Montjuïc* mit Musik und Schauspielern. Im Gegensatz zu Ignacia sah sie darin kein unangemessenes Touristenspektakel. Und speziell für Bastian eine einmalige Chance. Der wurde mit jedem Schritt stiller, gab schließlich keinen Laut mehr von sich. Auf dem Hügel spielte die tiefstehende Sonne mit den Farben, die jetzt kräftiger und satter wirkten. Marmorweiß und dunkles Grün, rotbraune Tupfer, dazwischen reflektierende Punkte. Weich und ohne scharf geschnittene Kontraste.

Eine Gruppe von rund sechzig Personen verteilte sich auf dem Parkplatz. Dahinter erhoben sich Bäume, zwischen denen bereits eine Ahnung des kommenden Dunkels lag. In einer Viertelstunde würde die Sonne ganz verschwunden sein und die kurze Phase der Dämmerung einsetzen.

Ein Mann im dreiteiligen Anzug mit Zylinder kontrollierte die Gäste. Montse hielt genau auf ihn zu.

»Señor?« Entschuldigend lächelte sie ihn an. »Wir haben keine Karten. Ich habe seit Tagen versucht, mich online anzumelden, aber mein Browser ist immer wieder abgeschmiert. Und das Telefon war permanent besetzt. Mein Freund hat sich das so gewünscht, und morgen geht sein Flieger. Gibt es eine Möglichkeit, noch mit reinzukommen?«

»Lassen Sie mich sehen.« Umständlich klemmte der Mann ein Monokel vor sein rechtes Auge und studierte die Gästeliste. »In der Tat müsste ich Sie und Ihren Begleiter eigentlich nach Hause schicken.« Er zwinkerte und zückte einen Stift. »Aber ich werde Sie einfach dazuschreiben. Ihre Namen?«

»Montse und Bastian.«

»Doña Montse«, notierte er. »Welch Schönheit in unserer Mitte. Geben Sie gut auf sich Acht, auch die Wesen aus der Schattenwelt wissen diese zu schätzen.« Aus einem Drahtkorb nahm er zwei Kerzen und steckte je eine Manschette auf, die gleichermaßen als Windschutz und als Tropfenfänger diente. »Wenn Sie die Kerzen aufrecht halten, brennen sie langsam ab und leuchten bis zum Ende des Abends.« Er entzündete ein langes Streichholz und setzte den Docht in Brand. »Ich wünsche viel Vergnügen.«

Er lüftete den Zylinder und mischte sich mit seinem Korb unter die Gäste.

»Ich glaube, wir sind nicht die Einzigen, die sich eingeschlichen haben.« Bastian sah sich unauffällig um, wie er es schon auf der Fahrt mehrfach getan hatte. »Während du verhandelt hast, ist jemand durchs Tor gehuscht und dann gleich nach links abgebogen. Er oder sie hat dich als Ablenkungsmanöver genutzt.«

»Na, das wird eine Überraschung, wenn sie am Ende der Veranstaltung durchzählen und mehr Leute rausgehen, als reingekommen sind.« Montse lächelte. »Vielleicht war es nur einer von den Schauspielern.«

»Ja, vielleicht.«

Überzeugt wirkte Bastian nicht. Im Kerzenschein vertieften sich die Falten um seinen Mund und auf der Stirn. Montse strich mit dem Daumen darüber, doch der grüblerische Ausdruck blieb.

Räder knirschten. Darunter lag dumpf und weich das Geräusch von Hufen, mehr als Erschütterung zu spüren als zu hören. Gezogen von zwei schwarzen Pferden rollte eine Kutsche vom Hauptweg heran. Auf dem Bock ein livrierter Kutscher, der sie zum Halten brachte, herunterkletterte und den Wagenschlag öffnete. Als Erstes sah man einen schwarzen Schnürstiefel, der vorsichtig auf die ausgeklappte Stufe gesetzt wurde, dann wogte ein schwarzes Kleid hinterher – eng geschnürt in der Mitte, ausladend über den Hüften –, getragen von einer zierlichen Dame. Auf ihrem dunklen Haar thronte ein Hut mit breit geschwungener Krempe.

»Bienvenidos Señoras y Señores. Herzlich willkommen, meine Damen und Herren. Ich freue mich, dass Sie gekommen sind, um mich auf einer kleinen Zeitreise durch mein Reich zu begleiten.« Ihre weit ausholende Armbewegung schloss den gesamten Friedhof ein. »Bitte bleiben Sie dicht beieinander, damit uns niemand verloren geht. Denn es heißt, dass bei Nacht die eine oder andere Seele aus ihrer Behausung steigt und im Dunkeln wandelt. Gerade in lauen Nächten wie dieser. Um noch einmal den Duft des Sommers zu riechen. Oder vielleicht den süßen Duft eines lebendigen Menschen?« Sie stimmte in das verhaltene Gelächter mit ein und hob ihre behandschuhte Hand. »Kommen Sie!«

Ihr langer Rock schleifte über den Boden, verlieh ihr etwas Schwebendes und hinterließ eine feine Spur von Wellen im Sand, die der nachfolgende Tross umgehend verwischte. Laternen säumten den Weg, markierten die Strecke bis zum ersten Halt, an dem sie mit sanfter Stimme schaurige Anekdoten vortrug. Familiengrüfte im Stil des *Modernisme* schmiegten sich aneinander wie die Häuser in den Straßen Barcelonas. Mit vergitterten Portalen und spitzbogigen Fenstern. Engel und Dämonen, Efeu und Blumenranken zierten Stein und Metall. Und immer wieder Schlafmohnkapseln.

»Symbol der Hoffnung. Denn unsere Liebsten, die hier ruhen, träumen nur und werden eines Tages erweckt, um zu uns zurückzukehren.«

Weitere Lichter flammten auf, führten tiefer in die Stadt der Toten. Zusätzliche Darsteller mischten sich unter die Gäste, schwitzend in ihren aufwändigen Kostümen, aber mit perfekter Haltung. Vor einem neugotischen Pantheon erklang eine Geige. Die feinen Töne schraubten sich höher und höher, sehnsuchtsvoll in schmerzlich-süßer Trauer, trafen mitten ins Herz. Auf der Stufe vor dem Portal schwammen Kerzen in Wasserschalen, verliehen der Fassade einen Anschein von Bewegung. Über der Kuppel ragte ein Bronzekreuz ins tiefe Blau des Abends. Francisca Seycher de León hatte beim Grabmal für ihren Ehemann an nichts gespart. Montse hörte ihrer Geschichte nur mit halber Aufmerksamkeit zu. Eine freistehende Skulptur seitlich des Gebäudes zog sie an, und sie ließ Geige und Stimmen hinter sich. Ein junger Mann, halbnackt, der mit einer Spitzhacke weit ausholte. Beide Arme über den Kopf erhoben, die Muskeln angespannt, mit hervortretenden Adern. Lebensgroß und erschreckend realistisch. Als müsse man ihn nur antippen, um ihn aus seiner Starre zu befreien. Wie jene mit Gold und Silber geschminkten Künstler, die auf der *Rambla* für Geld posierten.

»Wie traurig er aussieht«, sagte Montse leise. Im Boden vor ihm klaffte ein Loch im Marmor. »Er hebt sein eigenes Grab aus.«

»Tun wir das nicht alle, irgendwie?« Bastian lehnte sich mit der Stirn an ihren Hinterkopf. »Jeden Tag ein bisschen mehr.«

Ein Zittern huschte über Montses Haut, und sie schüttelte

sich, ehe die Schwermut von ihr Besitz ergreifen konnte. Sie durften nicht vergessen, weshalb sie gekommen waren.

Die Dame in Schwarz schwebte heran, und mit ihr füllte sich der Platz. »Für dieses Werk, *Memento Homo*, wurde Enric Clarasó im Jahr 1900 in Paris mit einer Goldmedaille ausgezeichnet.«

»Komm hier rüber.« Montse ließ sich jenseits des ausgeleuchteten Bereichs hinter die anderen zurückfallen und ging mit Bastian an einer Wegbiegung in Deckung. »Das ist der perfekte Moment und die perfekte Stelle.«

»Was hast du vor?«

»Das, was ich an der Mole sagte. Wir besuchen Rauls Grab. Wenn wir uns jetzt absetzen, sind wir rechtzeitig wieder bei der Gruppe, bevor sie den Friedhof verlässt. Niemand wird uns vermissen.«

Zwischen den Grabmalen bewegte ein Engel seine Flügel. Montse blinzelte, und die Statue hielt still. So ein Unsinn. Wieder nur ein Trugbild aus tanzenden Schatten und Flammen. Was sie für Flügel gehalten hatte, musste ein Busch dahinter gewesen sein.

»Ich habe mir den Lageplan genau eingeprägt. Sollte kein Problem sein, zur Grabstelle und zurück zu finden. Die Laternen sind ja nicht zu übersehen. Außerdem müsste uns die Führung später entgegenkommen.« Sie pustete die Kerzen aus. »Die blenden nur und verraten uns.«

»Hoffentlich hast du Recht. Ich kann hier rein gar nichts erkennen.« Bastian zog unbehaglich den Kopf ein.

»Natürlich habe ich Recht.« Montse hakte ihn unter. Nach wenigen Metern würden sich ihre Augen an die Lichtverhältnisse angepasst haben. Der Eindruck von völliger Dunkelheit täuschte. Noch gab die Dämmerung genügend Restlicht her. Treppenstufen wanden sich aufwärts, forderten ihre Konzentration. Sie mussten sich nur rechts halten und durften die

Abzweigung nicht verpassen. Oberhalb der Bäume wurde es heller, die Ebene öffnete sich und ließ freie Sicht zu.

»Dort vorne ist der Hafen und dahinter das Meer«, sagte Montse, ohne hinzusehen. Stattdessen blickte sie den Weg zurück, den sie gekommen waren. Aber sie konnte den Engel nicht mehr finden.

## Dienstag, 22. August, 19:30 Uhr
## – Jaume Soler Martí –

Auf dem Bildschirm blinkte ein Punkt und markierte den Ort, von dem Bastian Weinholds Handy sein GPS-Signal sendete. *Mare de Déu de Port.* Haupteingang des Friedhofs am *Montjuïc.*

»Gefällt mir nicht«, sagte Jaume langsam. »Was will der dort um diese Zeit? Das Tor ist doch längst zu.«

Carolina zoomte die Karte näher. »Für mich sieht das aus, als wäre er drinnen. Auf dem Gelände. Hoppla! Was ist jetzt?«

Nichts blinkte mehr.

»Wo ist er hin?«

»Keine Ahnung.« Sie änderte die Einstellungen, aber das Signal blieb verschwunden. »Schätze mal, er hat sich gerade ganz ausgeklinkt. Tut mir leid. Das war es.«

»Gefällt mir noch viel weniger.« Jaume hieb mit der flachen Hand auf den Tisch. Das fehlte ihnen gerade noch, ihr einziges Signal zu verlieren, nachdem sie Montse gar nicht erst gefunden hatten. Garantiert hatte sie ihr Mobiltelefon seinetwegen komplett vom Netz genommen. Um genau das zu verhindern, was er gerade beabsichtigt hatte: sie aufzuspüren. Einmal hatte er die Möglichkeit angesprochen, ihr eine App zu installieren, die auch bei ausgeschaltetem Handy funktionierte. Profi-Software. Zu ihrer Sicherheit. Falls sie in Schwierigkeiten geraten sollte. Dafür hatte sie ihm fast die Augen ausgekratzt. Ihre Schwierigkeiten gingen ihn in der Zukunft so wenig an wie in der Vergangenheit.

Sein Telefon vibrierte und zeigte einen Anruf aus *La Pausa.*

»Mir ist was eingefallen.« Ignacia kam gleich zur Sache. »Montse war auf dieser Friedhofseite, im Internet, du weißt schon. Da war irgendetwas mit Kultur und Kerzen. Heute Abend, denke ich. Aber ganz sicher bin ich nicht.«

Jaume hielt das Mikrofon zu und schnippte mit dem Finger zu Domenech. »Homepage der Friedhofsverwaltung. Schnell.«

»Ich kann ja nicht nachsehen. Ihren Computer versteh ich nicht, und da darf ich auch nicht drangehen. Am besten sollte ich so ein eigenes Internetding haben. Meinst du ...«

»Jaja, das besprechen wir ein andermal, Mama. Danke, dass du angerufen hast.«

»Warte! Muss ich mir Sorgen machen, Jaume?«

Domenech hob die Hand. »Ich hab es: *Cementiri es cultura* – Friedhöfe sind Kultur. Sonderprogramm heute am *Montjuïc.*«

»Das ist es.« Natürlich. Maria Colavida und ihr endloser Redeschwall, dem er nur unzureichende Aufmerksamkeit geschenkt hatte. Friedhöfe bei Nacht als historische Aufführung. Stimmungsvoll und morbide. Und unter den gegebenen Umständen für Bastian extrem emotional aufgeladen. Eine passende Gelegenheit, sich in Gefahr zu begeben. Auch für seine Schwester.

»Jaume, hörst du? Muss ich mir um Montse Sorgen machen?«

»Nein, Mama. Nein. Alles ist gut.« Wenn nicht, hatte er ein deutlich größeres Problem als nur den Zorn seiner Mutter. »Ich melde mich später.«

Er drückte das Gespräch weg und öffnete den Wandtresor im Aktenschrank. »Wann genau geht es los?«

»Um 19:30 Uhr. Also ziemlich genau jetzt.«

Jaume steckte Dienstwaffe und Munition ein und durchwühlte seine Taschen. »Calderon, Carolina, ihr haltet hier die

Stellung. Ich will zwei Streifen in Alarmbereitschaft. Versucht Maria Colavida zu erreichen oder irgendwen vom Tourismusamt, der sofort die Reservierungen überprüfen kann, ob Montse und Weinhold mit auf der Gästeliste stehen.« Er warf Domenech den Autoschlüssel zu. »Du fährst.«

## Dienstag, 22. August, 19:50 Uhr
## – Montse Soler Martí –

Eine merkwürdige Stille hüllte sie ein, die eher aus ihrem Inneren als von außen zu kommen schien. Filigranes Geigenspiel in der Ferne milderte den profanen Verkehrslärm ab. Sie kreuzten einen Hauptweg, folgten zwei weiteren Treppen, schlängelten sich von Plateau zu Plateau. Montse zählte die Biegungen und kontrollierte im Vorübergehen die Grabstellennummern. 1220. 1230. 1235.

»Doris hat Raul nicht getötet.« Sie blieb stehen. »Hast du Feuer?«

Bastian zündete die Kerzen wieder an. Seine Hand bebte. »Woher willst du wissen, dass sie es nicht war?«

»Hier ist es. 1241.« Montse trat ganz nah an die Nischenwand heran. Mit den Fingerspitzen strich sie über die Nummer im Stein. Die Kerzenflamme ließ den Namen neben dem eingelassenen Medaillon aufleuchten.

»Weil sie dann keine Rose für Raul gekauft hätte. Auch nicht aus Reue. Ich denke vielmehr, sie hat ihn geliebt.«

»Geliebt?«

Bastian stand hinter ihr, spiegelte sich in der Scheibe. Durchlässig wie eine Fata Morgana fügte sich sein Bild in die Nische ein. Montse schluckte. So ähnlich hatte sie sich selbst auf ihrem Handydisplay gesehen, gemeinsam mit Doris' Leiche im Steinsarkophag.

»Dieses Foto der beiden, das ich dir vorhin gezeigt habe, auf dem sie am Meer in der Brandung stehen, sieht für mich danach aus. Als Doris nach all den Jahren von seinem Tod erfuhr, war sie traurig und kam her, um Abschied zu nehmen.«

Bastians Hand legte sich auf ihre Taille. Seine Lippen streichelten ihren Nacken. »Geliebt?«

Montse schloss die Augen.

»Geh weg!«

Ein Stoß traf sie von der Seite.

»Geh weg von ihm, du Schlange!«

Die Kerze entglitt ihr, und Montse verlor das Gleichgewicht, taumelte einige Meter, schrilles Kreischen in den Ohren. Sie schnellte herum. Von wo war der Angriff gekommen? Instinktiv die Fäuste vor der Brust erhoben versuchte sie, die Situation zu erfassen. Ihre Kerze war ein Stück weggerollt, beleuchtete unwirklich die Silhouetten zweier Menschen, die miteinander rangen. Eine an die andere geklammert. An Bastian, der sich heftig wehrte. Seine Kerze fiel zu Boden.

»Loslassen! Was soll das?« Er keuchte.

War das ein skurriler Scherz, eine makabere Strafe, weil sie sich unerlaubt von der Friedhofsführung entfernt hatten?

»Halt doch still!« Das Geschrei hörte sich nach einer Frau an.

»Was wollen Sie von mir?« Bastian versuchte weiter, sich loszureißen. »Wer zum Teufel sind Sie?«

»Sieh mich an!« Die Frau lachte hysterisch. Ihre kinnlangen Haare wippten bei jeder Bewegung, wirkten zerzaust. Sie trug gewöhnliche Straßenkleidung, keins der aufwendigen Kostüme. Eine Stoffhose und über der Schulter eine Handtasche. Ihre helle Bluse war schmutzig, ihre Schminke verwischt. »Erkennst du mich denn nicht?«

Etwas blitzte metallisch. War das ein Messer?

»Vorsicht, Bastian!« Montse sprang nach vorn, verharrte abrupt, tänzelte hin und her, unschlüssig, was sie tun oder wohin sie greifen sollte.

Mit einem Schmerzenslaut knickte Bastian ein.

»Scheiße, verdammt!«, fluchte er auf Deutsch. »Sind Sie irre?«

»Wer bin ich?«, wisperte die Frau. Sie packte ihn erneut, fester als zuvor, klemmte seinen Hals mit ihrem Arm ein. »Sag es mir. Du weißt es. Du hast mich angelächelt und mir zugewunken.«

Montse hielt die Fäuste weiter geballt. Ihre Rippen schmerzten. Zentimeterweise setzte sie einen Fuß vor den anderen.

»Sie sind die Frau aus dem Bus«, fauchte Bastian. »Aber ich weiß nicht, was Sie von mir wollen. Verdammt, ich blute.« Er presste die rechte Hand auf den linken Oberarm. »Bleib besser auf Abstand, Montse.«

Das war definitiv kein Teil der Vorführung.

»Er gehört mir! Hau endlich ab.« Die Frau streckte das Messer in Montses Richtung, drückte es dann gegen Bastians Hals. »Hab ich dir wehgetan? Das wollte ich nicht. Niemals, mein Liebling. Ich habe so lange auf dich gewartet.«

Gierig fraßen sich die Kerzenflammen durch den Windschutz, loderten heller. In wenigen Minuten würden sie ihr Wachs aufgebraucht haben. »Alles klar. Bleiben Sie ganz ruhig.« Montse atmete flach, suchte Blickkontakt mit Bastian. »Ganz ruhig«, wiederholte sie, als es ihr glückte. Hoffentlich verstand er den Hinweis. Diese Frau war eindeutig durchgedreht, und sie noch mehr zu reizen garantiert ein Fehler. »Ich verschwinde. Versprochen. Ich wusste nicht, dass Bastian Ihnen gehört. Das schwöre ich.«

»Chano. Mein Chano«, gurrte die Frau. »Sie hat dich nicht verdient. Die Schlange hat mir alles weggenommen. Alles. Aber dich nimmt sie mir nicht. Er ist mein Baby. Ich hätte ihn gebären sollen, nicht du. Ich wäre eine bessere Mutter für ihn gewesen. Aber du hast dich dazwischengedrängt. Wie konntest du? Er war mein Mann.« Sie zerrte Bastian mit sich, weg von Montse, näher zur Terrassenkante. »Und dann kommst du hier an, mit dieser lächerlichen Rose.«

»Doris«, sagte Montse vorsichtig. »Sie sprechen von Doris, die eine Rose für Raul mitgebracht hat?«

Die Frau blinzelte, als überlegte sie angestrengt, aber sie blieb nicht stehen. Ein Tropfen fiel vom Messer auf den Boden. Dann ein zweiter. »Ich habe dich beobachtet. Du hast Fotos gemacht und dieses Plastikding in die Vase gesteckt. Ich hab dich sofort erkannt. Aber du wusstest nicht, wer ich bin. Ana, hast du gefragt. Welche Ana?« Sie machte einen weiteren Schritt. Steinchen rieselten hinter Bastians Füßen in die Tiefe. »Welche Ana?«, brüllte sie unvermittelt. »Als wäre ich niemand. Niemand!«

»Lass uns allein, Montse«, meldete sich Bastian gepresst. Er bekam deutlich zu wenig Luft. Seine Beine schwankten. »Das ist nicht deine Familienangelegenheit, sondern meine.«

»Hörst du es? Hörst du es? Ich bin nicht niemand!«

»Sie sind Ana«, wiederholte Montse beschwörend. »Ich weiß. Ich verstehe.« Dabei verstand sie fast nichts. Nur dass diese Frau weniger als eine Handbreit vom Tod entfernt war. Und Bastian mit ihr. An seinem Hals bohrte sich die Messerspitze tiefer in die Haut. Aus den Tropfen wurde ein Rinnsal.

## Dienstag, 22. August, 19:50 Uhr
## – Jaume Soler Martí –

Laternen und Musik, schemenhafte Gestalten in Kostümen. Eine schwarze Kutsche mit goldenen Verzierungen, gezogen von zwei Pferden. Jaume rannte hügelaufwärts, ohne alldem Beachtung zu schenken. Domenech dicht an seiner Seite, in stillem Einvernehmen, dass sie schnell sein mussten. Für einen ausgeklügelten Plan fehlte die Zeit.

Unterwegs im Wagen waren sie von Carolina auf dem Laufenden gehalten worden. Beim Tourismusamt gab es mehrere Gästelisten, aber nicht alle waren im Computer nachvollziehbar, und die Darsteller waren angewiesen, keine Mobiltelefone zu benutzen, um das historische Flair nicht zu stören. Dementsprechend war Calderon auch bei Maria Colavida gescheitert. Im Hotel *Mariposa* hatte man ihm dagegen bestätigt, in den letzten Tagen mehrfach eine auffällige Frau gesehen zu haben. An der Bushaltestelle vor dem Eingang und in der Lobby. Keine gute Nachricht. Domenech war schneller gefahren als je zuvor.

Unbeirrt lief Jaume weiter. Die sich ausbreitende Dunkelheit kleidete die Umgebung in einheitliches Grau, verwischte Unterschiede und Orientierungspunkte. Pantheon glich Pantheon, und die stummen Nischenwände verwandelten sich in ein Labyrinth. Jaume verließ sich ganz auf die Instinkte seines Körpers. Er kannte das Ziel.

»Warte.« Auf der Freifläche an einer Weggabelung hielt er kurz an. Hatten sie schon die richtige Höhe erreicht? Sein

Blick wanderte zu den Lichtern im Hafen. Der Winkel deckte sich mit seiner Erinnerung. »Wir müssen gleich da sein.«

Augen funkelten zwischen den Grabmalen.

»Alles voller Katzen«, murmelte Domenech. »Gruselig. Als ob sie uns belauern.«

Jaume überging die Bemerkung. Ihn erfüllte ihre Gegenwart mit Zuversicht. »Teilen wir uns auf. Nimm du den schmalen Pfad. Der führt oberhalb an Rauls Grab vorbei und auf der anderen Seite zurück. Ich bleibe auf dieser Ebene.«

»Aber hier hast du keine Deckung. Wie wäre es mit der Treppe? Dann kommst du ein Stück links vom Grab an.«

Es bedeutete einen Umweg und einen kurzen Abstieg. Drei Minuten Verzögerung. Doch so lange würde Domenech ebenfalls brauchen. Und der Sichtschutz durch die Mauern war nicht zu verachten.

»*Vale.*« Er nickte knapp. »Zugriff nur gesichert. Klar?«

»Klar.« Geduckt sprintete Domenech los.

Jaume rannte den Weg zurück, bog scharf um eine Kurve, rutschte mit seinen glatten Sohlen abwärts und erreichte die unterhalb liegende Ebene schneller als befürchtet. Ramons Worte hallten in ihm wider. Ausgesprochen auf Rosas Drängen. Ungläubig und stockend.

*Mein Bruder war verlobt. Aber das hat ihn leider nicht allzu sehr gekümmert, wenn ihn eine andere interessierte.*

Ein Geräusch wie von Regentropfen ließ seinen Kopf hochschnellen. Unmittelbar an der Mauerkante rieselten Steinchen herab. Ein unförmiger Umriss. Ein wütender Schrei.

*Ana hat den Verlust nie überwunden.*

Mit äußerster Vorsicht schob er sich an der Wand entlang, lauschte nach oben und auf das leise Knirschen unter seinen Schuhen. Stufe um Stufe pirschte er sich an, beinahe auf allen vieren, verborgen hinter der Mauerbalustrade. Die Stimmen wurden klarer.

»Verschwinde jetzt, Montse!«

Das war Weinhold. Jaume spürte das Vibrieren von Aggression. Und Angst. Noch immer dicht zu Boden gekauert spähte er über die letzte Stufe, sah Montse vor Rauls Grab. Ein Funken Erleichterung durchzuckte ihn. Immerhin war es nicht sie, die am Abgrund balancierte. Er drehte sich einige Millimeter weiter, erkannte den Schemen eines dünnen Bäumchens, dann Weinhold, in gebeugter Zwangshaltung, bedenklich schwankend. Zwei Kerzenflammen auf dem Boden blendeten, machten es ihm unmöglich, ein deutliches Bild zu erfassen. War Domenech schon da?

»Ja doch! Ich gehe.« Montse hob beide Hände und entfernte sie sich langsam von der Grabnische.

Jaume glaubte ein flüchtiges Zucken in ihren Augen zu sehen. Hatte sie ihn entdeckt? Ganz sicher. Sie lenkte Anas Aufmerksamkeit weg von ihm. Ein kluges Mädchen. Eine gute Idee. Und doch ein Fehler. »Nicht da lang, Montse«, stöhnte er unterdrückt. Sie stand fast am Ende des Plateaus, von wo aus sich der Pfad nach oben schlängelte, und versperrte damit Domenech den Weg. »Geh nicht noch weiter. Halt an.«

Nur noch zwei Meter bis zur immer noch ungesicherten Absturzstelle. Von der sie keine Ahnung hatte.

»Er gehört dir, Ana. Das habe ich verstanden. Ich könnte dir Chano nie wegnehmen. Ihr seid doch eine Familie.«

*Ana vergisst niemals Rauls Geburtstag oder seinen Todestag.*

»Ja. Eine Familie. Das sind wir.« Ana nickte. »Komm.«

Stolpernd zerrte sie Bastian zum Grab, drückte ihn davor auf die Knie. Schwer atmend beugte er sich vornüber, leistete keine Gegenwehr. Erst jetzt sah Jaume das Messer.

»Sag deinem Vater, dass du ihn liebst.« Mit der Klinge strich sie über seine Kehle. »Sag es.«

Bastian murmelte etwas, das Ana offenbar zufriedenstellte. Eine der Kerzen ging aus.

Jaume setzte einen Fuß und ein Knie auf die oberste Stufe. Die Waffe ließ er stecken. Seine Sicht war viel zu schlecht, um im Notfall ungehindert schießen zu können. Ausnahmsweise hätte er sich mehr abstrahlendes Licht aus der Stadt und dem Industriegebiet am Hafen gewünscht. Selbst der Mond spendete kaum Helligkeit.

»Er wäre dir ein wunderbarer Vater gewesen. Mein Raul.« Abwechselnd streichelte Ana Bastians Haare und die Glasscheibe vor der Inschrift. »Mein Liebster. Sie war schuld. An allem war nur sie schuld. Dabei waren wir so glücklich. Weißt du noch?«

Jaume fand Montse nicht mehr. Domenech musste sie außer Reichweite dirigiert haben.

»Ihretwegen hat der Mann dich geschlagen, und du warst bewusstlos. Aber du hast gesagt, es ist nichts. Verschwinde, Ana. Du hast geblutet, konntest kaum aufrecht stehen. Und du sagst zu mir, lass mich. Es ist nichts, und es war nichts. Dabei hatte ich euch gesehen. Dich und sie. Und alles, was dir dazu einfällt, ist: Stell dich nicht so an, Ana.«

Sie riss Bastian an den Haaren hoch, dass er aufschrie. »Er hat mich betrogen. Ich hab ihn nur geschubst. Wegen ihr. Nur geschubst. Stell dich nicht so an, Raul!«

»Ich bin nicht Raul!«

Ana schien für eine Sekunde irritiert, dann lachte sie und senkte ihre Stimme zu einem säuselnden Flüstern. »Aber das weiß ich doch. Ich bin deine Mama, und du bist mein Baby. Alles wird gut. Mein Baby ist zu mir gekommen.«

Die zweite Kerze verlosch. Jaume nahm eine Bewegung am Rande des Dunkels in der Kurve wahr und machte sich sprungbereit. Domenech konnte ihn hoffentlich besser sehen, als er Domenech sah.

Ana beugt sich herab, um Bastians Stirn zu küssen. Ihre Hand mit dem Messer senkte sich um wenige Zentimeter.

Jaume hob zwei Finger, dann einen und hechtete los.

»Polizei!«, brüllte Domenech. »Runter auf den Boden!«

Jaume packte Anas Schultern, riss sie mit und ließ sich in Laufrichtung fallen. Gemeinsam schlugen sie auf dem Boden auf. Ihr Körper bot keinen Widerstand, sackte kraftlos unter ihm zusammen. Er atmete Staub, blieb über ihr liegen, abwartend und auf alles gefasst.

»Lassen Sie das Messer los«, sagte er leise. »Bitte, Ana.«

Im Schein einer Taschenlampe kamen Domenechs Schuhspitzen in sein Sichtfeld.

»Ich habe ihn wiedergefunden.« Sie legte die Hand vor den Mund. Schmutz klebte unter ihren abgebrochenen Nägeln. »Er ist endlich zurück.« Ein tiefes Seufzen entwich ihr, schlug um in ein Lachen, das nicht enden wollte.

Ein Friedhof war der ideale Ort, um Vergangenheit und Gegenwart in Einklang zu bringen, dort wo Leben und Tod einander begegneten. Doch das galt nicht für Ana Guerrero Lopez. Sie umkreiste in einer Endlosschleife jenen Tag, an dem ihre Zeitrechnung stehengeblieben war.

Jaume half ihr beim Aufstehen, klopfte seine Hose sauber und wischte die Oberseite der Slipper an seinen Waden ab. Impulsiv und eifersüchtig sei Ana gewesen, hatte Ramon gesagt. Und doch war nach Rauls Tod niemandem etwas anderes als ein Unfall in den Sinn gekommen. Anas Trauer hatte kein Ende gefunden, weder durch Pillen noch durch Psychologen oder Aufenthalte in der Psychiatrie.

*Woche für Woche bringt sie ihm eine frische Rose. Seit dreiunddreißig Jahren. Sie ist ihm treu. Bis heute.*

Ein ruheloser Geist, der Rituale brauchte, um zu funktionieren. Der den Schmerz und sich selbst von der Welt abgeschottet hatte, bis ein einziges falsches Wort die alten Wunden aufbrach und Hass zutage förderte.

Von einem tieferliegenden Plateau erklang erneut Musik.

Lichtpunkte schlängelten sich hintereinander über den Hügel, verschwanden, tauchten anderswo wieder auf, kamen näher. Über die *Ronda Litoral* jagte ein Wagen mit Blaulicht heran, gleich darauf ein zweiter. Domenech musste Calderon noch vor dem Zugriff informiert haben, damit der die nötigen Maßnahmen in Gang setzte. Das Signal einer Ambulanz störte die Geige, dann wurde es abgeschaltet.

Montse kniete an Bastians Seite. Sein Kopf lag an ihrer Schulter, während sie die Blutung an seinem Hals mit einem Taschentuch stillte.

Domenech hatte seine Waffe weggesteckt, ging in die Hocke und nahm das Messer an sich. Ungeachtet der Tatsache, dass Ana seinen Worten nicht folgen konnte, spulte er die üblichen Formalitäten ab. Sein Gesicht verschlossen und blass wie das einer Engelsstatue.

Jaumes Blick glitt über sie alle hinweg zur schwarzen Linie des Horizonts. Welche Narben ein Mensch in sich trug, war von außen selten zu erkennen. Und doch waren sie da. In jedem Einzelnen.

## Dienstag, 22. August, 20:45 Uhr – Montse Soler Martí –

Während der Fahrt herrschte Schweigen, auch auf der Rückbank bei Montse und Bastian. Ihre Hand lag auf seinem Bein. Im Rückspiegel traf sie Domenechs Blick, und sie drehte sich weg, sah aus dem Fenster. Er umfuhr den *Montjuïc* auf der Westseite, durch gesichtslose Viertel, die sie wahrnahm wie einen surrealen Film. Vorbeirauschende Eindrücke ohne Ton, wenige Menschen. Hier und da blitzte eine Leuchtreklame auf, Ampeln setzten bunte Akzente zwischen Wohnblocks mit den üblichen grünen Markisen am Balkon. Eine seltsame Leere verdrängte die Erleichterung, die Montse bei Jaumes Erscheinen auf dem Hügel gefühlt hatte. Es war vorbei. Die Gefahr überstanden, das Geheimnis gelüftet.

Domenech hielt unmittelbar vor dem Eingang des Polizeigebäudes, stieg als Erster aus und öffnete ihr die Wagentür. »Alles okay bei dir?«

Warnend zog sie die Augenbrauen zusammen. Sie waren nicht allein. Was sollte dieser besorgte, vertrauliche Ton?

»Ja. Mir geht es gut.« Sie schaute von Domenech zu Jaume und wiederholte: »Ehrlich. Mir geht es prima. Bastian hatte das Messer am Hals, nicht ich. Lasst uns einfach nur reingehen und den Papierkram erledigen.«

»Einen Moment noch.« Jaume wandte sich an Bastian. »Ich möchte mich für die Unannehmlichkeiten entschuldigen, die ich Ihnen bereitet habe. Manchmal war ich womöglich etwas zu hart.«

Montse umrundete das Fahrzeug und stellte sich an Bastians Seite. Auf dessen Shirt bildeten Blutstropfen ein eigenwilliges Muster. Die großen Pflaster am Hals und Oberarm gaben ihm das Aussehen eines verwegenen Kämpfers. Montse wusste es besser, hatte sein Zittern gespürt.

»Sie haben getan, was Sie mussten. Ich entschuldige mich ebenfalls, Comissari Soler. Ich war nicht immer aufrichtig.«

»Ach, tatsächlich?« Jaume gab sich überrascht, obwohl ihm sicher nicht nach Scherzen zumute war. »Nun, dann erzählen Sie meinem Kollegen einfach jetzt die ganze Wahrheit, wenn er das Protokoll aufnimmt.«

Unauffällig drückte Montse Bastians Hand. Ein hauchfeines Lächeln zuckte in seinem Mundwinkel, und sie atmete auf. Die Wahrheit zu sagen bedeutete nicht zwingend, jedes Detail preiszugeben.

## Dienstag, 22. August, 23:30 Uhr
## – Jaume Soler Martí –

An der Decke über dem Tresen baumelten ganze Schinken, mit je einem kleinen Napf aus Blech darunter, der das austretende Fett auffing. In der Auslage drängte sich Schüssel an Schüssel. Meeresfrüchte, gefüllte Champignons, frittierte Schweineschwarte. Für die heutige Abschlussbesprechung waren sie ins *Mar i Monte* umgezogen, nur eine Querstraße von der Dienststelle entfernt. In der hintersten Ecke des Lokals, außer Hörweite unbefugter Ohren, stießen sie zu viert auf den erfolgreichen Abschluss des Tages an. Jaumes erster Berichtsentwurf zu den Ereignissen war abgefasst, und die Aussagen waren protokolliert. Nicht alles war optimal gelaufen. Auch der heutige Einsatz war kurz zur außerplanmäßigen Attraktion einer Friedhofsführung geworden. Blaulicht machte sich gut in der Dunkelheit, und rennende Uniformierte zogen Blicke auf sich. Es interessierte Jaume nicht, ob ihn wieder jemand gefilmt hatte. Mochte Selvanegra sich auf den Kopf stellen, es gab Wichtigeres. Sie hatten den Fall geklärt. Und möglicherweise ein Leben gerettet. Oder mehrere.

Auf dem schwarz gebeizten Holztisch lagen karierte Papierservietten an jedem Platz. Ein Bein wackelte, wie immer seit ihrem ersten Besuch. In der Tischmitte stand eine Auswahl an *Tapas*, von der sich alle bedienten.

Das Bier weckte die Geschmacksknospen auf Jaumes Zunge. Bedächtig nagte er das Fleisch vom Kern einer grünen Olive, salzig und ein wenig bitter, mit einem Hauch von Estragon. Er hatte mehr als nur Appetit, er hatte Hunger. Aber sein Magen musste sich gedulden, ehe er ihm eine größere Portion gönnte.

»Beginnen wir mit dem Jahr 1984. Unter Vorbehalt, die Theorie basiert auf Hörensagen, aber so in etwa dürfte es gewesen sein. Doris und Norbert sind ein junges Paar. Sie machen Urlaub in Barcelona und lernen andere junge Leute kennen, darunter Raul. Man ist einander sympathisch, trifft sich mehrfach.« So weit war die Geschichte von Bastian Weinhold überliefert. »Doch Doris und Raul kommen sich näher als geplant. Norbert findet das heraus, stellt Raul beim nächtlichen Angeln zur Rede und verpasst ihm einen Kinnhaken, der ihn umhaut. Kurz danach kommt Ana, Rauls Verlobte, die den Vorfall beobachtet hat. Sie ist noch eifersüchtiger als Norbert. Raul versucht, ihre Vorwürfe abzuwiegeln, doch sie beruhigt sich nicht und stößt ihn, benommen wie er ist, von den glitschigen Felsen ins Meer.«

Ramon hatte geweint. Er musste geahnt haben, dass dieser Tag die Auflösung des Rätsels brachte. Während sie auf dem Friedhof gewesen waren, hatte er in der Polizeidienststelle gesessen und gewartet.

»Was war mit der alten Kamera, die du mir zur Untersuchung gegeben hast? Die ist doch auch dort gefunden worden.« Carolina drapierte ölige *Boquerones* auf einer Weißbrotscheibe.

»Richtig. Da wird wohl eine Lücke bleiben. Entweder hat Raul sie tatsächlich geklaut, oder Doris war an dem Abend auch am Strand und hat die Kamera schlicht vergessen.« In dem Fall musste sie als Erste, noch vor Norbert, da gewesen sein. Um die Affäre zu beenden oder weil sie mehr wollte. War das Gespräch anders verlaufen als erhofft? *Stell dich nicht so an, Doris.* Es bestand durchaus Anlass zur Annahme, dass Raul ihr gegenüber ebenfalls unfair gespielt hatte. Ein Urlaubsflirt. Seine Verlobte hatte er vor ihr sicher nie erwähnt.

»Also haben Doris und Norbert nichts von Rauls Tod gewusst?«

»Danach sieht es aus, genau wie Norbert Weinhold seinem Sohn erzählt hat.« Jaume sicherte sich die letzte Sardelle.

»Oder auch nicht seinem Sohn«, warf Calderon dazwischen.

Norbert schien es stillschweigend hingenommen zu haben, dass Raul als Bastians Vater infrage kam, ohne je mit Doris darüber zu reden. Bis zu jenem fatalen Streit, zehn Jahre später, während einer Autofahrt.

»Norbert Weinhold hat zwar behauptet, Raul habe Doris vergewaltigt, aber wenn wir Anas Bemerkungen auf dem Friedhof einbeziehen, kommt mir die Affäre wahrscheinlicher vor.« Doris hatte der Erinnerung an jene Tage am Strand von *Sebastià* echtes Leben geschenkt und sie mit dem Namen Bastian wachgehalten.

»Welchen Sinn hat es, eine Vergewaltigung zu erfinden? Kapier ich nicht.«

»Ach, Calderon, das müsstest du aber eigentlich schon verstehen.« Carolina nahm vom Kellner einen Teller mit verschiedenen Sorten heißer Kroketten entgegen. Im Kartoffelteig versteckten sich Schinken, Huhn und Fisch. »Deutsche Männer sind kein bisschen anders als spanische, wenn es um ihren Stolz geht. Machos eben. Norbert wollte vor Bastian verheimlichen, dass seine Frau untreu war. Fremdgegangen noch vor der Hochzeit. Wer will das schon zugeben? Und dann auch noch vor dem eigenen Kind.«

Es ließ sich nicht leugnen, dass eine gewisse Logik in Carolinas Behauptung steckte. Auch wenn Jaume die Verallgemeinerung zum Macho missfiel.

»Du bist dran.« Er wandte sich an Domenech, der noch keine Silbe von sich gegeben und keinen Happen gegessen hatte. »Was führte Doris Weinhold nach so langer Zeit ausgerechnet in diesem Jahr nach Barcelona? Und wieso hat sie Raul gesucht? War das ein plötzlicher Anflug von Sentimentalität?«

Domenech stellte seine Bierflasche ab und wischte mit dem Handballen durch die Spur aus Kondenswasser, die vor ihm Ringe auf dem Tisch bildete. »Wohl kaum. Es steckten eher ganz profane Gründe dahinter. Das Fotostudio in Frankfurt scheint vor dem Aus zu stehen. Bastian hat selbst vermutet, dass seine Mutter sich absetzen wollte. Ein Neuanfang, bevor sie zu alt ist.« Er pulte an der abgeschabten Tischkante herum, bis sich ein Splitter löste, und zuckte mit den Schultern. »Dann fiel ihr der Urlaubsflirt wieder ein. Sie war frei – warum nicht eine Neuauflage?«

»Oder sie hatte mit Raul noch ein Hühnchen zu rupfen, weil er sich nie gemeldet hat oder wegen der geklauten Kamera.« Calderon verzog das Gesicht. »Frauen können ziemlich nachtragend sein. Damit kenne ich mich aus.«

Der Kellner räumte Stühle von der Straße herein. Draußen durfte um diese Zeit niemand mehr sitzen, und auch drinnen war nicht mehr viel los. Es beruhigte Jaume, dass Calderon nörgelte wie immer. Er trank einen weiteren Schluck Bier und nahm den Faden wieder auf. »Doris sucht also nach Raul, findet einige Adressen und macht dort Fotos. Warum schickt sie die an Bastian?«

»Einfacher Eingabefehler«, vermutete Carolina. »Sie wird aufgeregt gewesen sein und wollte Fotos und Adressen gemeinsam abspeichern. Statt eine Notiz anzulegen, hat sie versehentlich eine neue Mail geöffnet, und als sie wieder an Bastian schreibt, die falsche abgeschickt.«

»Technik ist Teufelszeug«, brummte Calderon.

»Sehe ich anders, mein Lieber. Meistens ist der Benutzer das Problem, weil er entweder keine Ahnung hat, böse Absichten oder beides.« Carolina grinste. »Aber böse Absichten können wir in diesem Fall wohl nicht mal Ana Guerrero Lopez unterstellen. Ich meine, ernsthaft: eine Frau, die nach dreißig Jahren regelmäßig eine frische Rose ans Grab ihres Verlobten bringt? Das geht weit über Treue hinaus, das ist Besessenheit. Und irre.«

Obwohl Ana laut Ramon und Rosa schon seit einigen Jahren ohne nennenswerte Zwischenfälle gelebt hatte. Dank der richtigen Medikamente und mit einigen Marotten, aber nach außen unauffällig. Es musste der Schock gewesen sein, ausgerechnet am Grab ihres Geliebten auf die ehemalige Rivalin zu treffen, der den Rückfall ausgelöst hatte. Dazu noch die Missachtung, nicht erkannt zu werden. Eifersucht und gekränkter Stolz. Der gleiche Auslöser für beide Morde.

»Ich wette, wenn wir die Wohnung untersuchen, werden wir feststellen, dass sie direkt nach dem Mord an Doris ihre Pillen abgesetzt hat.« Carolina schüttelte den Kopf. »Ich kann mir nicht helfen, irgendwie tut mir diese Ana leid.«

»Mir nicht.« Domenechs harsche Erwiderung überraschte Jaume. »Sie hat zwei Menschen getötet und einem dritten ein Messer an den Hals gesetzt. Wer weiß, was passiert wäre, hätten wir sie nicht aufgehalten.«

Am *Montjuïc* hatte er Ana dennoch vor neugierigen Blicken abgeschirmt. Ein Profi, der im Dienst seine Gefühle unter Kontrolle behielt. Nur jetzt gerade machte ihm das offenbar Mühe.

»Ja. Du hast natürlich Recht.« Carolina lutschte an einer Krokette. »Ich weiß, dass Ana ihn umgebracht hat. Trotzdem muss Raul für sie die große Liebe gewesen sein. So groß, dass sie alles Negative verdrängt hat und ihn bis heute nicht loslassen konnte.«

Vorerst war Ana nicht vernehmungsfähig. Wann sie so weit sein würde, konnte niemand abschätzen.

Jaume holte sein Portemonnaie aus der Tasche. Zur wirklich großen Liebe brauchte es zwei, die das Gleiche fühlten.

Und dazu noch eine Menge Glück. Der Gedanke an Montse versetzte ihm einen Stich. Er hätte sie gerne endlich wieder glücklich gesehen.

»Ich mache Schluss für heute.« Er legte ein paar Scheine auf den Tisch. »Ihr bleibt noch und esst auf.«

Er wollte nach Hause. Zu Paloma und den Kindern. Sofort.

## Mittwoch, 23. August, 9:45 Uhr
## – Montse Soler Martí –

Aneinandergelehnt standen sie vor der Absperrung. Bastian hielt seine Bordkarte in der Hand, die Reisetasche klemmte zwischen seinen Füßen, und über seiner Schulter hing die Kamera. Sie hatten kaum mehr als zwei Stunden geschlafen, waren ein letztes Mal am Strand gewesen und direkt von dort zum Flughafen gefahren. Montse hasste letzte Male und hatte doch jedes einzelne mit ihm genossen. Den gemeinsamen *cafè solo*, den Sonnenaufgang, die Zigarette, den Sex im Meer. An Bastians nackten Zehen klebte noch Sand.

Wenige Minuten noch bis zum Abschied und nur wenige Schritte auf die andere Seite der luftigen Halle, wohin sie ihn nicht begleiten durfte. Viel Glas und filigran anmutende Stahlstreben verliehen dem Raum lichtdurchflutete Leichtigkeit. Der glänzende Boden reflektierte, verdoppelte Bewegungen und Menschen in einer schemenhaften Spiegelwelt.

Seit ihrer ersten Begegnung vor acht Tagen hatte Bastian kein einziges Foto gemacht. Weil ich nicht bin wie Doris, hatte er gesagt. »Fotografieren ist meine Arbeit. Aber ich brenne nicht dafür. Vielleicht ändert sich das, wenn sie mir nicht mehr über die Schulter sieht.«

Von ihnen beiden gab es kein gemeinsames Bild. Nicht einmal ein Selfie. Keine Erinnerung, auf die Fremde zugreifen konnten wie auf jene von Doris und Raul.

Um das Pflaster an Bastians Hals färbte ein Bluterguss die Haut bläulich, und der Verband am Arm sah nach dem Bad im Meer ziemlich mitgenommen aus. Salzwasser ging sicher nicht als optimale Wundpflege durch.

»Ich bereue nichts.« Er lächelte, als er ihren Blick bemerkte. »Wie der Ozean. Darf ich mich melden, wenn ich wiederkomme?«

»Wirst du denn wiederkommen?«

»Ich weiß es nicht.«

»Rotbart.« Montse strich ihm übers Kinn und erwiderte sein Lächeln. Er war nicht ihr Ozean und sie nicht sein Wind. Der Sturm war an ihnen vorübergezogen. Das wussten sie beide. »Ich werde nicht darauf warten. Aber ich werde mich freuen, wenn es passiert.«

## Mittwoch, 23. August, 18:30 Uhr
## – Jaume Soler Martí –

Sein Deal mit dem alten Parkplatzwächter hatte Jaume eine Stange Zigaretten gekostet. Wobei er die von sich aus angeboten hatte und mit einer einfachen Frage womöglich billiger davongekommen wäre. Das Tor war geschlossen, alle Arbeiter und Besucher hatten das Gelände verlassen. Nur er war noch da und der Alte, der am Eingang auf ihn wartete.

Die Stille des Friedhofs würde er vermissen. Diesen Hauch der Ewigkeit zwischen den Gräbern – einhundertfünfzigtausend Gräbern –, der die Bedeutung des Lebens relativierte und zugleich hervorhob. Kurz und nichtig im großen Ganzen und unendlich kostbar im Detail.

Noch viel mehr würde ihm jedoch die schwarze Schönheit fehlen, die nun an seiner Seite saß und fraß. Auf der Mosaikbank, ohne zu fauchen, als er die Hand neben sie legte. Nur ihre Ohren wackelten, und die Schwanzspitze signalisierte erhöhte Aufmerksamkeit.

»Wir haben es fast geschafft«, sagte er zu ihr. »Darum habe ich keinen Grund mehr, hier zu sein.«

Doris Weinholds sterbliche Überreste waren sicher in Deutschland angekommen, und an den Steingräbern auf dem Plateau deutete nichts mehr auf ihr tragisches Ende hin. Die Platte verschloss den Sarkophag wieder vollständig, und um das Grab von Raul Fernandez Garcia waren Blut und Wachsreste der abgebrannten Kerzen verschwunden. Jesus Martinez und Carolina hinterließen nie Spuren ihrer Arbeit.

*Descanseu en pau.*

»Jetzt sollen endlich alle in Frieden ruhen.«

Anas Zustand hatte sich seit dem gestrigen Abend weiter verschlechtert. Ob sie jemals zu einer brauchbaren Aussage in der Lage sein würde, war mehr als fraglich. Carolina hatte ihr einen Fingerabdruck auf der Plastikrose zuordnen können. Sie brannte darauf nachzuweisen, dass das Fragment auf der Kamera aus Ramons Schrank ebenfalls von Ana stammte. Eigentlich war es unmöglich, nach so langer Zeit noch etwas aus einer Kontaktspur herauszulesen. Denn selbst unter optimalen Bedingungen hätte diese gar nicht mehr da sein dürfen. Aber sie war da und warf neue Fragen auf. Wie sie vor über dreißig Jahren auf die Kamera geraten war, darüber konnten sie nur Vermutungen anstellen. Als Beweis für Anas Schuld reichte die Spur nicht aus, und Anas Geständnis, selbst wenn sie es wiederholte, hätte angesichts ihrer verwirrten Psyche vor Gericht keinen Bestand. Eine Aufnahme von Ermittlungen zu Raul Fernandez Garcias Tod war somit nicht zu erwarten. Offiziell würde es wohl immer ein Unfall bleiben. Für Ramon tat Jaume das besonders leid. Der hatte selbst dazu beigetragen, dass das Verbrechen an seinem Bruder so lange unentdeckt und ungesühnt geblieben war.

Mit Doris Weinhold würde ihnen das nicht passieren. Auch wenn Ana am Ende nicht ins Gefängnis ging, sollte wenigstens ihre Schuld eindeutig nachgewiesen werden.

»Weißt du, ich stelle mir das so vor: Ana hat Doris angesprochen, die vor dem Grab ihre Kamera in die Tasche packte.« Jaume redete leise und langsam. Die Katze fraß weiter. Hühnchen mit Reis, das die Chihuahuas gut entbehren konnten. »Vielleicht hat Doris auch gerade die vertrocknete Rose aus der Vase genommen. Oder sie hatte das Smartphone in der Hand, um wie gewöhnlich sofort Bilder an Bastian zu verschicken.«

Hinter einem Steinkreuz tauchte ein Katzenrücken auf.

»Eine Nachricht, die dann nicht mehr gesendet wurde.« Unterbrochen von Anas überraschender Attacke, bei der Doris das Telefon aus den Händen fiel. Ein paar Schubser nur bis zum Abgrund. Wie damals bei Raul auf den Felsen. Wie gestern bei Montse. Jaume atmete durch. Haarscharf an der Katastrophe vorbei.

Die Königin richtete den Schwanz auf, und die Konkurrentin nahm Reißaus.

»Du weißt, wie man sich Respekt verschafft. Ich vermute, dass Ana die Kameratasche danach einfach nach unten hat fallen lassen. Ohne die Absicht, ihre Tat zu vertuschen. Nur um sie, genau wie Doris, aus Rauls Nähe zu entfernen. Es muss wie eine Bestätigung gewirkt haben, dass die Ranken der Pflanze zurückgefedert sind und die Lücke hinter ihr schlossen, als sei nichts geschehen. Was meinst du, so könnte es doch gewesen sein?«

Jaume hob langsam die Hand, und die Katze beschnupperte ihn, ließ zu, dass er sie berührte. Ihre Flanken bebten.

»Anas frische Rose kam in die Vase, und ein Tritt mit dem Absatz auf die Plastikblume hat auch die ausgelöscht. Ihre Welt war vorübergehend wieder im Lot.«

Das Fell unter seinen Fingern fühlte sich seidig und glatt an. Seine letzten Bedenken verflogen. Sie würden auch das kleinste Fundstück so lange bearbeiten, bis Ana zweifelsfrei als Täterin überführt war. Wer es schaffte, das Vertrauen der schwarzen Schönheit zu gewinnen, der konnte alles erreichen. Jaume kraulte ihren Kopf zwischen den Ohren, und sie, die vorsichtige und wachsame, schloss verzückt die Augen. *La reina del cementiri* – die Königin des Friedhofs – schnurrte.

# Epilog

An einem Donnerstag, knapp zwei Monate nach dem Tod seiner Mutter, erreichte Bastian Weinhold eine Nachricht. Ganz altmodisch per Post, auf Papier, in einem von Hand beschrifteten Umschlag.

*Lieber Bastian,*

*ich habe lange überlegt, ob ich mich bei dir melden soll. Aber meine Frau Rosa sagte, ich würde es bereuen, wenn nicht. Darum schreibe ich dir also heute.*

*Du wirst dich nicht an mich erinnern, wir sind uns nur einmal flüchtig begegnet. Das war auf dem Flur vor Comissari Soler Martís Büro, in der Polizeistation an der* Travessera de les Corts *in Barcelona. An dem Abend, als Ana dich auf dem Friedhof überfallen hat.*

*Du warst ins Gespräch mit einer Frau vertieft. Als ich gesehen habe, wie du sie angelächelt hast, musste ich sofort an meinen Bruder denken, obwohl du Raul nicht ähnlich siehst und mir da gar nicht klar war, wer du bist.*

*Ich weiß nicht, ob du die Wahrheit überhaupt wissen willst und weiter nachforschst. Ich kann nicht einmal sagen, ob ich es an deiner Stelle tun würde. Letzten Endes ist es unwichtig. Es macht dich nicht zu einem anderen Menschen. Du bist, wer du bist. Du könntest Rauls Sohn sein. Das ist es, was für mich zählt. Ich brauche keine Beweise.*

*Egal was damals geschehen ist und was noch geschehen wird, du sollst wissen, dass du in meiner Familie – in Rauls Familie – herzlich willkommen bist.*

*Ramon Fernandez Garcia*

Vor Bastian lag ein weiterer Umschlag. Ungeöffnet. Pathologisches Institut, Abteilung Erbgutanalyse. Auch der war heute in seinem Briefkasten gewesen. War das nun Zufall oder Schicksal?

## Nachwort der Autorin, Erläuterungen und Dank

Mein Dank gilt zunächst Barcelona selbst, jener Stadt, die ich liebe wie kaum eine andere. Die mich immer wieder neu fasziniert und überrascht – in all ihrer Schönheit, Herzlichkeit und Wärme.

Sämtliche handelnden Personen und aktuellen Ereignisse in diesem Roman sind frei erfunden, die beschriebenen Orte sind dagegen zu weiten Teilen real und laden dazu ein, sie selbst zu entdecken und ihrer inspiratorischen Kraft nachzuspüren. Angefangen bei der Weite des Meeres mit seinen wechselnden Farben und Stimmungen, dem pulsierenden Leben in Licht und Schatten der engen Gassen, bis zu den magischen Begegnungen zwischen Engelsstatuen und Grabmonumenten umgeben vom Hauch der Ewigkeit. Dem morbiden Zauber der *Cementiris* kann man sich schwer entziehen. Besonders beeindruckt hat mich die Legende von *El Santet* und seine bis heute andauernde Verehrung. Touristenführungen über die Friedhöfe Barcelonas gibt es tatsächlich, sowohl bei Tag als auch bei Nacht.

Wenig mystisch, doch ebenso bedeutsam für mich ist *»La Pausa«*. Die kleine Bar verkörpert wie kein anderer Ort des Romans das Herz Barcelonas, das wahre Leben. Mein Dank geht an die echte *Jefa* Nicol Martinez. Sie hat maßgeblich dazu beigetragen, dass *Poblenou* sich zu meinem liebsten *Barri* entwickelt hat. Mit ihr und der halben Nachbarschaft durfte ich im strömenden Regen die *Festa Major del Poblenou* feiern, als gehörte ich dorthin.

Auch die baskische Taverne *Irati*, die Jaume im gotischen Viertel besucht, ist echt. Die *Pintxos* dort gehören für mich zu den besten der Stadt, und die hat kulinarisch wirklich viel zu bieten.

Darüber hinaus danke ich meinem Agenten Michael Wenzel, meiner Lektorin Martina Wielenberg und dem ganzen Verlagsteam, Björn Rothmüller, meinem Berater in allen Fragen der Spurensicherung, sowie Rosa und Karin für die Nachhilfe in Català, Jaume, Agusti, Rosina und Francisca für die Einblicke in Barcelonas Lebensgefühl.

Zum guten Schluss danke ich meinem Mann, der mir zur Seite steht, mich stützt und glücklich macht. An jedem einzelnen Tag.

Wer Barcelonas unzählige Facetten entdecken will, braucht vor allem eines: Zeit.

Lassen Sie sich auf den Rhythmus der Stadt ein, lauschen Sie ihrem Klang, biegen Sie ab von den üblichen Wegen. Dann mag es sein, dass Sie sich schließlich zwischen Menschen wiederfinden, die Ihnen merkwürdig vertraut erscheinen, und dass Sie an meinen Worten zweifeln, Jaume und Montse seien rein fiktive Charaktere …

Auf bald, beim zweiten Fall für Comissari Soler – und seine Schwester.

Mit herzlichen Grüßen<br>
Ihre<br>
Isabella Esteban

*Im sonnigen Sizilien lehrt Commissario Montalbano Politiker das Schweigen*

Andrea Camilleri
EINE STIMME
IN DER NACHT
Commissario Montalbanos
zwanzigster Fall
Roman
Aus dem Italienischen
von Rita Seuss,
Walter Kögler
272 Seiten
ISBN 978-3-404-17926-8

Es ist ein ungewohnter Anblick, als Giovanni Strangio, Sohn eines mächtigen Lokalpolitikers, ins Kommissariat von Vigàta gestürmt kommt: Nach der Rückkehr von einer Geschäftsreise hatte er seine Lebensgefährtin ermordet in der Wohnung aufgefunden. Während der Polizeipräsident aus Furcht vor einem Skandal manchem Schwur gern Glauben schenkt, bleibt Commissario Montalbano unbeirrt von wasserdicht anmutenden Alibis. Und lockt einen skrupellosen Mörder mit seinen ganz eigenen Methoden in die Falle …

*Sizilianisches Flair und Kult-Kommissar Salvo Montalbano in einem raffinierten Fall um Eitelkeit und Gier*

*Ungeklärte Todesfälle, eine verschworene Dorfgemeinschaft und eine dunkle Vergangenheit*

Julia Hofelich
NEBELJAGD
Kriminalroman
DEU
400 Seiten
ISBN 978-3-404-17911-4

In einem kleinen Dorf auf der schwäbischen Alb wird die betagte Ines Schneider ermordet. Hauptverdächtiger: ihr Pflegesohn Jo Haug. Jo ist vorbestraft, außerdem geistern seit Jahren Gerüchte durchs Dorf, dass Haug auch seine vor 15 Jahren verschwundene Jugendfreundin Vanessa skrupellos und qualvoll getötet haben soll. Für die Dorfgemeinschaft steht fest: Nur er kann der Täter sein. Jos Verteidigerin Linn Geller hält jedoch nichts von solchen Vorurteilen und recherchiert unabhängig von der örtlichen Polizei. Ihre Ermittlungen rütteln an gefährlichen Geheimnissen, die die eingeschworene Dorfgemeinschaft lieber auf ewig in Schweigen gehüllt hätte ...